Jacqueline Moser

Ich wünsche, wir begegneten uns neu

Roman

Für Ruedi, Irmgard, Suzanne, Doris und Stefan

Nobody sees a flower, really, it is so small.
We haven't time – and to see takes time,
like to have a friend takes time.

Georgia O'Keeffe

1

Der Verwalter ist immer ein Stück voraus. Ella muss achtgeben, dass sie mit ihm Schritt halten kann. Die Dreieinhalb-Zimmer-Wohnung sei frisch renoviert, bezugsbereit, hat der Verwalter am Telefon gesagt. Ella hat die Wohnung sofort besichtigen wollen. Sie ist es gewesen, die gedrängt hat, nicht hat warten wollen bis zum nächsten Tag.
Sie gehen auf den länglichen Wohnblock zu, die Staumauer, wie man ihn im Volksmund nennt. Einundzwanzig Stockwerke hoch ist dieses Gebäude, das Ella nur vom Vorbeifahren kennt.
Dass sie in dieser Siedlung je eine Wohnung besichtigen wird, das hätte sie, wie so vieles der letzten Zeit, nicht für möglich gehalten.
Der Verwalter ist vor einem Eingang stehen geblieben. Da im zwölften Stockwerk habe sich ein Grafikbüro eingerichtet, sagt er.
Studer und Partner, eine Werbeagentur. Aber für den Verwalter ist das wohl einerlei. Dass Studer und Partner auch hier sind, gibt Ella ein wenig Hoffnung.
Der Verwalter geht weiter. Eine neue Einbauküche habe die Wohnung, mit Glaskeramikherd und Granitabdeckung, auch eine eingebaute Mikrowelle gebe es. Selbstverständlich habe die Einbauküche einen Geschirrspüler, sogar einen Anschluss für eine eigene Waschmaschine. Auch das Bad sei komplett renoviert, mit neuen Fliesen, neuem Lavabo, neuer Toilette und einer neuen Badewanne.
Der Verwalter ist wieder vor einem Eingang stehen geblieben. Dieses Mal schliesst er die Glastür auf.
Die Gebäudeteile sind durch eine riesige Eingangshalle miteinander verbunden, bestimmt zwei Stockwerke hoch ist die, dank der vielen Glaswände ist es hell. Eigentlich sieht es ganz freundlich aus, denkt Ella. In Eternittrögen wachsen mannshohe Grünpflanzen, Yuccas, soweit Ella das erkennen kann.
»Das Gebäude ist erdbebensicher«, sagt der Verwalter. Er steht schon im Lift und drückt die Neunzehn.
Während der Fahrt schaut Ella auf die gepunkteten Zahlen, die auftauchen und gleich wieder verschwinden. Auch der Lift sei neu, sagt der Verwalter, einen Meter sechzig pro Sekunde fahre der. Als sie aus dem Lift aussteigen, wird es düster. Nur zwei Wohnungstüren befinden sich im Flur, eine links und eine rechts. Die Tür geradeaus führt ins Treppenhaus.

In der Nacht ist Ella aufgewacht. »Du siehst wohl Gespenster.« B. Der Satz verfolgt sie seit Tagen, nein Wochen.
Wieder hat sie Kirchenglocken gehört, weit in der Ferne. Als Nächstes wird sie vermutlich weisse Mäuse sehen. Natürlich sei die Mutter nach dem Tod des Vaters dauernd in die Kirche gerannt. »Pensavi che stessi perdendo la ragione.« (Denkst du, ich wollte den Verstand verlieren.)
Beim Hineinfliegen glitzern sie auf. Unermüdlich treibt der Wind die Schneeflocken auf den Balkon. Ellas Mantel ist mit einem weissen Flaum bedeckt. Sie könnte sich einschneien lassen, langsam wegdämmern. Die Nächte sind nur noch auf dem Balkon erträglich, halbwegs erträglich.
Ella sollte sich die Hände vor den Mund halten. Warme Luft an ihre klammen Finger blasen. Ihr Körper ist vor Kälte steif. Am Nachmittag ist Ella mit dem Lift in das achte Stockwerk gefahren. Sie hat sich im Treppenhaus, neben einem Pflanzenarrangement, ans Fenster gestellt. Sie hat die langen dünnen Blätter mit den dürren Spitzen in die Hand genommen und etwas zur Seite gedrückt. Vom achten Stockwerk aus ist der Hügel zu sehen, knapp das Haus auszumachen, in dem sie und der Junge bis vor Kurzem noch wohnten. Das Haus hatten sie selber gebaut, B. und sie. Ella hätte gerne möglichst grosse Fenster gehabt, im Wohnzimmer eines vom Boden bis zur Decke. Die Nordseite sei perfekt, hatte Ella gesagt, oder ob er einen eindrücklicheren Himmel kenne? »Meinst du, ich ziehe in ein Aquarium ein?«, hatte B. gefragt. »Wie gross bitte?«, hatte Ella zurückgefragt. »Hast du etwas zu verstecken?« Im Falle der Fenster waren Kompromisse ungünstig, wenigstens darin waren sie sich einig gewesen. Widerwillig hatte Ella nachgegeben. Was soll's, hatte sie gedacht, sie hatte sich auf das Kind gefreut.
Wie B. an der Vernissage seinen Arm ausstreckte. Sein Handrücken mit den gespreizten Fingern. Fünf Jahre alt werde er, sein Sohn. Wie der Unbekannte staunte, und erst noch habe sie einen dicken Bauch gehabt. Bis zuletzt hatte Ella gedacht, es gebe zwei. Océane wäre ein schöner Name gewesen, im Falle eines Mädchens.

»Sollen wir nach Hause gehen?«, fragt Ella. »Du bist überhaupt nicht mehr witzig«, schreit Milo. Mit seinen Fäusten stösst er sie weg. Milo hat eine Scherznummer vorgeführt. Ella hat es schon gesehen. Der Junge ist seltsam am Ufer entlangmarschiert, mit verdrehten Beinen.
»Die Ehe ist ausgeschöpft.« B.
Der Satz hallt in ihr nach.
Ella könnte ihre Schritte zählen, bis zur Brücke. Die Brücke ist ein zu fernes Ziel, besser nur bis zum Steg.
Fuck me Jesus.
Du lieber Himmel, dass sich die Frau so etwas auf den Mantelrücken schreiben kann. Plötzlich fliegen die Möwen auf.
Über der Flussmitte drehen sie ein paar Kreise. Sie gleiten zurück. Die Frau verschwindet zwischen den weissen Flügeln, orange und rote Beine hängen in der Luft. Milo klettert die Böschung hinunter.
Die Frau wirft Brotstücke gegen den Himmel und stösst Schreie aus. Mit einem Mal dreht sie sich um, sie geht auf Milo zu und hält ihm ein Stück Brot hin. Bevor Milo schlüssig wird, ob er das Brotstück aus ihrer Hand nehmen will, wird es von einer Möwe weggeschnappt. Der Junge kreischt vor Freude. Die Frau streckt Milo nochmals ein Brotstück hin. Auf Milos Kopfhöhe flattert eine Möwe. Milo hält das Stück Brot dicht an seinem Bauch. Er reisst kleine Stücke weg und lässt sie auf den Boden fallen. Dort schnattern zwei Enten.
Ella steht auf dem Steg. Sie hat die Ellbogen auf das Holzgeländer gestützt und schaut den beiden zu, immer wieder verschwinden ihre Köpfe zwischen den weissen Flügeln.
Im Hafen soll es noch grössere Möwen geben, Sturmmöwen, das hat Ella gehört, als sie unterhalb des Fischerhauses vorbeigegangen ist. Auch der Fischer und eine Passantin schauen Milo und der Frau zu.
Der Fischer steigt die schmale Treppe hoch. Die Passantin steht noch immer auf dem schmalen Gehweg. Sie hält einen Fotoapparat in der Hand.

Auf den Pfählen im Hafen sässen sie, die Sturmmöwen. Den Hafen wird Ella als Nächstes auskundschaften, sobald es ihr besser geht. Zwanzig Minuten soll der Fussmarsch dauern, mit dem Jungen bestimmt das Doppelte. Aber keine Frage, Milo wäre sofort dabei.
Nur läge ihr der Junge darauf dauernd in den Ohren mit dem Hafen. Mehr als für die Möwen interessiert sich Milo für die Schiffe. Fährt ein Schiff vorbei, springt er am Ufer entlang mit und winkt hinterher. Gelegentlich winkt jemand zurück.
Ella gibt sich einen Ruck und steht auf. Wie schwerfällig ihr Körper geworden ist.
Sie gibt der Balkontür mit dem Ellbogen einen Schubs. Als sie die Füsse aus den Stiefeletten hebt, beginnen sie zu surren. Wie erwartet, kommt beim Aufsetzen auf den Boden der Schmerz. Ella könnte aufschreien, in ihren Zehen hat sie kein Gefühl mehr. Ungelenk geht sie durchs Wohnzimmer, als hätte sie Kartoffeln unter den Sohlen. Sie nimmt die Taschenlampe vom Tisch, jetzt nur nicht mit der Zehe gegen einen Türrahmen stossen. Die Kisten im Flur sind mit allem Möglichen gefüllt, Frottiertüchern, Leintüchern, Erinnerungsstücken, Schuhen, Krimskrams. Aber wo die Pullover sind? Vermutlich in einer der Kisten in ihrem Zimmer. Ella kommt zwischen den aufgetürmten Kartons kaum durch. »Du siehst vor lauter Arbeit nicht mehr über den Berg.« B. Der Satz zieht Kreise in ihrem Kopf.
Ella sucht den handgestrickten Wollpullover, den sie von ihrer Mutter im vergangenen Jahr zu Weihnachten geschenkt bekam. Den Pullover hatte Maria Sofia selber gestrickt. Wie es Ellas Wunsch gewesen war, mit grauer Alpakawolle. Milo erhielt den gleichen. Ella freute sich. Das heisst, bis sie das orange Reh auf Milos Rücken sah. Die Mutter hatte es nicht bleiben lassen können und auch bei Ella ein kleines Reh ins Schulterblatt gestrickt.
Ella hat eine Alpaka-Wollmütze, die ist perfekt, irgendwo in einer der Kisten. Eine echte Chullo aus Peru.

Wie die Misere je aus den Hirnwindungen zu bekommen ist? Die Gedanken sind penetrant. Ella sollte konsequent an etwas anderes denken. Erfreulicheres. Nur fällt ihr nichts ein. Ella hat die schwere Einkaufstasche auf den Betonhocker gestellt. Sie legt eine Pause ein. Obwohl Ella auf Getränke verzichtet hat, Sprudel und dergleichen, hat die Einkaufstasche wieder ein Gewicht. Im Sommer wimmle es vor lauter Kindern, hat der Verwalter beim Einzug gesagt. Weit und breit ist kein Mensch zu sehen.
Auch das Einkaufszentrum ist leer gewesen. Eigentlich ist das erstaunlich, bei so einer grossen Siedlung. Zwischen den Regalen sind nur ein paar Vereinzelte gestanden, meist ältere Personen.
Sobald sich das Stechen an der Schläfe beruhigt hat, will Ella weiter. Sie wird eine Kleinigkeit kochen, für Milo und sich. Danach will sie noch ein paar Kartons auspacken, einen oder zwei. Beim Verlassen des Einkaufszentrums hat Ella gesehen, dass es ein Restaurant gibt, gleich neben dem Ausgang. Geräucherte Schweinsrippli, Kartoffeln und Dörrbohnen. (Halleluja.)
»Bist du religiös oder was?« B.
Ella zieht an den Quasteln der Chullo, zwischen den Wollpullovern ist sie gelegen. Auf der Mütze würden die kleinen Lamas und die geometrischen Formen nicht stören, hatte Ella zu ihrer Mutter gesagt, die Chullo in Kombination mit einer Lederjacke zum Beispiel, das sei Kult.
Maria Sofia hatte den Kopf geschüttelt und mit der Hand abgewinkt. Sie hatte ein Muster in den Alpakawollpullover stricken wollen, wenigstens bei dem Jungen. Der Junge komme immer daher wie ein Erwachsener, hatte sie gesagt. Wer ziehe seinem Kind schon zu einer Cordhose ein weisses Hemd und einen unifarbenen Pullover an. Der Junge sei überhaupt nicht angezogen wie ein Kind.
Die wilden Farbkombinationen der Kinderkleidung mit den Pingus, Smileys, den Barbapapas, den aufgenähten Schlappohren und Kulleraugen, das ist nicht Ellas Ding. Darin waren sie sich einig, B. und sie, dass sie den Jungen nicht anziehen wollten wie einen Clown.

»Wir würden besser etwas Vergnügliches tun, als zu streiten.« B. Dies gefiel ihr an B., dass er nie ausfällig wurde, selbst in den schlimmsten Situationen nicht. Das heisst, dass er nie übertrieben ausfällig wurde. Nur gelegentlich schoss ihm die Röte ins Gesicht, der Höhepunkt des Zorns, gegen das Ende hin. B. war nicht so wie ihre Brüder, Fabio und Lorenzo, diese Hitzköpfe. Wobei die beiden auch ruhiger geworden sind.

Seine guten Umgangsformen, das war Ella gleich bei einer der ersten Begegnungen aufgefallen. Wie sein Blick umhergewandert war, als er gesprochen hatte, von einer Person zur nächsten, jeder, der am Tisch gesessen war, war in das Gespräch miteinbezogen gewesen.

Bei ihr zu Hause komme er sich vor wie ein Statist, sagte B. Er könnte genauso gut nicht anwesend sein, was ihre beiden Brüder bräuchten, das seien Zuschauer, Bewunderer.

Als Kunstschaffende hatten sie einen schweren Stand in Ellas Familie.

»Chi non riesce ad affermarsi nel mondo del lavoro diventa artista.« Lorenzo. (Wer in der Arbeitswelt nicht Fuss fassen kann, der wird ein Künstler.)

Vom Einkaufszentrum zurück zur Wohnung muss Ella einen Weg zu früh abgebogen sein. Zwischen den vielen Wohnblöcken, den Passerellen, Treppen und Gehwegen hat Ella die Orientierung verloren. Bis sie am Ende des Platzes den Brunnen entdeckt, dahinter das niedrige längliche Gebäude.

Demzufolge müsste der Fluss in der entgegengesetzten Richtung liegen. Ella dreht sich um, ihr Blick klettert die Fassade hoch. Sie zählt die Balkone, zwei, vier, sechs, acht, zehn.

Ella beginnt nochmals von vorne. Schliesslich schaut sie zur obersten Fensterreihe. Sie zählt rückwärts, einundzwanzig, zwanzig, neunzehn. Von dort oben hat sie hinuntergeschaut.

Ob sie diese brennende Hitze je wieder loswerden wird? Ella hat den Mantel ausgezogen und ist auf den Balkon getreten. Der Verwalter ist die ganze Zeit hinter ihr geblieben, dicht an der Wand. Ob ihm die Höhe auch nicht geheuer ist?, hat Ella überlegt, während sie sich über den breiten Pflanzentrog gebeugt und einen Blick in die Tiefe geworfen hat.

Ella nimmt die Handschuhe von der Kiste und schlüpft in die Winterstiefel, den Mantel hat sie sich über die Schultern gehängt. Beim Gang durchs Wohnzimmer packt sie einen Stuhl an der Rückenlehne und schleift ihn hinter sich her. Nach drei, vier Stunden Schlaf wacht sie auf, Nacht für Nacht. Ella steht auf dem Balkon. Wie in jeder Nacht brennen im Wohnblock gegenüber ein paar Lichter. Aber zu hören ist nichts, ausser dem Wind, der durch die Siedlung fegt.

»Mistvieh, komm, sag es schon.« B. Gleich beim Aufwachen ist ihr die Hitze in den Körper geschossen. Nur ein einziges Mal, während des ganzen Desasters, war ihr ein Schimpfwort herausgerutscht. »Du Dreckskerl«, hatte sie B. genannt. Ella hatte sich sofort entschuldigt, aber es müsse einmal gesagt sein, hatte sie noch gesagt.

Die bevorstehenden Tage in St. Moritz waren gestrichen. Sie könne sich noch lange entschuldigen, sagte B., es bliebe dabei. Ella entschuldigte sich weiter. (Warum nicht er?)

Ob B. vielleicht Angst davor hat, dass sie sich nicht benehmen könnte, im allerschlimmsten Fall, und das ausgerechnet im Suvretta, dem Hotel, in dem alles, was Rang und Name hat, ein und aus geht, überlegte Ella und sagte zu B., seine Sorge sei ein Hirngespinst.

Ella hatte sich auf den Kurzurlaub gefreut, sehr gefreut.

Sie hatte schon alles in Erfahrung gebracht. Sogar die Strecke des Engadiner Skimarathons verlaufe über den St. Moritzersee, versuchte Ella B. umzustimmen. Sie könnten in der Nacht über den See spazieren und dabei zuhören, wie es unter ihren Füssen knallte. »Du hast einen Vogel«, sagte B. Und er sei ein Angsthase, sagte sie.

B. konnte aber auch nie etwas einstecken. Im Winter sei das Eis dick genug, versuchte es Ella unbeirrt weiter, auf dem St. Moritzersee fänden sogar Pferderennen statt. Milo durfte zu der Schwägerin, Ella hatte schon alles organisiert. Drei volle Tage Urlaub lagen vor ihnen, nur B. und sie. Das hatten sie verdient, nach so viel Arbeit, und sie beide hatten miteinander eine schwierige Zeit.

»Die Meinung des Anderen zu respektieren, auch das hat etwas mit Anstand zu tun.« B.

Wie viele Menschen in dieser Siedlung leben? Eintausend? Zweitausend? Mehr?

In der Nähe der Wohnblocks kommt Wind auf. In den Durchgängen ist er am stärksten. Wie der Junge am Morgen gelacht hat, als es ihr die leere Einkaufstasche davongewirbelt hat. Er ist der Einkaufstasche hinterhergerannt, zu guter Letzt auf sie gesprungen. Ella ist es gleich wieder zu viel geworden, sie hat den Jungen am Arm gepackt und weggezogen. Ella hat sich gut zugeredet, sie hat es sich selber versprochen, dass sie mit dem Jungen einen Drachen basteln wird. Dem Jungen aber hat sie nichts gesagt, ihn weinen lassen, angeschrien zuletzt.

Die Nacht ist auffallend finster, die Wolken verdecken den Mond. Kein einziger Lichtstrahl, der ins Wohnzimmer fällt. Als Kind schaute Ella oft zum Türspalt, sie kniff ihre Augen so lange zusammen, bis sich das Licht zu einem Stern verzog. Immer brannte zu Hause eine kleine Lampe im Flur.

Nur in der Küche und im Bad gibt es Fluoreszenzröhren, dieses grelle Licht. Sie sollte in der Wohnung ein paar Glühbirnen aufhängen.

Zum Glück ist in dem niedrigeren Gebäude, im fünften Stockwerk, diese Wohnung frei geworden, gerade noch rechtzeitig. Ella hat sofort zugesagt, ohne die Wohnung vorher zu besichtigen. Bereits zwei Tage später ist sie mit dem Schlüssel in der Hand vor dem kleineren Gebäude gestanden, das fünfte Stockwerk ist nicht zu sehen gewesen. Die Dachwohnung muss von einer Terrasse umgeben sein, hat Ella überlegt und sich gefreut. Im Lift aber sind die Zahlen weitergegangen.

Ella hat das Gebäude wieder verlassen. Sie ist um den Wohnblock herumgegangen und eine Treppe hinuntergestiegen. Von dort hat sie auf eine wuchtige Fassade geschaut.

Die Zimmer seien schön geräumig, hat der Verwalter erwähnt, als er mit ihr durch die Wohnung im neunzehnten Stockwerk gegangen ist. Die quadratischen Zimmer aber sind Ella klein erschienen. Fünfundneunzig Quadratmeter habe die Dreieinhalb-Zimmer-Wohnung, hat der Verwalter gesagt, der Grundriss sei überall derselbe, nur die Wohnungen auf der linken Seite, die hätten ein Zimmer mehr. Das sei praktisch, wenn man einmal umziehe, dann wisse man schon, wo was hinkomme, welches Bild an welche Wand. Ella hat aus dem Fenster geschaut, in ein endloses Blau.

Ella und Milo schlendern am Hafenbecken entlang. Sie bestaunen die Schiffe, ein Passagierschiff, ein Feuerlöschboot und drei Frachtschiffe. Von einem Heck lacht ihnen eine Wassernymphe zu, mit flatternden Haarsträhnen. »Hafenausfahrt freihalten«, ruft eine scheppernde Stimme. Ella schaut zum Lautsprecher empor. Milo hat den Kanufahrer entdeckt, unter ihnen, dicht an der Betonwand. Eines der Frachtschiffe kommt in Bewegung. Milo zeigt zum Bug. Was dort stehe, fragt er.
»Jaguar«, sagt Ella.
Auch Milo will sein Schiff Jaguar taufen. Zum Geburtstag wird sie ihm ein Schiff schenken, das hat sie dem Jungen versprochen. Den Geburtstagskuchen gebe es im Hafenrestaurant, sagt Ella. Sie wird die fünf Wunderkerzen aus der Manteltasche zaubern und sie in Milos Kuchenstück stecken. Wie ein Feuerwerk werden sie zischen und Funken sprühen. Ella zeigt zum Hafenrestaurant, sie rennen los.
Ella bleibt auf dem schmalen Weg, der zum Restauranteingang führt, stehen. Sie studiert die vergilbte Menükarte.
Älpler Makkaroni mit hausgemachtem Apfelmus
Echte Schweizer Rösti mit Bratwurst
Der Junge rüttelt an der verschlossenen Tür. Er solle den Kopf nicht hängen lassen, sagt Ella. Sie werde im Einkaufszentrum einen Kuchen kaufen. Sie könnten sich bei der Siedlung an den Fluss setzen. Sie würden zu Hause noch eine warme Decke holen. Am Vortag schon ist Ella im Einkaufszentrum gewesen. Sie hat ein Geburtstagsfrühstück für die Kindergartenkinder gekauft, wie es dort die Regel ist. Dies teilte die Kindergärtnerin am Orientierungsabend mit. B. und Ella sassen auf den Kinderstühlen und fanden das, wie alle anderen Eltern, eine gute Idee.
Drei Plastiksäcke mit Madeleines hat Ella am Morgen bei Frau Hirz abgegeben. Keine selbst gemachten Schokoladenmuffins, mit bunten Smarties verziert. Das schlechte Gewissen gleich bei Tagesbeginn.
In dem Korbstuhl habe er sitzen dürfen, dreimal habe ihn die Kindergärtnerin mit der Praktikantin in die Höhe gehoben. Hoch solle er leben, hätten sie gesungen.

Dass sie nicht eine Torte mit hinunter an den Fluss nehmen können, das hat der Junge eingesehen und sich nach einem kurzen Stänkern für den Marmorkuchen entschieden. Bei den Kinderspielsachen aber hat er nicht lockergelassen, bis Ella eingewilligt hat und er das rote Plastikschiff in den Einkaufskorb hat legen dürfen. Dass er ein Schiff bekommen wird, das hat sie ihm versprochen, nur hat sie sich dabei ein Holzschiff vorgestellt.

Zu Hause hat Ella noch einen Knäuel Schnur eingepackt und die Wolldecke.

Während Ella den restlichen Marmorkuchen in Alufolie einwickelt, wirft der Junge die beiden Pappteller in den Abfalleimer neben der Treppe.

Der Junge setzt sich wieder hin. Ella klopft auf sein Bein und sagt, er solle etwas beiseiterutschen.

Aus dem Innenfach ihrer Handtasche zieht sie die Karte heraus, die im Briefkasten gelegen ist, eine Karte ohne Briefmarke. Die Schrift gehört nicht zu B.

Der Holzboden vibriert. Ein Frachtschiff fährt an ihnen vorbei. Der Junge schaut nicht auf, er liegt bäuchlings auf der Plattform. Unter ihm, an einer langen Schnur, kämpft der rote Jaguar gegen die Wellen an.

Roswitha fragt nach, wie es ihr gehe, die ehemalige Nachbarin.

Die ältere Frau, bei der Milo ein paar Tage verbringen konnte, als B. nicht zu Hause war und Ella plötzlich ausfiel.

Ellas Hand liegt auf dem Rücken des Jungen, sie hält das Gesicht gegen den Himmel und schliesst die Augen.

Die Karte gefalle ihr, sagt sie dem Kind, die Sonnenblume, die kenne er doch. Ella zeigt auf die Wiesenblumen. Der Mohn, die Kornblume, die kleine Margerite, sagt sie.

Niemals mehr würde er mit ihr eine Ehe eingehen. Keinen Fünfer könne sie gerade stehen lassen. »Und du machst aus einer Mücke einen Elefanten.« B.

Ella ist auf der Passerelle stehen geblieben. Sie schaut hinunter auf die vermoosten Stahlrohre, die alle paar Meter über die Strasse führen, wie Pergolen. Für was die gut sein sollen? Vielleicht, damit der Blick daran hängen bleibt.
Das hat der Verwalter beim Einzug auch gesagt, hier oben seien die Fusswege. Die Autos würden dort unten fahren. Auch die Fahrräder, wie der Verwalter das betont hat.
Gleich zweimal ist heute Morgen Renée Eves Stimme auf dem Telefonbeantworter gewesen. Bereits am Vorabend habe sie angerufen, gegen zwanzig Uhr. Ella hat nichts gehört.
Ella schickte der Freundin eine E-Mail, teilte ihr rechtzeitig mit, dass sie für die nächste Ausstellung ein anderes Grafikbüro nehmen solle. Gesundheitliche Probleme, schrieb Ella und fügte der E-Mail die neue Wohnadresse hinzu. Sie schrieb der Freundin, dass sie gerade dabei sei, bei B. auszuziehen. Vier, fünf E-Mails gingen noch hin und her. Ella solle sich nicht grämen.
Was da alles neben dem Eingang zur Tiefgarage aufgetürmt ist. An einem der Kartons hängt ein Blatt Papier. *Alles gratis*. Ella schaut sich die Stehlampe genauer an. Eigentlich wäre die in Ordnung, für ein Provisorium, sie schiebt die Regulierung hin und her. Ella überlegt. Der Junge setzt sich auf das Dreirad. Er dreht eine Runde. Bestimmt gehe die Lampe noch, sagt ein älterer Herr, der neben Ella stehen geblieben ist. Was in dieser Siedlung alles fortgeworfen werde, dauernd ziehe jemand um. Die Leute liessen viel zurück, sie stellten es am Morgen hin und am Abend sei es schon fort, was er schon alles gefunden habe. Der ältere Mann zählt auf, es scheint, als würde er gerade ein paar Zentimeter grösser, zwei neue Pfannen, einen Sandkasten für den Enkel, sogar der Wandschrank sei von hier. Ella hört dem älteren Mann zu. Jeder will immer bewundert werden. Ella ginge gerne davon. Am liebsten würde sie den Gorilla machen, die Treppe hoch, breitbeinig und mit hängenden Armen.

Die Emma kommt aus Deutschland, von weit oben, aus dem Norden. Sie transportiert Kies, flussaufwärts und flussabwärts. Ella hat für die Emma Holzspiesse gekauft und eine Schachtel Farbstifte. Milos Kartonbox mit den Buntstiften ist nicht mehr auffindbar. Sie muss beim Umzug verloren gegangen sein, oder sie befindet sich noch in einem der aufeinandergestapelten Kartons.
B. war bei seiner Ausstellung in Helsinki. Ella packte schnell. Sie füllte die Kartons ohne System.
Die Möwen am Ufer sehen wie Kugeln aus. Von einem Tag auf den anderen ist es eiskalt geworden. Der Fluss dampft. Im Nebel, hinter dem Brückenbogen, taucht ein Schiff auf.
In dem weissen Skianzug sieht der Junge aus wie ein Astronaut. Er steigt über die Ufersteine. Die Schnur muss ihm aus dem Fausthandschuh rutschen, dauernd strandet sein Schiff, das nicht mehr Jaguar, sondern neu Emma heisst. Die Emma ist ein Doppeldecker gewesen, sie hat beim Vorbeifahren getutet und Rauch aus dem Kamin gestossen. Auf der Steuerkabine hat eine Fahne geflattert.
Ella hätte einen Wollfaden an den Enden des Holzspiesses befestigen können. Beim Auslaufen auf den Fluss hätten sie die Flagge gehisst.
Die deutsche Fahne hat jetzt kunterbunte Streifen. Er könne das selber, hat der Junge gesagt und Ella das Blatt Papier aus der Hand genommen und auch die Schere. Beim Ausschneiden hat Milo seine Lippen aufeinandergepresst. Das Kind sieht hübsch aus, wenn es sich anstrengt, hat Ella gedacht und sich wieder ihren Karten zugewandt.
»Du hast zu viel Selbstmitleid.« Renée Eve.
Seit ein paar Tagen hat Ella den Telefonstecker ausgezogen. Nur noch mit ihrem Telefonbeantworter sei zu sprechen, sie selber sei nicht mehr ans Telefon zu bekommen.
Sich erklären nützt nichts mehr, wenigstens so viel hat Ella verstanden. Sie wird Renée Eve noch diese Karte schicken, die mit dem Tiger, der durch das Grasland springt.

Ella hat wieder von B. geträumt. Albträume wären besser. Tausend Gründe, warum sie nicht mehr einschlafen will. Ella steht im Flur und schaut zur Decke, zu dem schwarzen Loch, aus dem die beiden Kabel hängen. Einfach mir nichts, dir nichts hat der Maler darübergepinselt. Wenigstens die Enden hat er nicht erwischt, noch etwas Blau und Gelb schaut heraus.
Ella steigt auf den Stuhl, dieser wackelt. Eine Leiter bräuchte sie. Woher nehmen und nicht stehlen? Sie holt den anderen Küchenstuhl.
»Ein wenig gewitzt muss man schon sein.« B. (Jahrelang gehört und nicht verstanden.)
Ella schraubt die Glühbirne in die Fassung. Sie hält das Kabel zwischen Daumen und Zeigefinger und zieht mit der Zange ein Stück der Isolation weg. Ella streckt sich und stösst das Ende in den Kabelverbinder.
Sie sollte jegliche Art der Korrespondenz mit ihrer Freundin einstellen, einfach nicht mehr reagieren. Sie hat auch ohne Renée Eve genug Probleme. Die beiden Freelancer, mit denen Ella das vergangene Jahr zusammengearbeitet hat, kommen für Renée Eve nicht in Frage (seltsamerweise).
Gibt es keine Grafiker in Genf? Eine zweiseitige E-Mail hat Ella der Freundin geschrieben, allen guten Vorsätzen zum Trotz. Die Gesundheit mache Probleme, der Auszug aus dem Haus, nach wie vor lebe sie aus den Kartons, sie komme aus dem Chaos nicht mehr heraus, sie nehme keine Aufträge mehr an, schon gar nicht aus Genf, bei aller Freundschaft, auch nicht von ihr.
»Lass uns das am Telefon diskutieren.« Renée Eve.
Ella drückt den Lichtschalter, die Glühbirne wird hell. Die Freude dürfte etwas grösser sein. Ella trägt die Stehlampe zurück ins Wohnzimmer. Was für ein Unding. Früher hätte sie sich lustig gemacht über dieses Design und so eine Stehlampe nicht nach Hause getragen.

Die Tage werden erträglicher. Nur die Nächte bleiben schlimm. Kaum ist das Licht ausgeschaltet, rollt er wieder heran, der Gedankenklumpen.
Wie viel ein Mensch aushalten kann?
»Tja, Fehleinschätzung.« B.
Wen wundert's?
Notabene, er möge Klammerbemerkungen. Nur sie müsse immer alles direkt ansprechen, und dabei liege sie völlig falsch. Den Kopf schütteln könne er nur.
Im Flur brennt die Glühbirne. Ella lässt die Tür einen Spalt weit offen stehen. Sie schlüpft wieder zurück unter die Decke.
Ella schaut zu dem Lichtstrahl. Sie kneift die Augen zusammen, aber nichts passiert, ausser, dass es für einen Moment dunkel wird. Ella steigt wieder aus dem Bett. In der Küche lässt sie das lauwarme Wasser aus der Bettflasche laufen. Zwischen dem schmutzigen Geschirr steht eine Tasse Tee, Ella hebt das Teesieb an und inspiziert die Kräuter. Sie muss in der Nacht schon einmal aufgestanden sein.
Ob sie dabei ist, den Verstand zu verlieren?
Sie öffnet das Küchenfenster, im Schein der Hoflaterne schneit es.
Der diffuse Druck im Kopf hat sich gebündelt. Ein Stein, der gegen die Schläfe drückt. Ella sitzt am Tisch, ihre Fingerspitzen trommeln gegeneinander.
War die Mutter bei der Arbeit, so war Lorenzo beim Mittagessen das Familienoberhaupt. Während Ellas ältester Bruder das Gebet sprach, rutschten Ellas Hände unter den Tisch, dort trommelten die Fingerspitzen gegeneinander. Nur wenn etwas Erfreuliches geschah, dann betete Ella von sich aus, wie bei den neuen Hasenpelzstiefeln. Mehrmals schlich Ella in der Nacht in den Flur. Sie grub ihre Finger in den weichen Pelz. Schliesslich nahm sie das Geschenk zu sich ins Bett. »Danke lieber Vater im Himmel, ich bin ein Glückspilz.«

Der Druck im Kopf hat sich wieder verstärkt, im Hals wird das Pulsieren spürbar. Ella tappt durch das Wohnzimmer, sie nimmt die Taschenlampe vom Esstisch. Im Lichtkreis taucht die Türklinke auf. Im Zickzack geht Ella durch den vollgestellten Flur zum zweithintersten Zimmer, das Zimmer, das sie für sich einrichten wird. Zwischen den Kartons sucht sie den Sack mit den kleinen Kissen. Aus einem der Säcke zieht sie ein paar Frottiertücher heraus. Zur Not gehen auch die. Ella öffnet die Verbindungstür. Auf Zehenspitzen schleicht sie zu dem Jungen. Sie nimmt die heruntergestrampelte Decke von seinen Beinen und zieht sie ihm bis unters Kinn.

Ella geht zurück ins Wohnzimmer. Dort steht ihr Bett.

Mit den Frottiertüchern baut sie sich ein dickeres Kissen, damit der Kopf höher liegen kann. Ob die Schmerzen an den Schultern daher kommen?

Nun wäre es ihr doch recht, sie hätte so ein altmodisches Bett, bei dem sich das Kopfteil verstellen liesse. Kurz vor dem Auszug schaute sich Ella einige Betten im Internet an. Nacheinander klickte sie auf die Homepage von ein paar angesagten Möbeldesignern. Sie entschied sich schnell, schneller als sonst. Ella organisierte alles zur gleichen Zeit, die Wohnung, die Umzugsfirma, das Mobiliar.

Neben ihr, in einem Plastikbecken auf dem Boden, schwimmen ein paar Eiswürfel. Ella wringt den Lappen aus. Draussen dämmert es bereits. Das Fenster steht offen. Es ist nichts zu hören. Gar nichts.

Als Ella auf dem Balkon im neunzehnten Stockwerk gestanden ist, hat sie die Geräusche der Ortschaft gehört, auch das Rauschen der Autobahn, in der Ferne.

Am nächsten Morgen hat der Verwalter bei ihr angerufen, es werde noch eine andere Wohnung frei, in einem kleineren Gebäude, im fünften Stockwerk.

Hat der Verwalter bemerkt, dass ihr die Höhe nicht geheuer gewesen ist? Als sie vom Balkon zurück in die Wohnung getreten ist, hat sie keinen Mucks von sich gegeben, auch nicht, als der Verwalter gesagt hat, sie könne es sich noch ein paar Tage überlegen.

Es war das einzige Kunstwerk, das draussen im Garten ausgestellt war. Die anderen Werke befanden sich in den beiden Räumen der Galerie.

Die Künstlerin war an einem Nachmittag mit einem Klappstuhl über der Schulter bei Renée Eve erschienen. Sie hatte alleine durch die Räume gehen wollen, mit einem Skizzenblock in der Hand. Daraufhin hatte sie für ihr Kunstobjekt den Garten gewählt, den Schatten eines Baumes. Der Schatten genau jenes Baumes!

»Die Künstlerin ist genauso penetrant wie du.« Renée Eve.

Ella und die Künstlerin standen bei dem Objekt.

Die Einladungskarte zeigte einen Ausschnitt aus dem Muster, dafür hatte sich Ella entschieden. Renée Eve winkte, sie wollte Ella, wie sie später erfuhr, einen Kunstvermittler vorstellen, aber Ella war gerade mit der Künstlerin im Gespräch.

Wie immer übernachtete Ella nach der Vernissage bei Renée Eve. Die dünne Matratze im Wohnzimmer war zu kurz oder Ella zu lang, ihre Füsse hingen in der Luft.

Ella liegt ausgestreckt auf ihrem Bett. Sie schaut auf die Uhr. In liegender Position vergrössert sich jedes Mal die Unruhe. Trotzdem steht sie nicht auf. Auch nicht, als ihr der Junge eine Zeichnung auf die Decke legt.

Der Junge zieht an Ellas Bein. Er wolle hinunter zum Fluss, er müsse die Möwen und die Enten füttern. Zwischen den Zweigen der Tanne halten sich ein paar Vögel versteckt, immer wieder schneit es von einem anderen Ast. Es werde einen heftigen Regen geben, sagt Ella, so düster, wie der Himmel sei. Das aber hält den Jungen nicht von seinem Vorhaben ab. Er verschwindet im Flur. Kurz darauf kommt er mit seinen Stiefeln in den Händen ins Wohnzimmer. Er rüttelt wieder an Ellas Bein, dann an ihrem Arm. Zum Schluss zieht er ihr die Decke weg und schleift sie durchs Wohnzimmer. Er lässt die Decke neben dem Esstisch liegen. Der Junge schiebt die Brotlade auf, im gleichen Moment kommt es Ella in den Sinn, dass sie Brot hätte kaufen sollen.

Für die nächste Ausstellung muss sich Renée Eve ein anderes Grafikbüro suchen. Später wird Ella ihre Arbeit wieder aufnehmen. Ihr Leben sei aus den Fugen geraten, hat Ella der Freundin per E-Mail geschrieben.
»Wie du dich nur so hängen lassen kannst.« Renée Eve.
Ella würde nicht einmal mehr bis nach Genf kommen. Selbst der Spaziergang zum Hafen hat in einer Erschöpfung geendet. Zwei Tage lang sind sie geblieben, die Schmerzen im Körper, als hätte sich jeder Muskel einzeln verkrampft.
Das Ufer ist verwaist. Keine einzige Möwe ist zu sehen, auch nicht am gegenüberliegenden Ufer, sogar auf den dicken Eisenketten der Schiffsanlegestelle sitzt keine. Die Enten sind dicht zueinandergerückt. Eine einzelne steht im seichten Wasser und bohrt ihren Schnabel in den Kies. Mit einem Jauchzer springt der Junge los und scheucht die Enten auf. Hoch über dem Fluss auf dem Drahtseil sitzen sie, die weissen Vögel, einer neben dem anderen.
Über etliche Jahre hatte Ella die Einladungskarten, Flyer und die Website für Renée Eves Ausstellungsraum gestaltet, später auch die dünnen Kataloge für ihre Galerie (immer gerne gemacht, meistens).
Die Details wurden von Renée Eve geschätzt, auch die typografische Feinarbeit, der Flattersatz, der von Hand ausgeglichen worden war. Nur in der Druckerei mochte man Ellas pingelige Art nicht. Dass der Drucker sich überhaupt getraut hatte, ihr so etwas zuzusenden. Das Muster zeigte einen eindeutigen Grünstich. Selbstverständlich unterschrieb Ella das Gut zum Druck nicht, stattdessen rief sie in der Druckerei an und fragte, wann sie drucken werden. Besser, Ella stimmte die Farbe mit dem Offsetdrucker an der Druckmaschine ab. Dass sie dies in der Druckerei am meisten mochten, wusste Ella, die Tochter der Maria Sofia Lotti, die selber eine Druckerei geführt hatte, im Städtli. Wie die Angestellten geschimpft hatten, kaum war der Kunde weg gewesen. Nur die Mutter hatte nie etwas gesagt. »Questo non è professionale.« (Das ist unprofessionell.)

Das Zimmer des Jungen ist fertig eingerichtet. Sobald er die Tür schliesst, lebt wenigstens er in einer ordentlichen Welt. Ansonsten geht nicht mehr viel. Wenn Ella an einem Samstag vom Einkaufszentrum kommt, macht sie einen Schlenker. Neben der Einfahrt zur Tiefgarage steht alles Mögliche, Salatschwinge, Fernsehapparat, Wäschekorb, Bücher ... Nur ein Schrank ist nie dabei.
Die Kartons lassen sich nicht weiter auspacken. Das Erbstück steht im Keller, der schwere Eichenschrank der Grosseltern. Die Eiche hatte der Grossvater eigenhändig gefällt, der Sohn eines Försters und selber Förster. Nur Ellas Vater hatte mit der Tradition gebrochen und war Schriftsetzer geworden. Lange übte er seinen Beruf nicht aus.
An der Schläfe des älteren Arbeiters ist die Ader hervorgetreten. Mit dem Trinkgeld wird sie nachher nicht knauserig sein, hat Ella überlegt, während die Umzugsmänner unter Stöhnen versucht haben, den Schrank vom Flur ins zweithinterste Zimmer zu bekommen. Die Umzugsmänner haben den Schrank wieder abgestellt. Ella hat einen verstohlenen Blick auf den Unterarm des älteren Mannes geworfen, auf die Tätowierung. Die paar Buchstaben unter dem Anker haben für Ella keinen Sinn ergeben. Der ältere Mann muss ihren Blick bemerkt haben. Er sei früher Matrose gewesen, als Spund. Auf der ganzen Welt sei er herumgekommen, hat er gesagt. Der ehemalige Matrose hat den Meter auseinandergeklappt und einen Türrahmen nach dem anderen ausgemessen. Fünfundsiebzig auf einen Meter fünfundneunzig, hat er gemurmelt und dabei den Kopf geschüttelt. Nur die Wohnungstür sei wie die Norm. Durch die haben sie den Schrank hereinbekommen, aber von dort ist es nicht mehr weitergegangen.
Die Umzugsmänner haben noch überprüft, ob sich das schwere Erbstück eventuell zerlegen liesse. In eines der Schlafzimmer bekomme man den Schrank nur von aussen, mit einem Kranwagen, hat der jüngere Umzugsmann gesagt, und der ältere hat ihm zugestimmt. Im Keller hat es noch Platz gehabt. Nur ein paar Leinwände hat Ella dort untergebracht.

Das erste Jahr mit dem Kind ging auch an die Substanz. Nur war das eine andere Müdigkeit.

Die durchwachten Nächte, selbst wenn das Kind längere Zeit ruhig war, stand Ella auf. Sie beugte sich über die Wiege und vergewisserte sich, dass der Säugling noch atmete. Und wenn er schrie, beunruhigte sie dies ebenfalls. Ausgerechnet sie, die alles andere als eine ängstliche Frau war. Dauernd dachte sie, sie mache etwas falsch. Es war eine diffuse Angst, etwas Unbekanntes, nicht Fassbares. Fast täglich rief Ella ihre Schwägerin an. Das Schreien sei der einzige Weg zu kommunizieren und müsse sie nicht beunruhigen. Jeder Säugling schreie. »Hallo, hier bin ich, mir geht es gut.« Regina.

Ella öffnet Milos Brotdose. Wie eine Maus hat er sein Sandwich angeknabbert und liegen gelassen.

Für was springt Ella noch kurz vor Ladenschluss ins Einkaufszentrum, damit sie dem Sohnemann etwas zum Frühstück in den Kindergarten mitgeben kann? Sie reisst sich zusammen und sagt nichts.

Ein paar Mütter der Siedlung organisieren während der Adventszeit einen Samstagshort. Ein Plakat hängt über dem Packtisch im Einkaufszentrum. Es hat noch freie Plätze. Bereits morgen beginnt der erste Hort. Sie werden mit den Kindern auch Weihnachtsgeschenke basteln. »Das wäre doch etwas«, sagt Ella. Milo zuckt die Schultern. Ella zählt auf, was sie dort alles machen werden. Sie gibt sich Mühe.

Wie viel lieber würde sie sich wieder hinlegen, einfach unter der Decke verschwinden. An einem Nachmittag würden sogar Weihnachtsguezli gebacken, Mailänderli, Brunsli, vielleicht sogar Zimtsterne, sagt sie. »Was sind Zimtsterne?«, fragt Milo. Das kann doch nicht sein, dass ein fünfjähriger Junge nicht weiss, was ein Zimtstern ist. Lernen die Kinder auch etwas Nützliches im Kindergarten? Oder besteht das Leben nur aus Hexen und Gespenstern?, würde Ella den Jungen am liebsten anschreien. Sie wendet ihr Gesicht vom Kind ab und beisst sich den Finger blutig.

Milo ist mit dem Aufkleben der Watte beschäftigt, ein Schneemann soll es werden. Wie laut es im Raum ist. Ella beobachtet die drei Mütter, die geschäftig um den langen Tisch gehen. Eine der Frauen trägt eine Kette mit hellgrünen Plastikkugeln. Die Frau kommt auf Ella zu, sie rutscht etwas zur Seite. Aus dem Papierstapel zieht die Frau oranges Papier heraus. Ella schaut auf die Plastikkette, auf die groben Nähte der Kugeln.

Den anderen Müttern scheint der Lärm nichts auszumachen. Auch nicht das Gezanke zweier Kinder. Das eine ist gerade dabei, dem anderen das orange Papier wegzureissen. Daraus würden sie nur die Nasen machen, ruft eine der Mütter über den Tisch. Es habe genug oranges Papier für tausend Schneemänner, schreit eine andere Mutter vom Tischende zwischen das Gekreische der beiden Kinder, an dem sich neu zwei weitere Kinder beteiligen.

Bei Milo im Kindergarten ist es ruhiger.

Der Lärm ist unerträglich. Ella fährt mit den Fingerspitzen über ihre Schläfen. Sie schiebt die Finger unters Haar und drückt sich mit den Zeigefingern die Ohren zu.

Hat ihr gerade die Frau mit der grünen Plastikkette einen schiefen Blick zugeworfen? Ella setzt sich wieder gerade hin und verschränkt ihre Arme. Ein asiatisches Mädchen rutscht von seinem Stuhl herunter.

»Was hast du da?«, fragt das Mädchen und zeigt auf das Pflaster an Ellas Finger.

»Ich habe mich mit dem Küchenmesser geschnitten«, sagt Ella.

»Autschi«, sagt das Mädchen, »tut das weh?«

Ella schüttelt den Kopf. Das Mädchen springt zurück an seinen Platz. Es sitzt drei Stühle von Milo entfernt. Ella geht zu ihrem Sohn. Sie flüstert ihm ins Ohr, dass sie für einen Moment nach draussen gehen werde, nur bis vor die Tür.

Kaum fällt die Tür hinter Ella ins Schloss, schlägt sie wieder auf. Milo klebt ihr an den Fersen.

Schon als drei Monate alten Säugling brachte sie den Jungen in die Krippe. Und an den Wochenenden war er gelegentlich bei einer ihrer Freundinnen oder bei Regina, Lorenzos Frau. Maria Sofia, die Mutter, hätte den Jungen auch gerne gehütet. Aber damals arbeitete sie noch. Das war Ella wichtig, dass der Junge auch anderen Menschen vertraute, nicht gänzlich auf sie und B. fixiert war. Milo zieht Ella zurück in den Raum. Die Mutter mit der grünen Plastikkette wirft ihr tatsächlich einen schiefen Blick zu. Ella hat gleich zu Beginn gesagt, dass sie nicht mithelfen könne, ihr sei nicht wohl. Eigenartig ist es schon, dass ihr das niemand glaubt.

Es regnet, zwischendurch fallen ein paar Schneeflocken. Ella mag die Winterzeit, das Konstante der kaltnassen Tage. Mit einem guten Gewissen könnte sie den ganzen Tag im Bett verbringen. Wäre Milo nicht, sie würde es tun. Der Junge treibt sie aus den Federn. Seit sie umgezogen sind, will er nicht mehr alleine sein, auch am Sonntagmorgen nicht. Früher stand sie nur kurz auf und kochte ihm einen Kakao. Irgendwann kroch etwas über ihre Beine und Milo kuschelte sich zwischen B. und sie.

Ella geht mit dem Schneemann durch die Wohnung, Milo springt hinterher. Sie dürfe wählen, er gehöre ihr, hat Milo grosszügig gesagt. Nur ihre Vorschläge, die gefallen ihm nicht.

In der Essecke, genau dort, solle er hängen, sagt Milo und zeigt auf die schmale Wand, die die Küche vom Wohnzimmer trennt. Ella hält das braune Papier mit dem Schneemann hin. Sie rutscht damit hinauf und herunter. »Stopp«, ruft Milo. Ella macht das Zeichnungsblatt mit vier Reissnägeln fest, die Wand ist weich wie Butter.

Vom Esstisch aus betrachtet Ella das Bild. Mit was für kleinen Wattestückchen der Schneemann ausgefüllt ist. Der Junge kann sorgfältig arbeiten, das hat auch Frau Hirz, die Kindergärtnerin, lobend gesagt. Milo ist in seinem Zimmer verschwunden. Er hat noch eine Zeichnung, die er aufhängen will.

Milo mag den Samstagshort. Obwohl es ihn in Aufregung versetzt hat. Dauernd hat er von seinem Blatt aufgeschaut und sich vergewissert, ob Ella noch auf dem Stuhl in der Ecke sitzt. Auch das asiatische Mädchen hat ihr öfters einen Blick zugeworfen. Hätte Ella dem Mädchen zugelächelt, es hätte es womöglich als Aufforderung verstanden und wäre wieder von seinem Stuhl heruntergerutscht.

Océane hätte ein zweites Kind geheissen, im Falle eines Mädchens. Ella hatte nie an eine eigene Familie gedacht. Sie hatte ihre beiden Brüder mit ihren Kindern. Aber als es bei ihr und B. auf die vierzig zuging, da kam es ihr auf einmal in den Sinn. Wie überrascht B. war. Nach ein paar Wochen setzte er sich zu Ella auf den Arbeitstisch. »Gut, ich bin gesprächsbereit.« B.

Nach und nach rückte er damit heraus, dass er schon länger darüber nachgedacht hatte, sein Privatleben auszubauen.

Der Puls beruhigt sich nicht, aber das Stechen an der Schläfe lässt etwas nach. Soll sie Frau Dr. Bühlach anrufen? Ella ist abrupt auf der Treppe stehen geblieben. Sie schaut hinunter zum Fluss. Auf dem Uferkies liegt ein wenig Schnee, wie Puder sieht es aus.
Dort sei die Grenze, hat Ella zu dem Jungen gesagt, auch seine Schuhspitzen berührten den braunen Saum nicht! Milo hat genickt und ihr einen Klaps auf die Hand gegeben. Ehrenwort?, hat Ella gefragt. Milo hat nochmals genickt. Und er ist, wie es an diesem Tag eine weitere Abmachung zwischen ihnen ist, gemächlich hinunter zum Fluss gegangen.
Hinter dem braunen Saum fliesst das Wasser. Dort schauen ein paar Steine mit weissen Mützen heraus. Sobald Milo das Brot wirft, flattern sie auf.
Der Himmel ist tiefblau.
Milo hat seine Schlittschuhe selber tragen wollen, aber nicht in der Schlittschuhtasche, die sei für Babys. Die Schlittschuhe baumeln über seiner Skijacke, einer hinten, einer vorne.
Ella hat die Ellbogen auf das Treppengeländer gestützt und ihren Kopf zwischen die Hände genommen. Sie drückt die Fingerspitzen stärker gegen die Schläfen. Wenn nur der Boden unter ihren Füssen nicht ins Wanken kommt.
Auf der Kunsteisbahn wird sie sich draussen an einen Tisch setzen und dem Jungen zuschauen, wie er seine Runden dreht. Schlittschuh fahren könne der Junge erstaunlich gut, auch das hat die Kindergärtnerin gesagt.
Milo konnte kaum gehen, da schnallte ihm Ella die kleinen Schlittschuhe mit den Doppelkurven an. Ella fuhr hinter dem Jungen und stiess ihn über die Eisfläche, je schneller die Fahrt ging, umso mehr kreischte er.
»Wir haben einen Kamikaze, wen wundert's.« B.
Der Junge springt die Treppe hoch. Gemeinsam gehen sie hinauf zur Brücke, gleissendes Licht flutet ihnen entgegen. Ella klappt ihre Handtasche wieder zu. Die Sonnenbrille hat sie zu Hause liegen gelassen. Sie blinzelt. Schwarze Gestalten treten aus dem Licht.

Jede Wohnung der Siedlung hat neben dem Briefkasten, der nur für Werbeprospekte und Gratiszeitungen ist, auch ein Postfach, im Vorraum der Poststelle. Ella hält den Bettelbrief einer gemeinnützigen Organisation, ein Kunstmagazin und einen Brief von Renée Eve in der Hand. Noch während des Hinausgehens reisst Ella Renée Eves Kuvert auf. Sie zieht vier Blätter heraus, eines ist der Terminplan für die nächste Ausstellung, der ist mit einem gelben Post-it versehen.
Ella staunt über die ebenmässige Schrift der Freundin. Drei Seiten hat sie geschrieben, so viel Mühe hat sich Renée Eve gemacht.
Ella hält noch immer den Brief in der Hand, den sie soeben zum zweiten Mal gelesen hat. Sie wird nicht mehr darauf reagieren.
Ellas Benehmen sei nicht mehr nachvollziehbar. Und überhaupt sei B. als Künstler überschätzt. Renée Eve hat noch nie etwas mit ihm anfangen können. Renée Eves Herz schlägt vor allem für die Künstler, die es noch zu entdecken gibt, mit Ausnahme von ein paar wenigen, auserkorenen. B. hatte nie dazugehört.
Bis ins letzte Detail beschreibt Renée Eve ihre Migräneanfälle, von denen sie zeitweise jedes Wochenende heimgesucht wird. Ob sich das Ella vorstellen könne, wie sich das anfühle, wenn man den Tag mit zugezogenen Fensterläden im Büro auf dem Klappbett verbringen müsse und dabei einen Tisch im Visier habe, der vor lauter Arbeit überquelle. Und Tatsache, bei ihr seien schon einige Partnerschaften in die Brüche gegangen. Die letzten beiden Beziehungen seien auch nicht einfach gewesen, ein Fiasko grösser als das vorherige.
Wieder kommt bei Ella das schlechte Gewissen auf, dass sie die Freundin für die nächste Ausstellung hängen lässt.
Die Arbeit sei die beste Medizin. Sie lenke die Aufmerksamkeit von den Schwierigkeiten ab und bringe einen Menschen zurück auf die Beine.
»Also gib dir endlich einen Ruck.« Renée Eve.
Ella lehnt noch immer an der Wand. In den Schneeflocken taucht das Gesicht eines alten Chinesen auf. Er lacht und zeigt seinen Goldzahn.

Für die Besprechung reiste Ella zu Renée Eve nach Genf. Sie wollten sich über die Beschriftung der Kunstwerke und die Gestaltung der Einladungskarte einig werden. Ella hatte erste Entwürfe dabei und die Offerte der Druckerei. Ein Dreivierteljahr ist das auch schon wieder her.
Nicht nur die Nacht auf der dünnen Matte in Renée Eves Wohnzimmer war anstrengend, auch die ewig langen Gespräche. Renée Eves Talent, viel zu reden, nie auf den Punkt zu kommen und immer noch eine Geschichte dazwischenzuschieben. Zuletzt kam die Diskussion über den Bildrand, und das kurz vor Mitternacht. Immer wieder tauchte bei Ella die Sorge auf, dass sie dafür bezahlen würde, kaum mehr den Tritt in die kommende Woche fände. Seit sie nebst ihren Arbeiten als Grafikerin und Künstlerin auch noch ein Kind hat, verbringt sie die Nächte besser schlafend. Das nächste Mal wird sie sich ein Hotelzimmer nehmen, wie oft sie das schon gedacht hatte.
Gerade Abschlüsse auf allen vier Seiten wären für die Einladungskarte ästhetisch schöner, ein Teil der Unterschrift fiele dann weg, sagte Renée Eve. Der Künstler hatte sein Werk in der unteren rechten Ecke signiert, dicht am Rand. Würden sie hingegen auf das Schneiden verzichten und den ausgefransten Bildrand bringen, wäre es kunsttreu, respektvoller auch. Kaum hatten sie sich erneut geeinigt, dass sie den Bildrand schneiden werden, kam Renée Eve mit dem Rahmen. Ob sie das Bild nicht doch besser mit dem Rahmen aufnehmen sollten. Renée Eve hatte dies mit dem Künstler bereits ausgemacht, dass sie die Bilder inklusive Rahmen verkaufen werden. Welchen Platz Ella auch einnahm, Renée Eve vertrat jedes Mal die Gegenposition. Dies sei eben eine Diskussion, sagte B. zu Ella, als sie wieder zu Hause war, aber mit ihr könne man nicht diskutieren.
»Mit so einem Dickschädel.« B.
Ella würde am liebsten das Fenster aufreissen und hinausschreien, dass er endlich aufhören solle. Jetzt schreit sie tatsächlich. »Denkst du, ich bin schwerhörig?«
(So ein Sauhund, so ein verdammter Sauhund.)
Niemals mehr würde sie zu B. zurückkehren!
Ella reisst den Kühlschrank auf und flucht, sie flucht tatsächlich. Ella stampft zurück zum Fenster. In hohem Bogen wirft sie eine Karotte hinaus!

Ella ist weitergegangen, den Wohnblock entlang bis zu den Briefkästen. Eine Wand voller Schilder. Ihr Blick schweift über die vielen ausländischen Namen. Zum Glück hat sie ihren Nachnamen behalten, Lotti fällt hier nicht auf.
Sie steckt den Schlüssel ins Schlüsselloch. Ein wenig am Griff rütteln und die Tür würde auch so aufspringen.
Die Briefkästen würden demnächst ersetzt, hat der Verwalter gesagt. Die Gratiszeitungen und Werbeprospekte liegen zu lassen sei streng verboten. Entsprechende Kleber gebe es bei der Verwaltung. Ella wird sich einen davon besorgen. Sie wirft die Gratiszeitung und die beiden Werbeprospekte auf die Briefkästen.
Potatoes, hat der alte Chinese zu ihr gesagt. Ella wird ein paar Kartoffeln in einen Plastiksack stecken und diesen aus dem Fenster werfen. Die Karotte vom Vortag haben sie nicht gefunden.
Unaufhörlich fallen die weissen Flocken aus dem grauen Himmel. Milo baut mit dem chinesischen Mädchen und seinem Grossvater den zweiten Schneemann, gemeinsam rollen sie die Schneekugel über den Spielplatz. Neben der Rutschbahn rollt der Bruder des Mädchens eine noch grössere Kugel den Hügel hinunter. Zum wiederholten Mal bleibt sie im Schnee stecken.
Seit Ella die Ausstellungsgestaltung für das städtische Kunsthaus machen könne, habe sie keine Zeit mehr für Freunde.
»So setzt jeder seine Prioritäten.« Renée Eve.
Der Grossauftrag fiel Ella völlig unerwartet zu. Die vorgelegte Maquette hatte dem Künstler der Sonderausstellung nicht gepasst. Ein sehr berühmter Künstler, hatte die Kuratorin zu Ella gesagt und dabei zu flüstern begonnen, da sie mit dem Grafikbüro ohnehin etwas Probleme hätten, sei dies ein guter Moment für einen Wechsel. Ella hatte noch nie die Chance erhalten, einen Auftrag für das städtische Kunsthaus auszuführen, obwohl sie die Kuratorin schon länger persönlich kannte, nicht durch B. und auch nicht durch Renée Eve.
Ella machte die Adresse des Künstlers ausfindig, B. half ihr dabei. Noch bevor Ella mit dem Entwerfen anfing, reiste sie nach Mailand. Der Künstler, ein Mann in Ellas Alter, war nur zu Beginn etwas kratzbürstig. Aber vor allem hatte er genaue Vorstellungen von dem, was er wollte.
Ella bekam den Grossauftrag mit Katalog, Plakat, Saalbeschriftung, Saaltextbroschüren und einem Dia für die Kinowerbung. Ella rief sofort die beiden Freelancer an, mit denen sie schon zusammengearbeitet hatte, und stellte beide gleichzeitig ein.

Als es mit den Terminen eng wurde, sie an den Abenden und Wochenenden weiterarbeiten musste, brachte sie Milo zu Lorenzos Frau Regina.
Ein Gestaltungskonzept für den visuellen Auftritt des Kunsthauses schwebe ihr vor, sagte die Kuratorin zu Ella bei der Vernissage, vielleicht die nächste Zusammenarbeit.
Renée Eve hat in ihrem Brief aufgelistet, welche namhaften Künstler schon bei ihr ausgestellt hatten. Zwei davon sind in der Tat berühmt geworden. (Warum schreibt sie das?)
Frau Hirz, die Kindergärtnerin, kommt wieder zurück. Im Nebenzimmer hat sie Milo zwei Arbeitsblätter hingelegt. Gleiche Figuren solle er suchen und ausmalen, auf dem anderen Blatt könne er ein Muster nachzeichnen. Dies sei eigentlich eine Arbeit für die Grossen im Kindergarten, sagt Frau Hirz, gelegentlich aber dürfe auch er an so einem Blatt arbeiten, damit sei er zu locken. Ansonsten sei es schwierig mit ihm. Er sitze auf seinem Stuhl und verweigere alles, oder er störe die anderen Kinder beim Spiel. Ella hat ein Ameisenlaufen im ganzen Körper. Besser, sie konzentriert sich auf die Bilder an der Wand, Schafe auf dunkelblauem Zeichnungspapier, den Korkenzapfen in weisse Gouachefarbe getunkt und aufs Papier gedrückt.
Die Kindergärtnerin schaut Ella an, als erwarte sie eine Antwort. Sie wolle ihr nicht zu nahe treten, sagt Frau Hirz, aber warum nehme sie das Angebot nicht an und entlaste sich? Ella weiss nicht, was sie darauf antworten soll.
Nach einer kurzen Pause fährt Frau Hirz fort. Die Hälfte der Kinder käme mit dem Kindergartenbus. Ella muss den Übergang verpasst haben. Sie solle es sich überlegen, sagt Frau Hirz, jetzt im Winter mit dem Fahrrad, das sei doch beschwerlich und der Weg zu weit.
Den Einkaufskorb, der an der Lenkstange befestigt gewesen ist, hat Ella vergangene Woche abmontiert, den braucht sie nicht mehr. Ella hat ihr Leben bereits vereinfacht. Sie kauft im Einkaufszentrum der Siedlung ein, eine kleine Nische mit Biogemüse gibt es auch dort.
Dass Milo im Kindergarten zu einem Störenfried geworden ist, das nimmt Ella mit. Oft zog sie sich am Wochenende für ein paar Stunden in ihr Büro zurück. Milo machte gut mit, er störte kaum und liess sie in Ruhe arbeiten.
In letzter Zeit fährt sie den Jungen öfters an, nennt ihn ein Baby. Wenn er die Bändel der Hausschuhe nicht festzurrt, beim Gehen die Schnalle dauernd auf den Boden schlägt. Wie ihr das an den Nerven zieht. Als würde er sie absichtlich provozieren.

Vielleicht hätte sie auch mit B. besser umgehen können, wäre das mit ihm nicht zeitgleich passiert mit dem Grossauftrag des städtischen Kunsthauses.
Ella hatte keine Kapazität mehr auch noch für soziale Probleme. Vermutlich wäre es mit B. besser verlaufen.
Vielleicht auch nicht.

Das Spülbecken ist mit schmutzigen Tellern und Gläsern vollgestellt. Der Zipfel des Geschirrlappens hängt über dem Pfannenrand. Das leise Tack-tack-tack der Tropfen hat aufgehört. Was für ein von Gedanken geplagter Mensch sie geworden ist. So viel Leid auf so viel Glück, das einmal war.
Ella nimmt den lauwarmen Tee und geht hinaus auf den Balkon. Die Nacht ist auffallend hell. Auf irgendeinem Balkon muss ein Mieter eine Pfeife rauchen. Ella lehnt sich über den breiten Pflanzentrog. Es ist nicht auszumachen, woher der Rauch kommt. Unter ihr klettert ein beleuchteter Nikolaus die Fassade hoch. Er schaut vergnügt zu Ella herauf, aus seinem Rucksack schauen ein paar Geschenke.
Ella wird sich im Internet ein Lammfell bestellen und eine Wolldecke. Sie will ihren Balkon wintertauglich machen wie die Terrassen der Bergrestaurants. Vielleicht gibt es im Einkaufszentrum ein Windlicht zu kaufen. Ella zündet sich eine Zigarette an.
Dieses Jahr wird sie keinen Weihnachtsbaum aufstellen, da kann der Sohnemann noch lange herumschreien und mit den Füssen stampfen. Sie werde sicher nicht mit dem Bus in die Stadt fahren, um dann eine Tanne auf ihrem Rücken über die Passerelle zu schleppen, hat sie zu Milo gesagt. Das Auto ist bei B. geblieben. Milos Schrei ist ihr wie ein Stromstoss durchs Hirn gefahren. Das schlechte Gewissen hat Ella in das Einkaufszentrum getrieben. Sie hat ein paar Weihnachtskugeln kaufen wollen und im Blumenladen ein paar Tannenzweige, falls es im Einkaufszentrum einen Blumenladen gäbe.
Milo ist zwischen den Regalen gestanden und hat geschrien, bis er einen knallroten Kopf bekommen hat.
Kann sie ihrem Unmut je freien Lauf lassen? Auf den Weihnachtskugeln herumtrampeln, bis sie in tausend Scherben liegen?
»Wir haben eine Bruchlandung gemacht.« B.
»Sei endlich still, du Affe«, hat Ella geschrien. Milo ist der Mund offen stehen geblieben. Keinen Mucks hat er mehr von sich gegeben.
»Bei so einem Umgang würde ich auch toben«, hat ein älterer Mann gesagt, der ausgerechnet bei den Geschenkrollen stehen geblieben ist. Ella hat im Korb gewühlt und schliesslich grüne und goldene Kugeln in den Einkaufskorb gelegt.

Dass die drei Frauen die Tische nicht auseinanderschieben. Dieses dauernde Scht ist noch schlimmer als der Lärm der Kinder. Wie sollen sie zur Ruhe kommen, wenn sie sich beinahe auf dem Schoss sitzen?
Aber es ist Ella zu anstrengend, etwas zu sagen. Beim Sprechen verstärkt sich jedes Mal der Druck in ihrem Kopf. Weihnachtsgeschenke werden sie heute im Samstagshort basteln. Ella sitzt auf ihrem angestammten Platz hinten im Raum. Am späteren Nachmittag werden sie die angemalten Joghurtbecher schmelzen, dafür werden die Kinder in Gruppen eingeteilt. In drei Privatküchen wollen die Mütter mit den Kindern weiterarbeiten. Ella hat sich entschuldigt. Ihre Wohnung sei noch nicht fertig eingerichtet, überall stapelten sich die Kartons, und im Wohnzimmer befinde sich ihr Bett. Nein, das mit dem Bett hat sie nicht gesagt, aber das mit den Kartons, auch dass die Küche noch nicht vollständig eingeräumt sei, hat sie gesagt.
Was hat sie sich auch erklärt.
Wie viel Druck so ein Kopf aushalten mag?
Da der Blutdruck normal sei, sei es vermutlich ein emotionaler Druck.
»Warum sprechen Sie seinen Namen nicht aus, nennen Ihren Ehemann immer nur B.?« Frau Dr. Bühlach.
Ella steht auf. Sie hilft der Frau, die Joghurtbecher aus dem Schrank herauszunehmen. Erneut erhält Ella einen vorwurfsvollen Blick. Oder meint sie das nur? Sie kann die Menschen nicht mehr einschätzen.
Ella hat die Tanne im Visier. Es ist eindrücklich, wie viele Bäume und Büsche es in dieser Siedlung gibt. Im Frühling wird es bestimmt üppig grün werden. Wenn Ella bei sich aus dem Schlafzimmerfenster sieht, schaut sie direkt in eine Baumkrone.
B. wird schon lange von seiner Ausstellung in Helschinzki zurück sein. Ella muss lachen. Ob das der Beginn einer Verrücktheit ist? Ihr Lachen verliert sich im Stimmengewirr. Ella kann dieses Künstlerleben nicht mehr ernst nehmen.
Eine Schar Vögel ist auf die Tanne geflogen. Vierzehn, fünfzehn, Ella beginnt nochmals mit dem Zählen, zwölf, dreizehn. Das Zählen der Vögel ist unmöglich, immer schneit es von einem anderen Ast.

Wo denn die Möwen seien, fragt Milo. Noch immer hält er das Stück Brot in der Hand und schaut in den Himmel.
Er solle nicht ein Loch ins Universum starren, sagt Ella. Ein paar Brocken Brot müsse er in den Fluss werfen.
Ella nimmt dem Jungen das Brot aus der Hand. Sie reisst ein paar Stücke weg und schmeisst sie hinaus in den Fluss.
Auf der gegenüberliegenden Uferseite fliegen die ersten Möwen auf. Sie gleiten zu ihnen herüber, dazwischen befinden sich zwei Enten, mit weit ausgestreckten Hälsen und schnellen Flügelschlägen. Es sieht aus, als hätten sie seitlich zwei Propeller. Die beiden Enten landen direkt vor ihnen im Fluss. Einige Möwen bleiben beinahe in der Luft stehen. Zwischen den weissen Flügeln hängen die orangen Beine. Die Möwen schnappen sich gegenseitig das Brot weg. Pfeifen kann man das nicht nennen, ein ohrenbetäubendes Geschrei ist das.
Milo jubelt vor Freude. Ein ganzer Laib Brot würde nicht ausreichen, immer mehr Möwen kommen angeflogen.
»Seit du die Ausstellungsgestaltung für das städtische Kunsthaus machen kannst, hast du keine Zeit mehr für Freunde.« Renée Eve.
Unaufhörlich hämmert dieser Vorwurf in Ellas Kopf.
Renée Eve machte es schon immer Mühe, wenn sie zurückstehen musste. Ella fiel das mehr als nur einmal auf, aber sie sagte nie etwas. Früher blieb Ella oft länger als nötig bei ihrer Freundin in Genf. Meistens hing sie nach der Arbeit noch einen Tag Freizeit dran. Damals war Milo noch nicht auf der Welt.
»Bei dir dreht sich alles nur um das Kind.« Renée Eve.
Fast rund um die Uhr war Ella mit dem Säugling beschäftigt. Und auch B. war mehr als sonst zugegen. Vier Monate Auszeit waren geplant, nach einem Monat nahm Ella einen Teil ihrer Arbeit wieder auf. (Ist das alles vergessen?)

Einen Flyer musste sie für Renée Eves Event entwerfen. Zur Ausstellungseröffnung hatte Renée Eve eine Band engagiert. Im Garten wollte sie ein paar Bars aufstellen lassen. Wobei jede Bar einen anderen Longdrink verkaufen sollte.
Die Skizzen lagen über Ellas Arbeitstisch verstreut. Nichts fiel ihr ein.
Alle paar Minuten sah sie auf die Uhr, dauernd überlegte sie sich, was die beiden wohl gerade taten. Sie vermisste ihre kleine Familie, B., Milo und sie.
Diesmal wird Renée Eve Ella nicht umstimmen können. (Dieses klitzekleine Wörtlein Ja.)
Der Laptop muss aus der Wohnung. Warum schickt ihr Renée Eve die Rohdaten für die nächste Ausstellung? Trotzdem hat es Ella nicht bleiben lassen können und sich die JPGs angeschaut. Danach hat sie auf die Homepage des Künstlers geklickt. Sie hat den Pfeil auf eine neonfarbene Form gezogen und auf die Maustaste gedrückt.
Renée Eve hat ein gutes Gespür, einen unverstellten Blick auf die Kunst. Das hat Ella der Freundin doch noch schreiben wollen. Sie hat sich lobend zu Renée Eves Wahl geäussert, auch zu ihrem Mut. Kaum hat Ella die E-Mail weggeschickt, hat sie eine nächste E-Mail geschrieben, eine ganze Seite lang. Sie hat sich entschuldigt, sich ein weiteres Mal erklärt und nochmals darauf hingewiesen, dass sich Renée Eve für die nächste Ausstellung ein anderes Grafikbüro suchen müsse. Sie habe gesundheitliche Probleme. Und ihre Absage habe nichts mit dem städtischen Kunsthaus zu tun. Sie sehe aus dem Wirrwarr mit B. nicht mehr heraus.
Die beiden Frauen müssen zeitgleich vor dem Bildschirm sitzen, es geht in einem rasanten Tempo hin und her. Sie kommunizieren aneinander vorbei. Sie sollten besser miteinander telefonieren, fordert Renée Eve. Ella schreibt nochmals zurück. Von Renée Eve kommt nichts mehr.

In den Kartons im Flur hat sie nach der Plastikrolle gesucht. Schliesslich wird Ella in einer der Kisten auf dem Balkon fündig. Ella geht zurück ins Wohnzimmer, die Balkontür bleibt offen.

Die Fenster seien gut isoliert, das erfordere ein Umdenken. Die Mieter sollten das Lüften nicht vergessen, wegen der Wohngifte, hat der Verwalter gesagt.

Aus dem Kindergarten hat der Junge einen selbstgemachten Stern aus Wachspapier mitgebracht. Immerhin das Schweissgerät hat Ella nicht lange suchen müssen. Beim Auszug schrieb sie mit einem Filzstift Haushaltsgeräte auf einen Karton. Prompt befindet sich das Schweissgerät darin, damit hat Ella nicht gerechnet. Nur die Gebrauchsanweisung liegt nicht dabei. Jetzt, da sie das Gerät einmal in Betrieb nehmen könnte.

Besser sie machten erst ein paar Versuche, sagt Ella und sucht nach Gegenständen. Sie holt einen Schwamm, ihr Portemonnaie, den Nagelknipser. Milo bringt ein Bonbon. Ella und Milo schauen zu, wie das Gerät die Luft absaugt und sich das Plastik fester und fester an das Bonbon drückt.

»Die Arbeit wird dich auf andere Gedanken bringen.« Renée Eve.

Endlich ist der Stern an der Reihe.

Ella nimmt die Wimpernpinzette. Sie stösst ein Loch in das Plastik. Milo steht neben ihr und hält das Stück Schnur bereit.

Morgen wird Ella den Stern draussen auf dem Balkon aufhängen. An einen der Eisenhaken, die aus der Decke schauen. Dort, wo sie im Sommer eine Schaukel für Milo befestigen wird oder eine Hängematte für sie beide. Ella zieht das T-Shirt aus, sie wirft es in den Flur. In der Reisetasche sucht sie ein sauberes. Bei der kleinsten Anstrengung kommt sie ins Schwitzen. Auch wenn sie nichts tut, nur im Bett liegt und von den Gedanken umgetrieben wird. Dann ist es am schlimmsten.

Der Junge ist aufdringlich. Ella erkennt ihr Kind nicht mehr. Nur schnell in den Keller wolle sie, länger als drei, vier Minuten dauere das nicht, hat Ella gesagt. Milo will mit. Es ist nichts zu machen.
Ella klemmt den Laptop unter ihren Arm. Sie warten vor dem Lift. Natürlich könne Milo nochmals drücken, wenn er es eilig habe, etwas bewirken würde es allerdings nicht.
Der Spiegel im Lift müsste nicht sein. Ella blickt auf die wässrigen Augen der Grossmutter.
Im zweiten Untergeschoss ist es unübersichtlich, unheimlich schon fast. Der schmale Gang führt weit nach hinten und macht dort einen Bogen. Die vielen Kellerabteile, links und rechts, nur wo sich ihr Abteil befindet, daran kann sie sich nicht mehr erinnern.
Milo und Ella gehen von einem Kellerabteil zum nächsten. Sie spähen zwischen die Holzlatten. Ihr Abteil müsste einfach zu finden sein. Milo springt davon. Er solle nach dem grossen Schrank Ausschau halten, den kenne er doch, ruft ihm Ella hinterher. Zu Hause war der Eichenschrank der Grosseltern Milos Lieblingsversteck. Zwischen ihren Kleidern war er nicht zu sehen, die kleinen Füsse in ihren Schuhen.
Das Kellerabteil haben sie gefunden, aber die Schranktür lässt sich, so wie der Schrank ins Abteil geschoben worden ist, nicht öffnen. Dafür müsste Ella am Schrank vorbeikommen, auch mit Baucheinziehen geht das nicht. Ob sie den Laptop hinter die Leinwände stellen soll?
Milo drückt sich an dem sperrigen Möbel vorbei. Sie streckt dem Jungen den Laptop hin. Milo schiebt ihn durch den Türspalt in den Schrank. Wie sich das Kind freuen kann.
Für die Kisten und Kartons, die in der Wohnung herumstehen, gibt es hier unten keinen Platz. Das Kellerabteil ist mit dem Schrank ausgefüllt. Entsorgen kann sie die Kartons und Kisten noch nicht. Bevor der Junge in die Schule kommen wird, muss sie eine passende Wohnung finden. Dass das Leben immer komplizierter wird, das sagen auch diejenigen ohne Kinder.

Draussen auf dem Balkon hängt der Stern. Von Zeit zu Zeit wirbelt er durch die Luft. Heute ist der Junge erstmals mit dem Kindergartenbus nach Hause gekommen. Wie schon am Vortag hat Ella etwas Süsses im Einkaufszentrum gekauft, diesmal zur Feier des Tages. Sie reisst das Paket auf und legt dem Jungen einen Schokoladenmuffin auf den Teller. Am Ende werden sie noch dick, sie und das Kind.

»Basta far le cose bene al cento per cento.« Lorenzo. (Wenn du es hundertprozentig gut machst, reicht's.)

Während der ersten Monate mit dem Kind rief Ella dauernd ihren Bruder an, fast täglich.

Unerwartet hatte sich der Säugling nach hinten gestreckt, und mit was für einer Kraft. Gerade noch hatte sie ihn am Bein erwischt.

Lorenzo verstand Ellas Sorge nicht, da der Säugling gleich darauf, als wäre nichts passiert, weiter an ihrer Brust saugte.

»Sorge, Angst, Perfektionismus, was auch immer das ist, es ist übertrieben«, doppelte Regina, Lorenzos Frau, nach.

Der Junge ist nahe daran zu weinen. Er will, dass ihn Ella weiterhin mit dem Fahrrad in den Kindergarten bringt. Kurz vor dem Auszug aus dem Haus kaufte sie dem Jungen ein eigenes Fahrrad. Ein Einrad mit Sattel und Pedalen und einer langen Stange, die sie an ihrem Fahrrad befestigen konnte. Auch einen Helm bekam das Kind. Milo mag die Fahrt mit seinem Fahrrad, auch im Winter. Den Kindergartenbus aber mag er nicht, Milo bleibt als Letzter zurück. Jetzt keine Krokodilstränen, sagt Ella und würde am liebsten mitheulen.

Das wisse er doch, wie lange die Fahrt mit dem Postauto zur Grossmutter dauere. Diesen Weg habe sie immer alleine gemacht als Kind, sagt Ella. Und dann gebe es Kinder, die noch viel weiter fahren müssten, in Graubünden zum Beispiel, das Averstal hinauf zum Beispiel, bis ganz nach oben, nach Juf zum Beispiel, auch dort würden Kinder wohnen. Was brabbelt sie auch.

Wenn der Montessori-Kindergarten schon einen Abhol- und Bringdienst habe, könne sie es sich wirklich einfacher machen, hat Frau Hirz, die Kindergärtnerin, zu Ella gesagt. Diesen Service gebe es bei einem staatlichen Kindergarten nicht.

So einen Kindergarten gibt es dafür in der Siedlung, zwei sogar.

Er könne auch einen Kindergarten in der Siedlung besuchen, sagt Ella, dann müsse er nicht mit dem Kindergartenbus fahren, brauche nur über die Passerelle zu gehen.

Milo hat sich schon mit Frau Hirz angefreundet, mit Timo, Lena und Chiara.
»Ob Lin, das chinesische Mädchen, vielleicht den Siedlungskindergarten besucht?«, fragt Ella.
»Linlin«, sagt Milo. »Die guten Freunde dürfen Linlin zu ihr sagen.«

Medizinisch sei alles in Ordnung, ausser der Tachykardie, dem schnellen Puls, das hat Frau Dr. Bühlach vergangene Woche noch einmal gesagt. Aber Ella solle auf sich achtgeben.
Nachdem die Ehe mit B. auseinandergebrochen ist, scheint nun auch die Freundschaft mit Renée Eve auseinanderzufallen.
»Auch dies zeigt, was eine Freundschaft ist.« Renée Eve.
Gesundheitliche Probleme, fett und unterstrichen, so eine E-Mail hat Ella der Freundin geschickt. Es ist verrückt.
Die Fahrräder stehen im Fahrradkeller. Auch das ist verrückt. Kein Mensch fährt im Winter mit dem Fahrrad. Wie umständlich das jeden Morgen gewesen ist, vor allem bei Regen oder Schnee. Gore-Tex-Bekleidung gibt es auch für Kinder. Jacke, Schuhe, Handschuhe, alles kaufte Ella, auch einen Nässeschutz für den Helm. Aber bis alles montiert gewesen ist, vor allem bei dem Kind. Nur Milos Augen haben noch herausgeschaut. Sie hätte besser den Kinderanhänger gekauft, dann wäre wenigstens Milo im Trockenen. Dies hat sie sich mehr als nur einmal gesagt. Im Fahrradladen überlegte Ella hin und her. Nur Milo wusste gleich, was er will.
»Ich bin doch kein Baby.« Milo.
Dass der Junge mit dem Kindergartenbus fährt, ist eine Entlastung. Dass er so schnell Ruhe geben wird, damit hat Ella nicht gerechnet.
Ella wird den Jungen nicht im Morgenmantel mit dem Lift nach unten in die Tiefgarage begleiten. In Erwägung gezogen aber hat sie es. Auffallen würde sie in dieser Aufmachung nicht, in der Siedlung sieht man einiges.
Ella steht vor dem Spiegel und macht sich zurecht. Nur die Schminke lässt sie weg.
»Sie sind durch einen schönen Dreck gegangen.« Frau Dr. Bühlach.
Ella hat es genau gehört. Am Ende der Konsultation sind ihr Schweissperlen den Hals hinuntergerutscht, das Unterhemd durchgeschwitzt. Frau Dr. Bühlach hat nochmals gefragt, wie denn B.'s voller Name sei. Warum sie unbedingt seinen Namen wissen wolle, was denn dies zur Sache tue, hat Ella gesagt. Was weiss Ella schon, wer B. ist. Ihr scheint, als kenne sie auch nicht viel mehr als seinen Namen. Schliesslich muss es Frau Dr. Bühlach eingesehen haben, dass es nicht auf jede Frage eine Antwort gibt.

Ein Zuckerleben habe sie geführt. Und nun gehe es ihr einmal nicht rosig. Immer habe sie alles bekommen, was sie auch wollte. Jeden könne sie bezirzen mit ihrer fröhlichen Art.
»Aber Freundschaften muss man pflegen.« Renée Eve.
Wie schnell Frau Dr. Bühlach es mit ihren Fragen hat bleiben lassen. Die Frau ist ihr sympathisch. Ella könnte sich mit ihr anfreunden. Ja – das wäre etwas, meine beste Freundin ist meine Ärztin. Genau so hat sich Ella ihr Leben vorgestellt.
Die skelettartigen Äste des Riesen ragen hinter der Tanne empor. Die rumänischen Volkslieder kommen ihr in den Sinn. Dort steht die Tanne für das Leben. Die immergrüne Tanne. Ist sie einmal nicht mehr grün, ist sie tot.
Der Junge streckt den Kopf auf den Balkon. Er redet ohne Unterlass. Ella kann ihm nicht folgen. Ihre Gedanken sind hartnäckig, sie lassen die Stimme des Jungen kaum dazwischen. Milo macht ihr eine lange Nase. Sein Benehmen fällt allmählich auch Ella auf. Der Junge wird immer komischer.
Seit Milo mit dem Kindergartenbus fährt, muss sich Ella zum Glück das Geschwätz der Mütter in der Garderobe nicht mehr anhören. Die Kinder tragen alles nach Hause.
Man müsse Milo im Auge behalten, es sei wohl für ihn eine schwierige Zeit, hat die Mutter von Chiara gesagt. Aber man dürfe auch nicht den Teufel an die Wand malen. In einem Jahr sehe vermutlich für ihn alles wieder anders aus, besser, hat sie noch hinzugefügt.
Ellas Füsse sind eiskalt. Steht sie schon lange auf dem Balkon? Durch die Wolken dringen ein paar Sonnenstrahlen. Ella schaut den Tauben am Boden zu, wie ihre Köpfe geschäftig auf und ab gehen. Irgendjemand hat Körner auf den Gehweg gestreut. Sobald die Tauben aus dem Schatten treten, glitzern die Hälse grün auf.

Milo will hinunter zum Fluss, die Möwen füttern. Als sie am Vortag endlich aus dem Haus gekommen sind, ist es bereits am Eindunkeln gewesen, keine einzige Möwe hat sich mehr am Fluss aufgehalten. Morgen sei auch noch ein Tag, hat Ella versucht den Jungen aufzumuntern.

In Zukunft wäre sie besser still. Milo gibt die restlichen Schokoladenmuffins nicht her. Ella hat es geahnt. Nach einem heftigen Wortgefecht hat sie aufgegeben. Milo steht noch immer im Wohnzimmer und schreit.

Widerwillig packt sie das letzte Stück Brot ein. Sie werden auf dem Rückweg noch einen Schlenker zum Einkaufszentrum machen müssen. Milo gefällt es im Kindergartenbus nicht. Den ganzen Weg über mäkelt er. Zwischendurch bleibt der Junge bockig stehen und weigert sich, auch nur noch einen Schritt weiterzugehen. Milo will mit seinem gelben Fahrrad fahren. Ella hat sich zu früh gefreut. Von nun an trete er auch kräftig mit, sagt Milo. Wie oft ihn Ella ermahnt hat, dass auch er mit in die Pedale treten müsse. Milo zieht seinen Handschuh aus und streckt ihr die Hand hin.

Sie packt den Jungen an den Schultern und geht vor ihm in die Knie. Ella setzt an, dem Jungen zum wiederholten Mal zu erklären, warum er im Moment mit dem Kindergartenbus fahren muss. Sie hört sofort wieder auf, mit jedem Wort, das sie spricht, pumpt es ihr weiteren Druck in den Kopf. Viel lieber würde sie jetzt bei der Schiffsanlegestelle am Pfosten lehnen und dem Jungen zuschauen, wie er die Brotstücke in den Fluss wirft. Ella hält den Jungen mit ihrem Blick fest und schweigt. Es bleibt so, wie sie es beschlossen hat. Er wird sich damit abfinden müssen. Milo hebt das Stück Brot vom Boden auf und springt davon. Ella könnte sich der Länge nach hinfallen lassen, mitten in den Schnee.

»Du warst doch immer ein Stehaufmännlein.« Anette.

Ella hat ihre engsten Freunde informiert, zuerst Renée Eve. Danach hat sie Mara eine E-Mail geschrieben, später noch Sebastian, Manuel und Anette und ihnen die neue Adresse mitgeteilt. Von Mara hat Ella erfahren, dass Anette Ellas Reaktion übertrieben finde, masslos übertrieben, dieses Verbarrikadieren, so viele Ehen gingen in die Brüche, immerhin habe Ella ein Kind.

Ella wirft einen Blick auf die Uhr über dem Eingang. Sie traut ihren Augen nicht, ihre Armbanduhr muss stehen geblieben sein.
Sie eilt an den Biskuits und den Pralinen vorbei in die hintere Ecke zu den Backwaren, Milo springt ihr hinterher. Ella legt eines der beiden verbliebenen Brote in den Einkaufswagen. Sie marschiert weiter zur Papeterie-Abteilung.
Milo lässt sich nicht überzeugen, er hält weiterhin die Papierrolle mit den Sportautos in der Hand. Von den Geschenkrollen mit den Tannenbäumen und Kerzen will er nichts wissen. Dass man mit der Papierrolle, die er soeben aus dem Regal genommen hat, die Schulhefte einschlägt, interessiert ihn nicht. Ella kann sich kaum mehr beherrschen. Der Druck an den Schläfen verstärkt sich. Nach den Schokoladenmuffins nun der nächste Streit, der Junge lässt ihr keine Verschnaufpause.
»Milo hat den gleichen Dickschädel wie du.« B.
Früher hätte Milo keine Chance gehabt gegen sie, schon aus Prinzip nicht. Wer will denn ein verzogenes Kind?
Mit einem herausfordernden Blick stellt der Junge die Papierrolle mit den Sportautos in den Einkaufswagen. Ella wirft noch Goldbändel und Klebesterne dazu.
Anette, die so gerne ein Kind hätte, etwas Archaisches sei es, dieser Wunsch. Bald sei sie definitiv zu alt. Nicht alle Wünsche könnten in Erfüllung gehen, so sei es nun mal im Leben.
»Also Kopf hoch.« Anette.
Anette mit ihren Ratschlägen!
Mit der vollen Einkaufstasche gehen Ella und Milo hinunter zum Fluss. Auf der gegenüberliegenden Uferseite gehen ein paar Lichter an, sie werfen Lichtstreifen in den Fluss.
Die Möwen sind bei der Abendtoilette. Ella wischt den Schnee von der Sitzbank. Vor ihr schüttelt eine Möwe ihren Kopf. Sie drückt den gefächerten Schwanz nieder und wirft mit den Flügeln Wasser auf ihren Rücken. Über Ella fliegt ein Möwenschwarm flussabwärts. Wo die ihren Schlafplatz haben? »Milo«, ruft Ella und zeigt zum Himmel. Milo hört nichts, er stochert mit einem Stecken auf dem Boden.
Eine Bierdose schaukelt durch die Luft.

Ellas Radius ist klein geworden. Wie immer wartet sie in der Tiefgarage neben dem roten Feuerlöschgerät. Ella schaut zu den Leuchtzahlen über der Tür, beschädigte Spinnennetze hängen an ihnen, geputzt werden die Hausnummern nicht. Sonst ist die Siedlung auffallend sauber. Beim Einzug hat der Verwalter Ella gesagt, wie viele Hauswarte es gibt, sogar eigene Gärtner, einen oder zwei. Endlich tauchen die Lichter des Kleinbusses auf. Milo sitzt in der hintersten Reihe, in der Mitte der Bank, wie bereits am Tag zuvor. Die Kinder werden einen festen Platz im Kleinbus haben.
Die Tür geht auf, und die Chauffeuse springt heraus. Ella kann die ältere Frau nicht mehr sehen. Auch Milo streckt den Hals. Hinter dem mittleren Seitenfenster taucht kurz ihr Gesicht auf und ist sogleich wieder verschwunden. Ella stellt sich auf die Zehenspitzen. Milo dreht sich um und starrt zum Heckfenster. Die alte Frau muss zurückgeschlichen sein. Sie hat den Fuss auf die Stossstange gestellt und schaut durch die Windschutzscheibe. Sie wartet, bis sich Milo umdreht. Die alte Frau macht ihm eine lange Nase, von ihr also hat er das.
Der Junge rennt in die offenen Arme von Ella. Sie trägt ihn ein paar Schritte, dann wird er ihr zu schwer. Sie stellt den Jungen wieder auf den Boden.
Sie fahren mit dem Lift in den zweiten Stock. Nur noch schnell die Post holen wolle sie.
Lorenzo wird den Jungen für ein paar Tage zu sich holen. Milo darf beim Schmücken des Weihnachtsbaumes mithelfen. Sie habe schon Engelshaar gekauft, hat Regina am Telefon gesagt, das würden die Kinder besonders mögen. Das Weihnachtsfest findet wie immer bei Ellas Bruder Lorenzo und seiner Frau Regina statt. Einmal im Jahr sehen sie sich, die Familie Lotti und die Familie Schneider, gegen dreissig Leute kommen da jedes Mal zusammen. Für das Fest werden zusätzliche Tische aus dem Keller geholt. Bereits am Vortag beginnt Regina mit dem Kochen.
In diesem Jahr wird Ella nicht hinfahren. Wenn das ein Angebot sei, nehme sie es gerne an, hat sie am Telefon zu Lorenzo gesagt. Ein paar Tage in Ruhe für sich, das sei ein Weihnachtsgeschenk, das sie zu schätzen wisse.

Hübsch sieht sie aus mit dem schwarzen Haar, das unter der flauschigweissen Mohairkappe hervorschaut. Oder Synthetikkappe, aus der Distanz ist das nicht auszumachen. Die Frau bei den Postfächern lächelt Ella zu. Eine Vietnamesin oder Chinesin vielleicht? Ella grüsst kurz und schaut sofort weg. Nicht dass die Frau noch auf die Idee kommt, Ella anzusprechen. Ella hat diese Frau schon ein paarmal gesehen, einmal mit einer Torte auf dem Arm im Lift. Oder es war eine andere Vietnamesin oder Chinesin, oder sonst eine Frau aus dem fernen Osten. Thailand, Malaysia, Indonesien, Hongkong, wie gerne würde Ella auf eine Reise gehen.

Irgendwohin.

Sie schiebt die drei Kuverts in ihre Handtasche. Nur eine einzige Person begegnet ihr auf der Passerelle, auch die Gehwege sind leer. Eigentlich müsste es vor lauter Menschen wimmeln, so viele Wohnungen, wie es hier gibt. Im Sommer sei das anders, da sei viel Leben draussen, alles tummle sich auf den grosszügigen Balkonen, auch die Grillplätze seien gut belegt. Aus Sicherheitsgründen seien die Plätze eingezäunt, ausschliesslich für die Bewohner dieser Siedlung seien sie. Den Schlüssel könne man, Ella weiss nicht mehr bei wem, holen. Zwei Grillstellen gebe es pro Grillplatz.

Um die Grillstellen sind ein paar Bänke gruppiert.

B. wird von seiner Ausstellung in London zurück sein. Nach Helsinki stand London auf seinem Programm, auch von dieser Ausstellung hat er keine Karte geschickt. Trotzdem hat Ella jeden Tag vor dem Postfach gestanden.

Von B. hat Ella seit Wochen, nein Monaten, nichts gehört. Nie würde er den ersten Schritt tun. »Und ich bin wieder auf dich zugegangen?« B.

B. schrieb immer eine Karte. Darauf war Verlass.

Ella hatte B. zum Flughafen gefahren. B. stand auf der anderen Seite des Parkplatzes und schulterte seine Tasche.

Eine Ewigkeit standen sie da und konnten ihre Blicke nicht vom anderen lösen. Ella greift mit den Fingern durch den Maschenzaun, sie drückt die Stirn gegen den Maschendraht.

Ella hat dem Jungen das Papier zurechtgeschnitten und die Goldbändel und Klebesterne dazugelegt. Dass er die Sportautos mit den Klebesternen verzieren wird, haben sie abgemacht. Ella schaut ihm durch die Glasscheibe zu. Der Junge wählt sorgfältig aus, welchen geschmolzenen Joghurtbecher wer bekommt.
Es schneit wieder von den Bäumen. Ella sitzt auf dem Balkon. Sie hat die Schiebefenster zugezogen und die Wolldecke um sich geschlagen. Ein Lammfell, das wäre ein Weihnachtsgeschenk für sie. Nur, um dieses zu bestellen, bräuchte sie ihren Laptop, dieser befindet sich nicht in der Wohnung. Immerhin hat die Korrespondenz mit Renée Eve aufgehört. Ruhe kehrt trotzdem nicht ein. Tausend Dinge kommen ihr in den Sinn, nie hat sie der Freundin etwas ausgeschlagen, es ihr immer recht gemacht. Dazwischen meldet sich das schlechte Gewissen, dass sie Renée Eve für die nächste Ausstellung hängenlässt.
Eine Freude ist es, der Blick in die verschneiten Bäume. Nur wenn Ella über die Passerellen und Gehwege geht, befindet sie sich inmitten der wuchtigen Wohnblocks. Erneut klingelt das Telefon. Die Hitze, die sich in ihr staut, ist unerträglich.
Eben erst hat die Mutter angerufen. Die Botschaft, dass Ella dieses Jahr am Weihnachtsfest nicht teilnehmen wird, ist noch nicht bei ihr angekommen. Sie hat munter drauflos erzählt. »Why I sing because I sing.« Einzig und allein aus diesem Satz bestehe das gesamte Lied, grandios sei das, »grandioso«. Das Datum im Juni müsse sich Ella unbedingt reservieren, Purcell stehe auf dem Programm. Ella wisse doch, Henry Purcell, als Kind habe sie sich oft Dido and Aeneas angehört, nicht genug habe sie von dieser Oper bekommen können, die Chorpassagen seien auch einzigartig, reinster Wohlklang. Ella kann sich nicht mehr erinnern.
Kaum hat es sich Ella im Sessel auf dem Balkon bequem gemacht, muss das Telefon wieder klingeln. Dank der neuen Oberarztstelle habe er erstmals an Weihnachten und an Silvester frei. Die Arbeit werde für ihn immer besser. Die Nachricht aber ist bei Ellas Bruder Fabio eingetroffen. »Ma per l'amor del cielo, che cos'hai?« (Was um Himmels willen hast du denn?)

Dass Ella nicht zum Weihnachtsfest fahren wird, das hat sie mit sich ausgemacht. Eine Lücke wird es für sie nicht geben. Jedes Weihnachtsfest gleicht dem davor. Würde man die Feste aneinanderreihen, es ergäbe einen einzigen langen Tag. Wenn sie schon nicht an die Familie denke, dann wenigstens an Milo, hat Fabio gesagt. Es dann aber aufgegeben. Ob er etwas für sie tun könne, hat er am Ende des Telefongesprächs gefragt. Ja sehr gerne, hat Ella geantwortet, er solle ihr als Weihnachtsgeschenk ein Lammfell schicken.

Die Tanne hält den schräg fallenden Schnee auf. Neben dem Baumstamm gehen die Köpfe der Tauben unermüdlich auf und ab. Ihre Schnäbel suchen zwischen dem Laub. Ella öffnet das Schiebefenster. Eine weissbraune Taube flattert auf, dicht über dem Boden gibt es einen braunen Blätterwirbel.

Why I sing because I sing ...

Das hätte Ella gerne gehört, diese archaischen Klänge. Beeindruckend sei es gewesen, die Klangfülle, hat die Mutter erzählt. Mindestens zweihundert Sänger und Sängerinnen seien sie gewesen am Chorfestival. Im Publikum habe das eine gute Stimmung ausgelöst, so etwas komme auf die Bühne zurück, bringe die Sänger so richtig in Fahrt. Der tänzerische Rhythmus habe die Zuhörer beschwingt. Die Mutter hat ins Telefon gesungen.

Seit Maria Sofia pensioniert ist, singt sie auch im Chor des nahe gelegenen Städtli. Ein professioneller Chor, bei dem auch ein paar Berufssängerinnen mitwirken und eine junge Dirigentin.

»Una impegnatissima.« Maria Sofia. (Eine top engagierte.)

Die Stille ist erdrückend.

Die Musikanlage ist bei B. geblieben, auch die Schallplatten und CDs. Ella hat nur das Nötigste zusammengepackt.

Sie wird sich eine neue Hi-Fi-Anlage kaufen und ein paar CDs. Zwei, drei gute CDs für den Anfang, das würde reichen. Warum nicht ein wenig Musik aus Jamaika. Hopeton Lewis, Take it easy ...

Wieder sind Ella und Milo der asiatischen Frau begegnet, die mit der flauschig weichen Mohairkappe. Hätte ihr die Frau nicht auf eine Weise zugelächelt, als wollte sie mit dem nächsten Schritt auf sie zugehen, wäre Ella direkt auf den Hauseingang zugesteuert. Und sie hätte nicht noch mit Milo im Schlepptau einen Umweg gemacht. Dass es in den Durchgängen immer so winden muss. Ein Mistral ist das. Südfrankreich, das wäre auch etwas, wenn die Lavendelfelder blühen. Bis dahin sollte sie wieder auf den Beinen sein, das wäre ein Ziel. Die Ockererde, auch die ist verlockend. Ella könnte ein paar leere Gläser in den Rucksack packen. »Wer zuerst beim Eingang ist, hat gewonnen«, sagt Ella, und das, obwohl sie nicht mitrennen will.

Milo hält die Tür auf. »Beeil dich, Ella«, ruft er. Dass der Junge seine Eltern gelegentlich mit ihren Vornamen ansprach, fand Maria Sofia, Ellas Mutter, daneben. Dies sei vielleicht modern, aber deswegen noch lange nicht gut.

Ella und Milo drücken sich an einem Paar mit Kinderwagen und drei vollen Einkaufstaschen vorbei in den Lift.

Kaum hat Ella die Wohnungstür aufgeschlossen, klingelt das Telefon und Milo springt los. Er spricht nicht lange, mit dem Telefon in der Hand kommt er in den Flur gerannt.

Wie es ihr gehe, möchte Fabio wissen. Er lässt nicht locker.

Also gut, sagt sie, aber er müsse schwören.

Er sei gerade von der Arbeit nach Hause gekommen und hundemüde. Trotzdem will Ella, dass er die Hand hochhält. Sie kann warten. Also gut, er schwöre, sagt er, seine Stimme tönt genervt. »Ob die drei Finger auch wirklich ausgestreckt sind?« Ja, meine Liebe, sagt Fabio ungeduldig. Wieder kommt die Unsicherheit auf. Ella will diese Gedanken nicht, die misstrauisch geworden sind, selbst gegenüber ihrem Bruder.

Sie sei ernsthaft erkrankt, sagt Ella, aber nur für ein paar Tage, dies sei schon eine Weile her. Er müsse sich aber nicht sorgen. Und schon gar nichts gegenüber Lorenzo oder der Mutter erwähnen.

Es gehe aufwärts, sagt Ella. Sie sei auf Tauchstation gegangen, und da könne man nicht mit Tempo wieder hochkommen.

Fabio sagt, wie sie spreche, das gefalle ihm nicht.

Der Schnee muss Milo in die Handschuhe gerutscht sein. Der Junge hat sich nichts anmerken lassen. Erst als Ella ihm zu Hause die Jacke auszieht, sieht sie die kleinen Eisstücke, die an seinem Ärmelbund hängen. Milo bückt sich und hebt die Taschenlampe auf. Sie muss aus einem der Kartons gefallen sein.
Gegen Mittag hat die Sonne durch die Wolkendecke gedrückt. Ella und der Junge sind auf dem Spielplatz gestanden und haben überlegt, von wem die Spur stammen könnte. Auch Milo hat auf eine Katze getippt. Ob sie auch eine Spur legen solle, hat Ella den Jungen gefragt und sich rücklings in den Schnee geworfen. Sie hat ein totes Männlein gemacht. Milo hat sich ebenfalls nach hinten fallen lassen. Beide sind sie im Schnee liegen geblieben, bis es ihnen zu kalt geworden ist. Sie wisse noch eine Spur, hat Ella gesagt und dem Jungen etwas ins Ohr geflüstert. Milo ist sofort dabei gewesen. Ella hat seine Beine hochgehalten. Mit den Fausthandschuhen voran ist er losmarschiert, sie ist hinter ihm hergegangen und hat einen Fuss vor den anderen gesetzt. Eine schnurgerade Fussspur haben sie gelegt, daneben versetzt ein paar Löcher.
Milo fährt mit der Taschenlampe unter seinem Pullover herum, der grüne Kreis wandert mit. Die Taschenlampe mit den verstellbaren Farbfiltern bekam der Junge von Ella. Wie sich der Junge jedes Mal über ein Geschenk freuen kann. Das Papier hatte Ella mit bunten Schokoladenherzen verziert und einen Schlüsselanhänger am Geschenkband festgemacht, einen kleinen Elefanten.
Milo und Ella stehen am Küchenfenster und schauen hinunter. Die Nachbarn werden denken, ein Ungeheuer schleiche durch die Siedlung, sagt Ella. Milo klatscht in die Hände. »Ja«, sagt er, »ein Tyrannosaurus Rex.« »Ein was?«, fragt Ella. »Ein Tyrannosaurus Rex«, wiederholt Milo und springt in die Höhe.
Was der Junge alles weiss. Seit Milo im Kindergarten ist, hat er eine eigene kleine Welt.

Der Junge ist von Lorenzos Frau abgeholt worden. Die Stille ist erdrückend. Von den Nachbarn hat Ella noch nie etwas gehört, kein einziges Geräusch, keine Musik, keine Stimmen, keine Schritte. Nichts. Es ist, als würde sie alleine in diesem riesigen Wohnblock leben. Nur gegen das Wochenende hin sind Geräusche zu vernehmen, Bohr- und Hämmergeräusche, die aber nicht zu orten sind, Mieter ziehen ein, andere wieder aus. Um die Weihnachtszeit haben auch diese Geräusche aufgehört.

Acht Stockwerke hoch und sechs Eingänge lang ist dieser Wohnblock. Ein kleiner Wohnblock im Verhältnis zu den anderen.

Ella hat sich einiges vorgenommen für die paar Tage, die sie ohne den Jungen verbringen wird.

Noch immer sieht es in der Wohnung so aus, als wären sie eben erst eingezogen. Ella muss zuerst die Kisten und Kartons aus ihrem Zimmer wegräumen, dann erst kann sie ihr neues Bett ins Zimmer schieben.

Aber wie?

Alleine?

Sie könnte den alten Chinesen fragen, sobald sie ihm draussen begegnet. Seit dem Zuwerfen der Kartoffeln hat sie ihn nicht mehr gesehen. Ob der Schneemann noch seine Knöpfe hat? Ella öffnet das Wohnzimmerfenster und schaut hinaus.

»Wie du dich immer so weit hinauslehnen kannst?« B.

B. war mit seinen Meinungen zurückhaltender.

In welchem Hausteil die chinesische Familie wohnt? Wenn sie überhaupt in diesem Wohnblock zu finden ist. Linlin, Milos kleine Freundin. Kaum hat Ella zwei Kartons ins Zimmer des Jungen geschoben, hat sie sich an die Wand gelehnt.

B. aus den Gedanken zu bekommen, ist schon schwierig genug. Es braucht nicht noch Renée Eve dazu. Dass es mit B. so gekommen sei, wie es gekommen sei, verwundere sie nicht. (Was weiss sie schon?)

Von den vielen Bekannten gerade eine einzige, Frau Dr. Bühlach hat ihren Daumen in die Höhe gehalten. Nur eine einzige Freundin hat diese Frau?

Ein paar Schneeflocken treiben am Fenster vorbei. Ella schaut dem Hauswart zu, wie er mit dem Elektrofahrzeug über die Gehwege fährt und Kies streut.

Als Ella in der Nacht aufgewacht ist, hat es ihr den Puls in die Höhe gejagt. Es wäre ratsamer gewesen aufzustehen, stattdessen ist sie liegen geblieben. Sie hat sich von einer Seite auf die andere gedreht und nachgedacht. Stundenlang.

Sie wäre besser gleich nach dem Aufwachen aus dem Bett gestiegen. Sie hätte in der Wohnung herumtigern können, oder sie hätte die Zeitung gelesen und die Gedanken zerstreut. Zumindest versuchen hätte sie es können. Dass die Wahrnehmung zweier Menschen so verschieden sein kann.

»Du siehst wohl Gespenster.« B.

Renée Eve schiebt sich dazwischen, und schon geht es wieder zurück zu B. Die Gedanken sind eine Endlosschleife. Dass sie sich da jedes Mal hineinziehen lässt, ärgert sie am meisten, dass aus einem ehemals disziplinierten Menschen so ein Schwächling geworden ist.

Ella hat den gefütterten Ledermantel aus dem Wandschrank im Flur geholt. Sie zieht die Wollmütze über die Ohren. Die Verspannungen in ihrem Körper sind nicht mehr auszuhalten. Sie sollte Frau Dr. Bühlach anrufen.

Auf den anbrechenden Tag könnte sie verzichten, von ihr aus dürfte es wieder Abend sein.

Sobald es acht Uhr ist, wird Ella ins Einkaufszentrum gehen und sich einen Christstern kaufen oder zwei. Eine der Pflanzen wird sie ans Wohnzimmerfenster stellen.

Ella macht es sich im Sessel auf dem Balkon bequem. Das Lammfell ist perfekt. Fabio ist ein Verrückter. Er hat ihr doch tatsächlich per Kurier ein Lammfell geschickt. Als Nächstes wird sie sich ein Kuhfell wünschen, ein braunweiss geflecktes. Von ihrem Bruder Lorenzo, sollte er fragen. Ella wird ihren Balkon umgestalten, in eine Alphütte, eine gemütliche.

Der Hirschkopf mit dem silbrigen Geweih, um den hätte sie sich bemühen sollen. Wäre er am Ende der Ausstellung noch zu haben gewesen, hätte sie das mit dem Künstler direkt ausgemacht, munter, wie sie zu jener Zeit war.

Ella hatte den Hirschkopf gerade noch aus dem Augenwinkel gesehen und sich nach ihm umgedreht, da hatte ihr die Rolltreppenwand die Sicht versperrt. Zusammen mit Ausstellungsmachern waren sie soeben zielstrebig an der uniformierten Frau vorbeigeschritten. Ohne Einladungskarte fuhren sie, inmitten einer illustren Gesellschaft, in die obere Etage, wo es ein Gratis-Buffet und Weisswein gab. Jung und frech, wie sie und Renée Eve damals waren.

Wenn das Fabio oder Lorenzo wüssten. Auch B. würde den Kopf schütteln.
An ihren Händen baumeln zwei Plastiksäcke, darin befindet sich je ein Christstern.
Gross ist die Auswahl an Pflanzen nicht gewesen. Kleine Nadelsträucher gibt es im Einkaufszentrum noch zu kaufen und dunkelrote Baccara-Rosen, mit Goldglitzer besprüht.
Während der Adventszeit sind bei Maria Sofia alle Fenster des Hauses mit Christsternen geschmückt. Das war schon in Ellas Kindheit so, selbst am Küchenfenster stand immer einer. Ella mochte die roten Pflanzen mit den sternförmig angeordneten Blättern, die Vorboten der Weihnachtsgeschenke.
Als junge Erwachsene fand Ella diese Tradition altmodisch. Und Lorenzo und Fabio zogen Grimassen, wenn sie für die Mutter die vielen Christsterne abholen mussten, einen ganzen Kofferraum voll.
Erst hat Ella nicht warten können, bis Milo endlich aus dem Haus ist. Und nun vermisst sie ihn, diesen geschwätzigen Bengel.
Ein Tyrannosaurus Rex.
Was denn das für einer sei, hat Ella gefragt.
Einer mit grossen Zähnen, ein Fleischfresser, hat Milo geantwortet.
Wäre es sinnvoll, sich einen Bildband über Dinosaurier zu bestellen?
Ein gebrauchtes Buch würde es tun, aber auch für diese Bestellung bräuchte sie ihren Laptop. Sie könnte in einem Antiquariat anrufen und sich ein Dinosaurier-Buch schicken lassen. Aber telefonieren mag sie nicht.
Ella ist stehen geblieben. Auf dem Spielplatz sind noch immer ihre Spuren zu erkennen. Die von dem Tier, einer Katze vermutlich, sind nur noch mit Fantasie auszumachen.

An diesem Morgen ist sie zu Frau Dr. Bühlach in die Stadt gefahren. Für jedes Jahr fasst sich Ella ein, zwei Vorsätze, da ist es ihr in den Sinn gekommen, dass sie einen neuen Taschenkalender braucht. Nach dem Arztbesuch hat sich Ella einen in der Papeterie gekauft. Sie hat den mit den ausgestanzten Blumenformen, den sandfarbenen und petrolfarbenen, ausgewählt. Während Ella mit Fabio telefoniert, dreht sie den Taschenkalender auf die Rückseite. Verschiedene Blumenmuster sind über den Stoffeinband gestreut, eine magentafarbene Serie bleibt in einer sandfarbenen Blumenform zurück.
Die Vorsätze für das kommende Jahr kennt Ella bereits zur Genüge. Nicht mehr an B. denken und auch nicht mehr an Renée Eve.
Es ist zum Verrücktwerden. Zwei Brüder, die Ärzte sind, und keiner weiss ihr einen Rat. Sie solle sich auf das konzentrieren, was sie gerade tue, sagt Fabio, das sei das Beste, oder sie könne zu ihm in die Akupunktur kommen. Seit einem knappen Jahr arbeitet Fabio als leitender Oberarzt in einer Privatklinik. Fabio ist ein Allgemeinmediziner. Noch immer ist die Akupunktur sein Spezialgebiet, vor etlichen Jahren machte er diese Ausbildung, dafür reiste er nach China. Ein halbes Jahr war er von Zilly und seinen kleinen Kindern getrennt. Fabios Frau hatte partout nicht mit den Zwillingen mitgehen wollen. »Die ist vielleicht dumm«, hatte Ella zu ihrer Freundin Mara gesagt.
Ella bekommt kaum Luft, kein einziges Molekül dringt mehr durch ihre Nase. Dauernd entschuldigt sie sich. Sie hält den Telefonhörer von sich weg und niest.
Sie sei auch wirklich fahrlässig, sagt Fabio, kein Mensch halte sich im Winter auf dem Balkon auf, auch nicht auf einem gedeckten. Da könne sie noch lange die Aussenfenster zuschieben – im Winter!
Wird es noch einmal schneien? Hinter der Hoflaterne hängen vereinzelte Schneeballen in den Büschen. Eine Katze ist über den ausgefransten Platz geschlichen, sie hat Löcher in den Schnee gestanzt.
Zu viel niesen gebe Bauchschmerzen, sagt Ella, während sie in gebückter Haltung durch die Wohnung geht und nach einem Taschentuch Ausschau hält.
So allmählich mache er sich ihretwegen Sorgen, sagt Fabio. Zur Situation von ihr und Bernard habe er keine Meinung, sagt er. Aber es versetze ihn schon in Staunen. »Ci sono anche quelli che si separano e restano amici.«
(Es gibt auch Menschen, die auseinander gehen und Freunde bleiben.)

Seit zwei Tagen ist Milo wieder zu Hause. Ella ist froh, dass die Ferien bald zu Ende sind, die Tage mit dem Kind sind lang.
Keine einzige Freundin und keinen einzigen Freund hat sie mehr getroffen. Bei einigen hat sie sich gemeldet, bei Renée Eve, Mara, Sebastian, Anette und Manuel. Sie hat ihnen mitgeteilt, dass sie bei B. ausgezogen sei und gesundheitliche Schwierigkeiten habe. Sobald es ihr besser gehe, werde sie sich wieder melden.
Ein wenig fehlt es ihr, das Lachen mit Freunden.
Die Tage, an denen der Junge im Kindergarten ist, sind nicht weniger lang, trotzdem vergehen die Wochen schnell.
Was je in der Erinnerung zurückbleiben wird?
Sie kann doch nicht tagein, tagaus nur noch auf ihrem Balkon sitzen und den Tauben zuschauen, wie sie in der Nähe des Baumstammes mit ihren Schnäbeln in den braunen Blättern wühlen, und dann vor lauter Aufregung den Kaffee verschütten, wenn die Tauben plötzlich auffliegen, eine Krähe dazwischenspringt.
Wobei – so viel interessanter war ihr Leben davor auch nicht. Der dauernde Termindruck bei den Arbeiten und der Druck der Freunde, die auch immer etwas von ihr verlangten, sich wieder einmal mit ihr treffen wollten.
Kaum hatte sich B. als Künstler einen Namen gemacht, begann das Reisen, von Ausstellung zu Ausstellung.
Auf jeden Fall freue sie sich über eine Karte, hatte Ella nachgegeben. Sie hätte B. gerne begleitet, hätte gerne seine Ausstellung besucht. Sie beide hätten noch ein wenig durch Prag schlendern können. Für ihn seien die Ausstellungstage streng genug, er könne doch nicht auch noch die Stadt besichtigen, hatte B. gesagt.
Später sagte Ella dasselbe zu ihrer Freundin Mara.
Sobald es bei ihr ruhiger werde, wolle sie wieder die eine oder andere private Reise unternehmen, zum Beispiel nach Australien, sagte Ella zu B. B. war gerade dabei, seine Reisetasche umzupacken, und breitete die Kleidungsstücke auf dem Bett aus.
Er hörte ihr nur noch mit einem Ohr zu. »Sei bitte endlich still, ich muss mich konzentrieren.«

Zu Weihnachten hat Milo von Lorenzo ein rotes Feuerwehrauto geschenkt bekommen. Ein Riesenauto. Immerhin hat sich Lorenzo die Zeit genommen und das Weihnachtsgeschenk mit seinem Patenkind selber gekauft. So wie es aussieht, hat sich Milo einfach das grösste Spielzeug der Spielwarenabteilung ausgesucht. Viel hat sich ihr Bruder bei dem Kauf nicht überlegt.

Die schrille Sirene ist nicht auszuhalten, die jedes Mal von einem ratternden Geräusch begleitet wird. Milo gefällt das Feuerwehrauto. Auf Knopfdruck schiebt sich die Leiter automatisch in die Höhe.

»Das ist cool«, hat Milo gesagt.

Er dürfe den Knopf nicht mehr drücken, hat Ella gefordert, für diesen Tag reiche es. Dass der Junge aber auch immer ausloten muss, wo bei ihr die Grenzen liegen. Ella ist selber erschrocken, mit was für einer Aggressivität sie den Jungen angefahren hat.

Milo sitzt noch immer auf dem Dach des Feuerwehrautos. Von ihr aus könne er die ganze Nacht dort oben verbringen, hat Ella gesagt. Dass sie sich bei ihm entschuldigt, kommt nicht in Frage. Da kann er noch lange warten. Jetzt entschuldigt sich der Junge – von sich aus – zuerst einmal bei ihr!

Ella entschuldigte sich mehrmals bei B. Es war nichts zu machen. B. blieb dabei. Die gemeinsamen Tage in St. Moritz waren gestrichen, Abmachung hin oder her.

Ella hatte B. zum Bahnhof gefahren. Sie war noch nicht lange wieder zu Hause gewesen, als sich sein Mobiltelefon bemerkbar gemacht hatte. Dass B. ausgerechnet sein Handy zu Hause hatte vergessen müssen.

Wie in einem schlechten Film. Die SMS hatte nicht ihr gegolten, wie sie selbstverständlich angenommen hatte. Ein Zwischenfall, der nicht der Rede wert gewesen war, damals.

Die Ungereimtheiten mehrten sich.

Seine Reaktion sei es, die übertrieben sei, sagte Ella. Soeben hatte sie ihn einen Dreckskerl genannt.

Seit Milo über Weihnachten bei Lorenzo gewesen ist, ist alles cool. Das neue Feuerwehrauto ist cool, das Indianerkleid ist cool, das Buchstabenpuzzle ist cool. Und die neue Wollmütze, die er von Ella geschenkt bekommen hat, ist ebenfalls cool.
Ella ruft Lorenzos Frau an, um sich nochmals bei ihr zu bedanken, für die vielen Geschenke, vor allem aber dafür, dass Milo ein paar Tage alleine bei ihnen hat verbringen dürfen, für den Abhol- und Bringservice. Das wird Ella der Schwägerin nicht so schnell vergessen. Das sei doch selbstverständlich gewesen, sagt Regina, wenn sie etwas für sie tun könne, tue sie das gerne, Ella solle sich nur melden. Dann kommt Luc ans Telefon. Von ihm stammt das Buchstabenpuzzle mit den Tierbildern. Was für eine lange Leitung Ella gehabt hat, mit Milo ist sie am Boden gesessen, inmitten der Puzzleteile, die Bildstücke hätten noch zusammengepasst, nicht aber die Buchstaben. Englisch sei cool, sagt Luc, aber für das Puzzlespiel sei er zu alt.
»Für mich ist das Bubi«, sagt Luc.
Ellas kalte Füsse kriechen in Milos Wollmütze, die vor ihr auf dem Boden liegt. In der Eingangshalle des Einkaufszentrums hinter einem langen Tisch sind die drei alten Frauen gestanden. Eine Strickgruppe seien sie, hat eine der Frauen gesagt, die mit dem schütteren rot gefärbten Haar. Es gebe noch die Möglichkeit, Mitglied zu werden, es sei auch so eine Junge dabei. Ella hat der Frau mit dem runzeligen Gesicht zugenickt und dabei auf die lange Hautfalte geschaut, die von ihrem Kinn heruntergehangen ist.
Ella hat für Milo die braune Wollmütze mit den Fellklappen ausgesucht. Nacheinander hat sie die winzigen Puppenkleider in die Hand genommen und in die Höhe, vor ihr Gesicht gehalten. Ob die mit Zahnstochern gestrickt worden sind, so ebenmässig und fein?, hat sie überlegt. Ella hätte sich durchsetzen sollen, für ein zweites Kind. Océane, im Falle eines Mädchens.

Ella hat im Gang das Licht brennen lassen. Noch immer liegt sie wach im Bett. Sie schaut zum Fenster, dort schwebt ein Türspalt im dunklen Himmel. Im Lichtstreifen sind die Kanten der aufeinandergestapelten Kartons zu sehen. Endlich sind sie leer.
Für Mara hat Renée Eve kein gutes Wort übrig. Für B. sowieso nicht. Das war einmal anders.
Vierzig Künstler waren ausgewählt worden, die ihre Arbeiten in der stillgelegten Fabrik in Nantes zeigen konnten.
»So sieht man sich wieder«, sagte Ella zu B., als sie sich beim Apéro, den die Veranstalter für die Künstler organisiert hatten, begegneten.
Auch Renée Eve war zur Ausstellung nach Nantes gereist. B. nahm Ella, die neben Renée Eve stand, am Eröffnungsabend kaum wahr. Zu dritt standen sie auf der schmalen Wendeltreppe, die in einen fensterlosen Raum eine Etage tiefer führte. Immer wieder entschuldigten sich Besucher und drückten sich an ihnen vorbei, einige der Besucher kamen wieder rückwärts die schmale Wendeltreppe hoch. B. freute sich. »Ah, Genève, la Suisse, ç'est super.« Dass sie beide deutscher Muttersprache waren, bemerkten Renée Eve und B. an diesem Abend nicht.
Ein halbes Jahr später zeigte B. dieselbe Arbeit auch in Genf. Renée Eve wollte für diesen Event eine Einladungskarte, die neugierig machen sollte, aber der Künstler durfte nicht wichtiger sein als der Raum. Eben erst hatte Renée Eve einen grösseren Ausstellungsraum eröffnet, mit Barbetrieb und Musik, an der Rue des Eaux Vives.
Während der Vernissage äusserte sich B. lobend zur Einladungskarte, eine Thermokarte, die je nach Temperatur seinen Namen oder den des Ausstellungsraums zeigte. B.s Lob war ein aufrichtiges Lob, das bemerkte Ella sofort. Ella sagte nicht viel mehr als: »Wie bitte?« »Ja?« »Danke.« Sie konnten sich nicht mehr verstehen. Jemand hatte die Musikanlage voll aufgedreht. B. zeigte mit dem Finger in Richtung Bar. Ella lehnte ab, sie hatte an diesem Abend schon genug getrunken und war dabei zu gehen. Voller Übermut drückte sie einen Lippenstiftkuss ins Gästebuch.

Ein auffallend kleiner Kopf für den Körper, der nicht deutlich auszumachen ist. Die Tanne ist zu weit weg. Ella wird sich einen Feldstecher kaufen und ein Vogelbuch.
Ein dunkelgrünes Muster erscheint auf dem Rasen und ist sogleich wieder verschwunden.
Das Schiebefenster auf dem Balkon bleibt offen. Ella setzt sich in den Sessel. Sie fährt mit den Fingern durch das weiche Lammfell. Ein Kuhfell möchte sie noch, ein braunweiss geflecktes. Sollte je wieder Muse in ihr Leben kommen, wird sie sich ein Objekt vornehmen, einen Rehkopf oder ein Murmeltier. Ein Windlicht bräuchte sie noch. Im Einkaufsladen gibt es welche aus Hartplastik, in knalligen Farben, orange und gelb. Ella beugt sich über den Tisch. Sie hält zum Schutz die Hand hin und zündet die Honigkerze an, das Weihnachtsgeschenk von Maria Sofia. Fünfunddreissig Zentimeter hoch ist die, Ella hat sie ausgemessen.
Sie hebt den Ordner wieder vom Boden auf. Sie fährt fort, die Einladungskarten durchzuschauen.
Pantone 877C Silver auf weissem Postkartenkarton
Ella zieht die Karte aus der Prospekthülle.
Renée Chevalier
Die Aussparung leuchtet weiss aus der dunkelroten Karte hervor. Dass für die Eröffnung der Name des Ausstellungsraums wichtiger war als der Name des Künstlers, hatte Ella sofort verstanden. Sie hält die Einladungskarte über die Flamme. Ella schaut zu, wie sich das Dunkelrot verfärbt und sich ein blauer Kreis ausbreitet, der sich immer weiter gegen die Ränder schiebt, heller und heller wird.
Ella hilft etwas nach, sie fährt mit den Ecken über die Flamme, bis die rotblauen Farben ganz verschwunden sind.
Bernard Albert
In Silber hebt sich der Name des Künstlers vom weissen Hintergrund ab.
Ella wirft die Karte auf den Tisch. Sie verfärbt sich wieder, wird blau, dann violett.
Renée Chevalier
Die blauen Daumenabdrücke bleiben noch eine Weile auf der Karte zurück.

Ella betitelte ihre beiden Brüder gerne als Langweiler. Dabei waren sie beide einmal vielversprechende junge Männer gewesen. Zu ihrer Studentenzeit, da hätte noch etwas aus ihnen werden können, ein Bergsteiger aus Lorenzo, ein Pilot aus Fabio. Aber je mehr es bei den beiden mit der beruflichen Karriere aufwärtsging, umso mehr nahmen sie sich aus dem Privatleben zurück und umso grössere Langweiler wurden sie. Genau genommen, seit Lorenzos Stelle als leitender Oberarzt. Und Fabio eiferte dem älteren Bruder nach. Seit Ella denken konnte, führten ihre Brüder einen Konkurrenzkampf. Nur in einem waren sie sich gleich, bei beiden ging es den Bach hinunter. Kinobesucher und Sonntagsausflügler wurden sie.
B. war anders. B. war aussergewöhnlich.
»Ein Schiff«, schreit Milo, er springt die Treppe hinunter, das rote Plastikschiff saust hinterher. In der letzten Kiste, die Ella ausgepackt hat, ist das rote Plastikschiff zum Vorschein gekommen. Schon möglich, dass sie einmal in der Nacht darüber gestolpert ist und es daraufhin in eine Kiste geworfen hat. Dass die Spielsachen am Abend aus dem Wohnzimmer weggeräumt werden, ist eine Abmachung zwischen ihr und dem Jungen, die er dauernd vergisst. Alles muss sie ihm x-mal sagen, und dann ist es bei ihm noch nicht drin. Milo ist selber schuld, wenn sein Lieblingsspielzeug plötzlich verschwindet.
Aus den Augen, aus dem Sinn, wie schnell der Junge das rote Plastikschiff vergessen hat. Eigentlich erstaunlich. Das sollte ihr einmal passieren.
Eine einzelne Person steht auf dem Deck, sie winkt Milo zurück. Der Möwenbestand ist deutlich kleiner geworden. Achtzig Möwen hat Ella vor ein paar Wochen gezählt, und das ist nur die Möwengruppe gewesen, die sich auf ihrer Uferseite aufgehalten hat.
Ein grosser Vogel, fast so gross wie eine Gans, fliegt an ihnen vorbei. Der Junge hat nur Augen für das Schiff, er hüpft ihm hinterher, Milos rotes Plastikschiff ruckelt über den Kies und fliegt über einen Stein.
»Wenn ich gross bin, dann werde ich ein Kapitän«, schreit Milo. »Dann komme ich mit dir mit«, ruft Ella. Sie hält ihre Hände als Trichter um den Mund: »Auf nach Tahiti!«

Der Baum hinter der Tanne ist ein Riese. Etwas weiter weg steht noch einmal so ein grosser.
Ella beobachtet ihren Sohn, er hat einen Stecken in der Hand und stochert auf dem Boden herum. Auch seine kleine Freundin Linlin hat einen Stecken in der Hand. Ella fragt sich, was die Kinder dort so emsig tun, jeder für sich. Wie eine Angelrute hält Linlin den Stecken vor sich hin und geht zum Brunnen. Mit dem Steckenende fährt sie durch den Wasserstrahl. Milo hat seine Arbeit unterbrochen, an seinem Steckenende klebt ein Blatt. Er geht damit zum runden Platz, dort streift er es am Rand des Abfalleimers ab. Milo geht mit seinem Stecken weiter bis zum Brunnen. Wie Linlin zuvor hält auch er sein Steckenende in den Wasserstrahl. Ella schaut den beiden eine Weile zu, wie sie vertieft in ihre Arbeit das dunkle Laub wegtransportieren, Blatt für Blatt.
Der Wind fährt in die Tanne und zaubert für einen Moment hellgrüne Zweige hervor.
Ella schiebt das Balkonfenster zu.
Ein paar der leeren Kartons liessen sich in der Abstellkammer verstauen. Wer weiss, wann sie die wieder brauchen wird. Ella nimmt eine alte Zeitung heraus.
Milo ist am Ufer entlanggesprungen. Er hat das rote Plastikschiff neben sich hergezogen, bis er mit einem Schuh im Wasser gestanden ist. Der Junge ist ein Talent. Ella reisst ein Zeitungsblatt weg, sie knüllt es zusammen und stopft es in die Schuhspitze. Sie nimmt das nächste Zeitungsblatt. Nur wegen des Kulturteils kauft sich Ella die Zeitung. Sie lässt sich mit dem Zeitungsblatt rückwärts in den Sessel fallen. Monets verschollenes Gemälde ist wieder aufgetaucht.
Erst noch hat sie eine Karte mit genau diesem Bild in der Hand gehalten.
»Der Strand von Pourville« war das einzige Gemälde des französischen Impressionisten, das in Polen öffentlich ausgestellt gewesen war. Eines schönen Tages war das Gemälde aus dem Museum verschwunden, und im Rahmen war eine geschickt angefertigte Kopie gehangen. Auf siebenhunderttausend Euro wird »Der Strand von Pourville« geschätzt. Zehn Jahre lang hielt der Dieb das Gemälde in einem Karton in der Familienwohnung versteckt. Aus Liebe zur Kunst habe er es gestohlen.

Wenn Ella jedes einzelne Stück aus der Erinnerungsschachtel herausnimmt und in den Händen dreht, wird sie mit Auspacken noch ewig nicht fertig sein. Oder mit Überlegen, ob sie die Erinnerungsstücke aufbewahren soll.

Schwarz ragen die Baumkronen in den dämmrigen Himmel. Kein Wunder, dass die Winterzeit den Menschen aufs Gemüt drückt.

Ella holt die drei hellgrünen Affen heraus.

Der Affe, der nichts hört.

Der Affe, der nichts sieht.

Der Affe, der nichts sagt.

Ella bestaunt sie von allen Seiten.

Sie hält einen der Affen gegen das Licht. Aus was für einem Stein der gemacht ist, Jade vielleicht? Wäre ihr Laptop in der Wohnung und nicht im Keller in dem schweren Eichenschrank der Grosseltern, dem sperrigen Erbstück, so könnte sie googeln und nachschauen.

Ob sie nicht doch den alten Chinesen ansprechen sollte? Zu zweit könnten sie den Schrank so weit nach vorne ziehen, bis sich die Tür einen Spalt weit öffnen liesse. Für den alten Mann wäre das eine Kleinigkeit. Aber aus Ella ist eine zögerliche Person geworden (verunsichert vielleicht?)

Ella hat ihre Erinnerungsstücke auf dem Boden ausgebreitet.

Der Lederbändel ist brüchig geworden, vor ihren Augen schwingt der Haizahn wie ein Pendel hin und her. Zuerst hatten ihre Brüder je einen Haizahn-Anhänger aus den Geschenken ausgepackt. Ella hatte getobt. Bis die Mutter Ellas Kette umtauschen ging.

Die Schmuckstücke sind bei ihr geblieben. Auch die Briefpost, Karten von Lorenzo und Fabio, mit Bonbons verziert.

Ella sammelt die Erinnerungsstücke wieder ein und legt sie zurück in die Schatulle, das Goldamulett mit dem Engel, das Kreuz mit den sechs Rubinen, die blaue Samtdose mit dem Goldvreneli, den Siegelring des Grossvaters, die Weissgoldkette mit dem Herzanhänger, den Lederbändel mit dem Haizahn und ein Kuvert, in dem sich ein paar Fünfrappenstücke befinden, silbrige Fünferli.

Die Kette mit dem Sterndiopsid wirft Ella in die andere Schachtel. Diese ist mit Karten, E-Mails und Notizzetteln von B. gefüllt, ein paar wenige Sätze nur, mit einem Kuss oder einer Umarmung versehen.

Ella steht auf dem Metallstuhl und räumt den Küchenschrank um. Sie will eine logische Ordnung schaffen, damit sie nicht jedes Mal alle Schranktüren öffnen muss, bis sie endlich findet, wonach sie sucht. Alle Schranktüren aushängen wäre noch einfacher. Nur wohin damit? Vorsichtshalber hat Ella ihre Socken ausgezogen, damit sie auf der Sitzfläche nicht ins Rutschen kommt. Wenn sie auf den oberen Regalbrettern hantiert, wird es mit der Stabilität heikel. Die Sitzfläche ist eiskalt, mit etwas Glück holt es ihr die Hitze aus dem Körper. Bei der kleinsten Anstrengung kommt Ella wieder ins Schwitzen.

Sie ist froh, dass diese Wohnung frei geworden ist, in genau diesem Gebäude. Auch wenn sie auf dem Stuhl steht, sieht sie nicht über die Tanne und schon gar nicht über den Riesen dahinter.

B. hatte den Bauplatz für das Haus gefunden, zuoberst am Hang unterhalb des Waldes. In die Agglomeration wolle er, ins Grüne, hatte Ella gefragt. Sie solle zur Abwechslung auch einmal an das Kind denken, und ihm sei es auch recht, mehr denn je brauche er seine Ruhe, hatte B. gesagt. Auf jeden Fall werde sie ihr Grafikbüro in der Stadt behalten, das sei auch für die Kundschaft besser so, hatte Ella dem Hausbau letzten Endes zugestimmt.

Kaum waren sie in das neue Haus eingezogen, kam es zu diesem fürchterlichen Streit. Ella hatte schon oft von diesem Freund gehört. Dieser Künstler sei ein sehr guter Freund, hatte B. gesagt.

B. war gelegentlich zu ihm nach Berlin gereist. Nur zu ihnen war dieser Freund nie auf Besuch gekommen.

Und plötzlich tauchte er auf.

Kaum habe einer Erfolg, kämen auch schon die Probleme, sagte B.

Ella sass im Wohnzimmer und horchte auf.

»Da muss ich dich leider enttäuschen«, sagte B.

Seine Stimme wurde leiser. Kurz darauf gab es einen Knall, etwas war gegen die Tür geflogen. Die Stimmen im Nebenzimmer waren laut geworden. Ella liess die Zeitung liegen und sprang in den Garten hinaus.

Die Vase hatte Ella in Genf gekauft, bei einem Trödler. All die Jahre schleppte sie diese Vase mit sich herum, von einem Wohnort zum nächsten. Ella nimmt den Besen und kehrt die Scherben zusammen. Immerhin muss sie sich nicht mehr überlegen, wo sie die Vase mit dem überlangen Hals verstauen soll. Ella geht auf den Balkon und leert die blauen Scherben in den Glasabfall.

»Wir haben eine Bruchlandung gemacht.« B.

Auch zerdrückte PET-Flaschen und Büchsen liegen im Korb. Jede einzelne PET-Flasche, jede Büchse und jede Scherbe wird sie wieder in die Hand nehmen müssen. Bevor sie mit dem sortierten Müll zur Sammelstelle geht. Ella wird auch eine bessere Ordnung in die Abstellkammer bringen. Sie wird drei Körbe ins Regal schieben. Ein einfaches Regal könnte sie selber bauen, ein paar Löcher in die Wand bohren, Dübel hineindrücken, Metallwinkel anschrauben, Bretter drauflegen und fertig. Sie wird ihr Leben vereinfachen. Alles wird einfacher werden.

Ella schiebt das Balkonfenster auf. Milo rennt Linlin hinterher, sie sieht nett aus in ihrem hellblauen Skianzug und mit dem schwarzen Haar, das die Kapuze säumt. Milo klettert die Sprossen hoch. Er versteckt sich unter dem Dach des Kletterhauses. Es schneit wieder, ein weisser Flaum liegt auf den roten Ziegeln.

Immer diese Geheimniskrämerei. B. sprach viel von seiner neuen Arbeit, ein Bild fertig, mit dem neuen Bild begonnen, wieder ein Bild fertig, die werden Augen machen, riesengross und so weiter. Als ob dies etwas Konkretes gewesen wäre.

Die schwarze Hand auf dem Schild an der Tür seines Ateliers. Der kleine Bauarbeiter verschwand hinter seinem ausgestreckten Arm, seiner Riesenhand.

Vergangene Nacht hat Ella von B. geträumt. Ohne sein Wissen hat sie sich während seiner Vernissage unter die Besucher gemischt. Sie hat B. sehen wollen und seine neue Arbeit auch.

B. hat Ella sofort entdeckt, an seinen Mundwinkeln hat ein Lächeln gezuckt. Es gibt keinen Mann, der mehr Attraktivität ausstrahlen kann als B. in genau so einem Moment. Im Nu hat Ella ihre Vorsätze fallen gelassen. Wenn er sich unbedingt davonschleichen wolle, hat sie gesagt und ist ihm in den Lift gefolgt. (Ob die Träume die eigentliche Krankheit sind?)

Mehrmals ist Milo auf den Stuhl geklettert und hat aus dem Fenster geschaut. An diesem Nachmittag hat von Linlin jede Spur gefehlt.
Dass Milo alleine hinuntergehen darf, ist nicht in Frage gekommen. Die Siedlung sei viel zu unübersichtlich, hat sie dem Jungen erklärt. »Du hörst sofort auf, mit Fäusten auf mich einzuhämmern, sonst schmiere ich dir einmal eine zurück«, hat Ella erbost gesagt. Sie hat das schreiende Kind im Wohnzimmer am Boden liegen gelassen. Vielleicht hätte sie ihn nicht so anfahren sollen. Nur freundlich nutzt ja nichts!
Hätte Ella ein zweites Kind, hätte Milo einen Spielkameraden und sie ihre Ruhe!
»Du bist zu emotional.« B.
Bei einem zweiten Kind würde alles einfacher werden, ihr Gefühl sage das, sagte sie. Im Rückspiegel habe sie schon das eine und andere erkannt, bestimmt würde es einfacher werden. B. wollte davon nichts wissen, weder sie noch er hätten genug Zeit. Ella hätte ihrem Gefühl vertrauen und sich bei B. durchsetzen sollen. Nur sich bei B. durchzusetzen, ist ein Ding der Unmöglichkeit.
»Oh, keine Ahnung, wie das passieren konnte –, das ist mir ein Räätzel.« Anette.
Ella nimmt den Jungen an der Hand. Die Handschuhe sind überflüssig geworden. Der kalte Wind hat sich gelegt, es ist wärmer geworden, dafür der Regen umso heftiger. Ella schaut zu, wie sich immer mehr Ringe auf dem Fluss ausbreiten.
Ein Stockentenpaar sitzt mitten auf dem Gehweg. Ella und Milo drücken sich an die Böschung. Sie zieht einen Zweig zu sich und lässt Milo vorausgehen, neben ihr nimmt das Weibchen den Schnabel aus den Federn und beginnt zu schnattern. Der Schnabel verschwindet wieder zwischen den Federn. Ella ist stehen geblieben. Sie hält den Zeigefinger auf den Mund. Mit was für grossen Augen Milo Ella anschauen kann. Sie zeigt nach vorne. Die Ente fliegt vom Stein weg. In einem grösseren Abstand zum Ufer treibt sie an ihnen vorbei. Die Ente hat weisse Federn auf dem Rücken und einen dunkelgrünen Kopf.

Das Eichhörnchen rennt auf einen ausladenden Ast, es macht einen Sprung und verschwindet zwischen den Zweigen.
Ella nimmt den zweiten Ordner vom Tisch. Darin hat sie die Einladungen gesammelt. Das war bei einer Gruppenausstellung in Bern.
Eigentlich hatten B. und Ella das so ausgemacht, dass sie sich am Abend gemeinsam in ein Restaurant setzen werden, alleine, irgendwo in der Stadt.
In der Nähe des Bundesplatzes gebe es ein nettes Restaurant, hatte B., der aus Lyon angereist war, am Telefon gesagt. Ella kam erst gegen Abend in Bern an. B. hatte in der Zwischenzeit umdisponiert. Er wolle doch lieber an dem offiziellen Abendessen mit den Künstlern teilnehmen, sagte er. B. verstand nicht, warum sie nicht dabei sein wollte. Ella hatte einfach keine Lust, es gab keinen bestimmten Grund. Sie wolle ein wenig Berner Luft riechen, etwas in der Art, sagte sie zu B.
Das offizielle Abendessen sei wichtig, anstandshalber sollte sie mitgehen, sagte er. Sie liesse sich durch ihn vertreten, antwortete Ella. Mit dieser Haltung werde nie eine grosse Künstlerin aus ihr, sagte B. und gab auf.
Dies sei auch nicht ihr Ziel, rief ihm Ella hinterher.
»Du amüsierst mich«, rief B. zurück.
Bevor sich Ella aufmachte, um nach dem Restaurant zu suchen, ging sie durch die Ausstellung. Nur noch wenige Besucher hielten sich in den Räumen auf. Ella folgte einer ruhigen Musik, fernöstliche Klänge, die sich wiederholten. Die Musik lockte Ella in einen abgedunkelten Raum. Aus der halbgeöffneten Truhe flutete Licht.
Ella nahm ein Handout aus dem Plexiglasfach und trat in den nächsten Raum. Sie lehnte sich an den Fenstersims. In dem kleinen Raum dahinter war ihre Arbeit ausgestellt, eine Serie Zeichnungen, die Genfer Flughafenhalle in der frühen Morgenstunde, Bleistift auf Japanpapier.
Kleine Schneelawinen fallen von den Zweigen. Ein einzelner Ast wippt auf und ab. Ein Eichhörnchen lugt hervor, es stellt sich auf die Hinterbeine und zeigt seinen weissen Bauch. Ob die Tiere ehrlich sind?

Unerwartet ist die chinesische Familie bei ihr vor der Tür gestanden. Ellas Telefon funktioniere nicht. Woher sie die Telefonnummer habe, hat Ella wissen wollen.
Von der Liste des Samstagshorts, hat Linlins Mutter geantwortet, und sie habe Ella auf dem Balkon gesehen. Linlin wolle fragen, ob Milo mit nach unten komme.
Die Mutter von Linlin hat Ella etwas weisses Unbekanntes hingestreckt. Aus Weissmehl habe er das gemacht, im Dampf, mit einer Süssigkeit darin, »he is our cook«. Ein gutes Gesicht hat er.
Der alte Chinese hat gelacht und wieder seinen Goldzahn gezeigt. Linlin hat eine Rübe aus ihrer Skijacke gezogen und sie vor ihr Gesicht gehalten. Ella hat abgelehnt, sie fühle sich nicht sonderlich gut und bleibe lieber zu Hause.
Ella steht hinter dem Schiebefenster und schaut den beiden Kindern zu, wie sie in Richtung Spielplatz springen, dort wartet Linlins Bruder. Plötzlich bleibt Milo stehen und beugt sich nach vorne, er wischt sich mit dem Ärmel über den Mund. Etwas muss aus dem teigigen Ding tropfen. Ella hat ihr seltsames Ding auf einen Teller gelegt. Hat sie sich bei Linlins Mutter bedankt? Oder hat sie nur verblüfft dreingeschaut?
Die Tauben haben sich in der Nähe der Tanne versammelt, auch die weissbraune ist dabei. Ihre Schnäbel suchen zwischen dem Efeu. Ella tippt mit der Fingerspitze gegen das weisse Ding. Es ist weich.
Die Kinder rollen eine Schneekugel über den Spielplatz, hinter ihnen bleibt ein grüner Streifen zurück. Dies dürfte der letzte Schneemann werden, wenn es überhaupt noch einer wird.
Ein Vogelschwarm hat sich auf die Baumkrone des Riesen gesetzt. Ella müsste einen Feldstecher haben.
Sie zieht die Wolldecke fester um sich. Ein paar Sonnenstrahlen wären genau das Richtige. Ella hat wieder einen Schnupfen, der klingt nicht ab. Dafür lässt auf dem Balkon die Hitze nach. Die Gedanken sind das Schlimmste, sie bringen keine Klarheit, vernebeln nur. Ella hätte besser auf sich aufpassen müssen.
»Non è questione di maltempo, ma di non essere coperti abbastanza.« Grossvater.
(Es gibt keine schlechte Witterung, nur eine schlechte Kleidung.)

Die chinesische Familie wohnt im Vierzigerblock, im siebzehnten Stockwerk. Aber wo der Vierzigerblock ist? Beim Einzug hat Ella einen Orientierungsplan erhalten, daran erinnert sie sich noch, an den Duplexdruck. Zwischen dem Grün die braunen Wohnblöcke, gross und mächtig. Ella ist erstaunt gewesen, mit wie viel Sorgfalt der Plan, mit den raffiniert eingesetzten Überdruckfarben, gemacht war.
Ella wird jemanden fragen, wo der Vierzigerblock ist. Ellas Blick schweift über eine weitere Fassade, über zahllose Balkone und Fenster. Hinter ihren Ohren fängt es an zu pochen.
Kein Mensch ist zu sehen. Nur weit hinten ruckelt eine Person einen Einkaufswagen über die Pflastersteine.
Ella findet ihn doch, den Vierzigerblock, auf der anderen Seite der Strasse. Die Nummern sind fortlaufend, aber die Strassennamen ändern sich. Da soll sich noch jemand zurechtfinden.
Als sie bei der Familie Ling klingelt, drückt niemand auf. Ella wartet. Aber nichts passiert.
Ihre Ohren müssen glühen. Dürfte der Junge noch mit zu ihnen, hat Linlins Mutter über die Gegensprechanlage gefragt. Milo muss gleich neben ihr gestanden sein.
»Bitte.« Milo.
Hinter der sich öffnenden Tür des Lifts taucht der alte Chinese auf, der Junge ist nicht dabei. Der alte Chinese kommt auf sie zu. Er öffnet die Glastür und lässt Ella herein. Sie folgt ihm zum Lift. Die ganze Fahrt über reden sie kein Wort, das heisst, der alte Chinese sagt etwas und fuchtelt dabei mit den Händen. Ella schaut angestrengt den Leuchtzahlen zu, wie sie auftauchen und wieder verschwinden.
Die Wohnung der chinesischen Familie ist nur spärlich möbliert. Im Flur stehen ein paar aufeinandergestapelte Kisten. Ein wenig sieht es aus wie bei Ella. Die Mutter von Linlin kommt aus dem Wohnzimmer. Sie bietet Ella einen Tee an, »Green Tea«. Die Hitze schiesst Ella in die Glieder. »Next time perhaps«, sagt Ella. Der Vater von Frau Ling ist in der Küche verschwunden. Er kommt mit einer Büchse zurück, der alte Chinese streut sich ein paar getrocknete Blätter auf die knorrige Hand. Nur die Spitzen der Blätter seien es, sagt Linlins Mutter. Ihr Vater habe den Tee aus Shanghai mitgebracht. Der alte Chinese füllt etwas von den Teeblättern in ein Plastiksäckchen. Er drückt Ella das Säckchen in die Hand.

Ein einziger Tag und der Winterzauber ist vorbei, auf den Gehwegen bleiben die Kieselsteine zurück.
Ella drückt mit dem Ellbogen auf die Türklinke. Zwei Frauen befinden sich im Treffpunkt. Als Ella vorhin mit Milo vorbeigegangen ist, hat sie gesehen, dass Licht brennt. Ella hat durch die Lamellen gespäht und im hinteren Teil des Raums einen Computer entdeckt. Die zwei Frauen unterhalten sich mit dem jüngeren Mann, der hinter dem schmalen Tresen steht. Hoffentlich ist die Absage für die chinesische Familie keine Beleidigung gewesen, überlegt Ella, auf jeden Fall haben sich Linlins Mutter und der Grossvater nichts anmerken lassen. Ella hat Glück, der Computer im Internetcorner ist frei.
Sie will nach einem Feldstecher suchen, sie kann es nicht bleiben lassen, nur schnell einen Blick in ihren Posteingang werfen möchte sie, mehr nicht.
»Und ich habe wieder angefangen?« B.
B. schreibt selbstverständlich nicht. Sie auch nicht. Wie lächerlich sie das immer gefunden hat, wenn Menschen partout den ersten Schritt nicht tun. Den ersten Schritt nicht tun können, auf die Idee war sie nie gekommen.
Drei neue E-Mails von Renée Eve befinden sich im Posteingang. Wenigstens eine E-Mail könnte Ella öffnen, zum Beispiel die zweite –, bevor Ella den Gedanken zu Ende gedacht hat, ist die E-Mail schon offen. Ella sieht es sofort, Renée Eve hat den Schrifttyp gewechselt, auch die Wortmarke fehlt. Was soll dieser Augenzwinker? Unter ihren Armen beginnt die Tischplatte zu pulsieren.
Es hätte auch sein können, dass die Freundin wieder einlenkt.
Nicht nur ein seriöses Erscheinungsbild, auch eine eigene Hausschrift wolle sie für die neue Galerie, sagte Renée Eve. Sie unterhalte sich gerade mit einer Grafikerin, nicht mit einer Schriftgestalterin, sagte Ella. Für was denn Renée Eve eine eigene Hausschrift brauche? Dies sei ein absurder Gedanke, die meiste Korrespondenz gehe sowieso via E-Mail. Und Kataloge seien nicht in Sicht.
»Was nicht ist, kann noch werden.« Renée Eve.

Die Hände gefaltet wie zum Gebet. Roka. Arm und Hand sei bei ihnen ein und dasselbe Wort, sagte die Putzfrau im Krankenhaus. Wie Handschuh auf Slowenisch heisst? Ellas Daumen sind ausgestreckt, darauf liegt ihr Kinn. Selbstverständlich hat Ella keine Handschuhe dabei. Sie ist in die Pumps geschlüpft und hat sich die Wolljacke über die Schultern gehängt. Sie hat nur schnell den Jungen zum Kindergartenbus hinunterbringen wollen. Als sie in der Tiefgarage an der Wand gelehnt hat, ist ihr das mit dem Feldstecher wieder in den Sinn gekommen. Am Morgen hat Ella auf der Tanne einen seltsamen Vogel gesehen, etwas grösser als eine Amsel, mit blauen Federn an den Flügeln.
Keine Menschenseele befindet sich im Hof, ausser Ella und dem braungesprenkelten Schneemann, der mitten auf dem Spielplatz steht.
Einen Auftrag habe Renée Eve noch nicht weitergegeben. Zum Glück plane sie immer weit voraus, aber allmählich werde es mit der Zeit knapp. Seit vier Jahren hat Renée Eve ihre neue Galerie.
»That's my job«, sagte Ella zu B., der ihren Arbeitsaufwand übertrieben fand. Da Ella Milo zu ihrer Schwägerin bringen durfte, zog sich B. mit seinem Einwand schnell zurück. Dies bedeutete auch ein freies Wochenende für ihn.
Ella reiste für zwei Tage nach Genf. Sie wollte für Renée Eves neue Galerie ein eigenständiges Erscheinungsbild, auf keinen Fall wollte sie etwas, das sich an Bestehendes anlehnte. Ohne eingehende Recherche vor Ort gehe das nicht, hatte sie zu Regina, Lorenzos Frau, gesagt. Ella besuchte verschiedene Galerien. Zwischendurch setzte sie sich in ein Café und genoss bei einem Espresso die Ruhe, die es für sie nur in einer fremden Stadt zu finden gab, fernab von Milo und B., fernab auch von ihrer künstlerischen Arbeit. Das erste Jahr mit dem Kind war anstrengend. Wie schnell so etwas in Vergessenheit gerät.
Noch einmal der Hinweis von Renée Eve, dass die Arbeit die beste Medizin sei. Und wahrlich, sie habe mit Männern schon so ziemlich alles erlebt, was es zu erleben gebe. Aber auch im grössten Streit sei sie für die Freunde da gewesen. Die Freunde seien ihr durch alle Beziehungen geblieben.
»Und was bleibt von einer Liebe? Nur die Erinnerung.« Renée Eve.

Renée Eve hat wieder die Ausstellungsgestaltung des städtischen Kunsthauses erwähnt. Irgendwann werde Ella auch wieder kleinere Brötchen backen müssen. Dann könne sie froh sein, wenn sie ein paar Freunde habe, falls dann noch ein paar übrig seien.
Die neue Galerie von Renée Eve war auch für Ella interessant. Für das neue Erscheinungsbild hatte Ella mit Renée Eve ein Kunstwerk ausgehandelt, frei nach Wahl. Selbstverständlich durfte das Werk nicht über den angesetzten Betrag hinausgehen.
Der Gestaltungsraster für die Wortmarke sollte mit den Proportionen des Grundrisses der Galerie übereinstimmen, ein schmaler langer Raum. Ella hatte beim Architekten die Pläne bestellt. Eine hohe elegante Schrift war genau das Richtige. Alles Versalien, darin waren sich Renée Eve und Ella auf Anhieb einig. Wer weiss, eventuell liesse sich doch einmal ein Alphabet basierend auf der Wortmarke entwickeln. Renée Eve und Ella überlegten und witzelten.
Als Hausfarbe wählten sie Anthrazit, passend zum Schieferboden der Galerie. Die knalligen Farben gingen zurück, auch Renée Eves rote Plüschsessel verschwanden, diese wurden durch schwarze Lederbänke ersetzt, ein nordisches Design. Alles wurde vornehmer und seriöser.
»Ich habe keine Freunde im Kunstbetrieb.« B.
Ella füllt das Glas mit Leitungswasser nach. Sie geht auf den Balkon.
»Renée Eve ist nicht meine Freundin, Renée Eve ist meine beste Freundin.« Ella.
Wie viel lieber würde sie sich zurechtmachen, als den ganzen Tag in dieser Siedlung hocken. Sie könnte das dunkelbraune Hosenkleid vom Bügel nehmen, den dunkelgrauen Lidschatten auftragen und die olivgrünen Augen sanft und ruhig erscheinen lassen.
Auf der Fahrt würde sie an der Scheibe lehnen und hinausschauen, auf die vorbeiziehenden Landstriche, die Flüsse und Wälder.
Die dritte E-Mail von Renée Eve hätte Ella besser nicht gelesen.
»Meine Worte sind vielleicht hart – aber für mich ist es auch hart.« Renée Eve.

Wie feine Nadeln, die ins Hirn stechen, eine nach der anderen. Immer an einem anderen Ort. Die Schmerzen kommen unvermittelt. Ella hat überlegt, ob sie Frau Dr. Bühlach an einem Samstag anrufen kann. Dann hat sie sich doch für Herrn PD Dr. Lorenzo Lotti entschieden und seine Privatnummer gewählt. Er sei in der Klinik, hat Regina gesagt. Wie sehr ihr Bruder private Telefonate bei der Arbeit schätzt, ist Ella bekannt. Mit einem mulmigen Gefühl hat sie im Krankenhaus angerufen. Bevor Lorenzo gewusst hat, um was es geht, hat er schwören müssen. Schwören, auf alles, was ihm lieb ist, seine Frau, seinen Sohn. Lorenzos Stimme hat gestresst getönt. Er sei auf dem Weg zu einem Gespräch, er stehe mitten im Gang, hat er gesagt.
Ella hat ihren Bruder nicht aufhalten wollen.
Ein paar Minuten später hat Fabio angerufen, dieser Mann kann lästig sein. Er hat nicht lockergelassen. Sie habe zwei Möglichkeiten, entweder sie skype mit ihm oder er komme auf Besuch, dieses Wochenende.
Milo hat versucht, den Laptop wieder aus dem Schrank zu holen, aber er hat dauernd ins Leere gegriffen. Er solle wieder hervorkommen, sie werde den alten Chinesen fragen, sobald sie ihn das nächste Mal sehe, hat Ella gesagt.
Sie sitzt im Treffpunkt, es ist ihr peinlich, dass sie schon wieder da ist. Draussen schlägt der Junge dem Schneemann den Kopf ab. Er kickt in die braungesprenkelte Schneekugel. Milo dürfe draussen warten, er müsse aber in der Nähe des Schneemanns bleiben. Sie wolle ihn vom Fenster aus sehen. Wie eine entzweigeteilte Kokosnuss sieht die halbierte Schneekugel aus. Der Junge nimmt sich die zweite Schneekugel vor. Ella hätte Lorenzo nach dem Feldstecher fragen sollen. Neben seinem Beruf findet Lorenzo keine Zeit mehr fürs Bergsteigen. Was für ein ambitionierter Kletterer ihr Bruder einmal war. Lorenzo hat kaum ein Wochenende, das er mit seiner Frau und seinem Sohn verbringt. Er müsse sich unbedingt auch einmal Freiraum nehmen für seine Familie, sagte Ella zu ihm, kein Wunder sei seine Frau so auf den Sohn fixiert, symbiotisch sei das bei den beiden. Und wenn Regina unglücklich sei, sei das kein Wunder. Lorenzo wurde ärgerlich. Wie Ella sich anmassen könne, über seine Ehe zu urteilen. »Ogni matrimonio è un mistero.« (Jede Ehe ist ein Geheimnis.)

Ella setzt sich auf ihren Platz im hinteren Teil des Treffpunkts. Der junge Mann dreht das Schild an der Tür um. Eine Weile schwingt es am Türgriff noch hin und her. Ella hat Fabio eine SMS geschickt. Sie komme nicht ins Internet, sie werde es am Nachmittag noch einmal versuchen, sobald der Treffpunkt wieder aufmache, so gegen halb drei, hat sie geschrieben.

Der Treffpunkt ist leer. Auch im Hof ist niemand. Vermutlich sind alle in der Stadt, beim Samstagseinkauf.

Das mit dem Skypen ist überstürzt gewesen, typisch Fabio. Wenn der sich etwas in den Kopf gesetzt hat. Dass sie immer noch so einen Respekt vor ihrem Bruder hat, könnte man meinen. Nur, wenn Fabio sagt, er komme sonst vorbei – dann kommt er!

Ella fühlt sich besser als am Vormittag. In der Zwischenzeit hat sie ein Bad genommen. Sie ist lange vor dem Spiegelschrank gestanden und hat sorgfältig ausgewählt. Um sich die passenden Lidschatten zu kaufen, fuhr sie immer nach Genf, dort gibt es ein Kosmetikgeschäft mit einer grossen Auswahl, in allen Farbnuancen wie eine Künstlerpalette. Erst hat Ella einen grünen Lidschatten in die Hand genommen. Ein Grün, das ins Türkis geht und an Griechenland erinnert, schrill und grell. Zuletzt hat sie sich für etwas Ruhigeres entschieden und noch ein wenig Rouge auf die Wangenknochen gelegt.

Diesmal klappt die Verbindung auf Anhieb. Die Kamera sei schlecht, sie sei nicht deutlich zu sehen, sagt Fabio, immerhin, sie töne gut. Ob er sich vielleicht mit seinem Laptop hinsetzen könnte, fragt Ella, ihr werde von diesem Geschaukel schwindelig.

Auch Fabio hat die Mittagszeit genutzt, er hat einen Plan ausgeheckt. Fabio möchte, dass Ella mit Milo zu ihnen kommt, übers Wochenende. Er würde sie und Milo mit dem Auto abholen, in eineinhalb Stunden könnte er bei ihnen sein.

Das hat ihr gerade noch gefehlt. Im Hintergrund ist Fabios jüngstes Kind zu hören, die kleine Lisa. Die ganze Zeit, während sie mit ihrem Bruder skypt, ist ein Geschrei. Lisa habe einen unglaublichen Dickkopf, sagt Fabio, sie schreie wegen allem und jedem, selbst wenn man es so mache, wie sie es wünsche. Sie sei wohl gerade dabei, ihre Persönlichkeit zu entwickeln, lacht Fabio. Das Ganze habe aber auch einen positiven Aspekt, sagt er. »Sprachlich hat sie einen grossen Sprung gemacht. Plötzlich gibt es ein Ich, ein Du und ein Wir.«

Soeben hat Ella die Primeln entdeckt. Die Tage davor ist ihr Blick auf den Strauch gerichtet gewesen, auf die roten Knospen, aber die lassen sich Zeit. Milo kniet vor dem einen Betonhocker, Linlin kauert neben dem anderen. Sie haben Zeichenblätter und Buntstifte vor sich liegen. Der alte Chinese sitzt bei ihnen, er redet ohne Unterlass auf Linlin ein.

Zu zweit haben sie den sperrigen Schrank der Grosseltern aus dem Kellerabteil gezogen. Als Ella den Laptop aus dem leeren Schrank geholt hat, ist der alte Chinese neben ihr gestanden, sein Gesicht hat keine Regung gezeigt. Sie hätte gerade so gut ein Glas Honig herausnehmen können oder eine alte Hose.

Dreimal hat Ella in der Zwischenzeit mit Fabio geskypt.

Ella sitzt auf der Bank, etwas abseits der Kinder in der Nähe des Hauseingangs. Sie hat den Laptop vor sich auf den Betontisch gestellt. Vergangenes Wochenende sei er mit der Familie bei der Mutter gewesen, sagt Fabio.

Ella müsse unbedingt einmal vorbeigehen, solange sie den Weg von der Post zum Haus noch finde, das Dorf befinde sich im Wandel. Das ehemalige Pfarrhaus sei renoviert worden, gut sehe es aus mit den dunklen Balken. Fabio reibt sich die Augen. Der Mann sieht müde aus. Auch das Lebensmittelgeschäft der Ortelli habe einen neuen Anstrich erhalten, und der Müller Sepp habe die Scheune ums Doppelte vergrössert. Nun wolle auch die Mutter umbauen. Den Dachstock wolle sie bewohnbar machen, mit einem eigenen Zugang versehen, von aussen über eine Wendeltreppe. Damit es genügend Platz gebe, um die Jungfamilien zu beherbergen, am besten gleich alle drei, habe sie zum alten Menzi gesagt. An jeder Ecke sei die Mutter mit ihnen stehen geblieben. Alle hätten gefragt, was er tue und wie es Lorenzo gehe, auch nach ihr sei gefragt worden, speziell vom Müller Hans. Sie sei schon immer ein Sorgenkind gewesen, habe die Mutter gesagt, das jüngste halt. Fabios Frau Zilly kommt ins Bild. Sie winkt.

Seit vorletzter Weihnacht hat Ella Zilly nicht mehr gesehen.

Am Vorabend der Metallabfuhr hatte Fabio vier echte Landi-Stühle mit nach Hause gebracht. Zilly hatte die Stühle gleich wieder zurück auf die Strasse gestellt.

Am Weihnachtsessen unterhielt sich Fabio mit Zillys Vater. »Sie ist so eine Liebe, da habe ich gedacht, die heirate ich.« Zilly beugte sich über den Tisch und kniff Fabio in den Oberarm. »Blödmann«, sagte sie.

»Und achten Sie auf genügend Schlaf.« Frau Dr. Bühlach.
Wie lange ein Mensch ohne Schlaf auskommen kann? Der Junge ist wieder aufdringlich, er zieht an Ellas Ärmel. Das Frühstück hat sie ihm gemacht und ein paar Bilderbücher auf den Tisch gelegt. Nie hat sie sich ein Kind gewünscht, das sich nicht selber beschäftigen kann. Menschen, die nichts mit sich anzufangen wissen, sind grauenhaft.
Ella drückt ihr Gesicht ins Kissen, besser als das Kind anschreien.
Autogenes Training habe Fabio während seiner Assistentenzeit gemacht, anders hätte er die Belastungen nicht aushalten können. In der Toilette habe er sich eingeschlossen, der einzige ungestörte Ort in einer Klinik.
Ella lässt sich aus dem Bett fallen. Sie geht zur Toilette, Milo jagt aus der Küche.
Als sie die Tür schliessen will, hat Milo seinen Fuss dazwischen.
Ella lässt die Tür aufschlagen. Sie packt das Kind um den Bauch und geht mit dem strampelnden Jungen in sein Zimmer, sie wirft ihn über dem Bett ab.
Ella rennt zurück ins Badezimmer und schliesst sich ein. Was sie im Spiegel sieht, gefällt ihr nicht, dieses aufgedunsene Gesicht. Sie hält ihren Mund unter den kalten Wasserstrahl, die Nase, die Wange. Milo trommelt mit den Fäusten gegen die Tür. Jetzt schreit sie, durch die verschlossene Tür, bis ihr der Hals schmerzt, sie nur noch krächzen kann.
Zwanzig Minuten später steht Ella frisch geduscht und angezogen vor Milo. Das sollte doch noch möglich sein, ein paar Minuten in Ruhe für sich.
»So setzt jeder seine Prioritäten.« Renée Eve.
»Lass uns hinuntergehen«, sagt Ella. Sie holt das alte Brot aus der Lade. »Was denkst du, sind noch ein paar Möwen unten am Fluss?«, fragt sie und bemüht sich um einen freundlichen Ton. »Enten wird es bestimmt haben«, sagt Milo.
Am Vortag hat Ella einen Vogel beobachtet, wie er mit seiner langen wippenden Schwanzfeder, in einem sicheren Abstand, an ihnen vorbeigetrippelt ist.
Der schwarz-weiss-graue Vogel ist vom Uferweg weggeflogen. Er ist dicht über dem Wasser geblieben.
Der Künstler mit den Hirschmotiven kommt ihr in den Sinn. Nach der dritten schlaflosen Nacht hätte er den Erstbesten erwürgen können.

Nicht einmal Isländisch-Moos-Tabletten gibt es in der Apotheke zu kaufen. Den wässrigen Auszug aus Isländisch Moos bräuchte sie jetzt, das würde helfen. Nach Island, das wäre auch etwas, und auf dem Rückweg gleich noch auf einen Sprung nach Schweden.
Erstmals hat Ella gesehen, dass es in der Siedlung zwei Arztpraxen gibt, im gleichen Gebäude wie das Einkaufszentrum, nur zwei Stockwerke höher.
Ella ist fiebrig und seit ein paar Tagen heiser, immer wieder bricht die Stimme ab. Milo ist rührend. Auch er flüstert am Tisch. Er solle sie nicht zum Lachen bringen, stösst Ella mit Mühe hervor. Ohne Stimme über ein paar Tage, das wird unheimlich. Wiederholt setzt Ella an. Besser wäre, sie würde sich schonen, Tee trinken. Immerhin Hustentee und Lakritze hat sie in der Apotheke kaufen können. Sogar eine Büchse für die chinesischen Teespitzen hat sie gefunden.
Ella geht nicht mehr hinaus auf den Balkon. Sie erledigt nur noch das Nötigste und verschwindet gleich wieder im Bett unter der Decke. Im Flur stehen noch immer die leeren Kartons. Es gibt zu wenig Stauraum. So langsam gewöhnt sie sich daran, an dieses Chaos. Sie, die einmal so ordentlich war.
B. aus den Gedanken zu bekommen, ist schwierig genug. Es bräuchte definitiv nicht noch Renée Eve dazu.
Vielleicht hätte sie früher schon einmal Nein sagen sollen. Einfach so, damit sich Renée Eve ein wenig an dieses Wort hätte gewöhnen können. Eine Trennung sei kein Weltuntergang. Sie sei eine verwöhnte Frau, immer seien ihr von den Männern die Wünsche von den Augen abgelesen worden, allen voran von ihren Brüdern.
Ella, die selber immer zu allem eine Meinung hatte.
»Wie kannst du dir nur so sicher sein?« B.
Gestern ist die Stimme von Riccardo auf dem Telefonbeantworter gewesen.
Er habe mit seinem Freund Lorenzo telefoniert. Wenn sie wolle, komme er vorbei. Sie könnten wortlos den Fluss hinauf- und hinunterspazieren, auch er sei nicht fit, habe einen Jetlag.
Ein Vogel mit gelbem Bauch und schwarzer Mütze schaut zum Küchenfenster herein, dann ist er wieder weg.

... zehn Jahre zuvor

»Je suis bilingue«, hat der Künstlerkollege, der in Lyon wohnt, zu der Frau mit dem blondierten Haar gesagt und ihr die Hand gegeben. Kurz nach Mitternacht taucht der Künstlerkollege zwischen den Gästen wieder auf. »Ziehst du dich auch zurück?«, fragt er. Ella entschuldigt sich bei der Kunstsammlerin, die ihr gerade einen Vortrag über die Vorzüge des sardischen Weissweins hält. Ella und der Künstlerkollege gehen in den ersten Stock.

»Setzen wir uns noch hin?«, fragt er und zeigt auf die Treppe.

Das deutsche Kunstsammler-Ehepaar hat zum sechzigsten Geburtstag des Mannes ein herrschaftliches Haus gemietet, an der Loire in der Nähe von Nantes. In der Sammlung des Ehepaars befindet sich neu ein Bild von Ella und eine Bilderserie des Künstlerkollegen. »Solche Feste sind wichtig, um Kontakte zu pflegen«, sagt der Künstlerkollege und versucht bei Ella etwas nachzuhelfen, damit auch sie den morgigen Tag noch bleibt.

Als Ella am Nachmittag in der Empfangshalle gesessen ist und auf die Zuteilung des Zimmers gewartet hat, ist ein Lieferwagen nach dem anderen vorgefahren. Zwei Männer haben Platten für das kalte Buffet hereingetragen, kurz darauf hat der Wagen eines Blumengeschäfts vor der Tür gehalten. Ella hat skeptisch auf die Blumengestecke geschaut. Im oberen Stock des Herrschaftshauses sind die jüngeren Gäste untergebracht, darunter auch Ella und der Künstlerkollege. Die älteren Gäste sind auf die beiden nahe gelegenen Hotels verteilt.

Durch den Holzboden hämmert die Musik, Ella hält den Atem an, um genauer zu hören. Sie steigt wieder aus dem Bett. Besser ich tanze mit, als dass ich hier oben wach liege, denkt sie. Ihr wäre das nahe gelegene Hotel auch recht gewesen.

Auf der Tanzfläche befinden sich nur noch ein paar Übriggebliebene, darunter der Gastgeber. Das Hemd hängt ihm über den Hosenbund, im Rhythmus schlenkern die Krawattenenden durch die Luft. Ella ist gerade dabei, etwas Sympathie für den älteren Herrn zu entwickeln, als die Kunstsammlerin Ella erblickt. Die Frau löst sich von der Wand und bewegt sich auf Ella zu. Als sie am Getränketisch vorbeikommt, nimmt sie zwei Gläser Weisswein mit.

»Oh«, sagt sie und schaut auf Ellas Kette. Sie streckt Ella das Weinglas hin und tippt mit dem Zeigefinger auf den Anhänger. »Ein Diopsid.«

Vor dem Fest ist Ella auf den Ufersteinen gelegen und hat dem Künstlerkollegen zugeschaut, wie er am Wasser entlangspaziert und hinter ein paar Büschen verschwunden ist. Plötzlich ist über ihrem Gesicht eine Faust aufgetaucht. »Ich habe etwas für dich gefunden«, hat Bernard gesagt, und ein Anhänger mit einem dunklen Stein ist auf sie zugefallen. »Ein Sterndiopsid«, sagt die Frau. Sie nimmt den Anhänger in die Hand und kippt ihn zur Seite, ein Stern zieht sich über die Rundung. »Die alten Griechen glaubten, dass dies früher kleine leuchtende Sterne waren, die durch das Herabfallen auf die Erde zu Steinen wurden.«

… vier Jahre zuvor

Vor ihr auf dem Tisch steht der aufgeklappte Laptop. Seit Ella ein Kind hat, fährt sie in der ersten Klasse, auch wenn Milo nicht dabei ist, anders sind die Bahnfahrten nicht mehr zu ertragen. Renée Eve will für die kommende Ausstellung nebst der Einladungskarte auch einen Webauftritt. Für die Besprechung reist Ella zu ihrer Freundin nach Genf. Ella ist froh, dass sie für zwei Tage ausscheren kann. Bernard ist darüber weniger glücklich gewesen. »Auch der Vater hat ein paar Pflichten«, hat Ella gesagt und ihm zur Aufmunterung Milo in den Arm gedrückt. Seit ein paar Wochen hat der Junge die Fortbewegung auf zwei Beinen entdeckt, überall zieht er sich hoch und reisst alles herunter.

Ella blickt auf, der Regen schlägt gegen die Scheibe. Kurz vor der Einfahrt in Genf trifft eine SMS ihrer Freundin ein. Renée Eve entschuldigt sich. Sie hat einen Migräneanfall. »Mein Freund wartet auf dich.«

In der Bahnhofshalle beim Treffpunkt steht nur ein junger Mann. Als er Ella sieht, hebt er seine Tasche vom Boden auf. Er kommt auf sie zu. Das soll Renée Eves neuer Freund sein? Der scheint noch jünger als der vorherige. Wie das Renée Eve nur anstellt, dass ihr so junge Männerherzen zufallen. Der Jüngling lacht übers ganze Gesicht und streckt Ella die Hand hin. Der hat vielleicht gut lachen, denkt Ella. »Je suis venu en Vespa«, sagt der junge Mann. Ella will für sich ein Taxi bestellen, aber sie lässt sich von dem Jüngling überreden. Das Atelier der Künstlerin liegt in der Nähe des Bahnhofs, Ella möchte auch nicht komplizierter tun als nötig. Hinter dem Bahnhofsplatz verschwindet sie zwischen zwei parkierten Autos. »Tu ne te retournes pas, promis?«, sagt sie. Ella zieht ihren engen Rock aus und steigt in die Regenhose von Louis. Louis, so heisst der junge Fotograf.

Während der Fahrt plustert sich Louis' Regenhose auf.

Das Atelier der Künstlerin befindet sich im Keller eines grossen Mietshauses. Der Raum gefällt Ella auf Anhieb. Die Künstlerin hat sich in der ehemaligen Waschküche eingerichtet. Den einen Waschtrog hat sie mit einem Holzbrett abgedeckt, darauf befindet sich ein beachtlicher Berg aus Tellern, Schüsseln, Pfannen und Gläsern. Ein wenig erinnert es Ella an ihre Zeit im besetzten Haus.

Im hinteren Teil des Raums schwebt das Objekt, das Ella bereits als Bild von Renée Eve zugeschickt bekommen hat.

»Das Herz habe ich aus weissem Tüll gemacht. Wie ein Schmetterlingsflügel so zart«, sagt die Künstlerin.

2

... vier Monate zuvor

Das Resultat des MRI ist in Ordnung. Von dieser Untersuchung hat Ella nichts mitbekommen. Bei der Einlieferung ist sie gleich an eine Infusion gehängt worden. Eine enge Röhre sei das MRI, in die der ganze Körper hineingeschoben werde, die Röhre mache einen ziemlichen Lärm. Für einige Menschen sei das eine echte Herausforderung, hat die Ärztin gesagt. Zum Glück ist Ella nicht bei vollem Bewusstsein gewesen.

Bei der Morgenvisite sucht der Assistenzarzt das Überwachungsblatt. Ella zeigt zur Ecke. In absehbarer Zeit werde umgestellt, dann sei alles elektronisch, sagt er. Der junge Mann bückt sich und zieht das Papier unter dem Stuhl hervor. Er schaut sich aufmerksam an, was die Nachtschwester eingetragen hat. Die Temperatur sei in Ordnung, er sei beruhigt, sagt er und gibt das Blatt an die Ärztin weiter. Im Krankenhaus ist alles anders als es in Ellas Vorstellung war.

Als hätte der Assistenzarzt ihre Gedanken gelesen, sagt er, dass in der Kinderklinik die Überwachungsblätter am Bettende befestigt seien, damit die kleinen Patienten die Blätter nicht verwüsten. Er lacht und zwinkert Ella zu. Ihr gelingt das Lächeln nicht so recht, immerhin versucht sie es.

Ella hat sich die Eintragungen auf dem Überwachungsblatt, das neben ihr auf dem Nachttisch gelegen ist, ebenfalls anschauen wollen, kurz bevor die Tür aufgegangen ist, dabei ist ihr das Blatt entwischt. Dass ihre Hände fahrig geworden sind, das ist ihr schon länger aufgefallen.

Wie stark die Adern auf ihrem Handrücken hervortreten.

»Sie haben einen schnellen Puls, eine Tachykardie«, sagt die Ärztin. Sie nenne in der Regel den Fachausdruck immer mit, das mache sie, falls ein Patient einmal einen Fachartikel lese.

Dafür seien die Blutwerte in Ordnung. Sie werde nach dem EEG noch ein Langzeit-EKG durchführen.

Steht jetzt einer von Ellas Brüdern ebenfalls an einem Bett eines Patienten?

Ella schaut auf das Schild, das an der Brusttasche des Ärztekittels hängt, ein PD steht vor dem Doktortitel wie bei Fabio und Lorenzo.

Ella sitzt auf der Bettkante. Ihre nackten Füsse suchen nach den Plastikhauben. Vermutlich ist es unter den vielen Decken zu warm, ihre Füsse sind leicht geschwollen. Ella wird die Pflegerin bitten, die orangene Decke wegzunehmen. Am Abend wird sie das Fenster einen Spalt weit offen lassen. Sie wird nach einem zusätzlichen Kissen fragen, notfalls ihr T-Shirt zusammenknüllen und damit den Spalt fixieren. Den Krankenhausgeruch nimmt Ella schon nicht mehr wahr.
Sie schaut sich um, ihre Hose hängt über der Rückenlehne des Stuhls, das T-Shirt liegt zusammengelegt auf der Sitzfläche. Ella wird sich anziehen. Sie wird ihre Haare zu einem Knoten auf den Kopf stecken und etwas Lippenstift auftragen. Jedes Krankenhaus hat eine Cafeteria, bestimmt auch dieses. Nach Möglichkeit wird sie sich an ein Fenster setzen und dort die Zeitung lesen. Sie wird aussehen wie eine Besucherin.
Bei der Morgenvisite hat Ella den Assistenzarzt gefragt, was sie gegen den Schwindel machen könne, falls der komme, wenn sie gerade am Gehen sei.
(Einen Punkt an der Wand fixieren vielleicht?)
Der Assistenzarzt hat gelacht. »Wollen sie türmen?«
Der Mann, kaum älter als Ella, ist nett. Die anderen sind freundlich.
Ella hat sich seinen Namen gemerkt. Falls etwas sein sollte, wird sie nach ihm fragen. Eine der Krankenschwestern muss ihm erzählt haben, dass Ella keinen Besuch will.
»Was, Sie reagieren nicht auf Trost?«, hat er erstaunt gefragt. »Für was Trost?«, hat Ella ebenfalls erstaunt gefragt. Aber wenn ihr jemand sagen könnte, was sie tun solle, damit sie wieder auf die Beine komme, höre sie gerne zu. Mit was für grossen Augen er Ella angeschaut hat. Schöne Augen, mit kleinen Punkten im Blau.

Eben erst ist es im Zimmer grell gewesen. Wo Ella auch hingesehen hat, haben silbrige Punkte in der Luft geschwirrt. So muss es ohne Sonnenbrille auf einem Eisfeld sein, hat Ella noch überlegt. Die Müdigkeit ist enorm. Von Schlafen aber kann keine Rede sein, es ist mehr ein Dösen, ein Vor-sich-hin-Dämmern. Sobald die Tür aufgeht, ist Ella hellwach. Die Krankenschwester kommt herein.
Der Blutdruck könne gegen Abend ein wenig ansteigen, das sei normal, die Werte seien gut, hat die Nachtschwester gesagt.
Wollen die noch oft den Blutdruck messen?
Der Druck am Oberarm wird unangenehm. Endlich lässt das Gerät die Luft ab.
Ella wird die Schwester fragen, ob sie das Fenster etwas öffnen könnte.
Auf dem Display sind die Zahlen wieder verschwunden.
Der Puls sei noch immer erhöht, an der oberen Grenze, sagt die Krankenschwester. Über Monate dürfe so ein Wert nicht bleiben. »Aber es ist keine Tragödie«, sagt sie.
Auch Ella ist ins Rutschen gekommen. Wo soll man sich da noch festhalten, auf diesem Schwindelberg? Mit Bernard ist nicht mehr zu reden. Vielleicht wenn aus ihnen zwei Greise geworden sind. Wie bei Emilie am Ende ihres Lebens, die Haushälterin von Pfarrer Schneider. Als Emilie zwei und zwei nicht mehr zusammenzählen konnte, kam sie ins Alters- und Pflegeheim im Städtli. Schnell sprach es sich im Dorf herum, dass Emilie, die die anderen immer so gerne getadelt hatte, mehrmals auf der Männerabteilung erwischt worden sei, wahllos sei sie zu den Alten ins Bett gestiegen.
Wenn sich ein Mensch nicht mehr unter Kontrolle habe, dann komme sein wahres Gesicht hervor, sagte die Mutter. Lorenzo ärgerte sich über das Geschwätz.
»Come se una persona avesse una faccia soltanto.« (Als hätte ein Mensch nur ein einziges Gesicht.)
Als die Krankenschwester bei der Tür steht, fragt Ella, ob es erlaubt sei, das Fenster etwas zu öffnen.
»Selbstverständlich«, sagt die Krankenschwester, sie geht nochmals zurück. Wenn es Ella zu frisch werde, solle sie das Fenster wieder schliessen oder sie solle klingeln. Die Krankenschwester zeigt auf den Haltegriff über dem Bett.

Zwanzig Elektroden sind an Ellas Kopf festgemacht. Sie werden die Hirnströme aufzeichnen. Eine halbe Stunde wird es dauern, länger nicht. Draussen im Korridor sind Schranktüren zu hören, Geschirr, das klappert. Die Assistentin hat sich entschuldigt und ist hinausgegangen. Mit energischer Stimme sagt sie etwas, das Ella nicht verstehen kann. Dann poltert es. Sie seien nur provisorisch hier untergebracht, sagt die Assistentin beim Eintreten, normalerweise seien sie im Seitenflügel, der werde gerade renoviert. Die Laborleute seien es nicht gewohnt, dass sie im Korridor leise sein müssen. Das grosse Bitte-Ruhe-Schild draussen an der Türe nutze nichts. Ihre Stimme hat wieder einen freundlichen Klang angenommen.

Ella schliesst die Augen. Man müsste sich wegdenken können, wenn man überleben will. »Sag nicht immer man, wenn du dich selber meinst.« Bernard.

Die Unruhe in ihrem Körper ist enorm.

Sie solle sich entspannen, sagt die Assistentin. Bestimmt wird sie die Unruhe auf dem EEG sehen, womöglich wird diese noch eine Krankheit vortäuschen. Ella versucht sich zu entspannen. Aber wie? Sie könnte die Ausatmung zählen.

Eins, zwei, drei, wie lange eine halbe Stunde dauern kann. Die Anspannung wächst, je länger Ella zur Ruhe kommen will. Das Resultat wird kaum brauchbar sein. Sie hätten ihr am Vorabend besser ein Schlafmittel gegeben.

Sie solle die Augen öffnen und gleich wieder schliessen, sagt die Assistentin. Ella sieht die weisse Decke, die Lichtröhre im rechten Augenwinkel verschwindet.

Draussen knallt erneut eine Schranktür. Ärgert sich die Assistentin? Ella traut sich nicht, die Augen nochmals zu öffnen.

Sie hätte am Vorabend gerne ein Schlafmittel gehabt, ein richtiges. Die Baldriantropfen sind ohne Wirkung gewesen.

Die Assistentin sagt, Ella solle tief und schnell atmen.

Hätte Ella gestern Abend ein Schlafmittel erhalten, wäre sie immer noch leicht beduselt, wäre sie ruhiger. Das gehe nicht wegen dem EEG morgen, hat die Nachtschwester gesagt.

Die Ableitung sei brauchbar, sagt die Assistentin. Ella hat gestern Abend sofort aufgegeben, nicht weiter bei der Nachtschwester insistiert, es wäre sowieso zwecklos gewesen. Immerhin ist das ein Fortschritt. Was mit der Auswertung ist, hat Ella soeben verpasst.

Auch bei der Mehratmung, beim Hyperventilieren sei alles in Ordnung, sagt die Ärztin noch am selben Tag. Es seien keine langsameren Wellen

zwischendurch in der Kurve aufgetaucht. Diese könnten ein Hinweis sein für eine erhöhte Anfallsbereitschaft. Wobei langsamere Wellen auch eine Normvariante sein könnten. Menschen, die unter Migräne leiden, hätten das oft. »Auch vegetativ labilere Menschen. Provozierter Anfall, Epilepsie«, sagt die Ärztin. »Es gibt keinen deutlichen Hinweis dafür, ausschliessen aber kann ich es nicht.«
Ella will das alles lieber nicht hören. Was für ein Schwamm sie geworden ist.

Die Krankenschwester hat die Tür hinter sich zugezogen, zuvor hat sie noch den Kopf geschüttelt.
Wäre es nicht an Ella, den Kopf zu schütteln? Sie, die eben noch geschlafen hat. Ein Klopfen, das nur eine Mitteilung ist, dass die Tür soeben im Begriff ist aufzugehen. Ein Klopfen, das mit einer lautlosen Frage verbunden wäre, würde ihr den Aufenthalt in diesem Gebäude angenehmer machen. Dass sie keinen Besuch und keine Telefonate will, hat sie vorsichtshalber mitgeteilt, immer einer anderen Krankenschwester. Das war nun bestimmt schon die fünfte. Wie viele Arbeitsschichten die auf diesem Stockwerk haben?
Ella hält das Paket Pralinen in der Hand. Pralinen, das ist unschwer zu erkennen, trotz Geschenkpapier. Vielleicht sind es auch Schokoladenplättchen. Ella nimmt das quadratische Paket zwischen Daumen und Zeigefänger und misst seine Dicke. Sie schüttelt das Geschenk und schliesst auf Gebäck. Auf jeden Fall sind Süssigkeiten darin.
Sie zupft an den Kringeln des Silberbandes, das Confiserie-Etikett springt ab. Ella hätte nach einer Schere fragen sollen. Sie reisst das rote Geschenkpapier vom Paket.
Also doch Pralinen, hellbraune und weisse Truffes. Aus dem beigelegten Kuvert zieht sie eine Karte heraus, ein Glücksschwein mit Fiebermesser im Mund. An seinem Ringelschwänzchen hängt ein Luftballon.
Ella fährt mit dem Zeigefinger über die gestanzten Goldbuchstaben. Sie schlägt die Karte auf.
Eine Unbekannte schildert den Vorgang in allen Einzelheiten. Einzelheiten, die Ella in der Zwischenzeit auch kennt. Die Schilderungen enden auf der Rückseite der Karte und werden mit den Genesungswünschen der Vorderseite besiegelt.
Ella überfliegt die Karte, einzelne Buchstaben sind durchgestrichen und stechen aus dem Text hervor. Die Satzanfänge haben der Frau offenbar Mühe gemacht. Ella wird sich bei ihr bedanken müssen.

Während sich die Manschette an Ellas Arm per Knopfdruck aufgeblasen hat, ist die Krankenschwester zum Fenster gegangen. Sie hat hinausgeschaut. Mitten am Nachmittag ist es dunkel geworden.
»Es hagelt Katzen«, hat die Krankenschwester gesagt.
Ella dreht sich zur Seite. Der Regen muss in der Zwischenzeit aufgehört haben. Nichts ist zu hören. Nicht einmal Schritte draussen im Korridor. Fast unbemerkt haben sie sich wieder eingeschlichen, haben wieder zu kreisen begonnen. Sie drücken an die Schädeldecke, bringen den Kopf beinahe zum Platzen, die vielen Sätze, die unausgesprochenen.
Ella knautscht das Kopfkissen zusammen, damit der Kopf höher liegen kann, der Druck sich senkt, hoffentlich. Am besten wird sein, sie konzentriert sich auf etwas anderes.
Sie könnte die Decke hochziehen, die Füsse hinausstrecken und den Zehen zuschauen, wie sie sich bewegen, einzeln, der Reihe nach. Die Decke am unteren Bettende gibt nicht nach. Leintuch, Decke, Bettdecke, was da alles fixiert, nicht herauszureissen ist.
Wieder der Geschmack von Blut im Mund. Ihr Herzschlag jagt durch den Körper, haut gegen die Schläfen. Ella zieht sich sofort am Plastikgriff hoch und versucht sich zu beruhigen.
»Wut kann Ursache sein für das Irrewerden am Glauben.« Pfarrer Schneider.
Ella legt die Kette mit dem Sterndiopsid auf den Nachttisch. Ein Geschenk, das sie nicht mehr tragen will, zumindest nicht in nächster Zeit.
Sie brauche sich keine Sorgen zu machen, hat die Krankenschwester gesagt. Sie befinde sich auf dem aufsteigenden Ast. Als sie eingeliefert worden sei, habe sie ausschliesslich Italienisch gesprochen. »Unzusammenhängende Sätze, lauter wirres Zeug.«

Das Bett neben Ella ist leer. Jedes Mal, wenn die Tür aufgeht, steigt die Angst hoch. Hätte Ella mehr Reserven, sie würde es durchsetzen, dass dieses Bett leer bleibt, notfalls einen Aufpreis bezahlen. Warum solle sie zu ihm in die erste Klasse wechseln, antwortete sie Bernard, als er, nachdem er von Ellas Schwangerschaft erfahren hatte, die ganze Familie in der ersten Klasse versichern wollte. Das sei nicht nötig, sagte Ella, sie treibe Sport und ernähre sich gesund, das sei die beste Vorsorge. Bernard schüttelte den Kopf und die Unterhaltung war beendet.

Bernard ist kein Kämpfer, wie schnell er immer aufgibt, sobald eine andere Meinung ins Spiel kommt.

Da hat sie schon ein anderes Temperament. Wobei dieses Temperament gerade einen Knick bekommen hat.

Ella dreht das Blatt mit der Farbfotografie eines Frühstückstellers zurück auf die Rückseite.

Erneut versucht sie den halbseitigen Text, der mit Liebe Gäste beginnt, zu lesen. Wieder kommt Hast auf, Ella wird nervös. Sie überfliegt den Text, rutscht über die Kolonnen des Frühstückangebots, die verschiedenen Brote, Joghurts, Brotaufstriche, Käsesorten und Getränke. Was da alles zur Auswahl angeboten wird.

Ein Mensch müsste mehr Ruhe in sich haben, um das alles zu bewältigen, bestimmt geht jeden Moment die Tür auf und die Pflegerin kommt herein. Ellas Körper verkrampft sich, als prompt die Tür aufgeht.

»Sie haben noch nicht ausgewählt?«, fragt die Pflegerin. Sie steht neben Ellas Bett und schaut auf das Blatt. Sie könne ihr bringen, was sie wolle, sagt Ella, es sei alles in Ordnung für sie. Ella hält der Pflegerin das Blatt hin. Die Pflegerin zieht den Stuhl näher ans Bett. Sie beginnt die verschiedenen Brotsorten vorzulesen. Ja, das sei alles in Ordnung, sagt Ella, ja, ein gewöhnliches Vollkornbrot, das sei auch gut, nein, lieber kein Dinkelbrot, auch keinen Zwieback. Vollkornbrot, das sei in Ordnung.

»Mit oder ohne Rinde?«, fragt die Pflegerin. Ella staunt. »Mit Rinde«, sagt sie. Die Pflegerin ist sehr freundlich. Sie hat bestimmt genug zu tun, wenn sich alle Patienten auf diesem Stockwerk so kompliziert anstellten. Ella entschuldigt sich. Das sei kein Problem, sagt die Pflegerin. Sie sitzt noch immer bei Ella am Bett. Auch bei den Getränken ist die Auswahl gross, nur ist Ella mit den Gedanken nicht mehr dabei. Das mache gar nichts, sagt die Pflegerin, in ihrer Stimme ist keine Eile zu hören. Sie geht nochmals die Getränkeliste durch. »Die Patienten sollen ein Frühstück nach Herzenslust erhalten, so beginnt der Tag schon einmal gut.«

Am Morgen, als die Pflegerin ins Zimmer gekommen ist, hat sie als Erstes die beiden laminierten Schilder an die Magnetwand gehängt. Vom Bett aus kann Ella sehen, wer an diesem Tag Dienst hat, bei ihr also ein und aus gehen wird.
Isabella und Verena.
Aber wie der Name der Putzfrau ist? Die Buchstaben auf ihrem Namensschild an der hellrosaroten Schürze sind nicht zu entziffern.
Die Putzfrau verschwindet im Badezimmer. Sie lässt die Tür einen Spalt weit offen, durch den nichts zu sehen ist.
Mit nackten Füssen durchs Zimmer gehen ist streng verboten, das hat Ella gleich am ersten Tag erfahren, aber nicht von der Putzfrau, die Pflegerin hat das gesagt und Ella die Plastikhauben gezeigt. Der Boden ist spiegelglatt.
Die Putzfrau ist mit einem Lappen in der Hand aus dem Badezimmer gekommen. Sie hält die Pralinen hoch und fährt mit dem Lappen über den Nachttisch. Ella wirft einen Blick auf ihr Namensschild.
»Cizej, ist das ein türkischer Name?«, fragt sie.
Die Putzfrau lacht. »Nein, ich komme aus Slowenien, aus Tolmin. Und Sie sind Italienerin oder Tessinerin?« Ella verneint.
»Meine Mutter kommt aus Bellinzona. Meine Grossmutter väterlicherseits ebenfalls. Und der Grossvater kam aus Mesocco, einem vergessenen Dorf am San Bernardino, nahe beim Tessin. Aber ich habe weder da noch dort je gelebt.«
»Wie bei mir«, sagt Frau Cizej, »ich bin hier geboren. Meine Eltern leben wieder in Slowenien. Gleich nach ihrer Pensionierung sind sie zurückgekehrt, nach Tolmin.«
Während des Sprechens hat sich die Hitze in Ellas Körper gestaut, ihr ist, als würde sie glühen. Ella bereut es, dass sie mit der Putzfrau eine Unterhaltung angefangen hat. Sie hätte sich besser schlafend gestellt wie die Grossmutter in ihrem letzten Lebensjahr. Die Grossmutter sagte kaum noch etwas. Ihr Mund zitterte, und es dauerte eine Ewigkeit, bis sie zu sprechen begann. »Bisogna strapparle fuori ogni parola.« Grossvater. (Man muss ihr jedes Wort abkaufen.)

Der Dämmerschlaf überfällt Ella zu jeder Tageszeit. Und am Abend dauert es eine Ewigkeit, bis sie wieder in einen Schlaf sinken kann, einen traumlosen. Der Müdigkeit ist nicht mehr Herr zu werden. Sie werde sich im Zimmer an den Tisch setzen, hat sie der Krankenschwester geantwortet. Der Regen prasselt gegen die Scheibe.
»Hundertzwei Gespensterchen haben mich erschreckt. Weit entfernt vom Fensterchen hab ich mich versteckt«, murmelt sie vor sich hin.
Ein Kinderlied, das Ella oft mit dem Jungen singt.
Nein, sie wolle nicht, dass sie mit Milo vorbeikomme, hat Ella der Nachbarin durch die Krankenschwester ausrichten lassen. Bei Roswitha ist der Junge gut aufgehoben. Der Junge mag die alte, kinderlose Frau. Ella drückt das Kissen auf ihr Gesicht.
Draussen im Korridor ist das Rattern des Esswagens zu hören, eine Tür geht auf und kurz darauf wieder zu. Die bereits bekannten Geräusche kommen näher.
Am Vortag hat die Krankenschwester Ella gefragt, ob sie nicht mit den anderen Patienten draussen im Flur am Tisch essen wolle. Diejenigen, die aufstehen könnten, nähmen dieses Angebot in der Regel gerne an. Die Vorstellung, zwischen Rollstühlen und Infusionsflaschen ihr Essen einzunehmen, hat Ella schaudern lassen. Als sie ins EEG gebracht worden ist, hat sie einen Blick auf den länglichen Tisch geworfen, der im Flur gestanden ist. Nirgendwo ist ein Mensch zu sehen gewesen. Nur beim Lift sind zwei Frauen gestanden. Eine davon im Morgenmantel, ihr verweintes Gesicht an der Schulter einer Verwandten oder Freundin, die hilflos dreingeschaut hat.
Unter einem Poltergeräusch geht die Tür auf, und die Pflegerin kommt mit einem Tablett auf dem Arm herein. Unter der Wärmehaube befindet sich das Mittagessen, für das sich Ella am Vortag entschieden hat. Vier Menüs sind zur Auswahl gestanden, daran erinnert sie sich noch. Kein einziges kommt ihr in den Sinn.

Gleich nach dem Essen hat Ella das dünne Heft zur Hand nehmen wollen. Darin soll sie notieren, was sie zu welcher Zeit tut. Ella nimmt das dünne Heft vom Nachttisch.
Öfters schon ist ihr Auto alleine von der Arbeit nach Hause gefahren. Hat sie deswegen je ein Unbehagen verspürt, wenn sie ein Stück Weg hat zurückfahren müssen zum Einkaufsladen?
Ella bläst Luft in ihre Handflächen und zieht sie mit der Nase wieder ein.
Sie schlägt das dünne Heft auf und protokolliert. *Zwölf Uhr, Mittagessen. Vermutlich zwölf Uhr dreissig, Zähneputzen.* Sie streicht vermutlich durch und schreibt ca. hin.
Am Gürtel ist das Kästchen festgemacht. Ella tastet vorsichtig über ihre Brust, über die fünf Elektroden.
Ein Patient ist im Krankenhaus, um gesund zu werden. Ella fühlt sich mit jedem Tag kränker, todkrank.
»Du siehst wohl Gespenster.« Bernard.
Sie wird hinuntergehen in die Cafeteria und dort die Zeitung lesen, um die Gedanken zu zerstreuen. Am Kiosk wird sie noch eine Karte kaufen, für die Frau.
Das EKG habe bei der Einlieferung Extraschläge gezeigt. »Extraschläge, Extrasystolen können ein Zeichen für zu viel Stress sein«, hat die Ärztin gesagt. Sie werde noch ein Langzeit-EKG anordnen, um ganz sicherzugehen.
»Die Liebe sitzt im Herzen«, sagte der Bäcker Menzi nach seiner Herzoperation zu den Leuten im Dorf, in dem Ella aufgewachsen war. Sie seien alle überrascht gewesen, die Herren Chirurgen. So viel Liebe hätten die noch nie gefunden. »Viel Liebe für viele Menschen.«
Die Bäuerin vom Nusshof klopfte dem Bäcker Menzi von hinten auf die Schulter. Aber was er vermutlich nicht wisse, sie hätten ihm nur noch eine einzige Kammer gemacht. Eine Gertrud-Kammer. Alle in der Bäckerei lachten, auch seine Frau. Dass der Bäcker Menzi die Frauen besonders mochte, das war bis ins nächste Dorf bekannt.
Ella lässt die Lifttür wieder zufallen. Sie fährt zurück in den zweiten Stock. Sie wird sich das dünne Heft in den Gürtel stecken.

Auf dem Boden in einem Kessel befinden sich fünf Blumensträusse, alles die gleichen, daneben auf einem Holzgestell stehen ein paar kleine Zimmerpflanzen. Sie sind in Klarsichtfolie verpackt und mit einem roten Geschenkband versehen. Ella staunt, was es alles am Kiosk zu kaufen gibt.
Ein Blumenladen, das fehlte ihnen gerade noch, sie hätten mehr als genug mit der Patientenpflege zu tun, hat die Krankenschwester zu Ella gesagt, und etwas von Blumen anschneiden, verdorrte Blätter und Blüten ablesen, von zwanzig Patienten, die sie auf dieser Station betreuten, erzählt, dabei hat sie herzhaft gelacht. Die Krankenschwestern sind nett, eine netter als die andere.
Ella hat sich den äussersten Tisch der Cafeteria ausgesucht. Hinter ihr sitzen lauter Menschen, die sie lieber nicht sehen will. Zwischen ihr und dem Kiosk befindet sich der Weg, der aus dem Krankenhaus führt.
Früher, als ihre beiden Brüder noch Assistenten waren, holte sie gelegentlich einmal den einen oder anderen vom Krankenhaus ab. Ella sass auf einem der weissen Stühle in der Eingangshalle und wartete, manchmal wartete sie sehr lange. Dass es so viele Kranke in einem Krankenhaus gibt, fiel ihr nie auf.
Ein Korb ist mit Stofftieren gefüllt, in allen Farben und Grössen gibt es sie zu kaufen. Selbst auf der Ablage über den Zeitungen sitzen sie, die Hunde, Tiger und Schafe. Gibt es in diesem Krankenhaus eine Kinderabteilung?
Eine Frau steht vor den Schlüsselanhängern. Sie schiebt das Drehgestell an, die Trostpreise der Schiessbuden kommen in Bewegung, die kleinen Affen, Bären und Elefanten.
Eben noch ist Ella vor dem Kartenständer gestanden. Sie hat über die Hochzeits-, Ereignis- und Geburtstagskarten gestaunt, auch über die vielen Karten mit den Sprüchen. Im untersten Fach hat sie ein paar Blankokarten entdeckt, Karten mit Blumensträussen. Nur eine einzige Karte hat ein Küstenbild gezeigt, Monets Strand von Pourville.

Ella nimmt das Notizpapier, das ihr die ältere Krankenschwester hingelegt hat. Unter der Adresse der Frau steht die Telefonnummer eines Blumenladens. Die verschnörkelte Schrift der älteren Krankenschwester erinnert Ella an die Grossmutter, an ihre Geburtstagskarten. Viel schrieb die Grossmutter nie. Dafür klebte sie die Karten mit Blumenstickern voll. Die Geburtstagskarten der Grossmutter kamen immer rechtzeitig. »Pünktlich wie die Kirchenuhr.« Lorenzo.

Ella setzt sich auf. Sie wird der Unbekannten ein paar freundliche Sätze schreiben. Ella hat eine Karte mit einem bunten Blumenstrauss ausgewählt. Sie wird sich bei der Unbekannten bedanken, auch für die Pralinen.

Ella wählt die Nummer des Blumenladens. Etwas hilflos hört sie der Floristin zu, während diese die Blumensorten aufzählt. Ella fächert sich mit der Genesungskarte der Unbekannten Luft zu. Sie entscheidet sich für gelbe Rosen, mit etwas Grün, Ziergras, Eukalyptus vielleicht. Und mehr geht nicht, der Druck in Ellas Kopf hat sich wieder verstärkt.

Sie schreibe die Zustelladresse auf das Kuvert, das in den nächsten Tagen im Blumenladen eintreffen werde, sagt Ella. »Wie Sie meinen«, sagt die Floristin höflich.

Sich nur nicht der Panik hingeben, Ella versucht sich zu beruhigen, entspannt zu atmen. Wie soll sie sich um den Jungen kümmern, die Arbeit wieder aufnehmen, wenn selbst das Blumenbestellen und eine Karte schreiben zu einer Höchstleistung werden?

Solange sich Ella auf die Atmung konzentriert, kann sich die Vorstellung der Katastrophe nicht weiter ausbreiten.

Ella knipst die Nachttischlampe aus. Sie dreht sich um und zieht die Decke über den Kopf.

Fast den ganzen Nachmittag verbringt sie mit Schlafen.

Ella steht in der Leichenhalle und muss die Toten waschen. Einer weiblichen Leiche fällt ein Glücksstein aus dem Mund.

Auf dem Frühstückstablett befindet sich neu ein Plastikbecher, in dem eine blaue Kapsel liegt. »Für den Aufbau der Darmflora«, hat die Tagesschwester gesagt, Schwester Verena.
Ella würde gerne nach ihr klingeln, sie fragen, ob diese Kapsel wirklich die richtige sei. Sie hätte sich wenigstens die Farbe merken können.
Noch immer dreht sie die blaue Kapsel zwischen ihren Fingern. Sie hält die Kapsel gegen das Fenster und mustert das Pulver, das durch die Gelatine schimmert. Ella kneift die Augen zusammen, sie versucht das kleine Aufgedruckte zu entziffern. »Sarebbe bello se si potesse avere fiducia in tutti.« Lorenzo. (Das wäre schön, wenn man allen Menschen vertrauen könnte.)
Ella schaut zum Knopf, der am Haltegriff über dem Bett hängt.
Gestern ist sie länger am Fenster sitzen geblieben. Sie hat einem älteren Paar zugeschaut, wie es sich immer weiter vom Krankenhaus entfernt hat, bis es nur noch als Punkt auszumachen gewesen ist. Auf dem Parkplatz ist eine Frau vor dem Aussenspiegel eines Kleinwagens in die Knie gegangen, mit schnellen Bewegungen hat sie sich das Haar zurechtgezupft. Sie hat die Fondtür geöffnet und einen Metallkoffer herausgeholt. Vermutlich eine Pharmavertreterin, hat Ella überlegt und weiter über Bernard nachgedacht.
Je länger sie sich den Gedanken hingegeben hat, umso verworrener ist alles geworden. Erst als sich ihre kalten Füsse gemeldet, sie bläulich durch die Plastikhauben geschimmert haben, ist Ella aufgestanden.
Es geht für einen Moment besser, und im nächsten Moment liegt sie wieder im Bett.
Das Abendessen hat Ella nicht mehr halten können. Sie ist im Badezimmer neben der Toilettenschüssel gekauert und hat sich mehrmals übergeben, bis sie nur noch eine durchsichtige Flüssigkeit erbrochen hat.
Ella hat sich der Wand entlang zurück zum Bett getastet. Dann hat sie doch nach der Nachtschwester geklingelt.

Während der Nacht muss die Temperatur angestiegen sein. Sie sei nicht dramatisch in die Höhe gegangen, aber sicher sei sicher. Was genau eine Lumbalpunktion sei, werde sie Ella selber erklären. Gegen zehn Uhr werde sie nochmals bei ihr vorbeikommen.
Ella steigt aus dem Bett. Sie setzt sich zu der Ärztin an den Tisch. Dr. Kunz werde am Nachmittag die Punktion durchführen, sagt die Ärztin. Heute Nachmittag habe sie frei, kein Mensch könne rund um die Uhr arbeiten. Wem sagt sie das?
Die Ärztin dreht Ella das Blatt zu. Die Aufklärung über den Eingriff sei wichtig, ein Patient müsse informiert sein, sagt sie. Ella überfliegt die Patientenaufklärung, die am Ende des Formulars eine Unterschrift will. Unterhalb des Rückenmarks am Ende sei der Duralsack, der sei mit Nervenwasser gefüllt. Davon werde der Kollege eine Probe nehmen, sagt die Ärztin. Ella muss die Augenbrauen hochgezogen haben. Die Nährflüssigkeit, die das Hirn und das Rückenmark umspüle. »Nervenwasserprobe, keine Rückenmarksprobe«, betont die Ärztin. Auf dem Formular ist eine Zeichnung, ein Spazierstock mit zu gross geratenem Knauf. Ella würde es interessieren, was das genau darstellen soll. Sie getraut sich aber nicht zu fragen. Die Ärztin malt mit dem Kugelschreiber über die Spitze des Spazierstocks. »Das hier ist der Duralsack«, sagt sie.
Wie sie das betont hat, dass dies keine Rückenmarkspunktion sei.
Ob Ella nicht doch einen ihrer Brüder anrufen soll?
»Es ist vermutlich vorteilhafter, ich weiss nicht, wie lang diese Nadel ist«, sagt Ella verunsichert. Für einen Moment ist es still zwischen den beiden Frauen. »Sie ist lang, nicht?«, fragt Ella. »Wenn Sie es wissen wollen«, sagt die Ärztin, »fingerlang, aber es wird nur der vorderste Teil der Nadel eingeführt.«
Dass vor ihr ein Angsthase sitzt, muss die Ärztin spätestens jetzt bemerkt haben.
Sie zeichnet zwei Nadelenden auf das Notizblatt. Wenn die Ärztin auf jeden Patienten so eingeht, wird sie am Mittag erledigt sein, denkt Ella. Da sie noch jung sei, werde man sicher diesen Nadeltyp verwenden, die Ärztin klopft mit der Kugelschreiberspitze auf die Skizze, die sie soeben gezeichnet hat. Sie tippt auf das Nadelende mit der runden Kuppe. Mit dieser werde der Duralsack nicht verletzt, nur die Fasern beiseitegeschoben. So werde die Punktion nachher, mit grosser Wahrscheinlichkeit, keine Beschwerden auslösen, Kopfschmerzen, sagt sie.
Wie gleichgültig Ella gerade alles wird. Nun ist sie selber wie die Schäferhülle. Der Versuchshund, für den es keine Verwendung mehr gegeben

hatte. Fabio hatte ihn von der Industrie, wo er als Student gearbeitet hatte, nach Hause gebracht. Er habe ihn vor dem sicheren Aus gerettet, hatte Fabio gesagt. Der Vierbeiner dankte es seinem Herrchen, indem er ihm auf Schritt und Tritt folgte. Der Vierbeiner zeigte nicht das geringste Interesse an anderen Menschen, nicht einmal einem Knochen sprang er hinterher. »Die Schäferhülle macht mich allmählich verrückt«, sagte Ella.

»Hör endlich auf, meinen Hund zu beleidigen.« Fabio.

Die Unruhe verstärkt sich, sobald Ella im Bett liegt; steht sie auf, fühlt sie sich kurz darauf erschöpft, und sie will sich doch lieber hinlegen. Kaum befindet sich Ella wieder unter der Decke, ist ihr, als würde etwas in ihren Blutbahnen flattern, das nicht mehr zur Ruhe kommt. Vielleicht ist es wegen der Extrasystolen, vielleicht auch wegen der bevorstehenden Lumbalpunktion. Mit Sicherheit aber hat es etwas mit den Gedanken zu tun. Die Gedanken sind aufdringlich geworden. Hartnäckig.

»Auch die Menschen leben in einem Käfig.« Fabio.

Am Sonntagmorgen wollten Ella und ihr Bruder im Gartenrestaurant des Zoos frühstücken. Als sie durch den Tiergarten gingen, blieb Ella vor dem Tiger stehen. Ihr täte das Tier leid, sagte sie.

Vor hundert Jahren habe es gegen hunderttausend Tiger gegeben, heute seien es weltweit vielleicht noch ein paar tausend, immerhin seien die Grosskatzen im Zoo sicher, sagte Fabio.

Drei Jahre zuvor hatte er seiner Schwester zu Weihnachten eine Mitgliedschaft im Tierschutzverein geschenkt, die sie fortan jedes Jahr selber weiterbezahlte.

Ihr Bruder war als junger Mann ein zwiespältiger Mensch, nicht immer konnte sie ihn verstehen.

Als der Tiger erneut an ihnen vorbeitrottete, hielt Ella ihre Hand auf die Brust und rezitierte aus einem Gedicht, das ihr noch aus der Schulzeit in Erinnerung geblieben war.

»Und zieht auf seinem bunt gestreiften Felle
Noch andre Striche, schwarzer Stäbe Schatten.«

Fabio unterbrach seine Schwester. Ob sie wirklich denke, den Menschen gehe es besser? »Auch die Menschen leben in einem Käfig, es ist nur nicht allen bewusst. Das ist nur eine Frage der Zeit, bis sie das merken.«

Für so einen wie ihn müsse das Leben ja recht düster sein, sagte Ella halb im Spass und halb im Ernst.

Dass der Vater früh verstarb, hat sie beim Aufnahmegespräch gesagt. Herzinfarkt, das hat sie erwähnt. Danach ist gefragt worden, nach Krankheiten der Eltern und Geschwister.
Sollte sie der Ärztin etwas sagen? Zwanzig Patienten betreuen sie auf dieser Station. Wenn bei der Morgenvisite jeder mit seinen alten Geschichten käme. Wie lange Fabios Unfall zurückliegt? Sechzehn, siebzehn, achtzehn ... Ella nimmt die Finger, zählt wie ein Kind.
Grundsätzlich sei das Risiko für einen erneuten Anfall vorhanden, hat die Ärztin gesagt. Ella müsse gut auf sich schauen, vor allem im ersten halben Jahr. Sie solle den Stress minimieren, regelmässig schlafen und zurückhaltend sein mit dem Alkohol, schwimmen solle sie nur in Begleitung. »Und vermeiden Sie Extremsportarten wie Klettern, Deltafliegen.« Einen Moment lang hat Ella auf dem einen Ohr nichts mehr gehört. »Ist etwas?«, fragt die Ärztin. Ella schüttelt den Kopf.
An jenem Abend war ihr Bruder alleine mit seinem Deltaflieger unterwegs.
Fabio hatte den Liegepositions-Check schon gemacht, als er den Karabiner aushängte, um sich zu vergewissern, dass er sein Auto abgeschlossen hatte. Und dann passierte ihm das, was er zuvor nie hatte verstehen können.
»Wie ist es möglich, dass ein Mensch vergisst, den Karabiner einzuhängen?« Fabio.
Senkrecht hing Fabio in der Luft, mit den Händen hielt er sich an der Haltestange fest.
In so einer Situation funktioniere das Denken in anderen Dimensionen, sagte Fabio später. So viele Gedanken in so kurzer Zeit, und das unter einem glasklaren Verstand, sei in einem Normalzustand gar nicht möglich.
Über einem Tannenwipfel liess Fabio die Haltestange los. Mit dem Oberkörper streifte er aber nur noch ein paar Äste. Er kam ins Drehen.
»E poi ho fatto un avvitamento.« (Und dann habe ich eine Schraube gemacht.)
Fabio prallte mit den Füssen voran auf der Erde auf, wo er sich überschlug und auf dem schrägen Boden weiterrollte.

Zu Mittag hat Ella nur eine Flädlisuppe gegessen. Ihr Magen hat sich wieder beruhigt. Das Rumpeln und Glucksen in den Gedärmen ist geblieben, auch die Übelkeit. Das Unangenehmste jedoch sind die Beine.

Die Krankenschwester hat gesagt, das sei kein Wunder nach so einem heftigen Erbrechen, und das auf den Anfall. Trotzdem gebe es keinen Grund zur Beunruhigung. »Sie kommen wieder auf die Beine, da habe ich bei Ihnen keine Sorge.«

Neben Fabios Bett stand die Maschine, zu der die Schläuche führten. Im Raum lagen noch vier oder fünf andere Patienten, aber keiner war bei Bewusstsein. Aus Fabios Mund hing ein dicker Schlauch, der sich auf seiner Brust vergabelte. Wie die Krankenschwestern trug auch Ella einen Mundschutz und einen weissen Kittel. Sie sah auf den Monitor, auf die grünen Wellen, die über den Bildschirm liefen. Ella berührte die Hand ihres Bruders. Als die Krankenschwestern nicht schauten, berührte Ella auch sein Bein. Fabio war kalt.

Mit einem Blatt Papier in der Hand trat der Arzt aus der Glaskabine. Unentwegt starrte Ella auf das Blatt. Obwohl der Arzt mit ruhiger Stimme sprach, schnürte es ihr weiter die Kehle zu. Sie räusperte sich und hätte gerne etwas gesagt, wenigstens einmal Ja.

Schliesslich brachte sie es doch heraus. »Lebt er noch?«, fragte sie und erschrak über die fremde Stimme.

»Ja«, sagte der Arzt, »aber sein Zustand ist kritisch.« Sie hatten Fabio in ein künstliches Koma gesetzt und seine Körpertemperatur gesenkt. Ihr Bruder hatte schwere innere Verletzungen. Die Operation hatte die ganze Nacht gedauert. Zwölf Liter Blut hatte er erhalten, und alles war in den Magen gelaufen, die Leberblutung war nicht zu bremsen gewesen. Gegen fünf Uhr in der Früh hatte der Arzt aufgeben wollen. »Meine Hände hatten gemacht, was sie konnten«, sagte er. »Und dann hat die Blutung plötzlich aufgehört.« Der Arzt zeigte mit dem Finger in die Höhe. »Das hat der da oben gemacht.«

Die Putzfrau muss eine gute Köchin sein. Sie nehme von jeder Kultur einfach das Beste. Tolmin liege in der Region Primorje, schön sei es dort, diese Gegend zwischen dem Meer und den Bergen, nahe der italienischen Grenze. Deswegen sei das Essen so wunderbar, italienische Teigwaren mit einem österreichisch-ungarischen Gulasch.

Heute in der Früh habe sie Garnelen ausgemacht. Sie zeigt Ella die geröteten Hände.

Während die Putzfrau in Bettnähe den Boden aufzieht, schaut Ella auf ihr Dekolleté, auf die Goldkette mit dem Engel. So ein Goldamulett mit Engel hat Ella auch, in der kleinen Schmuckschatulle, der Schatzkammer aus ihrer Kindheit.

Darüber waren sich alle im Dorf einig. Wer einen Sturz aus dieser Höhe überlebt, der hat nicht einfach nur Glück gehabt.

»Als ich den Deltaflieger in der Baumkrone sah, da wusste ich sofort, hier stimmt etwas nicht«, sagte der Bauer, als er mehr als ein Jahr später bei der Mutter zum Essen eingeladen war. Fabios Freundin und Ella waren ebenfalls eingeladen, und natürlich war auch die Frau des Bauern dabei. Nur Lorenzo fehlte, er hatte Wochenenddienst. Erstmals erfuhr Ella, was sich dort oben zugetragen hatte.

Als er den Deltaflieger am Baumwipfel hatte hängen sehen, da hatte der Bauer sofort die Rega alarmiert. Er hatte seiner Frau einen Notizzettel auf den Küchentisch gelegt und war losgerannt, in das unwegsame Gebiet. Noch bevor die Rettungsflugwacht eingetroffen war, hatte der Bauer den Verunglückten gefunden. Unter einer felsigen Böschung hatte er ihn liegen sehen, mit nach aussen gedrehtem Bein. Ohne lange zu zögern, war der Bauer zu dem Verunfallten hinabgeklettert. »Dabei hätte er selber verunglücken können«, sagte seine Frau. »Daran habe ich nun wirklich nicht gedacht, in so einer Situation«, sagte der Bauer. Hätte er nicht noch einen Blick über die Landschaft geworfen, bevor er die Ziegen herauslassen wollte. Sie möge nicht daran denken, unterbrach ihn die Mutter.

»Fabio ha avuto un angelo custode.« Maria Sofia. (Fabio hat einen Schutzengel gehabt.)

»Einen ist gut, eine ganze Armee war das.« Bäcker Menzi.

(Warum hatte der Vater keinen?)

»Die Intensivstation, das vertragen nicht alle Angehörigen.« Krankenschwester. Wie ein Brett soll die Mutter nach hinten gefallen sein. Dass ihr das alles ausgerechnet jetzt wieder in den Sinn kommen muss.

Die Ärztin ist vor dem Mittagessen nochmals ins Zimmer gekommen. Sie sei gerade an Ellas Tür vorbeigegangen, da habe sie kurz nachfragen wollen, wie es ihr gehe, ob alles in Ordnung sei? Die Ärztin hat einen zackigen Ton, es scheint, als wolle sie wieder aus dem Zimmer gehen, noch bevor sie zu Ende gesprochen hat. Aber sie tritt von der Tür weg. Sie nimmt das Überwachungsblatt vom Nachttisch und schaut es sich an.

Findet die Ärztin ihre Arbeit auch so belastend?

Nun hat Ella doch gefragt. Die Schicksale seien oft schwere Schicksale, alles sei immer schwer, sagt die Ärztin.

Wie sie sich erhole, fragt Ella. Die Ärztin schaut Ella erstaunt an. »Ich brauche meine Pausen, sonst wird's gefährlich.« Die Ärztin lacht, als sie sich nochmals zu Ella umdreht, dann geht sie hinaus in den Flur.

Natürlich sei die Arbeit für ihn belastend, sagte Fabio. Auch wenn er sich abgrenze, ganz ohne Empathie gehe es in diesem Beruf auch nicht. Und dann habe er noch ein Privatleben, in dem auch nicht immer alles rosig sei.

Beim Deltafliegen, da komme für ihn ein Gefühl von Freiheit auf, sagte Fabio vor seinem Unfall. Die Mutter wollte davon nichts hören. »Un uccello viene al mondo con le ali.« (Ein Vogel kommt mit Flügeln auf die Welt.)

Fabio ärgerte sich über die Mutter. Sie könne sich nicht in die Lebenswelt eines anderen einfühlen, warf er ihr vor. In Ella aber fand Fabio eine aufmerksame Zuhörerin. Wenn Fabio erzählte, war ihr, als würde sie selber durch die Luft segeln. Sollte sie je zu mehr Mut kommen, so würde sie es ihrem Bruder gleichtun.

Von Fabio wusste sie, dass es unter den Wolken und auf der Bergseite einen guten Aufwind gab. Auch der Milan sei ein sicheres Zeichen dafür, keinen einzigen Flügelschlag mache dieser Vogel zu viel.

Dort oben sei es ganz still, sagte Fabio, er sehe die Autos, die Menschen, die Häuser, aber er höre nichts. Wie ein Milan schraube er sich hoch. Die riesigen Flügel über sich. »E il naso sempre nel vento.« (Und immer die Nase im Wind.)

Morgen wird sie das Krankenhaus verlassen (der Angsthase). Ella schielt auf das Tablett, das der Assistenzarzt auf den Tisch gestellt hat. Ausser den Tupfern, einem braunen Fläschchen und zwei Serumröhrchen ist nichts zu sehen. (Wenn er die Nadel verstecken muss, wird das kein gutes Zeichen sein.)

Wie Frau Dr. Bühlach das betont hat, dass es keine Rückenmarkspunktion sei. Ella hätte doch Fabio oder Lorenzo anrufen sollen.

Soll das mutig sein? Ella hatte ihre Finger sogleich wieder von der Flamme weggezogen. Sie liess kaltes Wasser über die Fingerspitzen laufen. Vor ihren Augen tauchten Lorenzos Daumen und Zeigefinger auf, und unter einem kurzen Aufzischen verschwand die Flamme. Dass er seine Finger zuvor mit Spucke benetzt hatte, verriet der Zauberer der kleinen Schwester nicht.

Ella schaut zur Tür. In spätestens einer Viertelstunde wird der Spuk vorbei sein, und der Assistenzarzt wird im nächsten Zimmer stehen, bei einem anderen Patienten. Draussen wird es eindunkeln. Die Nacht wird kommen. Und darauf folgt der Morgen. Noch nie ist die Zeit stehen geblieben.

Als etwas Kühles ihren Rücken berührt, presst sie die Lippen aufeinander. »Sie dürfen das Atmen nicht vergessen«, sagt der Assistenzarzt. »Sie brauchen keine Angst zu haben.«

Das lässt sich leicht sagen.

Erneut kommt etwas Kühles an ihren Rücken. Als die Nadel in ihren Rücken sticht, die Nadel sich weiter hineinschiebt, könnte Ella aufschreien vor Schmerz, es treibt ihr ein paar Tränen hervor, diese verteilen sich unter den Augenlidern.

Morgen wird sie das Krankenhaus verlassen, gleichgültig, was bei dieser Punktion herauskommen wird.

»Schon fertig«, sagt der Assistenzarzt. Er schwenkt das Serumröhrchen und beugt sich über den Tisch. Er zieht das Etikett, auf dem Ellas Name steht, vom hellgelben Streifen. Der Assistenzarzt schaut zu Ella hoch.

»Schau mich nicht mit diesem Hundeblick an«, sagte Ella. Wie zornig Bernard wurde. »Du überschreitest eine Respektgrenze nach der anderen!«

Ihr Gesicht muss entgeistert aussehen. »Warum weinen Sie nicht, wenn Ihnen danach zumute ist?«, fragt der Assistenzarzt. »Man darf auch einmal aufschreien und sagen: Aua, das hat weh getan!«

Ihre wenigen Utensilien hat sie schon zusammengepackt, die Plastiktasche steht oben im Zimmer, gleich neben der Tür.
Nett sind sie hier, eigentlich alle. Ella wird etwas auf die Station schicken. Ob sie einen Blumenstrauss im Schwesternzimmer mögen? Oder vielleicht doch besser eine Dose mit Gebäck oder Pralinen, dies könnte sie gleich erledigen.
Ella tritt in den Innenraum des Kiosks. Sie geht an der Auslage entlang und schaut sich die Geschenkschachteln an, Kokosnussmakronen oder Pralinen befinden sich darin. Die Geschenke sind in rotglänzendes Papier eingepackt und mit einem Kleeblatt oder einem Marienkäfer verziert. Auf einer schmalen Ablage sind die kleinsten Schachteln ausgebreitet, vermutlich befindet sich eine einzelne Praline darin. Gleich neben der Kasse gibt es rote Schokoladenherzen.
Unverrichteter Dinge steigt Ella die Treppe hoch. Das T-Shirt klebt an ihrer Brust, ihr Kopf ist heiss, als wäre sie fiebrig. Sie geht am Stillen Raum vorbei, gleich darauf an der Kapelle.
Ella will eine Pause einlegen, bevor sie das letzte Stück mit dem Lift hochfahren wird. Die Tür der Kapelle ist angelehnt. Ella schlüpft in den abgedunkelten Raum. Die Stehlampe in der Ecke wirft ein dumpfes Licht über den Halbkreis, den ein paar Stühle bilden. Vorne auf dem Tisch steht ein leeres Holzkreuz. Ella setzt sich auf den äussersten Stuhl. Der Raum ist nur spärlich möbliert, kein Altarbild, keine Madonnenstatue, keine Opferkerzen und keine Holzbank, die knarrt, wenn sich Ella bewegt. Die Gebete fürchtete sie am meisten, das Knien auf dem harten Holz. Als Kind kannte Ella die Gebete auswendig. Pfarrer Schneider sprach Satz für Satz vor, und die Gemeinde murmelte Satz für Satz nach, Sonntag für Sonntag. Die Gebete dauerten ewig, trotzdem rührte sich Ella kaum. Nur gelegentlich schielte sie zu Fabio und Lorenzo, die ihre Augen geschlossen hielten. Die Mutter sass mit dem Chor auf der Empore. Ihr Blick auf die Rücken der Kinder gerichtet. »Vi vedo attraverso una fessura nel legno.« (Ich sehe euch durch einen Holzspalt.) Wenn sich Ella wieder erheben durfte, surrte es in ihren Knien weiter.

»Was, Sie reagieren nicht auf Trost?« Assistenzarzt. Die Frage geht Ella nicht mehr aus dem Kopf.

Immerhin hat sie ihre Ruhe gehabt. Auch das Telefon hat nicht geklingelt. Vielleicht kann sie sich doch noch von der älteren Krankenschwester verabschieden, von Schwester Verena, sie ist an diesem Tag erst spät zur Arbeit gekommen. Ella geht den Flur entlang. Die Tür des Schwesternzimmers steht offen.

Schwester Verena sitzt am Tisch, sie zupft die Zellstofftupfer voneinander und füllt sie in eine Glasdose.

»Nein wirklich«, insistiert Schwester Verena, »wenn ich es dir sage.« Wo das gewesen sei, möchte der Assistenzarzt wissen. Irgendwo auf der Tanezrouft-Route, sie seien auf dem Weg von Reggane nach Gao gewesen, sagt Schwester Verena.

Nur ihr zwei, fragt der Assistenzarzt. Schwester Verena nickt. »Und da gab dir dein Mann eine Ohrfeige?«, fragt der Assistenzarzt. Schwester Verena nickt noch einmal. »Das würde ich deinem Mann gar nicht zutrauen.« »Ja, da siehst du, wie du dich in einem Menschen täuschen kannst«, lacht Schwester Verena. Warum er das gemacht habe, fragt der Assistenzarzt. Das sei mehr als zwanzig Jahre her, sagt sie. Sie glaube, sie habe ihn geneckt. »Ja?«, sagt der Assistenzarzt neugierig. Ja, sagt Schwester Verena. Ihr Mann habe sich in Tanger eine neue Jacke gekauft. Und mit der habe sie ihn gehänselt, ihm die Jacke hingehalten und mehrmals weggezogen oder sie in den Sand geworfen und sich daraufgesetzt. »Das ist ja ein dicker Hund«, sagt der Assistenzarzt, dann lacht er laut heraus. »Und da verpasste dir dein Mann eine Ohrfeige, mitten in der Wüste?« »Genau so war es«, sagt Schwester Verena.

Ella lehnt ihren Kopf an die kühle Wand. Ihr Gesicht brennt. Nie würde sich Bernard getrauen, handgreiflich zu werden, im grössten Streit nicht. Dafür hat er sich viel zu gut unter Kontrolle. Eine Ohrfeige wäre immerhin etwas Konkretes.

Ob das jemand gesehen habe, möchte der Assistenzarzt wissen. Mitten in der Wüste, fragt Schwester Verena. Da gebe es niemanden. Da sei nichts. »Die einzige Ortschaft auf dieser Route ist Bidon V. Drei leere Fässer liegen dort, mehr nicht.«

Ella lehnt noch immer an der Wand. Sie wagt nicht, die beiden zu unterbrechen. Ein Zelt hätten sie dabeigehabt. Eines, bei dem man das Vorzelt aushängen könne. So werde das Moskitonetz zu einem Fenster. »Nie wieder habe ich so einen Nachthimmel gesehen, mit Sternen bis zum Horizont.«

Der Sekundenzeiger an der Wand dreht noch immer ruckartig seine Runden. Ella erhebt sich vom Stuhl. Sie geht wieder den Gang auf und ab. Wenn sie noch lange warten muss, ist sie ausgelaugt, bevor das Gespräch beginnt. Früher vertrieb sie sich die Wartezeit, indem sie in einer Zeitschrift blätterte, oder sie hing ihren Gedanken nach. Nicht selten kehrte dabei Ruhe ein.

Das Austrittsgespräch könne morgen erst gegen elf Uhr stattfinden, bis dahin lägen die ausstehenden Resultate vor, hat die Ärztin gesagt. Wenn die in Ordnung seien, stehe dem Austritt nichts mehr im Weg.

Die Tür ist gleich darauf wieder aufgegangen, und die Ärztin hat den Kopf ins Zimmer gestreckt. Ob sie nicht doch jemanden dabeihaben wolle, jemanden aus der Familie oder eine Freundin? »Zwei Paar Ohren hören mehr.«

Endlich kommt die Ärztin den Gang entlanggeeilt. Sie schliesst die Tür auf und lässt Ella eintreten. Die Ärztin zeigt auf den leeren Stuhl.

Ella schaut sich um. Das Büro ist sehr ordentlich. Im Büchergestell vor dem Pschyrembel steht ein gerahmtes Bild mit zwei Kindern. Sind das ihre Kinder? Die beiden Mädchen lachen Ella zu. Die Ärztin setzt sich hinter ihren Schreibtisch.

Nur ein einziges Mal liess Fabio Ella in sein Arztbüro. »Ich trenne gerne das Private vom Geschäft.«

Vielleicht schämte er sich auch nur wegen seiner Unordnung. Das Büro war mit Ordnern und Papier vollgestopft. Auf dem Tisch neben dem Fenster stapelten sich Bücher und Zeitschriften, aus denen Blätter und Folien heraushingen. Auf einem Papierberg lag ein Ablagefach, an dem ein Zettel hing, Pendenzen stand darauf, mit einem roten Filzstift geschrieben und einem fetten Ausrufezeichen versehen. Vermutlich hatte Fabios Sekretärin die Nerven verloren, was Ella nicht erstaunte. Das Staubsaugen war zu Hause Ellas Arbeit gewesen. Nur bei Fabios Zimmer, da hatte sie sich geweigert.

»Die Blutwerte ebenfalls«, sagt Frau Dr. Bühlach. Kein Diabetes, keine Nieren-Leber-Erkrankung. Internistisch sei sie gesund. Es bestehe keine neurologisch fassbare Grundkrankheit. Auch die Resultate der Lumbalpunktion seien in Ordnung. »Also alles in Ordnung«, sagt Ella erleichtert. »Ja«, sagt die Ärztin. Doch bevor sich die Erleichterung bei Ella ausbreiten kann, sagt Frau Dr. Bühlach, dass so ein Anfall bedrohlich sei, es gebe nicht nur eine körperliche Seite, es gebe auch eine seelische. »Ich finde es erstaunlich, dass Sie keinen Besuch hatten, keinen Besuch wollten.«

Roswitha, die alte Nachbarin, möchte Ella beim Einpacken helfen. Sie wird nur das Nötigste mitnehmen. Am liebsten würde sie alles liegen lassen, in Erwägung gezogen hat sie es. Ella und Milo werden ausgezogen sein, noch bevor Bernard aus Helsinki zurückkommen wird. Ella verlässt das Haus früher als gewohnt. Sie schiebt ihr Fahrrad den Feldweg hoch, Milos gelbes Einrad ruckelt hinterher. Auf halbem Weg wird sich Ella auf eine Bank setzen und dort etwas verweilen.
Das Geschrei der Kinder ist für Ella eine Tortur. Auf Milo ist kein Verlass, wenn Ella im Kindergarten eintrifft, hängen Milos Schuhe noch am Haken.
Eine Frau mit Walkingstöcken kommt geradewegs auf Ella zu. Sie redet drauflos, als wäre Ella eine alte Bekannte. Ein paar Sekunden nur und Ella weiss, wer diese Frau sein muss. Die Frau habe sofort gesehen, dass etwas nicht stimme. Sie habe sich überhaupt nicht bewegt und nicht mehr geantwortet.
Ella möchte die Fortsetzung nicht hören, die sie bereits bis zur Genüge kennt. Sie wisse schon, sagt Ella. Die Frau lässt sich nicht unterbrechen, und dann dieser Gesichtsausdruck, Ella habe geschaut wie von sehr weit her, etwas Animalisches habe das gehabt, nichts mehr von einem menschlichen Wesen.
Ella möchte nicht unhöflich sein, immerhin ist es diese Frau gewesen, die Hilfe geleistet hat. Trotzdem geht ihr das Gespräch zu weit, und sie hat sich schonen wollen. Zu Hause könnte sie den Telefonhörer weit von sich weghalten.
Ella habe zu zittern begonnen, am ganzen Körper, und dann sei ihr das Blut aus dem Mund gelaufen, sagt die Frau. Ella versucht an etwas anderes zu denken, während sie weiterhin auf die Lippen der Frau schaut.
»Das Schlimmste aber«, sagt die Frau, »ist dieser Gesichtsausdruck gewesen, der ist mir unter die Haut.«
Hinter Ellas Stirn beginnt ein Stechen.
»Es tut mir leid«, sagt Ella, »dass ich Ihnen einen Schrecken eingejagt habe.«
Es sei schon gut, sagt die Frau. Sie habe einen Besuch machen wollen, im Krankenhaus, aber sie hätten niemanden in ihr Zimmer gelassen. Sie habe die Pralinen bei der Schwester abgegeben. Ella bedankt sich noch einmal bei der Frau. »Nun muss ich wirklich los, mein Junge wartet im Kindergarten auf mich«, sagt Ella.
Die Frau will Ella ein Stück weit begleiten. »Bitte machen Sie sich keine Umstände«, sagt Ella. »Es macht mir keine Umstände«, sagt die Frau.

... zehn Jahre zuvor

Gleich am nächsten Tag könnte Bernards Schwester die Arbeit in der Fleischfabrik aufnehmen. »Eine Einführung würde ich nicht brauchen«, sagt sie.
»Rede nicht so despektierlich«, sagt Bernard, »immerhin habe ich bei dieser Arbeit etwas Wichtiges gelernt.« Er grinst.
»Und das wäre?«, fragen Ella und Renée Eve gleichzeitig.
Bernard grinst wie ein Schelm.
»Wir hören«, sagt Ella.
»Wenn sich die Gelegenheit bietet, und es keiner sieht, steck dir einfach ein paar der Würste in die Tasche.« Ella und Renée Eve lachen.
»Dann marschierst du mit dem allergrössten Engelsgesicht am Vorarbeiter vorbei und wünschst ihm einen schönen Feierabend. Mein Mitarbeiter am Wurstwagen, ein Student, riet mir das.« Ella und Renée Eve lachen noch lauter.
Die Arbeit in der Fabrik, in der Bernard vor einigen Jahren arbeitete, kennt seine Schwester bis ins letzte Detail. »Wenn Bernard erzählt, könnte man meinen, er hätte sein halbes Leben dort zugebracht«, sagt sie. »Hätten sie mich ans Fliessband zu den Fleischstücken eingeteilt, wer weiss, ich wäre vielleicht die zwei Monate geblieben. Aber nach ein paar Tagen konnte ich die Würste nicht mehr anfassen«, sagt Bernard. Gerade als er weitererzählen will, gähnt seine Schwester und sagt: »Geschichte Nummer zweiunddreissig, die Fleischfabrik.« Sie lässt den Kopf vornüber hängen und beginnt zu schnarchen.
»Soll ich nun erzählen oder nicht?«, fragt Bernard leicht gereizt.
»Ja, natürlich«, sagt Ella. Renée Eve nickt.
»Wie ihr das von mir wünscht«, sagt Bernard, er zieht die Schultern hoch und schaut unschuldig zu seiner Schwester. Bernard wendet sich den beiden Frauen zu. »Jeden Morgen standen wir Arbeiter mit Papierhauben auf den Köpfen und umgebundenen Plastikschürzen in der Halle bereit, sobald die Lifttür aufging, stürmten wir los und zogen die Wurstwagen in die Halle. Mannshohe Gestelle auf Rädern waren das. Aber nur diese ersten Wurstwagen am Morgen durften wir selber holen. Zu zweit standen wir je an einem Wagen und schnitten die Würste paarweise weg, alle vier Seiten hingen mit Wurstschlangen voll, neben uns befand sich ein grauer Plastikwagen. Du denkst, den füllst du nie. Und kaum war er voll, rollte der Vorarbeiter den nächsten grauen Wagen hin.

Nach ein paar Stunden hatte ich den Krampf in den Fingern und die Scherenblätter wollten nicht mehr zueinander. Vor meinen Augen fing es an zu flimmern, und die Würste kamen in Bewegung.«

Bernard steht auf und demonstriert den beiden Frauen, wie er mit der freien Hand die Hand mit der Schere stützt und versucht, zwischen die Würste zu treffen. Das blaue T-Shirt rutscht ihm hoch, über seinem Bauchnabel hat er ein paar braune Härchen.

3

Nicht ein einziges Mal während ihrer Ehe wurde B. grob oder beleidigend. Er machte keine Fehler. Da gibt es gibt nichts, was sie ihm vorwerfen könnte.

Ella verbietet es sich, weiter über B. nachzudenken. Jeder Gedanke macht die Verwirrung nur grösser.

Ob Mali oder Algerien, die Grenze verlaufe durch den Sand, bei den Tuaregs spiele das keine Rolle. »Die Sahara gehört dem, der sich auskennt.« Schwester Verena.

Sich Gedanken zu verbieten sei nicht ratsam, hat ihr Fabio am Telefon gesagt.

Und die Mutter werde nun definitiv den Dachstock ausbauen, sie sei von diesem Vorhaben nicht mehr abzubringen. Auch auf Ella kämen Umtriebe zu, er habe auf dem Dachboden ein paar Kartons von ihr entdeckt. »Von mir?«, hat Ella erstaunt gefragt. Sie hat sich an nichts erinnern können, was sie je bei der Mutter deponiert hätte. Wie auch immer, sie könnten alles wegwerfen, was sie fänden, hat Ella gesagt. »Bist du noch gesund?«, fragt Fabio. Sie solle zumindest einmal in die Kartons schauen. Wer weiss, vielleicht sei etwas dabei, das sie dann später vermisste. Selbst Lorenzo gehe in den nächsten zwei, drei Wochen bei der Mutter vorbei, und dieser Mann sei nun wirklich im Zeitdruck. Solange sie nicht wisse, was sich in den Kartons befinde, werde sie später auch nichts vermissen können, hat Ella noch gesagt. Sie haben das Telefonat beenden müssen. Am Mittwochabend geht Zilly, Fabios Frau, zum Turnen. Er hat die Kinder ins Bett bringen müssen. Daran hat Ella nicht gedacht, als sie seine Nummer gewählt hat. Warum eigentlich hat sie angerufen?

Er werde demnächst vorbeikommen, er müsse einmal nach dem Rechten sehen, hat Fabio gesagt. Fabio ist der schlimmere der beiden Brüder, eine Nervensäge.

Ella sitzt noch immer bei Milo auf der Bettkante und hält seine Hand. Neuerdings geht das Einschlafen nur noch auf diese Weise. Erst muss sie ihm eine Geschichte erzählen und dann seine Hand halten. Ella bleibt so lange auf der Bettkante sitzen, bis er endlich eingeschlafen ist.

Was für ein liebes Gesicht der Junge hat. Die Engelsgesichter kommen von den Kindern.

Ella dreht die Teebüchse in den Händen, die einzige, die es in der Apotheke zu kaufen gegeben hat.
Unglaublich, dass das überhaupt irgendjemand entziffern kann. Milo schaut sich das Zeichen ebenfalls an. Er entdeckt eine Schlaufe, einen Säbel und eine Leiter.
Was dieses Zeichen auf der Teebüchse bedeute?, hat Ella Linlins Mutter gefragt. Linlins Mutter hat zum alten Chinesen geschaut und gelächelt. Ella hat sich ein paar der Teespitzen auf die Handfläche gestreut. Selbst wenn man den Tee lange ziehen lässt, bleibt der Geschmack sehr dezent. Ganz im Gegensatz zum Yogi-Tee, den hat Ella im Lebensmittelgeschäft in einem Korb entdeckt, einen Tee mit Ingwer. Himalaya steht auf der Verpackung. Wenn man damit nicht wieder auf die Beine kommt.
Die Teespitzen von dem alten Chinesen sind vor allem eine taktile Freude, diese schmalen glatten Plättchen. Milo steht neben ihr, Ella legt ihm ein paar der Teespitzen auf die Hand. Vorsichtig fährt er mit den Fingern über die dünnen Plättchen. Aber vom Tee kosten will er nicht, wenn Ella den Tee schon nicht trinkt. Vermutlich hat sie etwas gesagt wie, der Tee schmecke nach nichts.
Ihr Gaumen muss sich erst daran gewöhnen. Ein Gaumen, der vor allem Kaffee und Zigaretten kennt.
»Ist irgendjemand hier, dem das nicht gefällt? Der bleibt so lange hier, bis es ihm gefällt.« Müller Hans vom Stauwerk.
Der Müller Hans vom Stauwerk war vor einem ausgewaschenen Felsen stehen geblieben, Ella und ihre Brüder drängten sich um den Mann. Jedes Mal, wenn er ins Flussbett hinuntersteige, bleibe er vor diesem Felsen stehen, sagte er.
Ins Flussbett hinunterklettern war streng verboten, nur mit dem Müller Hans vom Stauwerk durften die Kinder das.

Nach diesem heftigen Regen möchte Ella unbedingt hinunter zum Fluss. Kesselweise ist das Wasser heruntergekommen, die ganze Nacht. Wie das an die Scheiben geschlagen hat. Der Regen hat noch nicht aufgehört, aber man kann wieder auf die Strasse. Auch Milo, Linlin, Han und der Grossvater sind dabei.
Ella hat ihre Gummistiefel länger gesucht, aber nicht gefunden. Sie müssen im Haus zurückgeblieben sein. Zwischen dem Gartenwerkzeug und den Tontöpfen, dort irgendwo werden sie sein, im Schrank vis-à-vis von B.s Atelier.
Wenn Ella die Tür zudrückte und sich umdrehte, stand sie vor der grossen schwarzen Hand. Sicherheitshalber schloss B. seine Ateliertür ab. Für Ella war dies übertrieben. Die Tür daneben, ihr kleiner Arbeitsraum, blieb offen. Dass sie ihre Skizzenbücher in der Eile nicht mehr fand, bringt sie fast um den Verstand.
»Da ist ja einer dumm, wenn er nicht zugreift.« Renée Eve.
Der Fluss ist über Nacht breit geworden. Die Ufersteine und die Gehwege sind verschwunden. Ein paar vereinzelte Möwen sitzen auf den dicken Ketten der Schiffsanlegestelle. Ella schaut über den Fluss, wie der reisst. Auch der alte Chinese staunt.
Milo steht neben Han und hustet. Die eine Wand in Milos Zimmer ist die Wand zum Treppenhaus. Ausgerechnet dort steht Milos Bett.
Dass die Betonwände kalt sind, das sei ihr schon aufgefallen. Brr, hat Ella zu Hause zum alten Chinesen gesagt und an die Wand geklopft. Soll sie Milos Zimmer umstellen oder gleich ihre beiden Zimmer tauschen? Allein die Vorstellung hat Ella ins Schwitzen gebracht.
Der alte Chinese hat etwas gesagt und dabei seine Hände zur Hilfe genommen. Aber Ella hat nicht herausfinden können, was er gemeint hat. Daraufhin ist er verschwunden. Kurz darauf hat es wieder an der Tür geklingelt. Der alte Chinese ist mit Han, Linlins älterem Bruder, zurückgekommen. In der einen Hand hat der Grossvater Linlins Gummistiefel gehalten, in der anderen Hand ein Stück Styropor. In Shanghai werde es auch kalt, hat Linlins älterer Bruder übersetzt, dieses sei gut, mit dem da an der Wand werde es warm.
»Gli angeli vivono in mezzo a noi.« Grossmutter. (Die Engel leben unter uns.)

Unweigerlich hat Ella an Riccardo gedacht. Fabio und Lorenzo kann sie nicht belästigen. Und Riccardo hat einen Jetlag. Wie lange der Flug von Los Angeles nach Zürich dauert? Zwölf Stunden vielleicht?
Er könne warten, hat Riccardo am Telefon gesagt. Es sei kein Problem, wenn sie ihn nicht sehen wolle, dieses Mal renne die Zeit nicht davon. Wenn er etwas für sie tun könne, solle sie sich melden. Er werde seinen Freund Lorenzo besuchen. Und seine Verwandtschaft wolle er sehen.
Viel ist von seiner Familie in der Schweiz nicht übrig geblieben. Seine Geschwister sind in alle Himmelsrichtungen ausgeströmt, eine Schwester nach Schweden.
Milo hat Ellas Gedanken unterbrochen, er hat wieder nach seinem Vater gefragt.
Was soll sie ihm antworten?
Ob Milo sie auf die Probe stellen will?
Er geht im Kreis, bei jedem Schritt schlagen die Schnallen der Hausschuhe auf den Holzboden. Dabei schaut er Ella mit einem herausfordernden Blick an, bis sich Ella vor ihn hinstellt und ihn aus Leibeskräften anschreit.
Das wirkt!
Ella ruft im Baucenter an. Styroporplatten gebe es bei ihnen, sagt die Verkäuferin. Aber über die Dicke weiss sie nicht Bescheid. Sie verbinde in die Abteilung. Ella hält die scheppernde Musik von sich weg. Eine Männerstimme meldet sich.
Der Verkäufer berät Ella weiter. Zwei Zentimeter Dicke, das sollte reichen, um ein wenig zu isolieren, sagt er. Pro Palette gebe es eine Hauslieferung, fünfundsiebzig Franken koste das. Ella ist selber erstaunt, mit was für einer freundlichen Stimme sie mit dem Mann spricht, und in ihr drin bebt es.

Ella hat den Telefonstecker aus der Dose gezogen. Zweimal hintereinander hat die Mutter angerufen. Erst ist sie ihr mit den Kartons in den Ohren gelegen. Es seien ihre Kartons, die auf dem Dachboden lägen, hat die Mutter insistiert. Beim zweiten Anruf hat Maria Sofia einen Schlenker gemacht. Viel im Bett liegen habe noch nie einen Menschen munter gemacht. Sie sei schon immer ein schwächliches Kind gewesen, habe mehr Fürsorge gebraucht als die beiden Brüder, das jüngste halt.

»Una bambina delicata.« (Ein schwächliches Kind.)

Sie solle für ein paar Tage nach Hause kommen, die frische Landluft täte ihr gut. Dem Jungen auch, hat die Mutter nach einer Pause hinzugefügt. Im Hintergrund ist das Geschrei von Milo zu hören gewesen.

Milo provoziert, wo er nur kann. Am liebsten, wenn sie am Telefonieren ist, damit es gleich jeder hören kann, dass sie keine gute Zeit haben, sie und das Kind. Ausgerechnet dann kommt die Mutter mit ihrem Dachbodenumbau-Zeitvertreib, den Kartons, die Ella abholen soll.

Als die Mutter vor ein paar Jahren pensioniert worden war, sie die Druckerei im nahe gelegenen Städtli verkauft hatte, wurde sie zur Bauherrin. Zuerst nahm sie sich das Haus der Grosseltern vor. Vier Jahre lang war es leer gestanden und keiner hatte sich darum geschert. Das Haus liess sie in zwei Wohnungen umbauen, eine davon in eine Maisonette. Die Eigentumswohnungen verkaufte sie an Deutsche und Spanier. Immer mehr Ausländer ziehen zu ihnen hinaus aufs Land. Die Mutter ist eine Geschäftsfrau geblieben.

Aber dass sie sich jetzt das eigene Haus vornehmen muss. Nach dem Telefonat hat Ella Milo am Arm gepackt und den Jungen aus dem Wohnzimmer gezogen.

Im Flur hat sie seine Hausschuhe eingesammelt. Auf direktem Weg ist sie mit denen in die Küche marschiert, dort hat sie die Dinger in den Mülleimer geworfen. Sie wird Milo ein Paar neue Hausschuhe ohne Schnallen kaufen, im Freizeitgeschäft gleich neben dem Baucenter.

Ella hat ein Taxi bestellt, eines mit Ladefläche. Sie hätte Milo gerne zu Hause gelassen. Wäre er nur zwei, drei Jahre älter, sie hätte es getan.

Die ganze Fahrt über schaut sie aus dem Fenster. Das hätte ihr die Mutter nicht vorhalten müssen. Dass sie keine Nerven mehr habe für das Kind. Deswegen bekämen die Frauen ihre Kinder früh, aber mit siebenunddreissig Jahren noch Mutter zu werden. Und dass die heutigen Frauen auf nichts würden verzichten wollen. Beruf und Familie, alles würden sie haben wollen, und alles müsse immer perfekt sein. Ausgerechnet Maria Sofia schwingt solche Reden.

Nach dem Tod des Vaters kam es für die Mutter nicht in Frage, das Geschäft zu verkaufen. Die Druckerei im Städtli wollte sie selber weiterführen.

Neben den drei Kindern besuchte sie eine private Handelsschule und arbeitete sich in das Lohn- und Rechnungswesen ein. Als Geschäftsführer stellte sie einen Schriftsetzer ein, einen Fachmann, wie der Vater einer gewesen war. Gut, die Mutter hatte ihre Schwiegereltern, die wohnten im gleichen Dorf. Ella hätte gerne etwas gesagt. Aber sie hat geschwiegen.

Allmählich schleicht sich bei ihr eine Angst ein. Monate später noch ist ihr Körper angespannt, fast steif. Wie gerne würde sie sich ein wenig auf dem Land erholen. Mit dem Postauto hinauf zum Nusshof fahren, schauen, wie es dort mit der Schafzucht so geht. Vielleicht würde ihr die Bäuerin vom Nusshof einen Apfelmost offerieren, aus der grossen Glasballonflasche mit dem Plastikschlauch. Wie bei ihnen zu Hause im Keller immer eine stand. Das Abfüllen des Mostes in die Flasche war Ellas Arbeit.

Ein Elternhaus, in dem sie Gast sein könnte. Das wäre etwas. Wäre nur nicht der Mutterarm, der sie umschlingt. »Bambina mia.« (Mein Mädchen.)

Milo sitzt neben ihr und macht wieder auf Liebkind. Milos Hand ist in die ihre geschlüpft. Der Schneck kriecht zurück ins Schneckenhaus. Das Schneckenhaus rührt sich nicht.

Keinen einzigen Nagel kann Ella in Milos Zimmerwand schlagen. Die dünne Wand, die die Essecke von der Küche trennt, die ist weich wie Butter. Dort hängt noch immer Milos Schneemann. Wenn Ella am Esstisch sitzt, schaut sie sich das Bild an. Sie freut sich, mit wie viel Sorgfalt das Kind arbeiten kann.
Ella rückt den Nagel ein paar Zentimeter weiter nach oben. Mit dem Hammer haut sie ein paarmal darauf, keinen Millimeter dringt der Nagel in die Wand. Eine Bohrmaschine könne man bei der Verwaltung ausleihen, hat der Verwalter beim Einzug gesagt. Ella hat sich gewundert. Die Bohrgeräusche, die an den Wochenenden so oft zu hören, aber nicht zu orten sind. Sonst gibt es von den Mitbewohnern noch immer keine Geräusche, keine Schritte, kein Rumpeln, keine Musik, nichts. Es ist, als würde sie mit Milo alleine in diesem grossen Wohnblock leben.
Sie könnte ein paar Bohrgeräusche aussenden.
Anders sind die Styroporplatten nicht zu befestigen. Ella sammelt die krummen Nägel ein, einem Nagel hat es den Kopf abgespickt.
Oder sie klebt die Styroporplatten einfach an. So ganz nach Hausfrauenart, mit einem doppelseitigen Klebeband?
Aber woher nehmen und nicht stehlen.
Ella zieht ihren Mantel an, sie wird sich eine Pause gönnen, unten am Fluss. Zum Glück gibt's den.
Die Mutter hängt in den Armen von Pfarrer Schneider, ihre Augen sind geschwollen, der Mund zieht Fäden.
Der Vater sei ein herzensguter Mensch gewesen, sagt die Mutter.
Ein lieber Vater, sagen Lorenzo und Fabio.
Ella erinnert sich an seinen Schnauz, der jedes Mal kitzelte, wenn sie unter viel Geräusch einen Luftkuss bekam.

An der Spitze des Zuges befand sich der braune Sarg. Er schwebte über den Köpfen der Menschen.
Während die Leute vor der Kirche herumstanden, schaute Ella dem Schneetreiben zu. Wenn sich Ella lange genug auf die Schneeflocken konzentrierte, die vom Himmel heruntertanzten, stieg sie langsam zu ihnen hinauf, und sie fing an zu schweben.
»Sei una sognatrice, finora in estate non ha mai nevicato.« Fabio.
(Du bist eine Träumerin, im Sommer hat es noch nie geschneit.)
Als Ella über die Brücke geht, schaut sie sich nach allen Seiten um. Die Möwen sind verschwunden.
Das Wasser ist etwas zurückgegangen, da und dort taucht ein Stück Uferweg auf.
»È l'ultima volta che puoi vedere tuo padre.« Mutter.
(Das ist das letzte Mal, dass du deinen Vater sehen kannst.)
Der Vater war ein grosser kräftiger Mann. Hinter der Glasscheibe lag ein kleiner Mann.
Der Junge hat zwei Enten entdeckt. Die beiden Stockenten strecken ihre Hinterteile in die Höhe, unter der Wasseroberfläche paddeln die orangen Füsse emsig.
»Rate, welches das Männlein ist«, sagt Ella.
»Rate doch du«, sagt Milo.
Der Vater habe die Mutter noch gelobt, wie gut das Essen sei, plötzlich sei er zur Seite gekippt und weggerutscht. Fünfunddreissig Minuten habe es gedauert, bis der Notarzt eingetroffen sei.
Sie müsse aufgeben, habe der Notarzt zur Mutter gesagt, sie zertrümmere ihm nur noch den Brustkorb. Das ist Lorenzos Variante. Die von Fabio ist ähnlich. Nur die Mutter sagt nichts. »Certe cose sono troppo terribili.« (Es gibt Dinge, die sind zu schrecklich.)

Es sei ein Glück gewesen für ihn, dass er sterben durfte, sagten die Grosseltern. Auch die Mutter sagte das. Alle sagten so.
Der Vater hätte alles wieder neu lernen müssen, selbst das Gehen und das Sprechen, wie ein kleines Kind. Und der Vater war ein stolzer Mann. Mit dieser Überzeugung wuchs Ella auf, dass es für den Vater gut war so.
Ella tastet nach ihren Hausschuhen, ohne sie zu finden. Mit nackten Füssen geht sie zum Fenster. Auch dort ist keine Morgendämmerung in Sicht.
Im Badezimmer lässt sie kaltes Wasser über einen Waschlappen laufen. Mit schnellen Schritten eilt sie zurück zum Bett, sie kriecht wieder unter die Decke. Ella legt den Lappen auf ihre Stirn, dahinter klopft es pausenlos. Ella traut sich nicht mehr einzuschlafen.
Mit dieser schrecklichen Situation, die zwischen ihr und B. zurückgeblieben ist, könnte sie notfalls noch fertig werden, wenn nur dieses Pulsieren im Hals nicht wäre, der Druck im Kopf, der sich bei der kleinsten Anstrengung wieder bemerkbar macht.
Kaum sind sie im Freizeitgeschäft in der Kinderabteilung bei den Schuhen gestanden, ist es Ella gewesen, als würde ihr Kopf jeden Moment platzen. Ella hat sich auf einen Schuhschemel gesetzt. Immerhin hat es keine Verkäuferin gegeben, die auf sie eingeredet hat. Vom Personal ist niemand zu sehen gewesen. Ella hat Milo alleine losgeschickt, er solle eine Runde drehen und schauen, ob er irgendwo Hausschuhe finde.
Mit einem Paar Spiderman-Pantoffeln in den Händen ist Milo zurückgekommen. Ella hat ihm die Hausschuhe abgenommen. »Nummer 37, ganz schön gross«, hat sie gesagt und ist aufgestanden. Das hätte die Mutter Ella nicht vorhalten müssen. Dass sie in ihrem Alter wohl keine Nerven mehr habe für das Kind. Bei Fabios Frau sei das etwas anderes, Lisa sei ein Nachzügler.

Als der Vater starb, war die Mutter fünfunddreissig Jahre alt. Eigentlich war der Vater auch noch jung.
Die Mutter war eine tüchtige Frau. Dass sie die Druckerei ihres Mannes im Städtli selber weiterführte, dafür sogar eine Handelsschule besuchte, und daneben noch drei Kinder alleine grosszog, brachte ihr im Dorf viel Respekt ein. Dies müsse ihr erst einmal eine nachmachen, sagte der Müller Sepp. Trotz allem gehörten sie zum »Zulauf«, wie man die Zuzügler im Dorf nannte. Der Grossvater väterlicherseits war aus Mesocco gekommen, einem verlassenen Dorf am San Bernardino. Paolo hätte eine Hiesige heiraten sollen, dann hätte er es einfacher gehabt, das habe der Grossvater oft gesagt. Eine Hiesige, wie man eine Einheimische im Dorf nannte. Aber »lo scemo« (der Löli) mache es ihm gleich und bringe eine hübsche Tessinerin mit. Als der Vater nicht mehr lebte, stieg das Ansehen der Mutter auch beim Grossvater. Maria Sofias Hilfsbereitschaft war gross, wenn sie für jemanden etwas tun konnte, tat sie es. Und nie hörte Ella die Mutter klagen.
Die Mutter war stets um Zugehörigkeit im Dorf bemüht. Dazu gehörte nicht nur ein korrektes Deutsch, auch die Mundart wollte sie akzentfrei sprechen. Sie sei eben noch jung, sagte die Grossmutter, die zeitlebens nur wenig Deutsch verstand. Wer die Sprache nicht beherrsche, der werde immer ein Ausländer sein, sagte die Mutter. »Uno straniero nel proprio paese.« (Ein Ausländer im eigenen Land.)
Sowie die Familie unter sich war, wechselte die Mutter ins Italienische.
Nur Ella weigerte sich.
»Ich mag deine radikale Art.« B.
Vereinzelte Blumen sind in die Wiese gestreut. Krokusse? Ella muss Milo zum Kindergartenbus hinunterbringen. Er solle sich beeilen, ruft sie durch den Flur. Auf dem Weg in die Tiefgarage werden sie einen Zwischenhalt machen.

Ella will die Styroporplatten mit einem doppelseitigen Klebeband an der Wand befestigen. Was soll sie umständlich Löcher in die Wand bohren. Sich dafür noch eine Bohrmaschine bei der Verwaltung ausleihen. Lange müssen die Styroporplatten nicht kleben. Noch bevor Milo in die Schule kommen wird, werden sie wieder umgezogen sein. Ella denkt nicht daran, in der Agglomeration zu bleiben, sie will zurück in die Stadt.

So lange gibt sie sich Zeit. Wenn Milo in die Schule kommt, dann will sie wieder sein wie früher. Topfit.

Allein der Gedanke hat Ella zurück ins Bett getrieben.

Am besten, sie konzentriere sich auf das, was sie gerade tue, das vertreibe die düsteren Gedanken, hat Lorenzo am Telefon gesagt.

»Die schwierigsten Prüfungen kommen aus dem sozialen Gefüge.«

Die Habilitation sei eine reine Fleissarbeit gewesen. An den Anfang der Arbeit setzte Lorenzo ein Zitat von Ulrich Inderbinen, einem Zermatter Bergsteiger. Wie sich ihr Bruder spitzbübisch freute über diesen Streich.

Ella würde gerne Musik hören. Als Studentin drehte sie den Verstärker voll auf, bis es aus einer der Nachbarwohnungen polterte. Fünfundsechzig Wohnungen befinden sich in diesem länglichen Block. Noch nie hat Ella Musik aus der Nachbarschaft gehört.

Die Stille ist gespenstisch.

Das war im Terrassenhaus anders. Im Hintergrund hörten sie das Rauschen der vorbeifahrenden Autos. Die Geräusche der Schnellstrasse drangen bis zu ihnen herauf. Ellas CDs und Schallplatten sind im Haus zurückgeblieben, die Musikanlage auch. Für die grafische Arbeit brauchte sie Ruhe. Wenn sie aber mit ihrer künstlerischen Arbeit beschäftigt war, hörte sie gerne Musik, nicht laut, wegen B., der im Atelier daneben am Arbeiten war.

Das Telefon hat geklingelt, gleichzeitig hat jemand an die Wohnungstür geklopft. Milo ist in den Flur gesprungen, während Ella das Telefon gesucht, aber nicht gefunden hat. Auf der Ladestation ist es nicht gewesen.
An der Tür ist Linlins Mutter gestanden, ohne Linlin und ohne den Grossvater, dafür mit einer Fremden. Linlins Mutter hat die Frau neben sich vorgestellt. Schon ein paar Stunden später weiss Ella den Namen nicht mehr, Zing Lu, Wang Zu, ein sehr kurzer Name, ein paar Buchstaben nur. Ella hat sich den Namen nicht merken können. Ihr Kopf behält nichts mehr. »This is my friend.«
Eine Freundin sei es von ihr, hat Linlins Mutter gesagt. Sie habe einen Brief erhalten. Weder ihre Freundin (my friend) noch sie verständen, was darin stehe.
Während Ella den Brief gelesen hat, hat es wieder geklingelt. Milo hat das Telefon gleich aufgespürt. Ella ist kurz angebunden gewesen. Sie werde zurückrufen, sobald die beiden Frauen gegangen seien.
Die Mutter hat Ella nicht mehr mit den Kartons belästigt, nur mit der Tochter reden hat sie wollen.
(Das mit B. war etwas Anderes, nicht Fassbares.)
Ella hat die Ellbogen aufs Fensterbrett gestellt, die gestreckten Daumen halten ihr Kinn. Die Lautstärke des Gezwitschers lässt auf eine Vogelschar schliessen. Kein einziger Vogel ist zu sehen, vermutlich halten sie sich zwischen den Tannenzweigen versteckt.
Zwei verschiedene Leben.
Wie kann die Mutter vergleichen.
Hat Ella nicht ebenfalls oft bewiesen, dass auch sie belastbar ist?
Belastbar war?
Bei ihrem Beruf gehört es zur Tagesordnung, dass sie mit der Arbeit nicht fertig wird, dass immer alles eilt, immer alles unter Zeitdruck gemacht werden muss. Unzählige Male arbeitete Ella in die Nacht hinein, und an den Wochenenden ebenso!

Ella lehnt sich über den breiten Pflanzentrog und schaut hinunter auf den Busch, die ersten Knospen sind aufgebrochen. Ein paar Blütenblätter strecken die Spitzen heraus.
Das Licht am frühen Nachmittag ist grell. Während des Mittagessens haben die Sonnenstrahlen auf der Glasplatte reflektiert. Milo hat mit zusammengekniffenen Augen die Gabel in den Mund geschoben. Partout hat er nicht wollen, dass sie die Lamellen herunterlässt.
Ella schaut dem Vogel zu, wie er über einen Zweig hüpft und im Nadeldickicht verschwindet; die Katze ist über den Rasen geschlichen und unter der Tanne stehen geblieben.
Erst hat sie ihn gar nicht erkannt, auf dem unteren Zweig. Als er seine Flügel ausbreitet, leuchtet das hellblaue Feld. Auch die Katze beobachtet ihn.
Ella geht wieder hinein. Milo sitzt noch immer am Tisch. Sein Mund ist mit Schokoladencreme verschmiert. Wie ein Baby, der Junge isst wie ein Baby, denkt Ella. »Du Dreckskerl.« Ella.
»Es gibt ein paar Dinge, die behält man besser für sich.« B.
»Wir gehen später hinunter auf den Spielplatz«, sagt Ella. In ihrem Magen rumort es. Als hätte sie versehentlich Milos Seifenblasen verschluckt.
Ella schiebt die Pumuckl-DVD ins Laufwerk. Milo springt vor Freude auf, er setzt sich auf den anderen Stuhl. Ella zieht den Laptop näher zum Kind. Sie geht ins Wohnzimmer und legt sich aufs Sofa. Sie will in der Nähe des Kindes bleiben und mit einem Auge schauen, was der Pumuckl treibt. »Der frechste Kobold der Welt.«
Ella stellt die Zeiger auf zwei Uhr, falls sie einschlafen sollte. Sie schiebt den Abholschein unter den Wecker.

Zweimal ist der Abholschein in ihrem Postfach gelegen. Wie praktisch das Leben in einer Siedlung ist, hat Ella überlegt, als sie den gelben Schein zum ersten Mal in der Hand gehalten hat. Die Pakete liegen gleich neben den Postfächern zum Abholen bereit, kein langes Warten und Rätseln, woher das Paket kommt. Die Poststelle öffnet samstags um halb neun, hat sie auf dem Schild neben der vergitterten Glastür gelesen. Als Ella kurz vor Mittag noch einmal einen Anlauf genommen hat, ist die Poststelle bereits wieder geschlossen gewesen. Daraufhin muss sie den Abholschein bei den Postfächern liegen gelassen haben.

Die Gedanken an B. sind wie Feuerzungen, die nach allem greifen, auch nach dem, was ihr einmal lieb war.

»In guerra l'uomo si abbrutisce.« Grossvater. (Im Krieg verroht der Mensch.)

»Gute Nacht«, sagt Ella. Milo sitzt am Tisch, sofern man das sitzen nennen kann. Er hat den Kopf auf den ausgestreckten Arm gelegt und macht noch immer ein finsteres Gesicht.

Dass der Junge immer gewinnen muss. Nachdem sich Milo die Pumuckl-DVD fertig angeschaut hat, sind sie zur Poststelle gerannt. Nur dieses Mal hat sie die Erste sein wollen. Ella hat beim Eintreten ihre Arme hochgeworfen und sich in die Warteschlange gestellt.

Ella nimmt Milos Flakon und geht damit auf den Balkon. Den Badezusatz mit Seifenblaseneffekt brachte sie dem Jungen aus Genf mit. Die kleine Metallkugel rutscht den Zacken der Sonne entlang. Ella verweilt beim Geschicklichkeitsspiel. Als sie den Deckel abschraubt, springt die Kugel zurück auf die andere Seite. Ella taucht den Pustestab in die Flüssigkeit ein. Behutsam bläst sie Luft durch den gefüllten Reifen. Gar nicht so einfach, aber beim zweiten Versuch steigt eine Seifenblase auf, dahinter kommt schon die nächste. Ella schaut den schillernden Kugeln zu, wie sie davontreiben.

Ella ereifert sich, sie zaubert immer mehr Farbkugeln hervor. Schon möglich, dass sie allmählich albern wird. Das Kind steht hinter dem Fenster und schaut ihr zu. »Ein gutes Alibi.« B.

Zwischen den Tannenzweigen lugt er hervor, der Vogel mit dem hellblauen Feld am Flügel. Es könnte auch eine Amsel sein. Ella hat Zeit, sie kann warten. Er hüpft zwischen den Tannenzweigen hervor. Plötzlich fliegt er auf und zeigt seine ganze Pracht.
Die Sturmmöwen im Hafen hat sie verpasst, falls es dort überhaupt welche gibt. Von den anderen Möwen fehlt seit Tagen jede Spur. Kaum haben sich ihre Köpfe schwarz verfärbt, sind sie verschwunden.
Unten auf dem Spielplatz steht eine Frau. Es ist die Freundin von Linlins Mutter (my friend).
Ella schiebt das Fenster zu. Sie geht mit dem Laptop unter dem Arm zum Sessel. Extra für das Klebeband wird sie nicht mehr ins Baucenter fahren. Sie wird sich eines online bestellen, Porto hin oder her. Und ein Vogelbuch gleich dazu!
Die Freundin von Linlins Mutter ist erleichtert gewesen, Linlins Mutter ebenfalls. »Oh«, haben sie gesagt und gelacht. Vom Energieamt wird Wang Zu oder Weng Li, oder wie die Frau heisst, Ella kann sich beim besten Willen nicht mehr erinnern, so etwas kann sie auf die Palme bringen, wenn sie nach einem Namen sucht und ihr der nicht mehr einfallen will, auf jeden Fall wird diese Frau einen kleinen Geldbetrag zurückbekommen, den Strompreis-Bonus, wie alle Einwohner der Gemeinde. Das Gemeindezeichen muss die Frauen erschreckt haben.
Es ist ein gutes Gefühl, jemandem eine frohe Botschaft zu übermitteln. Sie kümmere sich eben gut um ihre Angestellten, nahm die Grossmutter Maria Sofia vor dem Grossvater in Schutz. Seiner Ansicht nach fiel das Weihnachtsgeld für die Angestellten zu hoch aus, auch wenn die Druckerei in jenem Jahr viel abgeworfen hatte.
Die Grossmutter ärgerte sich.
»Allora il diavolo lo sollevò e gli mostrò il mondo, tutto questo sarà tuo se mi adorerai.« Grossmutter. (Dann hob ihn der Teufel empor und zeigte ihm die Welt, wenn du mich anbetest, gehört das alles dir.)

Ella hat gewartet, bis der Junge vom Kindergartenbus abgeholt worden ist. Zwei Tage lang hat sie das Paket aufgespart. Ella schaut sich die kantigen Buchstaben auf dem Adressetikett an. Fabio hat eine gut leserliche Schrift, im Gegensatz zu Lorenzo, bei ihm trifft die Behauptung zu, dass man die Schrift eines Arztes nicht lesen kann.
Mit dem Küchenmesser schneidet Ella die Schnur durch. Die Schachtel ist bis zum Rand gefüllt. Ella wühlt mit beiden Händen in den Styroporchips, auf der Suche nach etwas Festem. Sie schaut auf den Zettel, der an der Noppenfolie klebt. *Der alte Feldstecher von Lorenzo.* Die andere Hand zieht ein Buch heraus. Ella dreht es auf die Rückseite, ein braungebrannter Sunnyboy lacht ihr entgegen. Will man dem Zitat glauben, so lernt man bei dieser Lektüre, alles loszulassen, was nicht glücklich macht.
Schon allein beim Durchblättern kommt bei Ella das Gefühl auf, als hätte sie das Buch bereits gelesen.
Die Zusendung versetzt Ella in Staunen. Jahrelang hat sie von Fabio nichts mehr in der Art gehört.
»L'incidente col deltaplano ha segnato una cesura nella mia vita.« Fabio. (Der Unfall mit dem Deltasegler war eine Zäsur in meinem Leben.)
Während sich seine Kommilitonen auf das Staatsexamen vorbereiteten, die Prüfungen ablegten und ihre ersten Assistentenstellen annahmen, lag Fabio immer noch im Bett.
Zuerst stapelten sich die weissblauen Medizinbücher auf seinem Nachttisch. Nach und nach verschwanden diese und Fabio fing an, seltsames Zeug zu lesen. Er freundete sich sogar mit der Imhof Paula an. Die Imhof Paula kannte sich gut mit Engeln aus. Sie war ein Medium. Die Imhof Paula war die kurioseste Frau im Dorf, und sie ist es noch heute. Alleine ihr Äusseres sorgte für viel Gesprächsstoff. Das graue widerspenstige Haar liess sie ungeniert vom Kopf abstehen. Und über ihrem grossen Busen hingen lange Ketten. Die Leute im Dorf sagten, wenn die Imhof Paula im Anmarsch sei, höre man es schon von Weitem rascheln. Die Imhof Paula hatte sogar eine eigene Praxis, das heisst ein Zimmer im Haus, in dem sie die Leute empfing, auch aus dem Städtli kamen sie.

Einmal nahm die Imhof Paula Ella zur Seite und führte sie in das Zimmer neben dem Treppenaufgang. Die Imhof Paula schloss die Tür hinter sich. Fabio und der Imhof Kari sassen im Wohnzimmer und waren in ein Gespräch über den Turnverein vertieft, dort war der Imhof Kari Präsident. Während sich die Imhof Paula auf die Zehenspitzen stellte und versuchte, ein Buch von einem oberen Brett des Büchergestells herunterzuholen, sah sich Ella im Zimmer um. Auf dem Pult lagen ein paar zerfledderte Hefte und ein Pendel. Die Imhof Paula setzte sich auf das Zweiersofa, sie wies Ella an, Platz zu nehmen. Mit ihren krummen Fingern blätterte sie im Buch. Ella sah sich die Engelbilder an und las die Zuordnung der Farben. Purpur und rubinbesetztes Gold. Ella bestaunte den rosa Engel, der Engel der Liebe, der in Saint Louis, Missouri, beheimatet war. Plötzlich erhob sich die Imhof Paula. Sie bückte sich und zog die unterste Schublade ihres Pultes auf. Sie holte einen dunklen Pendel heraus. Der sei für die schwarze Magie, flüsterte sie. Ella wurde es mulmig. Die Imhof Paula musste das bemerkt haben. Sie brauche keine Angst zu haben, sagte die Imhof Paula, sie selber sei ja eine Gute. Aber bei einigen Menschen helfe einfach nichts, da müsse sie direkt mit dem Teufel verhandeln. Auf Brusthöhe unter den vielen Ketten meinte Ella ein Kreuz auszumachen.

Von da an war die Imhof Paula Ella suspekt. Das war genau in jener Zeit, in der es Ella durchsetzte, dass sie sonntags nicht mehr zur Kirche musste. Dafür fing sie mit dem Rauchen an. Das war nur in der Abstellkammer möglich, im oberen Stock des Hauses am offenen Fenster.

Von dort aus beobachtete Ella am Sonntagmorgen die Leute auf dem Kirchplatz, darunter waren auch die Imhof Paula und ihr Mann. Nach dem Gottesdienst standen die Leute beisammen und unterhielten sich, bis die ersten Frauen vom Kirchplatz verschwanden. Ein paar der Männer gingen dann noch hinüber in den Ochsen.

Die Müdigkeit ist unerträglich. Kaum ist Ella mit dem Staubsauger durch ein Zimmer gefahren, muss sie sich wieder hinlegen. Auch stimmt etwas mit ihrem Blutdruck nicht. Am Nachmittag hat Ella einen Termin bei Frau Dr. Bühlach in der Stadt.

Erst hat die Praxisassistentin versucht, Ella auf die kommende Woche zu vertrösten. Kurz darauf hat sie das Telefon durchgestellt. Einen Arzt selber ans Telefon zu bekommen, darin hat Ella Übung.

Ein doppelseitiges Klebeband hat sie im Internet bestellt. Sie wird eines in der Stadt kaufen. Innerhalb von vierundzwanzig Stunden sei das Klebeband verfügbar, ist neben dem Preis gestanden. Drei Tage sind in der Zwischenzeit vergangen. Nichts ist im Postfach gelegen. Auch nichts von B. Warum entschuldigt er sich nicht?

Ella hat bei Fabio zu Hause angerufen. Während sie mit ihrer Schwägerin telefoniert hat, ist die kleine Lisa zu hören gewesen. Sie hat gebrüllt. Zillys Stimme ist gereizt gewesen. Sie wisse bald nicht mehr was tun, Lisa sei ein elender Trotzkopf. Mit den anderen beiden Töchtern sei es einfacher gewesen. Oder sie könne sich nicht mehr erinnern, aber eines sei sicher, das dritte Kind, das schenke ein.

Ella hat die Schwägerin gebeten, den Dank für das Buch an Fabio weiterzuleiten. Seltsamerweise hat die Schwägerin Ella gedrängt, Fabio in der Klinik anzurufen. Er würde sich freuen.

Also hat Ella in der Klinik angerufen und von der Sekretärin ihres Bruders die Nachricht erhalten, dass er in eineinhalb Stunden ihren Anruf erwarte.

Fabio hat sich Zeit genommen. Sie haben ein wenig miteinander geplaudert über dies und das und das Leben ganz allgemein. Auch über B. haben sie gesprochen.

»Tu non accetti il suo modo di essere.« Fabio. (Du akzeptierst nicht, wie er ist.)

Fabio hat noch erwähnt, dass er auf dem Dachboden der Mutter Ellas alte Boxhandschuhe gefunden habe. Das wäre doch etwas, in einen Sack hauen.

Ella sitzt auf dem Balkon, sie nimmt das Zigarettenpaket vom Tisch. Mit dem Rauchen hält sie sich etwas zurück, damit aufhören aber wird sie nicht.

Das Buch mit den hundertdreiundzwanzig Vogelarten ist auch noch nicht eingetroffen.

Ununterbrochener Sonnenschein, und das seit dem frühen Morgen, das Thermometer zeigt fast zwanzig Grad. Ella könnte über den Rasen laufen, Luftsprünge machen wie ein Kind.

Sie zieht den Esstisch heraus auf den Balkon. Zum Glück ist der leicht, trotz Glasplatte. Heute werden sie gemütlich draussen zu Mittag essen. Eigentlich könnte Ella ein Picknick zubereiten, mit dem Jungen hinuntergehen zum Fluss. Wenn das Wetter so bleibt, werden sie das in den nächsten Tagen tun. Sie werden einen kleinen Ausflug machen, mit Rucksack und Wanderstock. Ella muss über den Unsinn lachen. Der Fluss befindet sich gleich vor der Haustür, der Wald ebenfalls. So schlecht ist das Leben in der Agglomeration nicht.

Über die Imhof Paula und den Imhof Kari hat Ella länger nichts mehr gehört. Dreissig Jahre lang war der Imhof Kari Präsident des Turnvereins. Lorenzo und Fabio waren im Verein, Ella auch, aber nicht bei ihren beiden Brüdern, sie war in der Meitli-Rigi. Die Mutter sang im Kirchenchor, und der Grossvater war im Schützenverein, dort war der Ortelli Präsident.

Die junge Ortelli vom Lebensmittelgeschäft hätte auch einem Verein beitreten sollen, dann wäre aus ihr nicht eine alte Jungfer geworden, sagte die Gasser Gerda, als Ella und Milo in der Bäckerei Brot holten. Immer noch heisst sie die junge Ortelli, obwohl sie schon gegen die sechzig geht, aber solange die alte Ortelli noch lebt. Die alte Ortelli stehe kaum mehr hinter dem Ladentisch. Sie sitze meistens hinten im Lebensmittelgeschäft, sie habe Probleme mit dem Rücken, aber ihre Ohren seien immer noch einwandfrei. Wie bei Ella, obwohl sie nicht zuhören wollte, hörte sie doch alles mit.

Wenn Ella zu Hause auf Besuch ist, setzt sie sich meistens in den schmalen Streifen Garten, dort gibt es so etwas wie Ruhe. Ella mag das Geschwätz am Gartenzaun nicht.

Immerhin so viel hat die Mutter verstanden, dass sie nicht noch die Leute zu Ella hinters Haus bringt.

Ein einziger warmer Tag, und der Busch steht in Blüten. Der Wind rüttelt an den Zweigen. Der Himmel ist wieder dunkel geworden, fast schwarz.
Der Ortelli war auch so ein fremder Fötzel im Dorf. Ohne den Ortelli, wer weiss, wäre Ella vielleicht im Misox gross geworden, am San Bernardino nahe beim Tessin. Als junge Männer waren der Grossvater und der Ortelli im Schützenverein gewesen. Dann hatten sie sich länger aus den Augen verloren. Plötzlich hatte sich der Ortelli beim Grossvater wieder gemeldet. Durch ihn hatte der Grossvater von der freien Försterstelle erfahren. So hatte der Grossvater das Misox verlassen, wie ein paar Jahre zuvor der Ortelli, aber nicht ohne zuvor noch nach Bellinzona zu reisen, um die Grossmutter mitzunehmen.
Am neuen Wohnort trat der Grossvater sofort dem Schützenverein bei, da war bereits der Ortelli Präsident. Im Dorf waren alle miteinander verstrickt, sogar der Zulauf.
Der Ortelli habe es besser gemacht, sagte der Grossvater. Der Ortelli hatte eine Hiesige geheiratet, und so war aus der Lüscher Ida die Ortelli geworden. Ihre Eltern hatten das Lebensmittelgeschäft im Dorf geführt. Er hätte auch eine Hiesige heiraten sollen, sagte der Grossvater. Eine Tochter vom Nusshof-Bauern zum Beispiel, der mit der grossen Haflingerzucht, oder die Tochter der Baumanns, die Gerda, mit dem Restaurant Ochsen samt Rebberg.
»Ma l'amore sta nel cuore e non nella testa.« Grossvater. (Aber die Liebe sitzt im Herzen und nicht im Kopf.)
Die Mutter habe aber auch schöne Beine gehabt.
Wie die Grossmutter lachen konnte, »sì, ancora oggi se le sogna.« (Ja, davon träumt er heute noch.)
Damit konnte er die Grossmutter sticheln, die im Alter Wasser in die Beine bekam. Die Grossmutter sass auf der Veranda und schaute dem Grossvater zu, wenn er sich um ihre vielen Blumen kümmerte.

Ella steht vor dem Einbauschrank im Flur. Sie schiebt die Briefpost neben den Plastikkorb, dort befinden sich noch ein paar ungeöffnete Kuverts, eines von Renée Eve. Das andere werden Rechnungen sein, Aufforderungen, die Mitgliedschaft zu erneuern, Rettungsflugwacht, Naturschutzorganisation, Kinderferiendorf. Als Ella aus der Kirche austrat, meldete sie sich bei einigen Hilfsorganisationen an, als Passivmitglied. Vielleicht, um ihr schlechtes Gewissen zu beruhigen. Als Ella an einem Sonntag im Restaurant Ochsen einen Liter Milch holte, erzählte ihr der Gasser Heinz, dass auch er aus der Kirche ausgetreten sei. Für was der neue Pfarrer alles das Geld verloche, wetterte er.
»Aber ohne den Gasser Heinz!«
Mit dem Kirchenaustritt hatte Ella gewartet. Die Grosseltern hätten sich schwer damit getan. Die Mutter nahm diese Botschaft stillschweigend entgegen. Ella schiebt den Plastikkorb zurück in den Schrank. Bald kann sie die Handschuhe und Kappen wegräumen. Aber wohin damit?
Darauf hatte sie beim Hausbau bestanden, auf den kleinen Raum hinter dem Schlafzimmer. Das sei kein Anblick, wenn ein Schlafzimmer mit Möbeln vollgestellt sei oder wenn überall Kleider herumlägen, hatte sie gesagt. Für B. hätte es den kleinen Extraraum nicht gebraucht. Aber er hatte dem nichts entgegengesetzt. »Ich brauche meine Energie für anderes.« Ella hatte die Pläne in eigener Regie gezeichnet. Beim Schlosser hatte sie Schienen und Kleiderstangen aus Stahl anfertigen lassen.
Die meisten Kleider hingen bei ihnen an Bügeln, auch die knitterfreien Anzüge von B. Der Schrank der Grosseltern war ebenfalls im Extraraum untergebracht. Wie das Ella immer alles managte. Für ihre Kleidung wendete sie viel Zeit auf. Sie wählte sorgfältig aus und stimmte gut ab, das passende Halstuch zur Bluse, die passende Handtasche zur Jacke. Und immer war alles von bester Qualität. Bei der Kleidung darf man nicht sparen, das hatte sie von der Mutter gelernt. »Una donna vestita bene fa un effetto diverso sui clienti.« (Einer anständig gekleideten Frau tritt die Kundschaft anders entgegen.)

In der Abstellkammer auf dem Balkon ist noch immer alles vollgestellt. Das hätte sie auch noch zu organisieren, ein paar Metallwinkel und fünf, sechs Bretter. Ein grosses Regal wird sie nicht bauen können, so klein, wie die Abstellkammer ist. Oder so viel Gerümpel, wie sich dort bereits angesammelt hat. Alleine schon der Gedanke an den Umtrieb macht Ella nervös. Sie könnte sich ein Gestell bauen lassen, vom Schreiner. Aber für was Geld ausgeben? Sie hat nicht im Sinn, in dieser Siedlung zu bleiben. Die Wohnung wäre in Ordnung, abgesehen davon, dass es zu wenig Stauraum gibt, ein geräumiger Keller und ein Dachboden fehlen. Und sonst vermisst sie noch das eine und andere, vor allem den Schlupfwinkel der Stadt. Sobald sich Ella zwischen den wuchtigen Wohnblocks befindet, kommt sie sich so exponiert und unwirklich vor wie eine kleine Holzfigur auf einem Architekturmodell.
Ella muss zuerst die Papiersäcke mit dem Altglas zur Seite räumen, bevor sie an den Turm mit den Kisten und Kartons herankommt. Sie will das Familienfoto, das ihr die Mutter durch Fabio hat schicken lassen, zu den anderen legen.
Dieses Foto kennt Ella bis ins letzte Detail. Über dem Esstisch im Wohnzimmer der Mutter hängt es, nur viel grösser, wie gemalt sieht es aus. Auf dem Sofa, vor dem hellblauen Hintergrund, sitzt der Vater mit den drei Kindern. Die Mutter steht neben ihm, um ihre Mundwinkel spielt ein Lächeln.
Im zweituntersten Karton in einer Schachtel findet sie das Kuvert. Auch das Firmfoto von Lorenzo ist dabei. Ella vergleicht die beiden Bilder. Zwei, drei Jahre liegen dazwischen, mehr nicht, das kann Ella an Lorenzo ablesen. Aus Maria Sofia war eine selbstbewusste Frau geworden. Neu trug sie die Haare hochgesteckt, die Ponyfransen waren streng zur Seite gekämmt. Mit einem gekonnt gezeichneten Lidstrich hatte die junge Witwe ihren braunen Augen eine Mandelform gegeben. Elegant sieht sie aus in ihrem dunkelroten Hosenkleid. An ihrer linken Hand trägt sie weiterhin den Ehering.
»Bei Maria Sofia beisst du auf Granit.« Bäcker Menzi.

Alle im Dorf bemerkten den Wandel, den die Mutter innerhalb kurzer Zeit durchlief. Der Grossvater hatte eine grosse Achtung vor seiner Schwiegertochter, die die Druckerei alleine weiterführte. Natürlich wäre dies ohne den Geschäftsführer nicht möglich gewesen, der verstand etwas von der Druckerei. Aber die Mutter behielt die Fäden in der Hand. Sie blieb der oberste Chef.

»Lo scemo« (der Löli) mache es ihm gleich und bringe eine hübsche Tessinerin mit. Der Grossvater sagte das weiterhin, aber mehr im Spass, um die beiden Frauen ein wenig zu necken. Mit Maria Sofia war er mehr als zufrieden. Die Mutter, die sich nie eine schlechte Laune anmerken liess und sich nie beklagte.

Die wässrigen Augen der Grossmutter, jedes Mal, wenn sie vom Friedhof kam. Paolo war ihr einziger Sohn gewesen. Die lebendigen Erinnerungen an den Vater sind wie weggeblasen.

Ella gibt es auf. Sie kann das Vogelbuch, das doch noch eingetroffen ist, nicht finden. Überall hat sie gesucht, sogar im Badezimmer. Erst hat sie noch gedacht, sie hätte es vielleicht versehentlich auf dem Balkon in der Abstellkammer liegen gelassen, vielleicht das Vogelbuch mit den Fotos in die Schachtel gelegt. Aber auch dort ist es nicht gewesen.

Ella steht mit dem Feldstecher auf dem Balkon. Sie versucht, den Vogel auf dem Tannenzweig ins Visier zu bekommen. Immer wieder orientiert sie sich mit blossen Augen. Sie versucht sich das Schattenspiel auf den Zweigen zu merken. Gleich neben der hellgrünen länglichen Stelle sitzt er.

Ella ruckelt mit dem Kreis hin und her. Der Kreis rutscht hinunter, ein paar Primeln wackeln ins Bild, gleich darauf der Busch mit den hellrosaroten Blüten. Wie die leuchten. Ella dreht am Okular. Sie schaut sich die Blüten genauer an und zählt fünf Blätter. Um die Blüten schwirren Insekten. Ella ist fasziniert von dem Blick wie unter Wasser durch eine Taucherbrille. Nur sind die Farben viel kräftiger.

Eine Märchenwelt.

»Tu sei testarda e sempre riservata come la nonna.« Maria Sofia. (Du bist wie die Grossmutter eigensinnig und immer reserviert.)
Etwas anderes ist Maria Sofia nicht mehr eingefallen. Das kommt selten vor, dass die Mutter ausser sich gerät.
Sie fahre bestimmt nicht nach Hause, nur wegen der zwei, drei Kartons, an denen ihr nichts gelegen sei, hat Ella gesagt. Sie habe nicht die geringste Idee, was sich in ihnen befinde, und an den Boxhandschuhen habe sie erst recht kein Interesse. Keine Ahnung, von wem sie die geschenkt bekommen habe, von einem Spassvogel wohl. Die Mutter hat ihr vorgerechnet, wie viele Monate bereits verstrichen seien seit Ellas letztem Besuch.
Ella hat nicht nachgegeben. Zum ersten Mal hat sie eine dringliche Bitte der Mutter ausgeschlagen. Ella hat ihr nicht mehr zugehört. Aber etwas ist noch bei ihr angekommen, vielleicht weil nach diesem Satz das Telefonat zu Ende gewesen ist. Immerhin hat sich Ella noch verabschiedet, nicht einfach aufgelegt.
Heute ist ein Brief von Fabio im Postfach gelegen. Die Familie Lotti ist aus dem Winterschlaf erwacht. Die Hyperaktivität der Lottis müsste für Ella nicht sein. Am meisten bräuchte sie ihre Ruhe, aber die ist ihr nicht gegönnt.
Im Hintergrund knallt es dauernd.
Ella zieht zwei gefaltete Bögen Papier aus dem Kuvert, eines ist eine Zeitungskopie. Im März 1999 war der Artikel in der New York Times erschienen. Wo Fabio nur den alten Artikel ausgegraben hat?
Nach eingehender Forschung seien Sozialpsychologen zu der Erkenntnis gekommen, dass es doch nicht ratsam sei, auf ein Kissen oder Ähnliches einzuschlagen, steht im beigelegten Brief, auf diese Weise würde man der Wut nur mehr Raum verschaffen. Ella solle besser etwas Schönes tun, ausgedehnte Spaziergänge seien gut.
Ella ist aufgesprungen. Sie reisst Milo das Verpackungsmaterial aus der Hand. Die Geräusche beim Eindrücken der Noppen reissen ihr am Nerv. Dass immer alles mit einem Lärm verbunden sein muss, wenn der Junge etwas tut.
Elternhefte und dergleichen brauche sie nicht, erklärte sie Regina, der Schwägerin. Bei der Erziehung verlasse sie sich voll und ganz auf ihren Mutterinstinkt.

Ein Tannenzweig kommt in Bewegung. In einem rasanten Tempo springt es von einem Zweig zum nächsten und saust den Stamm hinunter. Wie flink das Eichhörnchen ist. Eichhörnchen kann Linlin nicht aussprechen, auch ihr Bruder Han nicht. Die Kinder sollten schauen, schnell, sagt Ella. Das Eichhörnchen gräbt eine Nuss aus. »Seht ihr, das Eichhörnchen hat sich im vergangenen Herbst einen Vorrat angelegt, schlau, schlau«, sagt Ella. Aber woher es diese Nuss hat? Ella schaut zum Riesen, das wird kein Nussbaum sein, ein Baum von dieser Grösse. Wie das Grün des Riesen hinter der dunklen Tanne leuchtet. Der Baum neben dem Riesen trägt noch kein einziges Blatt. Der Grossvater wüsste, was das für Bäume sind.

Nur um ein Jahr überlebte er die Grossmutter. Der Grossvater war Förster gewesen wie schon sein Vater. Nur Paolo, sein Sohn, hatte mit der Tradition gebrochen und war Schriftsetzer geworden.

Gab es im Dorf mit einem Baum ein Problem, holte man den Grossvater. Lindenbäume säumten die Dorfstrasse; Obstbäume standen in den Gärten, Apfel-, Birnen-, Kirschen-, Aprikosen- und Zwetschgenbäume.

Der Grossvater verstand die Baumwahl der Zuzügler nicht. Die ersten Städter waren zu ihnen aufs Land gezogen. Nie wäre es einem Hiesigen in den Sinn gekommen, Baumnüsse im Laden zu kaufen. Die bekam man vom Nachbarn, diesem gab man dann ein paar Feigen zurück. Der einzige Feigenbaum im Dorf stand bei den Grosseltern neben dem Haus. Den Jungbaum hatte die Grossmutter noch aus dem Tessin mitgebracht.

Und dieser Feigenbaum machte die besten Feigen, die der Grossvater je in seinem Leben gegessen hatte. Auch die Grossmutter sagte das, wenn sie die Feigen in den Salat schnetzelte.

Ob B. sich an ihrem Geburtstag melden wird?

»Du bist der einzige Mensch, der an mich glaubt.« B.

»Non puoi piantare un nocciolo di prugna e aspettarti albicocche.« Grossvater. (Du kannst nicht einen Zwetschgenkern setzen und Aprikosen erwarten.)
»Tu non accetti il suo modo di essere.« Fabio. (Du akzeptierst nicht, wie er ist.)
Dass sie auch so dumm gewesen ist, gegenüber Fabio etwas zu erwähnen. Viel gesagt hat sie allerdings nicht, eigentlich nichts. Auch sie beherrscht diese Kunst, in weiten Bögen um ein Thema zu kreisen. Ella wäre wie für China geschaffen.
Das hat Linlins Mutter gesagt, ihre Eltern seien überrascht gewesen über die Offenheit der Tochter. Vier Jahre hatte Linlins Mutter ihre Eltern nicht gesehen.
»They were shocked.« Linlins Mutter.
In China spreche man nichts direkt an, je grösser der Bogen um die Sache, umso freundlicher. In der Schweiz sei es das pure Gegenteil. Sie habe sich anpassen müssen, vor allem in der Arbeitswelt.
Ella ist überrascht gewesen. Sie kennt keinen verschwiegeneren Menschen als Linlins Mutter.
»Du wirst mir nie auf den Nerv fallen, so ein diskreter Mensch.« B.
»Komm endlich auf den Punkt.« Fabio.
Tausend Sätze ergeben keinen Sinn.
Gerade rechtzeitig unterbricht das Telefon ihre Gedanken, zum Verrücktwerden ist das.
Frau Dr. Bühlach ist eine Nette. Die Ärztin ruft doch tatsächlich selber an, um Ella mitzuteilen, dass alles in Ordnung sei. Aber sie solle auf sich achtgeben, sagt Frau Dr. Bühlach, vor allem bei der Arbeit, sie habe einen strengen Beruf. Das hat Frau Dr. Bühlach nicht gewusst, dass Ella mit der Arbeit immer noch aussetzt. Mit Teilzeit könnte sie doch wieder einsteigen, sagt Frau Dr. Bühlach. Die Frau hat vielleicht eine Ahnung. Teilzeit! Sicher sei sicher, antwortet Ella, und im Moment könne sie es sich leisten. In Wahrheit wäre sie nicht in der Lage, auch nur ein einziges Kundengespräch durchzuführen. Selbst das Bestellen eines Klebebandes bringt eine grosse Nervosität hervor.

Bei der letzten Konsultation hat Frau Dr. Bühlach wissen wollen, wie denn B.s voller Name sei, dies hat sie schon einmal gefragt. Die Neugier der Leute ist enorm. Ella hat es mit der Antwort bleibenlassen, stattdessen hat sie gefragt, ab wann sie wieder Extremsportarten betreiben könne, zum Beispiel Schwimmen im Fluss. Das Gesicht von Frau Dr. Bühlach hat sich verändert, aber ihre Stimme ist freundlich geblieben.
Ella macht sich für einen Spaziergang bereit. Sie zieht die Wollmütze über die Ohren. Eine Stunde hat sie Zeit, dann muss sie wieder unten in der Tiefgarage stehen und warten, bis der Kindergartenbus eintrifft. Im Vorbeigehen nimmt Ella den Schal vom Stuhl, sie tritt auf den Balkon. Ella schiebt das Fenster auf und streckt ihren Arm hinaus, sie will sich vergewissern, dass es draussen trotz Sonne noch kalt ist.
Während die ersten Bäume grün werden, an einigen Sträuchern die Knospen aufbrechen, regt sich im breiten Pflanzentrog auf Ellas Balkon nichts. Ella inspiziert die dürren Äste.
»Im Winter verdursten mehr Pflanzen, als dass sie erfrieren.« Verwalter. Ella beugt sich über den Pflanzentrog und schaut hinunter. Einige Mieter haben Osterglocken in ihre Gärten gepflanzt, vereinzelt auch Krokusse, Primeln und Hyazinthen. Tulpen sind noch keine in Sicht, auch gegenüber auf den Balkonen nicht. Das wäre auch etwas gewesen, eine Wohnung mit Garten.
Im zweiten Untergeschoss werden alle Zimmer in einer Linie liegen, wegen des Hangs, überlegt Ella. Vielleicht das Badezimmer und die Toilette befinden sich nach hinten, Räume ohne Fenster.
Ella schliesst die Balkontür. Sie will einen geeigneten Ort finden, unten am Fluss, wo sie Milos Osternest verstecken kann. Sollte am Ostersonntag die Sonne scheinen, werden sie länger am Fluss bleiben und dort picknicken. Zum Glück hat sie das bei Fabio schon erwähnt, dass sie und Milo nicht am Osterfest dabei sein werden. Ella hat ihren Bruder gebeten, die Botschaft schonend in Umlauf zu bringen.

Fabio hat offenbar seine Frau beauftragt. Zilly ruft an und fragt nach, ob sich Ella das mit dem Osterfest nicht noch einmal überlegen wolle. Wegen Maria Sofia, sagt Zilly nach einer kurzen Pause. Das Osterfest findet wie jedes Jahr bei der Mutter statt. Der Mutter bedeute es viel, dass alle Kinder anwesend seien, sagt Zilly. Kinder!

Die Söhne waren während ihrer Assistentenzeit nicht immer dabei, die Schwiegertöchter aber sehr wohl. Dass ein Assistenzarzt nicht an Weihnachten und Ostern freibekommen konnte, das verstand die Mutter. In letzter Zeit, seit ihren Oberarztstellen, sitzen Fabio und Lorenzo wieder an beiden Festen am Tisch. Ella machte es immer möglich, bei ihren Berufen konnte sie es sich einrichten, ganz so ohne Aufwand ging das allerdings nicht. Auch der Vater fehlte nie. Wenn die Mutter von ihm sprach, war es, als wäre er nur kurz in den Keller gegangen, um eine weitere Flasche Wein zu holen.

»Così che continuiamo a ricordarlo, probabilmente.« Lorenzo. (Vermutlich, damit er uns in Erinnerung bleibt.)

Es ist auffallend, wie die Menschen auf Hochtouren kommen, sobald das erste Mal ein Nein auftaucht. Als würde der Wunsch alleine dadurch noch an Dringlichkeit gewinnen.

Immerhin hat es Zilly wie auch Regina, die zufälligerweise gerade davor angerufen hat, schnell eingesehen, dass nichts zu machen ist.

Auch Zilly ist eine Liebe. Die Frauen von Fabio und Lorenzo sind nett, unendlich nett.

Ella steht endgültig auf. Nach jedem Telefonat hat sie sich wieder hingelegt. In der vergangenen Nacht hat sie kaum geschlafen, sie ist ein paarmal in der Küche gestanden und hat Wasser für einen Tee aufgesetzt.

Ella sitzt am Esstisch und denkt weiter nach, wie das wohl noch alles werden wird, mit ihr und B. Als sie so am Tisch sitzt, fällt ihr das mit dem Osternest wieder ein.

Ella hat auf dem Weg zum Fluss einen Abstecher ins Einkaufszentrum gemacht. Sie hat schauen wollen, was es dort an Topfpflanzen zu kaufen gibt. Daraufhin muss sie es vergessen haben, dass sie schnell hat hinuntergehen wollen zum Fluss. Wieder kehren die Gedanken zurück zu B. Und wie sie so nachdenkt und plötzlich aufblickt, da schaut eine weisse Eule zum Fenster herein.

Ein verwirrter Osterhase ist das gewesen, der auch noch die Osternester vor die falsche Tür gestellt hat. Ella sitzt auf dem Betonhocker vor dem Vierzigerblock und wartet, bis Milo wieder herunterkommt. Milo bringt die beiden Osternester zu Linlin und Han.

Vergangene Woche hat Linlins Mutter gefragt, was es an Ostern zu feiern gebe.

Ist das vielleicht unchinesisch gewesen, dass sich Linlins Mutter getraut hat, so eine Frage zu stellen? Ella hätte Linlins Mutter gerne darauf angesprochen. Aber sie hat die Unterhaltung nicht unnötig ausdehnen wollen, hinter ihren Schläfen hat es wieder gepocht.

Linlins Mutter hätte auch Han fragen können, er weiss es bestimmt. Jeder Schüler kennt die Ostergeschichte.

Während der langen Predigten betrachtete Ella als Kind oft die farbigen Kirchenfenster. Ella liebte das Bild der Maria von Magdala, ihr blaues Gewand. Die Frau, die mit gut duftenden Salben in der Hand an der Felswand kauerte, neben dem Eingang zur Grabkammer, und sich wunderte, wer den schweren Stein vom Eingang weggerollt hatte. Ella war fasziniert von dieser Geschichte, in der ein Toter auferstanden war. »Dass ihr einander liebt, daran wird die Welt erkennen, dass ihr meine Jünger seid.« Pfarrer Schneider.

Über dem Steintrog im hinteren Teil der Kirche war das Fenster mit der Vergebung der Sünden. Zwei Männer, die in den spitz zulaufenden Wellen des Jordans standen, und die Taube, die mit einem langen Schweif vom Himmel herunterkam. »Du bist mein Sohn.«

Was es aber mit den Schokoladenhasen und den Ostereiern auf sich hat, weiss Ella nicht.

Bevor es hell geworden ist, Milo hat noch geschlafen, hat sich Ella aus dem Haus geschlichen. Sie ist hinuntergegangen zum Fluss. In der Nähe der Treppe, die vom Gehweg hinunter zu den Ufersteinen führt, hat sie hinter einem Grasbüschel Milos Osternest versteckt.

Gleich nach dem Frühstück haben sie sich beeilt und sind hinuntergegangen zum Fluss.

Milo hat vielleicht lachen können über den ungeschickten Osterhasen, der auf dem Weg seine Schokoladeneier verloren hat.

Ella sitzt vor dem Laptop. Die E-Mails wird sie nicht durchsehen, sie will nur schnell ins Internet.
Die Eule hilft zu vertrauen, dass im Leben alles den richtigen Zeitpunkt hat.
Wenn das nicht ein gutes Zeichen ist!
Ella geht mit beschwingten Schritten zum Telefon, das mit dem Geklingel nicht aufhören will.
Sie hätte darauf wetten können, dass es einer ihrer Brüder ist. Es ist der anhänglichere der beiden.
Es sei angenehm ruhig, antwortet Ella auf Fabios Frage, wie es ihnen beiden ergehe, so allein an Ostern.
Der Ostertag habe die Magnolien herausgelockt, gegenüber dem Hauseingang befinde sich ein Strauch, sagt Ella. Im Hintergrund sind die Stimmen zu hören. Vermutlich reden alle durcheinander, zum Glück sitzt sie nicht dabei.
»Frohe Ostern«, ruft jemand, die Stimme übertönt die anderen. Zilly muss gleich neben Fabio sitzen.
»Hast du deinen Stammplatz eingenommen?«, fragt Ella. »Sicher«, sagt er. »Ein paar verlässliche Strukturen braucht der Mensch.«
Wer sich auf ihrem Platz befinde, fragt Ella. Eigentlich möchte sie es gar nicht wissen, soll dort sitzen, wer will. Zilly, antwortet Fabio. Gleich neben Zilly kommt die Eckbanknische mit den Fotos. Der Vater mit einem Welpen auf dem Arm.
Ob sie noch am Apparat sei, fragt Fabio. Ja, sagt Ella.
Sie gingen nachher zum zweiten Mal hinunter zum Fluss, sagt sie. Sie habe ein Picknick vorbereitet.
Der Junge kauert neben ihr, wieder zieht er an ihrem Hosenbein. Acht kleine Enten haben sie an diesem Morgen am Ufer entdeckt. Nur fünf Minuten wolle sie etwas im Internet nachschauen, nein jetzt, bevor sie es wieder vergesse, hat sie zu Milo gesagt. Ella hat Wort gehalten. Aber das Telefonat hält sie auf.

Bei Schläfrigkeit sei die Grosshirnrinde weniger aktiv, da könne es zu solchen Erscheinungen kommen, hat ihr Fabio am Telefon erklärt. In Zukunft wird Ella auch das Erfreuliche besser hüten. Selbstverständlich ist Ella schläfrig gewesen, kein Mensch kommt mit nur ein paar Stunden Schlaf aus, und das über so eine lange Zeit. Die Eule aber war real.
»Du siehst wohl Gespenster.« B.
Ella schlägt sich mit der flachen Hand gegen die Stirn.
Seit Ostern essen sie aus Salattellern, damit die Unterlagen passen. Zwanzig auf fünfundzwanzig Zentimeter sind die, Ella hat eine ausgemessen. Die Gabelspitzen ragen über den Rand hinaus. Ella füllt Sirup in die türkischen Teegläser.
Über Milos Geschenk hat sie sich gefreut, vor allem, dass er ein Geheimnis so gut hüten kann.
Für das Ausmalen der Mandalas hat er alle Farbstifte verwendet. Die Farbkombination aber scheint ohne System zu sein. Nur die Ohren der Hasen, die hat er jedes Mal rot ausgemalt. Ein paar der Mandalafelder hat Milo weiss gelassen. Das ist originell.
Der Junge hat sich Mühe gegeben, das kann Ella sehen, nur gelegentlich hat er über die Form hinausgemalt. Bis zum Ostersonntag hat Milo die beiden laminierten Blätter versteckt gehalten.
Wenn Milo das Geheimnis nicht für sich behalten könne, sei das nicht schlimm, hatte sie ihm erklärt. Nur die Freude an einer Überraschung sei grösser. Milo verriet nichts. Aber jeden Tag fragte er B., ob etwas im Briefkasten gewesen sei.
Ella und Milo hatten ihm aus der Stadt eine Karte geschickt.
Es ist verblüffend, wie oft Milo ein Geschenk aus dem Kindergarten mit nach Hause bringt. Will die Kindergärtnerin auf diese Weise die Sympathie der Eltern gewinnen? Ella schlägt sich mit der Hand gegen die Stirn, als liesse sich auch dieser Gedanke vertreiben. Milo sieht die Mutter mit grossen Augen an. »Ich habe etwas vergessen,« sagt Ella. »Was?«, fragt Milo. »Das habe ich schon wieder vergessen«, sagt Ella, »und rede nicht mit vollem Mund.«

In die Abstellkammer auf dem Balkon kommt keiner hinein. Ella ist unschlüssig, ob sie die übriggebliebenen Styroporplatten fortwerfen soll. Eventuell könnte sie die noch für etwas gebrauchen. Hübsch sehen die Styroporplatten an der Wand im Kinderzimmer nicht aus. Immerhin hat Milo keine kalten Hände mehr.

Ella nimmt den Feldstecher vom Zeitungsstapel. Der Baum neben dem Riesen leuchtet rötlich in der Morgensonne.

Ella schaut sich den Langschläfer genauer an. An seinen Zweigen hängen noch die Blätter vom Vorjahr. Wenn man dort über die Pflastersteine geht, knirscht es unter den Sohlen. Ella schwenkt den Feldstecher nach unten. Die Büsche neben der Tanne versperren den Blick. Ein Immergrün.

Ella legt den Feldstecher auf den Tisch. »An die Arbeit«, ruft sie durch die offene Balkontür ins Wohnzimmer, Milo springt vom Sofa herunter. Noch vor dem Frühstück hat er die Pflanzen, die sie am Vortag gekauft haben, aus den Plastikschalen gedrückt.

Milo solle sich die Winterstiefel anziehen, sagt Ella. Sie blieben eine Weile auf dem Balkon, der Betonboden sei eiskalt. Das mit dem Kuhfell kommt ihr in den Sinn. Sie wird sich eines zum Geburtstag wünschen, sollte jemand fragen.

Ella will das äusserste Gewächs aus dem breiten Pflanzentrog herausnehmen. Sie packt die dürren Äste und zieht sie in die Höhe. Das Gewächs macht keine Bewegung. Das Wurzelwerk muss mit der Nachbarpflanze verstrickt sein. Die kleine Hacke bräuchte sie jetzt, diese befindet sich im Schrank vis-à-vis von B.s Atelier. Schaut B. zum Garten? Oft wird er draussen nicht anzutreffen sein, über den Mittag vielleicht. Zum Glück haben sie die Wohnung im einundzwanzigsten Stockwerk nicht bezogen. Von dort könnte sie mit dem Feldstecher einen Blick werfen. Mit ihrem Weggang haben B. und sie nicht gerechnet, sie zuletzt.

»Io venero una persona sola, ed è la Santa Madre Maria.« Grossmutter. (Ich bete nur eine Person an, und das ist die heilige Mutter Maria.)

Der Enterich sitzt auf einem Stein. Fünf kleine Enten schwimmen der Entenmutter voraus, dicht dem Ufer entlang. Ihre Flossen paddeln emsig. Milo springt auf sie zu, die Entenmutter schlägt heftig mit den Flügeln. Wasser perlt über ihr Federkleid. Ella fasst Milo an der Jacke. Ob er die Enten absichtlich erschrecke, fragt sie. Er wolle die anderen kleinen Enten suchen, vielleicht hielten sie sich zwischen den Grasbüscheln versteckt, erklärt er. Bereits am Vortag haben zwei kleine Enten gefehlt. Milo hätte das Verschwinden der Enten nicht bemerkt. Dass sie auch so dumm gewesen ist, ihn darauf aufmerksam zu machen. Zweimal hat Milo gezählt. Auch beim zweiten Mal ist er nur auf fünf gekommen.
Zwischen den Grasbüscheln sind sie nicht, von den kleinen Enten fehlt jede Spur. Wo sie sonst noch sein könnten, fragt Milo. Was soll sie einem fünfjährigen Kind auf diese Frage antworten? Muss sie ihm eine Lügengeschichte erzählen?
Oder wäre es besser, ihm zu erklären, wie es ist? Dass die kleinen Enten von Ratten oder Raubvögeln gefressen worden sind.
»Lass uns nach Hause gehen«, sagt Ella. »Eins, zwei, drei, wer zuerst oben auf der Brücke ist, hat gewonnen und einen Wunsch frei.« Ella springt los, Milo düst an ihr vorbei.
Der Sieger will noch auf dem Spielplatz bleiben. Während er die schwingende Treppe des Kletterhauses hochsteigt, schlendert Ella entlang der Gärten. Das wäre etwas für sie und Milo gewesen, eine Wohnung mit Garten.
Der Abschluss der Gärten ist individuell, dass dies bei einer gepflegten Siedlung wie dieser erlaubt ist, überrascht Ella. Einer der Mieter hat einen mannshohen Lattenzaun aufgestellt, sein Nachbar trennt seinen Garten mit Rosenbüschen vom Gehweg ab. Der Saum aus Kieselsteinen gefällt ihr am besten. Milo könnte direkt vom Garten aus auf den Spielplatz springen.

Ella hat sich zurechtgemacht. Sogar mit dem Kochen hat sie schon begonnen. Bevor Milo mit dem Kindergartenbus eintreffen wird, will sie mit allem fertig sein. Am Nachmittag wird sie den Jungen selber vom Kindergarten abholen müssen. Die Kindergärtnerin will ein Gespräch mit ihr.
Als Ella den Knöpfliteig aufs Holzbrett streicht, klingelt das Telefon. Ella zögert. Sie legt das Holzbrett auf die Küchenablage.
Seltsam, gerade habe sie an ihn gedacht, sagt Ella. Das zu hören, freue ihn, antwortet Riccardo. Am kommenden Sonntag werde er seinen Freund Lorenzo besuchen, gemeinsam würden sie dann noch einen Abstecher zu Maria Sofia machen. Er sei neugierig zu sehen, was aus dem Haus der Grosseltern geworden sei. Ella könnte mit ihnen mitfahren, sagt Riccardo.
»Bist du alleine auf diese Idee gekommen, oder hat mein Bruder mitgeholfen?«, fragt Ella. Wie Riccardo lachen muss. Dies ist ihm geblieben, dass er Ella mit seinem Lachen mitreissen kann. Ein wenig blödeln sie herum. Über all die Jahre ist ihnen ihre eigene Sprache geblieben. Sie lassen Wörter aus, kreieren neue, verdrehen die Sätze und hören immer im richtigen Moment wieder auf. »Nein«, sagt Ella. Sie sei zurzeit lieber für sich. »Kein Problem«, sagt Riccardo. Er sei noch eine Weile hier. Vier Monate werde ihn die Arbeit dieses Mal in der Schweiz halten. Dann gehe es wieder zurück nach L.A. Zur Geburt des vierten Kindes müsse er zu Hause sein.
Zu Hause. Von einem Moment auf den anderen hat es Ella einen Stich versetzt.
Milo könne keinen Tag auslassen. Immer wolle er die kleinen Enten besuchen, sagt Ella, über den Mittag gingen sie häufig hinunter zum Fluss.

Während das Wasser kocht, schaut sich Ella die Tischsets an, die sie von Milo zu Ostern geschenkt bekommen hat.
Ella räumt sie weg. Ostern ist vorbei. Sie und Milo werden wieder zu den grossen Tellern wechseln. Ella nimmt den bauchigen Krug aus dem Schrank, sie schiebt die türkischen Teegläser nach hinten. Dabei empfindet Ella gerade die weissen Stellen im Mandala originell. Und wenn Milo die absichtlich ausgespart hat, ein Kind von zwei Kunstschaffenden?
Milo bringe die Arbeiten nicht fertig, er störe die anderen Kinder, sei aufgeregt und unkonzentriert, hat die Kindergärtnerin im Gespräch zu Ella gesagt. Dass Milo die Arbeiten nicht fertigbringt, davon hat Ella noch nichts bemerkt. Sie ist diejenige, der jeder Handschlag zu viel geworden ist.
Noch immer steht das Geschirr vom Mittagessen auf dem Tisch. Zuerst hat sie Milo hinüberbegleitet zum Vierzigerblock. Er darf den Nachmittag bei Linlin und Han verbringen. Linlins Mutter hat Ella erneut gefragt, ob sie auf eine Tasse Tee bleiben wolle. Gerne ein anderes Mal, sie müsse zurück, hat Ella gesagt. Zum Glück hat Linlins Mutter nicht darauf bestanden, nicht einmal ein enttäuschtes Gesicht hat sie gemacht. Die Chinesen zeigen nicht, was sie denken. Ella würde am besten auswandern, nach Peking oder gleich nach Shanghai.
Sie müsse leider noch arbeiten, entschuldigte sich Ella früher oft, das war ernst gemeint, mit der Zeit war sie immer knapp. Jetzt hat sie Zeit, wenn man die durchwachten Stunden der Nacht noch hinzuzählt, sehr viel Zeit.
Nachdem Ella von den Lings zurückgekommen ist, hat sie sich gleich wieder hingelegt. Wie schnell sich in liegender Position die Nervosität bemerkbar macht. Ella hat sich im Bett hin und her gewälzt.
Sie giesst das heisse Wasser in die Tasse. Ella setzt sich draussen auf dem Balkon in den Sessel und zündet sich eine Zigarette an. Die blauen Iris und die Traubenhyazinthen machen sich gut im breiten Pflanzentrog. Der Balkon wäre gross genug für ein paar Tontöpfe.
»Se hai due franchi, spendine uno in fiori.« Grossmutter. (Hast du zwei Franken, gib einen für Blumen aus.)

Ella hätte die Pflanzen auch auf dem Rückweg kaufen können. Stattdessen schleppt sie die zwei Plastiksäcke am Ufer entlang mit.
Ella hat Han und Linlin zum Essen eingeladen. Sie hat eine Parmigiana di melanzane gemacht. Dieses Gericht schmeckt auch kalt sehr gut. Trotzdem hat sich Ella nicht getraut, Linlins Mutter zu fragen, ob auch sie mit ihnen hinunterkommen wolle, auf ein Picknick am Fluss. Das Essen in der Kantine liege ihr schwer im Magen, vor allem der Käse, hat Linlins Mutter einmal erwähnt. Wann immer es die Arbeit zulasse, gehe sie über Mittag vorzugsweise nach Hause.
Parmigiana di melanzane ist Milos Lieblingsgericht. Ein Gericht, das Ella von ihrer Grossmutter kennt, mit Auberginen, Mozzarella, Tomaten, Parmesan und hartgekochten Eiern. Alles wird noch mit Schokolade bestäubt. Auch Riccardo kannte dieses Gericht von seiner Grossmutter väterlicherseits. Dies sei ein bekanntes Gericht aus dem Veltlin, sagte er. Die Grossmutter riss die Augen auf. Wie bitte?, rief sie über den Tisch. Die Grossmutter behauptete, dass dies ein typisches Tessiner Gericht sei, schon als Kind habe sie das gekannt.
»Deine Grossmutter ist ein komischer Kauz.« Riccardo.
In der Zwischenzeit wird es sich im Dorf herumgesprochen haben, dass Ella ihren zweiten Mann verlassen hat. Obwohl zwischen der ersten Ehe und der mit B. etliche Jahre liegen, wird das für Gesprächsstoff sorgen. Ein Schmetterling, wird die Ortelli sagen.
Eine junge Frau sitzt auf einem Stein und lacht Ella zu. Der Fluss ist an dieser Stelle mit Schlieren überzogen. Nun sieht auch Ella die kleinen Enten, mit was für einer Geschwindigkeit die kleinen Dinger über den Uferkies laufen, der Entenmutter hinterher.
Ella ruft die Kinder, sie sollten sich beeilen. Aber Milo, Han und Linlin sind beschäftigt. Sie stehen beim Fischerhaus und schauen dem alten Mann zu, wie er an der Kurbel dreht. Unter der Wasseroberfläche taucht ein viereckiges Netz auf.

»Salgo le scale lentamente, come una vecchia signora.« Grossmutter. (Ich steige allmählich die Treppe hoch wie eine alte Frau.)
Die Grossmutter hielt sich am Treppengeländer fest. Sie blieb stehen und las die welken Blüten von den Pflanzen, die neu an Eisenketten aussen am Geländer hingen. Der Grossvater hatte die Tontöpfe von der Treppe weggeräumt.
Nachdem die Grossmutter Wasser in die Beine bekommen hatte, besorgte vor allem der Grossvater den Garten. Nicht nur in die Beete hatte die Grossmutter Blumenzwiebeln gesetzt. Alles hatte sie mit Blumen vollbepflanzt, Holzzuber, Weidenkörbe und die alten Früchtekisten vom Nusshof-Bauern. Hatte der Wind einen Tontopf zerschlagen, hatte sie die grösseren Teile herausgesucht und dort wieder Blumenzwiebeln in die Erde gedrückt. Selbst die vom Mauerbau übriggebliebenen Hohlsteine wurden umgedreht und an Stelle von Zement mit Erde gefüllt. Im Hochsommer, wenn der Garten jeden Abend gegossen werden musste, dauerte dies ewig. »Onore al nonno.« Grossmutter. (Das rechne ich dem Grossvater hoch an.)
Sie solle genau hinschauen, sagte die Grossmutter zu Ella, der blaue Hibiskus im Halbschatten, das sei doch etwas ganz anderes als der blaue Hibiskus in der Sonne. Ella geht an den Gärten entlang. Schade, dass diese Wohnungen im zweiten Untergeschoss liegen. Ella würde gerne wissen, wie es drinnen aussieht, mit den Räumen gegen den Hang. In einem der schmalen Gärten steht ein Zwerg.
Ella wirft einen Blick zu Milo, er hat die Wippe verlassen und geht in Richtung Sandkasten.
Im nächsten Garten steht eine Laterne, die ist kleiner als Ella. An der Betonwand, die den Gartensitzplatz von dem des Nachbarn trennt, hat der Mieter ein Fenster aufgehängt. Die Läden sind geöffnet, davor hängt ein kleiner Plastiktopf mit Traubenhyazinthen.

Ella hat den Wecker aus dem Schlafzimmer geholt. Es ist kurz nach acht Uhr gewesen. Die Mutter ist Frühaufsteherin geblieben, Wochenende hin oder her. Länger als zehn Minuten hat Ella mit Maria Sofia nicht telefonieren wollen. Eine Dreiviertelstunde hat das Telefonat gedauert. Die Mutter hat die verschlossenen Kartons von Ella nicht wegwerfen wollen. Selbst in die Kartons hineinschauen ist für Maria Sofia nicht in Frage gekommen. Ihr den Dachboden vollstellen, das könne Ella, aber die Kartons wieder abholen, dafür habe sie keine Zeit. Ein Leben lang sei sie belastet gewesen, mit der Druckerei und den drei Kindern. Nur ihre Generation, die habe noch gelernt, etwas auszuhalten. Die Mutter hat auf Ella eingeredet, kaum Luft geholt zwischen den Sätzen. Mit all ihrer Kraft habe sie sich darum bemüht, kräftige Persönlichkeiten heranzuziehen. Und was habe sie bekommen? »Conigli.« (Hasenfüsse.)
Ella öffnet den Schrank im Flur. Sie zieht den Plastikkorb heraus und legt Milos Wollmütze zu den Handschuhen und den Schals. Ella drückt den Wollstapel nach unten, aber der Plastikkorb lässt sich nicht mehr zurückschieben. Wie das am Nerv reissen kann. Sie dreht den Plastikkorb um.
Zu gerne würde sie in den Wollhaufen kicken. Ella ruft nach Milo, er solle kommen. Milo hüpft durch den Gang auf sie zu.
Er bekomme einen eigenen Plastikkorb, sagt Ella, den dürfe er in sein Zimmer mitnehmen. Nun brauche sie jemanden, der gut sortieren könne. Milo macht sich sogleich an die Arbeit. Das freut den Jungen, wenn er etwas helfen kann.
Ella nimmt die ungeöffneten Kuverts vom Brett, Rechnungen, den Brief von Renée Eve ..., an der Wand lehnt das Vogelbuch.
Jeden Tag hat sie den Schrank im Flur geöffnet, dass sie das Buch dort nie gesehen hat, kann sie nicht glauben. Was für eine Schlafwandlerin aus ihr geworden ist.

Sie sei nicht ihr Handlanger, hat Maria Sofia gesagt, als sie zum zweiten Mal angerufen hat. Sosehr Ella auch versucht hat, sich zu erinnern, es hat ihr nichts einfallen wollen, was sie bei der Mutter deponiert hätte, vor so vielen Jahren. In zwei Wochen kämen die Handwerker. Sie solle bitte in den nächsten Tagen mit Milo einen Ausflug machen, hat die Mutter gefordert, und sie solle nicht komplizierter tun als nötig, sie könne doch das Auto bei B. holen, immerhin gehöre es zur Hälfte ihr. »Und was, wenn es Kartons von Lorenzo oder Fabio sind?«, hat Ella gefragt. Die Mutter hat keinen von Ellas Einwänden hören wollen. Sie werde bestimmt nicht auf dem Dachboden herumkriechen, um nachzusehen, was Ella da aufbewahre. Die Kartons befänden sich zuhinterst in der Dachschräge, seien völlig verstaubt. Ella hat es aufgegeben.

Als Milo klein war, gab es dauernd Engpässe. Trotzdem war ihr nichts zu viel. Auch nicht der gehäufte Löffel, der nach einem anstrengenden Arbeitstag erst über sämtliche Teller und Tassen fliegen musste. Um Zeit zu sparen, assen B. und sie ebenfalls die Kleinkinderkost. Am Abend, wenn das Kind endlich schlief, anstatt selber zu schlafen, sass Ella in ihrem kleinen Raum und zeichnete in ihr Skizzenbuch. Maria Sofia sagte, Ella solle auf sich aufpassen, um ihre Augen gebe es einen dunklen Schatten.

Ella hat sich mit dem Vogelbuch an den Esstisch gesetzt. Sie blättert darin und sucht nach dem Vogel mit dem blauen Feld am Flügel, Sperlingsvögel, Reiher, Falken, Eulen. Also doch! Ist sie etwa eine Vogelkennerin? Diese Eule hat Ella gesehen, vor ein paar Tagen, mitten in der Nacht, als sie keinen Schlaf gefunden hat. Milo kuschelt sich an Ella. Auch er will sich das Buch anschauen. Ella hat die Eule sofort erkannt, an ihrem herzförmigen Gesicht.

Die Schleiereule lebt in weiten Feldern und brütet gerne in Dachstühlen von Kirchen. Wer eine Schleiereule sieht, kann glücklich sein, denn dies ist eine Seltenheit. Die Schleiereule geht erst nach Einbruch der Dunkelheit auf die Jagd.

Milo ist von den Lings zum Mittagessen eingeladen worden. Kurz nach halb zwei holt Ella den Jungen ab.
Linlins Mutter hat Fisch gekocht. Auch Milo habe davon gegessen, Ella hat wohl nicht richtig gehört. »And he didn't say anything?«, fragt Ella, ungläubig, dass ihr Sohn Fisch isst, das ist neu. Sie möge den Fisch in der Kantine auch nicht, sagt Linlins Mutter. Den Fisch müsse man gut putzen. Ella schaut auf den Esstisch, dort liegen in einem Teller Gräten und chinesische Essstäbchen, die sind spitzer als diejenigen, die Ella von den chinesischen Restaurants kennt.
Ella wirft einen Blick ins Wohnzimmer. Die Kisten und Kartons sind verschwunden, der Raum sieht leer aus. Die Lings scheinen sich nicht viel aus dem Wohnen zu machen. Unversehens sagt Linlins Vater, dass sie zuerst im ersten Stock gewohnt hätten, auf der gleichen Seite neben der Waschküche. Er springt vom Stuhl auf und erklärt Ella, wie die Zweizimmerwohnung dort unten aussieht, ohne den Flur und die beiden Zimmer. Ella hat Mühe, Herrn Zhang, dem Mann von Frau Ling, zu folgen, er redet schnell, verschluckt die Buchstaben.
Ella könnte eine ihrer Freundinnen anrufen. Mara zum Beispiel, ihr Auto lieh sie sich schon einmal aus, als B. für ein paar Tage weggefahren war. Den Schlüssel in Empfang nehmen und gleich auf dem Absatz kehrtmachen ginge allerdings nicht. Selbst wenn sie Ella mit Fragen verschonte, würde das Abholen des Schlüssels dauern.
Linlins Mutter fährt ein Auto, einen Fiat, so einen kleinen, einen Panda. Ella schaut zu Linlins Mutter, sie lächelt und nickt ihr zu.
Um Milch oder einen Schraubenzieher fragen, in der Not, damit hätte Ella kein Problem, aber um das Auto von Frau Ling bitten?

Ella hält sich an beiden Seilen fest, während sie über die Holzbalken geht, diese kommen ins Schwingen. Milo huscht unter ihrem Arm durch. Er geht der Mutter voraus.
Milo steht schon auf dem Zwischenboden, er streckt ihr die Hand entgegen. Ella kann sich das Lachen nicht verkneifen, sie drückt ihr Gesicht gegen den Jackenärmel. Ella macht dem Jungen die Freude und lässt sich von ihm die letzte Stufe hochziehen.
»Uff, geschafft«, sagt sie. Auf dem Zwischenboden gibt Milo eine Führung. Gebückt geht Ella hinter ihm her. Durch alle drei Fenster muss sie schauen.
Milo geht über eine schmale Innentreppe in den oberen Stock. Die Tritttiefe lässt Ellas Schuhen kaum Platz. Sie muss achtgeben, dass sie nicht stolpert.
»Die Mühe hat sich gelohnt, der Ausblick ist fantastisch«, sagt Ella.
»Siehst du«, sagt Milo.
Er drückt sich ans Fensterbrett und schaut hinaus. Ella streckt ihren Kopf durch das andere Fenster. Milo lacht ihr zu.
Ella wirft einen Blick nach unten, mehr als zweieinhalb Meter werden das nicht sein.
Der Hochsitz am Waldrand war um einiges höher, der Lieblingsausguck ihrer Brüder. Nur Ella durfte mit ihnen nicht mit. Sie blieb als Wachposten am Boden neben der Leiter zurück. Ella hatte sich ebenfalls einen Namen ausgesucht, den sie aber ihren Brüdern nicht verriet. (Mutige Feder.)
Da hochzugehen war auch für Lorenzo und Fabio verboten.
Nur sehr selten stieg der Grossvater mit den Kindern die steile Leiter zum Hochsitz hinauf. Der alte Mann ging zuhinterst, dicht hinter Ella. Während der Grossvater mit dem Feldstecher nach einem Reh Ausschau hielt, streckte Fabio die beiden Zeigefinger über seinem Kopf in die Höhe, was in der Zeichensprache der Indianer »Achtung, Büffel« hiess.

Die Familie Lotti müsste für Ella nicht sein, alle üben ausgerechnet jetzt Druck auf sie aus. Würde Pfarrer Schneider noch leben, sie würde nächsten Samstag einen Abstecher machen, einmal ein kleines Gespräch unter vier Augen mit ihm führen.
Pfarrer Schneiders Augen, die hatten eine Leuchtkraft. Lorenzo kann sich gut an die Weinkrämpfe der Mutter erinnern, aber nicht mehr so genau an Pfarrer Schneider. Nur an seine schwarze Robe, an der immer weisses Katzenhaar hing.
Ella schaut sich den beigen Malerkessel an, einer ohne Aufschrift und erst noch sauber, keine Farbspur ist zu sehen. Ansonsten steht jede Menge Gerümpel neben der Einfahrt zur Tiefgarage, ein buntgemustertes Sofa mit abgewetzten Stellen. Erstaunlich, dass die Verwaltung das toleriert, dass da jeder hinstellt, was er nicht mehr braucht.
Dauernd ziehen Mieter aus, andere ein, Samstag für Samstag. In einem Jahr, vielleicht etwas mehr, aber sicher noch vor Milos Schulbeginn, wird Ella ebenfalls umziehen.
In aller Ruhe will sie eine geeignete Wohnung suchen, irgendwo in der Stadt. Abgesehen von dem Gratis-Brockenhaus neben der Tiefgarage ist die Siedlung recht sauber, sehr gepflegt sogar. Ella hängt sich den Malerkessel an den Arm.
Milo hat sich erneut hinter einer Hecke versteckt, dieses Spiel macht sie allmählich nervös. Der Junge hat überhaupt kein Gespür dafür, wann es reicht. Ella will auf direktem Weg zurück in die Wohnung.
Sie schaut zur Hecke. »Ich gehe jetzt und tschüss«, ruft sie. Ella macht sich auf den Weg. Nur ein einziges Mal dreht sie sich um, als sie die Treppe hochsteigt. Milo bleibt hinter der Hecke versteckt.

Fünf Entenkinder sind der Entenmutter geblieben. Die kleinen Stockenten wachsen schnell. Die Jungen schwimmen das Ufer entlang der Mutterente hinterher, flussaufwärts.
Ella hat sich mit dem Handy in der Hand auf die Bank bei der Schiffsanlegestelle gesetzt. Die Mutter spricht noch immer, Milo klettert die Böschung hinunter. Das mit B. lässt Ella keine Ruhe, je länger sie darüber nachdenkt, umso schlimmer wird es. Verliert ein Mensch auf diese Weise seinen Verstand?
Ja, sie sei noch am Telefon, sagt sie. Wenn B. seinen eigenen Worten glaubt, kann sie noch lange auf eine Wiedergutmachung warten. Besser, sie vergisst ihn.
Ella zieht ein paar Grimassen. Ihr ist keine Erholung gegönnt. Nach Wochen haben sich endlich die Gedanken an Renée Eve etwas zerstreut, da kommt schon das nächste Problem.
»Un problema se ne trascina sempre un altro.« Grossvater. (Ein Problem kommt selten allein.)
Ob Ella am kommenden Samstag nach Hause fahren könne. Am Montag darauf habe sie die Handwerker bestellt, sagt die Mutter. Ella solle rechtzeitig kommen, es gebe etwas zum Mittagessen.
Ella antwortet nichts darauf. Sie sagt weder Ja noch Nein. Sie lässt Maria Sofia einfach weiterreden, über dies und das und was sie bei der Ortelli im Lebensmittelgeschäft gerade erfahren hat. Beteiligt sich die Mutter nun auch am Dorfgeschwätz?
Ella dreht das Handy von sich weg.
Sie sucht die Enten, aber die sind nicht mehr zu sehen. Ella zieht den Taschenspiegel aus dem Innenfach ihrer Handtasche.
Sie mustert ihr Gesicht. Bei einem Lächeln entspanne sich die Gesichtsmuskulatur, hat sie in Fabios Buch gelesen. Ella studiert ihren Mund.

Lorenzo ruft an und stört sie bei ihrem Spaziergang am Fluss. Sobald Milo vom Kindergartenbus abgeholt worden ist, hat sich Ella auf den Weg gemacht. Das vertreibt die düsteren Gedanken, wenigstens für einen Moment. Vielleicht sollte Ella ihr Handy über dem Abfallkorb fallen lassen. Sie schaut in den Metallkorb, der am Geländer der Treppe hängt, ausser dem Kerngehäuse eines Apfels ist dort nichts drin.
10.07, 12.07 steht auf der verrosteten Tafel, mehr ist nicht zu entziffern. Kein einziges Schiff legt mehr an diesem Steg an.
Ella setzt sich auf die Bank. Sobald das Telefonat mit Lorenzo beendet ist, seltsam, eben erst hat die Mutter angerufen, aber dies dürfte ein Zufall sein, wird sie sich aus der Thermosflasche einen Schluck Kaffee eingiessen. Sie zieht den Reissverschluss der Handtasche auf.
Ja, sie werde am nächsten Samstag nach Hause fahren, aber höchst ungern, sagt Ella. Am ersten Samstag des Monats ist auf dem Dorfplatz der Gemüsemarkt, der hat ihr gerade noch gefehlt. Das habe ihr gerade noch gefehlt, der Gemüsemarkt, sagt Ella, überall stehen bleiben und jedem die Hand schütteln.
Ella holt das Vogelbuch heraus, sie biegt die Seiten durch und blättert. Ella beginnt nochmals von hinten, bestimmt ist der mit der langen Schwanzfeder darin zu finden. Der Vogel, der vor ein paar Wochen hier unten am Fluss an ihr vorbeigetrippelt ist.
Bachstelze.
Er fahre gerne an einem Samstag nach Hause, sagt Lorenzo, wenn es sich zeitlich treffe, gehe er wie auch Fabio gerne mit der Mutter über den Markt.
Lorenzo und Fabio sind Maria Sofias ganzer Stolz. Wer im Dorf hat schon zwei Söhne, die Ärzte sind.
»Ihr seid Maria Sofias Zirkuspferde«, sagt Ella.

Ella hat ihren Bruder gefragt, wie sie dieses dauernde Abschweifen in unliebsame Gedanken wegbringen könne und ob er das kenne? Natürlich kenne er das, hat Lorenzo am Telefon gesagt.
»Und?«, hat Ella erwartungsvoll weitergefragt.
Seine Methode sei eine ganz einfache, hat Lorenzo verraten. In so einer Situation denke er, Lorenzo hat zu flüstern begonnen.
»Levati di mezzo pensiero fottuto, e scompari.« (Verpiss dich, du Scheissgedanke, und nun hau endlich ab.)
Gibt man ihr den kleinen Finger, schnappt sie sich die ganze Hand. Dies scheint ein angeborener Reflex bei Maria Sofia zu sein. Wie sie das wieder geschickt eingefädelt hat. Nicht nur Lorenzo wird am kommenden Samstag bei der Mutter sein. Auch Riccardo. In Ellas Körper hat das einen Hitzeschwall ausgelöst.
Nicht wegen Riccardo und Lorenzo, auch nicht wegen der Mutter. Eigentlich würde sie sich freuen, alle wieder einmal zu sehen, rein theoretisch. Nur einzeln wären sie ihr lieber, und in grossen Abständen. Im Moment allerdings wären sie ihr auch einzeln zu viel.
Ella zündet auf dem Balkon eine Zigarette an. Sie lehnt sich über den breiten Pflanzentrog und schaut hinunter in den Hof. Der Vogel mit dem hellblauen Feld am Flügel spaziert über den Rasen. Der lebt gefährlich, denkt sie. Die Katze ist nicht in Sicht, was aber nichts heissen will, bei den vielen Hecken. Gut möglich, dass sie irgendwo lauert. Notfalls wird Ella versehentlich der Aschenbecher aus der Hand rutschen.
Eichelhäher. Was das für ein prächtiger Vogel ist. Ella schaut ihm zu, wie er mit aufgefächerten Flügeln hinter der Tanne verschwindet.

Wie Menschen so gar keine Disziplin aufbringen können, das hat Ella nie verstanden.
»Schau an, schau an«, sagt sie zu sich selber, als sie die Leuchtziffern des Weckers sieht. Zwei volle Stunden ist sie wach im Bett gelegen. Ein langsames Auftauchen aus dem Schlaf gibt es nicht mehr. Mit einem Schlag ist sie hellwach.
Ella weiss nicht mehr, was sie glauben soll. Das mit B. hat ihr Leben in ein Chaos geführt. Anstatt aufzustehen, ist sie liegen geblieben und hat nachgedacht. Aber alles, was ihr in den Sinn gekommen ist, hat Fäden gezogen und sich verstrickt.
Als hätte sie einen Stein im Kopf, so fühlt es sich an. »Eins, zwei, drei«, sagt Ella.
Aber nichts passiert.
Immer wenn die Grossmutter von Ellas Vater sprach, bekam sie glasige Augen. »Potrei darmi io stessa un calcio nel sedere.« Grossmutter. (Ich könnte mir selber in den Arsch treten.)
Ella lässt sich aus dem Bett rollen. Sie fällt auf den Boden und robbt von dort aus weiter, in den Flur.
Sie steht sofort auf. Würde Milo sie so sehen, der bekäme vielleicht einen Schreck.
In der Küche reisst sie das Papier von der Tomatenbüchse. Ella schwenkt sie mit Wasser aus und wirft sie in den leeren Malerkessel. Neu befindet sich die Büchsensammelstelle gleich in der Küche. Das ist praktisch. Ella füllt die schmutzigen Teller und Tassen in die Spülmaschine. Ansonsten gibt es nichts zu tun. Ausnahmsweise.
Früher hat sie die Hausarbeit nebenher gemacht, als Pause. Der Zweipersonenhaushalt gibt so gut wie keine Arbeit – könnte man meinen.
Sobald der Morgen kommt, wird sie Riccardo anrufen. Sie wird ihn fragen, ob sie gemeinsam mit der Bahn fahren wollen, am nächsten Samstag. Sie kennt die Lottis, die geben keine Ruhe.
Auch der Friseurtermin war für Ella immer eine willkommene Erholung. »Normalerweise schlafen mir die alten Kundinnen ein.« Seline.

Die Kinder werden vermutlich wieder vermehrt von ihren Müttern mit den Fahrrädern abgeholt. An die beiden Fahrräder, die unten im Fahrradkeller stehen, hat Ella auch schon gedacht, an das gelbe von Milo, das nigelnagelneue. Auf dem ganzen Weg, von der Wohnung bis in die Tiefgarage, hat Milo geschrien. Ella hat den Jungen an den Schultern gepackt und durchgeschüttelt. »Jetzt reicht's!«
Die ältere Frau hat am Kindergartenbus gelehnt und zugeschaut.
Ella geht an der Hecke vorbei in Richtung Riese. Als Ella an diesem Morgen, noch vor den Vögeln, aufgewacht ist, hat sie vermutet, die Vibrationen kämen von den Schiffen, die vom Hafen losfahren. Aber die Vibrationen haben nicht aufgehört. Alles in ihr vibriert.
Kaum ist Ella aus der Tiefgarage gekommen, hat sie sich auf den ersten Betonhocker gesetzt. Eine Ewigkeit ist sie dort sitzen geblieben, sie hat von eins bis zehn gezählt und wieder zurück, rauf und runter.
Ella kommt an die Blätter des Riesen nicht heran. So oder so würde sie nicht wissen, was das für einer ist. Ausser den Obstbäumen, dem Lindenbaum und der Tanne kennt sie keine Bäume. Die Blautanne vor Lorenzos Haus ist der Weihnachtsbaum, jedes Jahr mit ein paar Lichtern mehr. Und die Fichten kennt sie, wegen dem Fichtenwald. Der Gärtner fährt mit dem Elektroauto an Ella vorbei. Auf der Ladefläche liegen ein paar Äste.
Sobald der Gärtner ausser Sichtweite ist, holt Ella den Feldstecher aus ihrer Handtasche.
Wie kleine Fächer sehen sie aus, dazwischen hängen Blütenkätzchen.
Bei den Gassers vom Restaurant Ochsen kämen die Jungen fast jedes Wochenende nach Hause. Ein Dreivierteljahr habe sie die Tochter nicht mehr gesehen, einmal unabhängig von den Kartons, hat die Mutter am Telefon gesagt. Ella hätte für den kommenden Samstag nicht zusagen dürfen. Sie muss selber schauen, wie sie über die Runden kommt.
»Pflicht ist nur, sich die Hände zu waschen, wenn sie schmutzig sind.« Pfarrer Schneider.

Seit ein paar Tagen hat die Tanne hellgrüne Sprenkel. Durch den Baum neben dem Riesen schimmert ein anderer, auch so ein grosser, ein schlanker mit Zapfen an den Ästen. Zum Zeitvertreib wirft Ella ein Stück von ihrem Brötchen auf die Wiese.
Was für ein Höllenlärm. Endlich stellt der Gärtner den Laubbläser ab.
Der Gärtner packt den Haufen und wirft ihn auf die Ladefläche. Er scheint noch eine Weile beschäftigt zu sein. Ella wählt Riccardos Telefonnummer.
Dr. Cantieni sei nicht im Krankenhaus, sagt eine Frauenstimme. Sie solle es später nochmals versuchen, so gegen achtzehn Uhr. Die Amsel flattert um die Krähe. Sie fliegt weg und attackiert erneut. Sie behält aber den Sicherheitsabstand bei. Die Krähe lässt sich nicht stören. Sie steht auf dem Dach des Kletterhauses und ist mit dem Brotbrocken beschäftigt.
Ella geht über die Wiese auf den Gärtner zu. Sie zeigt zum Riesen. Was das für einer sei, fragt sie.
»Der Grosse da? Das ist ein Ginkgo, ein Ginkgo biloba«, sagt der Gärtner. »Und der daneben?«, fragt Ella. »Eine Rotbuche«, sagt der Gärtner. Hinter der Rotbuche steht ein schlanker Nadelbaum.
»Falls es Sie interessiert, dort drüben hat es noch einen Ginkgo biloba«, sagt der Gärtner, »eine weibliche Pflanze, mit gelben pflaumenartigen Samen im Herbst.« Ella unterhält sich eine Weile mit dem Mann, der etwa in ihrem Alter ist. Er lacht, ihm macht das Gespräch offensichtlich eine Freude, ihr auch. Ella hätte noch die eine und andere Frage, stattdessen bedankt sie sich und geht weiter.
Ella ist auf dem Weg zum Einkaufszentrum.
Es ist etwas zwischen Freude und Sorge. Freude auf den Tapetenwechsel und Sorge, dass es ihr zu viel werden könnte mit Riccardo, Lorenzo und der Mutter.
Und wer weiss, wen sie sonst noch alles im Dorf antreffen wird.
Ella überquert die Wiese. Ein Park sei dies einmal gewesen. Die Ausflugsschiffe hätten gleich da unten am Fluss angelegt, vor dem Siedlungsbau natürlich, daher der alte Baumbestand. Einige der Bäume seien geblieben. Zum Glück, hat der Gärtner gesagt.

»Tatsächlich?« Ella kann es nicht glauben. Da kommt Riccardo für vier Monate in die Schweiz und ist im Besitz eines Autos.
Für den Aufenthalt habe er eine Wohnung inklusive Auto gemietet, sagt er.
»Der Wohnungsmarkt der Universität ist der beste, die jungen Leute sind noch unkompliziert.«
Ella hat erst gegen halb sieben angerufen. Riccardo ist schon im Lift gestanden. Gelegentlich vergesse er den Piepser in der Hosentasche.
Eine halbe Stunde sind sie bereits am Telefon, keiner der beiden legt auf.
Ob er wisse, dass die Mutter das Haus der Grosseltern verkauft habe? Er werde es nicht mehr erkennen, sagt Ella. Auch den Schuppen habe sie umgebaut, modern, mit viel Glas. Die Stufen zur Veranda seien verschwunden, der Hauseingang befinde sich nun seitlich. Selbst die Jugendstilheizkörper habe die Mutter herausgerissen und auf den Müll geworfen. Lorenzo sei fuchsteufelswild geworden.
Oh ja, davon habe er gehört, sagt Riccardo. Auch das mit dem Garten habe ihm Lorenzo erzählt. Ella erwidert nichts darauf.
Kaum waren die Deutschen und Spanier eingezogen, verschwand der grosse Blumengarten der Grossmutter, auch der Kräutergarten hinter dem Haus. Alles wurde betoniert. Nicht einmal den Feigenbaum hatten sie stehen gelassen. Mit einem Zitronengelb wurden vier Autoparkplätze markiert.
»Das grenzt an ein Verbrechen.« Bäcker Menzi.
Die Bananenschalen, die die Grossmutter immer klein geschnitten habe, für ihre Rosen, sagt Riccardo. »Erinnerst du dich noch? Ringelblumen um die Bohnen hält die Läuse von den Bohnen fern, Lavendel die Läuse von den Rosen, der Tomatenstock das Ungeziefer und so weiter. Erinnerst du dich noch?«, fragt Riccardo.
»Natürlich erinnere ich mich«, sagt Ella.
Nur gegen die Schnecken hatte die Grossmutter keine Pflanze zur Hand. Schneckenkörner, das war im Dorf verpönt, wegen der Igel.
Die Grossmutter hatte ein paar Büchsen in die Erde eingegraben und diese mit Bier gefüllt. Die Schnecken rutschten in die Dosen und lösten sich fast vollständig auf. Die Grossmutter liess keine Einwände gelten.
»Ma va', è tutta natura.« (Ach was, das ist alles Natur.)

»Gib Acht«, das hat sich Ella in den letzten Monaten oft gesagt. Obwohl es wieder hinter ihren Schläfen pocht, putzt sie weiter, sie geht mit dem Staubsauger vom Wohnzimmer zur Essecke.
Die Praxisassistentin sagte, der Bäcker Menzi hätte es nach dem ersten Herzinfarkt ruhiger nehmen müssen. »Aber der Herr Menzi sass im kleinen Labor, hielt den Finger hin und blätterte mit der anderen Hand die Post durch.«
Ella drückt mit dem Fuss auf die Taste des Staubsaugers, das Staubsaugerkabel rollt sich ein.
Sie will nicht übertreiben, nur ein klein wenig ordentlich will sie es haben, wenn Riccardo kommt. Ella sprüht Chromstahlreiniger um die Herdplatten, damit die dunklen Spritzer aufweichen und der dunkle Rand um die kleine Platte, auf der sie jeden Morgen Milos Milch heiss macht. Eine warme Schokolade trinkt der Sohnemann nicht, heiss muss sie sein. Eine Sekunde nicht danebenstehen, und die Milch schäumt über.
Ella schiebt den Zweig zur Seite und füllt Wasser in die Vase. Den Zweig hat sie von einem Busch abgebrochen, von einem Goldflieder.
Auch Milo macht Ordnung, er räumt sein Zimmer auf. Ella hilft besser mit.
»Wer kommt?«, fragt Milo.
Ella zögert, »der beste Freund von Lorenzo«, sagt sie. »Und jemand, den auch ich gut kenne.«
Zwei Stunden hat sie Zeit, dann wird es an der Tür klingeln, auf Riccardos Pünktlichkeit ist Verlass.
»Die Pünktlichkeit ist eine Tugend, ich habe mich daran gewöhnt, dass ich immer derjenige bin, der warten muss.« Riccardo.
Für eine Stunde will sich Ella hinlegen. Ob Milo eine Pumuckl-DVD anschauen will? Er will nicht. Milo holt das Donald-Duck-Buch. »Liest du mir vor?«, fragt er.

Ella rennt dem Jungen hinterher. Auf der Station ist das Telefon nicht. Milo jagt schreiend durch das Wohnzimmer. »Psst!«, sagt sie und hält ihm drohend die Hand hin. Ella sitzt auf dem Sofa, das Telefon klingelt noch immer. Milo kniet neben ihr. »Nicht«, sagt sie und drückt den Jungen von sich weg, »es wird Riccardo sein.«

Es ist Regina, Lorenzos Frau.

Sie und Luc kämen auch. Sie habe gehört, dass Riccardo dabei sein werde, ihn habe sie eine Ewigkeit nicht mehr gesehen, und sie freue sich natürlich auch, sich mit der Schwägerin wieder einmal zu unterhalten, und dann sei gerade noch Markt, das sei perfekt. »Drei Fliegen auf einen Schlag.« Diese Aussage könnte von Lorenzo sein oder von Fabio oder von B.

Der Traum mit B. Wie er an seiner Vernissage alle hat stehen lassen und mit ihr auf und davon gegangen ist.

Im wirklichen Leben würde das B. niemals tun. Sie schon. Aber jetzt den Besuch bei Maria Sofia absagen, dafür fehlt ihr der Mut. Ella hat bereits zugesagt. Die Mutter freut sich. Riccardo freut sich. Lorenzo freut sich. Und nun kommt auch noch Regina.

Ella redet sich gut zu, je mehr Leute bei der Mutter sein werden, umso einfacher wird sie sich zurücknehmen, ja – sich vielleicht sogar absetzen können. Sie wird einen Spaziergang machen, hinauf in den Wald.

Vor vier Wochen sei sie bei Maria Sofia auf Besuch gewesen, sagt Regina, das sei schön gewesen. Lorenzo sei nicht mitgekommen, er habe arbeiten müssen. Sie habe die Chance genutzt und auf dem Markt frisches Gemüse eingekauft, Lauch und Spinat, sogar noch ein paar Pastinaken habe sie erwischt, und immer gebe es gratis ein paar Zwiebeln dazu, das sei schön. Sie habe sich länger mit der Gasser Gerda vom Restaurant Ochsen unterhalten, das sei schön gewesen, dann habe sie noch den Müller Hans vom Stauwerk getroffen. Auf dem Markt einzukaufen, das sei einfach schön. Schöön, äfft Ella tonlos nach. Reginas Wort, das für alles hinhalten muss, was bei ihr mit einem angenehmen Gefühl verbunden ist. Lucs Schulaufführung sei schön gewesen, die handgestrickten Socken von Maria Sofia seien schön, im Garten blühe alles, das sei schön, dass Luc seine neue Lehrerin möge, sei schön, und dass Ella nach Hause fahren werde, sei schön. Wie Lorenzo diese Frau aushält.

Was ist aus der Studentin der Mittellegihütte geworden?

Diese Studentin hatte auf Lorenzo einen grossen Eindruck gemacht. Sie hatte die Hütte auf dem Mittellegigrat des Eigers bewirtet. Bei schlechtem Wetter hatte sie alleine dort oben ausgeharrt, auf über dreitausend Metern Höhe.

Das wäre eine Frau für Lorenzo gewesen.

Aber diese Frau hatte wohl hellseherische Fähigkeiten gehabt. Oder sie hatte, in dieser schroffen Bergwelt, genug richtige Bergsteiger zum Vergleich. Sie hatte vermutlich geahnt, dass aus diesem jungen gutaussehenden Arzt einmal einer werden wird, bei dem die Arbeit an erster Stelle steht, einer mit keinem Privatleben.

Ella konnte nicht verstehen, was Lorenzo mit Regina verband. Sie haderte mit Lorenzos zukünftiger Frau, mit der sie nichts anzufangen wusste.

Ausgerechnet Regina, die keinen Fuss in die Bergwelt setzte. Und sich auch sonst für nichts zu interessieren schien. Ausser dann später für ihren Sohn Luc. Luc war das Thema Nummer eins, und ein anderes Thema gab es nicht. Das ist so geblieben.

Ella hätte sich für ihren ältesten Bruder etwas Aufregenderes gewünscht. Sie empfand es als ihre Pflicht, ihren Bruder darauf aufmerksam zu machen, solange noch Zeit war. War ihr Bruder erst einmal verheiratet, lief er keiner Frau mehr davon, so konservativ, wie er war.

Lorenzo wollte davon nichts hören.

Er habe nur die Hand ausgestreckt und blind gewählt, sagte Ella zu ihrer Freundin Mara. »Natürlich eine Krankenschwester, was sonst?«

Er sei leider nicht der Bruder, den sich seine Schwester wünsche, sagte Lorenzo zu Mara. Und wenn seine Schwester darauf nichts antworte, dann lediglich, weil sie gar nicht verstehen könne, von was er spreche.

Lorenzo wandte sich Ella zu. »Tu pensi probabilmente che il tuo sguardo sul mondo sia l'unico giusto.« (Du denkst wohl, dein Blick auf die Welt ist der einzig richtige.)

Der Junge hält ihr die Rolle hin. Ella hat ein weisses Blatt vom Zeichnungsblock weggerissen und Milos Zeichnung darin eingewickelt. Milo wird ungeduldig. Ella bindet den Bändel um. Sie beugt sich über die Vase und bricht einen kleinen Seitenzweig ab. Den Goldflieder aber will Milo nicht auf seinem Geschenk.

Riccardos Auto steht auf dem Besucherparkplatz. Riccardo hat den Jungen auf die Schultern genommen. Er springt mit ihm voraus, die beiden scheinen sich zu verstehen. Das ist vielleicht ein Anblick. Milo und ihr erster Ehemann. So etwas muss eine Frau erst einmal aushalten können.
Riccardo ist vor einem blauen Döschwo stehen geblieben. »Ist das dein Ernst?«, lacht Ella. Sie schaut zur Stossstange, an der ein paar verwitterte Turnschuhe hängen. Die Leute werden auch schauen, wenn sie mit dieser Karre durchs Dorf fahren. Einer sieht es bestimmt. Riccardo nestelt noch immer in seiner Hosentasche, er sucht nach dem Schlüssel.
Was die Leute über ihn dachten, das war Riccardo nicht einerlei, aber er liess sich durch das Geschwätz der anderen nicht einschränken. Darin waren sie sich gleich. Riccardo war wohl noch eine Spur der Extremere. Vielleicht ein Grund, warum es ihm in Amerika besser gefällt.
Hätte er nicht ohne ihr Wissen, und ohne sie zu fragen, die Stelle in Los Angeles angenommen, vielleicht wäre sie mit ihm mitgegangen.
Riccardo hält den Schlüssel in die Höhe. Er dreht sich um und schliesst den silbrigen VW Golf auf.
Noch immer ist Riccardo für einen kleinen Streich aufgelegt, auch das spitzbübische Lachen ist ihm geblieben.
Von dem Strauch hinter dem Döschwo fliegt ein grünlicher Vogel auf.
Ella setzt sich mit Milo auf den Rücksitz. Sie behält die Geschenkrolle für Maria Sofia auf ihrem Schoss. Drei Zeichnungsblätter hat Milo zerknüllt, danach hat Milo aus dem Donald-Duck-Buch auswählen dürfen, was Ella für ihn abzeichnen soll. Ella hat darauf bestanden, dass auch er etwas hinzufügen muss. Die Mütze mit dem Band zum Beispiel und den Fahrtwind, das sei nicht schwierig, hat sie Milo versucht aufzumuntern. Milo hat auf stur gestellt. Am Ende müsse sie noch den Donald Duck für ihn ausmalen. Er könne sich doch nicht mit fremden Federn schmücken, hat sie gesagt.
Riccardo und sie werden später noch Gelegenheit haben, miteinander zu reden, vielleicht auf der Heimfahrt, wenn Milo schläft. Von Zeit zu Zeit werfen sie sich im Rückspiegel Blicke zu. Seine Augen haben noch immer etwas Ruhiges, Melancholisches.

... neunzehn Jahre zuvor

Ella und der Grossvater haben die Korbsessel von der Veranda heruntergeholt. Sie sitzen mit der Grossmutter im Schatten des Feigenbaums und schauen den beiden zu. In Badehosen und Kletterschuhen hangeln sie sich am Balken zurück zum Kletterhaus. Lorenzos Arbeitskollege ist auch so ein Verrückter, vielleicht sogar der Verrücktere der beiden. Auch er hat ein Kletterhaus. »Sogar Kanus und Surfbretter liegen dort im Garten«, hat Lorenzo seiner Schwester erzählt.

Lorenzos Arbeitskollege hängt fünfzehn Zentimeter über dem Boden. Ihm ist Ella schon einmal begegnet, beim Doktorfest von Lorenzo. Er zieht sich am Griff hoch. Sein Gesicht ist vor Anstrengung rot. Lorenzos Haarbüschel taucht hinter dem Kletterhaus auf, kurz darauf sein Bein. Wie dünn Lorenzos Kollege ist, dünn und sehr gross. Im Vergleich zu dem braungebrannten und muskulösen Lorenzo sieht Riccardo mit den schmalen Schultern wie ein Schwächling aus. Die dunklen Haare und die fast noch dunkleren Augen in Kombination mit dieser hellen Haut, ein schöner Mann, denkt Ella.

»Ein schöner Mann ist das«, sagt Ella und zeigt mit dem Kinn in Richtung Kletterhaus. »Uno spaghetto«, sagt die Grossmutter.

Die Mutter ist zum Gartentor hereingekommen. Sie geht die Treppe zur Veranda hoch und verschwindet im Haus.

Lorenzo und sein Arbeitskollege sitzen auf dem Dach des Kletterhauses. »Na, ihr Gipfelstürmer, wie wär's mit Kaffee und Kuchen?«, ruft ihnen Ella zu.

Lorenzo flüstert seinem Kollegen etwas ins Ohr.

Die Mutter hat von dem Bau eines Kletterhauses nichts wissen wollen. »Non nel mio giardino«, hat sie gesagt. Der Grossvater hat sofort eingewilligt. »Il mio giardino è grande abbastanza.« In seiner Werkstatt, im Schuppen, hat er die Holzbretter zugeschnitten und verschieden dicke Leisten angefertigt. An diesem Morgen haben die drei Männer die Leisten ans Kletterhaus genagelt. Fabio liegt noch immer zu Hause im Bett, ein paar Meter weiter die Strasse abwärts.

Die Mutter kann mit Lorenzo die Begeisterung für das Bergsteigen nicht teilen. Seit Fabios Unfall mit dem Deltasegler hat sie kein Verständnis mehr.

»Oben auf dem Berg werden Menschen besser, du bist Gott und dem Paradies näher«, hat Lorenzo der Mutter gesagt. Der Müller Sepp ist bei ihnen gestanden und hat an seinem Bart gezupft.

»Ulrich Inderbinen, ein Zermatter Bergführer, sagte das. Und er ist bestimmt schon neunzig Jahre alt.« Die Mutter hat ein besorgtes Gesicht gemacht.

Sie kommt mit einer Tasse in der Hand zu ihnen an den Tisch. Die Mutter hat mit dem Chor im Restaurant Zum Schloss zu Mittag gegessen.

»Und wie war's?«, fragt Ella. »In qualsiasi ristorante di Bellinzona si mangia meglio.«

»In Bellinzona ist alles besser«, sagt Ella, »das Essen, das Wetter, die Leute, einfach alles.«

»Nemmeno nella mia lingua parla con me«, sagt die Mutter. »Nicht einmal in meiner Sprache spricht sie mit mir«, spottet Ella.

Erst jetzt sieht die Mutter das Kletterhaus und die beiden jungen Männer.

»Per l'amor di Dio«, sagt sie.

... neunzehn Jahre zuvor

»Du kletterst stundenlang die graue Wand hoch, dann ziehst du dich an einem Fels hoch und plötzlich schaut dich ein Steinbock an.« »Oje«, sagt Ella, »macht dir so einer keine Angst?« »Warum Angst?«, fragt Lorenzo, »die Verhältnisse sind klar, der weiss doch genau, wer von uns beiden der Stärkere ist.«

»Wenn du einen Steinbock sehen willst, kannst du auch in den Zoo gehen«, sagt die Mutter, »dafür brauchst du nicht die Felswände hochklettern.«

»Ich bin einmal einem Bartgeier begegnet«, sagt Riccardo. »Auf gleicher Höhe ist der um mich herumgeflogen und hat mich angeschaut. Nicht ich habe ihn angeschaut, er hat mich angeschaut. Vermutlich bin ich in sein Revier geklettert.« Alle am Tisch lachen, auch der Müller Sepp. Er hat schon öfters mit der Mutter über das Bergsteigen gesprochen und versucht, sie zu beruhigen. »Auch wenn ich deine Angst nachvollziehen kann, aufgrund von Fabios Absturz, sonst nicht«, hat er gesagt. »Du darfst nicht immer nur die Unfälle vor Augen haben. Auf der Strasse ist es gefährlicher.« Die Mutter hat nur den Kopf geschüttelt.

»Als Spund ging ich auch zu Berg«, sagt der Müller Sepp zu Lorenzos Arbeitskollegen. »Auf dem Tödi war ich, das ist der höchste Berg im Glarus. Und im Säntisgebiet kletterte ich in den Kreuzbergen. Und dann war ich noch auf einem, bei dem musste man sich auch gelegentlich an einem Fels festhalten, da gab es keinen Weg, das war ein wilder Anstieg. Den Mürtschenstock, bei dem musst du dann die Hände aus den Hosentaschen nehmen!« Der Müller Sepp kommt in Fahrt. Vermutlich würde er gerne selber seinen Rucksack nehmen und diesen mit Wasserflaschen füllen.

Der Grossvater stellt ein paar Büchsen Bier auf den Tisch. Lorenzo und sein Arbeitskollege lehnen ab. Sie wollen mit ihren schwer beladenen Rucksäcken zum Nusshof hinaufmarschieren. Lorenzo und sein Arbeitskollege trainieren für eine grössere Tour, sie verraten aber nicht, welche.

»Danach nehmen wir gerne einen Schluck«, sagt Lorenzos Arbeitskollege, »wir sind bald zurück. Wir werden so schnell wie möglich hochgehen«, sagt er.

»Wenn du mitkommen willst, kannst du neben uns herjoggen«, sagt Lorenzo zu Ella. Wie ihr die blöden Witze von Lorenzo zuwider sind.

Besser, sie wendet sich dem Schöneren der beiden zu. Riccardo ist standfest. Er weicht ihrem Blick nicht aus.
»Also wenn mich eine Frau so anschauen würde«, sagt der Müller Sepp, »da würde ich nicht lange herumzappeln.«
Ella geht um den Tisch und verpasst dem alten Mann einen Fausthieb auf den Oberarm. »Schau, dass du dir nicht die Finger brichst«, sagt der Müller Sepp.

… achtzehn Jahre zuvor

Auf dem gelben Schild hat Ella Piz Umbrail und Stilfser Joch gelesen. Solange der Weg durch den Wald und über die Wiesen geführt hat, ist das für Ella kein Problem gewesen, auch nicht, als sie nach der Mittagsrast, oberhalb der Passhöhe, auf einem Bergweg zu einer Geröllhalde gekommen sind. Aber in den Felsen wird es Ella mulmig.

»Es ist eine falsche Sicherheit, steile Wiesen und Geröllhalden können genauso gefährlich sein«, sagt Lorenzos Arbeitskollege. Auch Fabios Schritte werden zögerlicher. »Wir machen diesen Weg oft am frühen Morgen, noch vor der Dämmerung, mit der Taschenlampe«, sagt Riccardo, »auf der anderen Seite gibt es einen See, da gehen wir fischen.« Was für ein Angeber, denkt Ella. Oder stimmt das etwa? Ella staunt über Lorenzo, mit was für einer Selbstverständlichkeit ihr Bruder die exponierten Stellen passiert. Lorenzo muss im letzten Leben eine Gämse gewesen sein.

Lorenzo zeigt Ella den Vogel. »Sicher schaue ich nicht in den Abgrund. Wenn du einen Schritt tust, gibt es nur diesen Schritt. Das ist die goldene Regel in den Bergen.«

»Beim Gehen musst du deine Aufmerksamkeit auf den Schritt lenken, den du gerade machst. Und wenn du dir etwas anschauen willst, dann bleib dafür stehen«, sagt Riccardo zu Fabio. Lorenzo und Riccardo können nichts ausrichten.

Ella und Fabio wollen nicht weiter. »Wir werden zurückwandern und unten auf der Passhöhe auf euch warten«, sagt Ella. »Mein Bruder hatte einen schweren Unfall«, sagt Lorenzo entschuldigend zu Riccardo, »das ist noch nicht so lange her.« Riccardo macht den Vorschlag, gemeinsam umzukehren.

Als sie wieder zur Geröllhalde kommen und diese traversieren wollen, bleibt Lorenzo stehen. »Dort vorne macht einer die Spinne«, sagt er. Riccardo geht etwas zur Seite und lässt Ella hinter seinem Rücken hervorschauen.

Ein Mann mit einem Strohhut auf dem Kopf steht mit gespreizten Beinen auf dem schmalen Pfad, er hält sich mit beiden Armen am Hang fest. Lorenzo geht voraus. Ella sieht, wie ihr Bruder mit dem Mann spricht. Nach einer Weile löst sich der Mann vom Hang und geht in die Hocke. »Auch das noch«, sagt Fabio. Er geht nach vorne zu Lorenzo.

Endlich kommen die drei Männer in Bewegung. Der Mann mit dem Strohhut geht zwischen Lorenzo und Fabio. Riccardo drückt sich an Ella vorbei und bleibt hinter ihr.

Zu fünft wandern sie zurück zum Auto. Lorenzo lässt den Touristen einsteigen, er setzt sich zu Riccardo und Ella auf den Rücksitz. Ella muss in die Mitte rutschen. Sie dreht sich um und schaut aus dem Heckfenster. *Dies ist ein Garagentor, nur ein Trottel parkt davor.* Lorenzo startet den Motor. Im Schritttempo fahren sie von der Scheune weg. Der Lancia holpert über den Naturboden zurück auf die Strasse. Der Mann mit dem Strohhut, der noch vor Kurzem kaum ein Wort über die Lippen bekommen hat, redet pausenlos. Während der Fahrt legt Riccardo seine Hand auf Ellas Oberschenkel, Ella wischt sie von ihrem Bein. Sie lässt ihre Hand auf der seinen liegen.

… achtzehn Jahre zuvor

»Spätestens bei der Geröllhalde kehren sie alle um. Die Touristen fahren mit dem Auto bis zur Passhöhe hinauf und dann wird losgewandert, aber mit was für einem Schuhwerk«, hat die alte Frau, die die Gästezimmer vermietet, gemurrt. Eigentlich haben sie im Restaurant zu Abend essen wollen. Aber die alte Frau hat Capuns gemacht. »Der Mangold kommt aus meinem Garten«, hat sie gesagt. Nachdem Fabio seinen Teller ratzeputz leer gegessen hat, hat er Capuns zu seiner neuen Lieblingsspeise erklärt. Die alte Frau hat sich gefreut und einen Schnaps offeriert. Zu viert haben sie sich in Riccardos Zimmer zurückgezogen und eine weitere Flasche Wein getrunken. Eine Weile haben sie über sich noch das Radio und die Schritte der alten Frau vernommen. »In diesem Holzhaus hört man alles, da gibt es keine Privatsphäre«, hat Lorenzo gesagt. »Wie bei uns im Dorf«, hat Ella gesagt. Kurz darauf sind Lorenzo und Fabio verschwunden.

»Schlafen die beiden schon?«, fragt Riccardo. »Bestimmt«, sagt Ella. »Meine Brüder sind Langweiler. Immer wenn's interessant wird, beginnen die zu gähnen. Aber wenn du dich auch hinlegen willst, nur ein Wort und ich bin weg.« »Ach woher«, sagt Riccardo, »ich bin fit.«

»Darf ich hier eine Zigarette rauchen?«, fragt Ella. »Wenn du mir auch eine gibst«, sagt Riccardo. Ella mustert ihn. Ein Arzt, der raucht. So langsam wird ihr dieser Mann sympathisch. Sie schauen sich eine Weile schweigend an, ohne dass ihnen die Stille peinlich wird.

Riccardo macht den Anfang. Er erzählt Ella, dass er sich gleich nach dem Studium in seinen VW-Bus setzte und mit dem Surfbrett auf dem Dach nach Lanzarote fuhr. Ein halbes Jahr blieb er dort. »Später will ich ins Ausland«, sagt Riccardo.

»Fremde Kulturen sind wichtig, auch in der Kunst«, sagt Ella. »Die Formen der afrikanischen Skulpturen hatten einen grossen Einfluss auf die Arbeiten von Braque. Und Jackson Pollock war von den Inuit-Motiven beeindruckt.« »Von Braque habe ich schon gehört«, sagt Riccardo. »Der andere sagt mir nichts.« Weder über die abstrakten Expressionisten noch über den Kubismus weiss Riccardo etwas. Aber er hört Ella interessiert zu.

Sie verrät ihm von ihren Ambitionen als Künstlerin. »Nach der Grafikausbildung werde ich mich wieder vermehrt auf meinen Hauptberuf konzentrieren«, sagt sie.

»Aber warum hast du das Kunststudium abgebrochen?«, fragt er. Offenbar hat ihm das Lorenzo erzählt.

»Abgebrochen ist vielleicht der Ausdruck meines Bruders«, sagt Ella. »Für mich war es etwas anderes.«

Riccardo bläst den Rauch aus der Nase.

»Und das wäre?«, fragt er.

»Ich bin aus dem Studium herausgerutscht«, sagt Ella.

»Herausgerutscht?«, fragt er.

»Ja – so würde ich das nennen«, sagt Ella.

4

Draussen auf der Treppe zündet sie sich eine Zigarette an.
Dass Maria Sofia den Dachstock ausbauen will, versteht Ella nicht. Und dann will die Mutter noch einen eigenen Zugang schaffen, von aussen. Für was dieser Aufwand?
Ella ist aufgestanden. Ihr Blick gleitet über die Fassade, es ist ein schönes Haus.
Die Fenster wurden bereits vor ein paar Jahren ersetzt. Nach Ellas Ansicht war das ein übertriebener Luxus. Sie hatte noch versucht, die Mutter davon zu überzeugen, dass sie wenigstens die Fenster im Erker belässt, wegen der Eisblumen im Winter. Nicht neue Fenster seien ein Luxus, die alten seien es, hatte die Mutter erwidert. Wenn sich Maria Sofia etwas in den Kopf setzt, ist sie nicht mehr davon abzubringen.
»Du gehst mit dem Kopf durch die Wand.« B.
Riccardo ist auf Ellas Sitzplatz gerutscht. Er unterhält sich mit der Mutter, wie sie lachen kann. Was er ihr gerade erzählt? Durch die neuen Fenster ist nichts zu hören, Ella bläst den Rauch gegen die Scheibe.
»Hoi.«
Ella zuckt zusammen. Auf der Strasse steht Päuli, er streckt seinen Arm über den Zaun. Widerwillig schreitet Ella über die Steinplatten in den vorderen Teil des Gartens. Sie gibt Päuli einen Klaps auf die Hand.
»Der hat bei der Geburt zu wenig Sauerstoff erwischt.« Gasser Gerda vom Restaurant Ochsen.
Mit einem ernsten Gesicht zog Päuli den Rillbock unter dem Metallgestell hervor. Auch Ella hätte gerne das dicke Papier gerillt, aber dies war Päulis Arbeit. Ella sass am Holztisch und falzte die Karten. Meistens war es Päuli, der bestimmen durfte, wobei Ella in der Druckerei mithelfen musste.
Nur die Blätter zu Garnituren zusammentragen durfte Päuli selber nicht. Sobald mehr als drei Stösse Papier auf dem Tisch lagen, stimmte bei ihm die Reihenfolge nicht mehr.
»Wenn eine Kuh keine Milch gibt, wird sie geschlachtet.« Geschäftsführer.
»Der neue Chef ist ganz in Ordnung«, sagt Päuli. »Alle haben in der Druckerei bleiben können. Aber ich darf nicht mehr so lange bei der Kundschaft stehen bleiben, auf ein Schwätzli.«
Päuli hält seine Hand vor Ellas Gesicht und reibt seinen Mittelfinger über den Daumen.

Ella mochte diesen Geruch, das Gemisch von Farben und Reinigungsmitteln. Früher war die Druckerei in einem einzigen Raum untergebracht. Es war sehr laut, das unregelmässig holpernde Geräusch der Buchdruckmaschine und das heftige Knallen der Falzmaschine. Lieber hielt sich Ella einen Stock tiefer auf, nur dort gab es nichts zu tun. Im Untergeschoss waren die Regale mit den Büchern und Kartons. Das Material derjenigen Kunden, die keinen eigenen Lagerplatz hatten. Und die Papierpakete waren dort gestapelt, alle möglichen Formate, Farben und Dicken. Aber auf keinen Fall bekam Ella von diesem Papier. Päuli schnitt für Ella den Papierabfall zurecht.

»Und die Goldstücke habe ich dir gegeben«, sagt Päuli.

Die runden goldenen Stanzlinge von der Grösse eines Zwanzigrappenstücks. Ella hätte lieber eine Goldkrone gehabt, aber von denen rückte Päuli keine heraus.

»Es wird nicht geschummelt. König wird, wer beim Dreikönigskuchen auf den König beisst!«

In der Zwischenzeit hat es sich im Dorf herumgesprochen, dass Ella auch den zweiten Ehemann verlassen hat. »Andere sammeln Rahmdeckeli.« Müller Hans vom Stauwerk. Auch Päulis Vater ist ein Lästermaul.

Die Gasser Gerda und die junge Ortelli vom Lebensmittelgeschäft sind am Gartenzaun stehen geblieben. Ihrer Mutter gehe es schlecht, erzählt die junge Ortelli. Sie habe Probleme mit den Beinen, nicht einmal mehr bis zur Post komme sie. Hinter dem Goldflieder taucht der Imhof Kari auf, mit einer Frau, die Ella nicht kennt.

Ella würde gerne wieder zurück ins Haus gehen, aber sie hat den richtigen Zeitpunkt verpasst. Die neuen Fenster sind offenbar doch nicht dicht.

Die Mutter und Lorenzo erscheinen unter der Tür, dahinter Regina.

»Ah, du hast das neue Mitglied des Turnvereins schon kennengelernt«, sagt die Mutter zu Ella. Der Imhof Kari, der ehemalige Präsident des Turnvereins, klopft der Unbekannten auf die Schulter.

Monika Meier wohne in dem neuen Haus mit der hellgrünen Fassade. Das letzte Haus vor dem Rebberg, sagt die Mutter. Sie stellt der Zugezogenen Lorenzo vor, die Frau hat einen stechenden Blick. Als sie Lorenzo die Hand gibt, verwandelt sich ihr Gesicht, und sie fängt an zu lächeln. Arzt ist im Dorf ein Zauberwort.

Am Tisch sitzen zu viele Menschen. Maria Sofia hat zum Dessert Panna cotta gemacht, mit Himbeeren vom eigenen Himbeerstrauch, tiefgekühlt. Die Tiefkühltruhe der Mutter ist mit Früchten und Gemüse bis obenhin voll. Daran hat sich nichts geändert, ob sie nun einen grossen Haushalt zu führen hat oder nur für sich alleine sorgen muss.
Regina hilft der Mutter beim Servieren. Ella hat den besseren Sitzplatz, hinten auf der Eckbank neben der Nische.
»Ich habe genug für alle«, hat die Mutter im Garten gesagt. »Ich komme gerne ein anderes Mal«, hat sich die junge Ortelli entschuldigt. Sie hat das Lebensmittelgeschäft wieder öffnen müssen. Der Imhof Kari und die Zugezogene sind auf dem Weg zum Gemüsemarkt gewesen.
»Zum Glück«, hat die Gasser Gerda gesagt, als sie sich an den Tisch gesetzt hat, »keiner mag die Zugezogene.«
»Ein hochnäsiges Ding«, hat Päuli gesagt.
Während die Mutter das Dessert angerichtet hat, haben Riccardo und Ella die Kartons vom Dachstock heruntergeholt. In einem Jutesack sind die Boxhandschuhe gelegen, irgendjemand schenkte ihr die als Jux zur ersten Hochzeit.
Päuli hat sofort ja gesagt.
Ella hat die Boxhandschuhe in einen Plastiksack gesteckt und sie Päuli gegeben.
»Geil«, hat er gesagt.
»Ist das nicht Riccardo?«, fragt Päuli plötzlich, »jetzt glaube ich, ich drehe durch.«
Ella schaut unter den Tisch, zwischen Päulis Füssen klemmt der Plastiksack.
Als sich Ella wieder aufsetzt, platzt ihr beinahe der Kopf.
Sie legt die Dessertgabel zurück auf den Teller. Ella entschuldigt sich.
In der Küche dreht sie den Wasserhahn voll auf. Sie benetzt ihr Gesicht.
»Ist dir nicht gut?«, fragt Riccardo, der zu ihr in die Küche gekommen ist.
»Es geht schon«, sagt Ella. »Ich glaube, ich werde einen Spaziergang machen, sobald der Gemüsemarkt vorbei ist.«
»Wenn ich darf, komme ich mit«, sagt Riccardo und schaut kurz auf seine Armbanduhr.
»Du hast ganz rote Wangen. Geht es dir nicht gut?«, fragt er noch einmal.
»Ich glaube, ich setze mich wieder nach draussen auf die Treppe«, sagt Ella.

Ella nimmt Riccardo an der Hand. Sie springen über die Strasse. Etwas weiter vorne steht der Imhof Kari und unterhält sich mit dem Müller Sepp. Der Müller Sepp, Maria Sofias Nachbar, hat einen Korb am Arm. »Der ist noch nicht weit gekommen«, sagt Ella. Sie biegen auf den Gemspfad ein, der zwischen die Häuser führt. »Ist das nicht ein Privatweg?«, fragt Riccardo. »Sicher ist das einer«, sagt Ella. »Aber hier sieht uns keiner. Die Zugezogenen verbarrikadieren ihre Gärten, wenn die Hecken noch nicht dicht genug sind, stellen sie Holzwände hin.« Kaum hat Ella das gesagt, tauchen die ersten Hecken auf. »Versuch da mal durchzuschauen, du siehst nichts!«, sagt Ella, »aber sie auch nicht, das ist die Gerechtigkeit.« »Und wenn einer im ersten Stock aus dem Fenster schaut?«, fragt Riccardo. »Dann rennen wir davon«, lacht Ella.
Für Ella ist es genug gewesen, auch noch mit Päuli und der Gasser Gerda, der jungen Ortelli, dem Imhof Kari und der Zugezogenen. Wenn sie die Dorfstrasse entlanggingen, begegneten sie bestimmt noch einem Dutzend Leuten. Wäre schlechtes Wetter, befänden sie sich alle in den Häusern. Aber es ist ein sonniger Tag.
Die Gasser Gerda hat Ella nicht auf Anhieb erkannt. Riccardo ist ein grosser Mann. Er fällt auf.
»Bestimmt wird das Päuli nun zu Hause erzählen«, sagt Ella. »So habe ich schon lange keinen mehr erschreckt«, lacht Riccardo. »Ich falle hier auf wie ein bunter Hund.«
»In diesem Dorf wird jeder zum Gesprächsstoff«, sagt Ella. »Selbst wenn du nichts tust, wird das mit der Zeit verdächtig.«
Als sie über den nächsten Schleichweg zum Kirchplatz gelangen, sieht Ella etwas weiter hinten den Rebberg, davor das Haus mit der hellgrünen Fassade.
Ella und Riccardo gehen um die Kirche. Nicht nur das Pfarrhaus ist frisch renoviert worden, auch die Kirche hat einen neuen Anstrich erhalten.
»Der Gemeindekasse scheint es gut zu gehen, mit den vielen Zuzüglern«, sagt Ella. Die Kirche im Dorf ist noch in Betrieb. Erstmals hörte sie das von Riccardo aus L.A., dass eine Kirche zu einer Diskothek umfunktioniert worden war.

Nicht alle Kartons lassen sich im Kofferraum verstauen, Riccardo stellt den grössten auf den Rücksitz. Ella schiebt die restlichen Schallplatten in den Jutesack.
»Halt«, ruft der Müller Sepp, gerade als sie losfahren wollen. Ella öffnet die Tür, sie bedankt sich beim Müller Sepp. Ella dreht sich um und legt die Madama-Butterfly-LP auf den Karton.
Die Mutter und der Müller Sepp stehen auf der Strasse und winken ihnen hinterher, bis das Auto in die Kurve fährt.
»Endlich«, sagt Ella.
»Wollen wir zum Nusshof hinauffahren und über den Hügel?«, fragt Riccardo.
»Mir wär's lieber, du bögst auf die Hauptstrasse ein, wenn's dir recht ist«, sagt Ella.
Riccardo dreht ihr kurz das Gesicht zu. »Wie du meinst«, sagt er.
Von dem Jungen ist nichts mehr zu hören. Sobald es dunkel ist und das Auto eine Weile fährt, schläft Milo ein.
Ella hätte sich zu diesem Besuch nicht überreden lassen dürfen. Ihr Körper ist bis ins letzte Glied steif, das Klopfen im Hals hat sich wieder verstärkt. Den ganzen Weg bis zum Bahnhof schweigen sie.
Der Spaziergang mit Riccardo hinauf bis zum Stauwerk hat ihr gut getan. Die meiste Zeit sind sie wortlos nebeneinander hergegangen. Riccardo ist genauso ein schweigsamer Mensch wie sie. Im Wald haben sie den Farn bestaunt und durch die Büsche hinunter auf den Bach geschaut.
»Die Menschen sind nicht perfekt. Nur die Natur ist es«, hat Riccardo gesagt. Ella hat auf diese unvermittelte Äusserung nichts zu antworten gewusst. »Hier ist der Boden immer feucht«, hat sie gesagt. Ella mag die bemoosten Steine. Auch Riccardo ist stehen geblieben.
Das letzte Mal war sie mit B. im Fichtenwald, an der Stelle, an der die Bäume ein wenig Sonne durchlassen. Sie gingen nicht bis zum Stauwerk hoch, auf der Hängebrücke setzten sie sich auf den Boden. »So etwas Schönes habe ich schon lange nicht mehr erlebt.« B.
»Bist du glücklich verheiratet?«, fragt Ella in die Stille.
»Wir haben unsere Höhen und Tiefen«, sagt Riccardo. Er tätschelt ihren Oberschenkel.
Auf der Autobahn muss Ella in Gedanken versunken gewesen sein. Als sie aus dem Fenster blickt, sieht sie in der Ferne die Wohnblöcke.
Ella lehnt an der Scheibe. Der Linienbus ist von der Haltestelle weggefahren, Ella schaut die Passanten an, die vor der Ampel stehen geblieben sind. Wie unwirklich ihr dieses Leben vorkommt. Ob die Geister die Welt so sehen?

... vier Jahre zuvor

Die Mutter und Ella sind über Riccardos Zusage überrascht gewesen, dass er zur Beerdigung von Ellas Patin kommen wird. Mit ihm haben sie nicht gerechnet. Riccardo, der kaum Zeit für private Besuche findet. Nur für eineinhalb Wochen ist er in der Schweiz. Seine Frau ist mit den Kindern in Amerika geblieben. Noch mehr hat Ella über Riccardos Vorschlag gestaunt, sich mit ihm am Bahnhof zu treffen und anstelle der Fahrt mit dem Postauto den Weg zu Fuss zurückzulegen, über den Hügel, der das Dorf vom Bahnhof trennt. Bernards Schwester hat Milo für dieses Wochenende zu sich geholt.

»Ich möchte die Kirschblüte sehen«, verrät ihr Riccardo, als sie die Strasse hinter dem Bahnhof hochgehen. »Die Bäume müssten jetzt in der Blüte stehen.«

Als sie am ersten Kirschbaum vorbeikommen, würde Ella am liebsten aus Spass Riccardo eine Blüte ins Haar stecken. Aber sie will ihm die Freude nicht verderben.

Ellas Füsse schmerzen, für den einstündigen Marsch trägt sie nicht die passenden Schuhe. Aber wer will schon wie der letzte Bauer bei der Trauergemeinde eintreffen, mit Rock, Seidenstrümpfen und Wanderschuhen. Wobei Ella ihre braunen Lederpumps auch in der Handtasche hätte mitnehmen können, aber das kommt ihr erst jetzt in den Sinn.

Ella steht auf der Kuppe und schaut hinunter. Das Dorf liegt lieblich in der Hügellandschaft, zwischen den grünen Wiesen und den Obstbäumen. In den vergangenen Jahren hat sich das Dorf zu beiden Seiten ausgedehnt. Die Kirche, die einmal ausserhalb des Dorfes lag, ist gegen das Dorfzentrum gerückt.

Unterhalb der Kuppe kommen Ella und Riccardo am Nusshof vorbei. Noch immer stehen die drei Kutschen vor der Scheune. Der Hund rennt bellend auf sie zu. Die Kette reisst den Rottweiler zurück und stellt ihn auf die Hinterbeine. Der Nussbaumer Max kommt hinter einer Kutsche hervor. Er geht auf Riccardo und Ella zu. Ella muss er wohl für eine Fremde halten. Erst beim zweiten Hinschauen erkennt er sie. »Aus dir ist aber eine schicke Lady geworden«, sagt er, »ja, ja, der Apfel fällt nicht weit vom Stamm. Maria Sofia kommt auch immer daher wie aus dem Trückli.« Ella schaut zur Weide, dort stehen ein paar Pferde. Seit sie denken kann, werden auf dem Nusshof Haflingerpferde gezüchtet. »Ein Stockmass von einem Meter fünfzig strebe ich bei meinen Pferden an«, sagt Ella mit dunkler Stimme, »wobei ich darauf achte, dass die guten Eigenschaften erhalten bleiben, der Charakter und die Gesundheit.« »Du hast vielleicht ein Gedächtnis«, sagt der Nussbaumer Max und lässt einen Pfiff los. Ella schaut sich die fuchsfarbenen Pferde mit dem hellen Deckhaar an. Zwei der Pferde tragen Augenbinden. Sind das die Zuchthengste? Der Bauer zeigt mit dem Daumen nach hinten zur anderen Weide, »Texelschafe aus Holland«, sagt er. »Die lassen sich gut mit den einheimischen kreuzen. Ein Fleisch gibt das.« Der Nussbaumer Max küsst seine Fingerspitzen und schickt den Kuss weiter in Richtung Himmel.

... siebzehn Jahre zuvor

»Ich bin mit einer Frau verheiratet, die nicht bei mir einziehen will.« Ella hört, wie ihr Mann draussen im Flur mit jemandem telefoniert. Riccardo hat für ein Jahr eine Assistentenstelle in Arth-Goldau angenommen. Auch an den Wochenenden sehen sie sich kaum. Sobald Riccardo ein, zwei Tage frei hat, fährt er in die Berge. Seit drei Monaten ist Ella eine ausgebildete Grafikerin. In Zürich hat sie über einer Tankstelle eine Einzimmerwohnung bezogen. Das Mansardenzimmer, das zur Wohnung gehört, wird sie sich als Atelier einrichten. Zurzeit arbeitet sie im Wohnzimmer. Zwei Häuser weiter wohnt ihre Freundin Mara.
Riccardo tritt ins Wohnzimmer. Er streckt die Hand weit von sich weg, zwischen seinem Zeigefinger und seinem Daumen hängt ein Kniestrumpf. »Was sucht der neben dem Telefon?«, fragt er.
»Melde dich das nächste Mal an, dann räume ich auf, bevor du kommst«, hat Ella gesagt, als sie vorhin in der Küche gestanden sind und sie das schmutzige Geschirr vom Tisch weggeräumt hat. Riccardo hat einen Kaffee aufgesetzt. Er ist länger vor dem geöffneten Kühlschrank gestanden, aber er hat die Milch nicht finden können.
Wie Riccardo hat auch sie ihre Hände in die Hüften gestützt und die aufgetürmten Büchsen, Dosen und Kartonbehälter auf der Ablage neben dem Kühlschrank bestaunt.
»Darf ich mich hinsetzen?«, hat Riccardo gefragt. Ella hat die vollen Papiersäcke vom Stuhl weggenommen und auf den Boden gestellt.
Wäre das Wetter besser, wäre Riccardo nicht hier. Die Tour auf den Salbitschijen haben sie verschieben müssen. Möglichst an jedem Wochenende besteigen sie einen Berg. Noch in diesem Jahr wollen Riccardo und Lorenzo auf den Piz Badile. »Wenn du sagst, du warst in der Nordostwand auf der Cassin-Route, dann weiss gleich jeder Bescheid«, hat ihr Riccardo erklärt. »Das ist die kleine Olympiade.« Mit der Kaffeetasse in der Hand setzt sich Ella auf Riccardos Schoss. »So eine Wand ist eindrücklich. Du denkst, es ist unmöglich, dass so etwas Kleines, Unscheinbares wie ein Mensch so etwas Imposantes, Mächtiges durchsteigen kann. Eigentlich unvorstellbar.« Während Riccardo spricht, nippt Ella an ihrem Kaffee. »Stundenlang hältst du diese hohe Anstrengung aus, und dann stehst du oben und alles fällt von dir ab. Die Zufriedenheit und die Glücksgefühle, die dann hochkommen, sind immens. Ich habe etwas erreicht. Diese Herausforderung habe ich bestanden.«

Ella hört Riccardo zu, ohne ihn ein einziges Mal zu unterbrechen. Ihre anfängliche Bewunderung für Riccardos Leidenschaft ist in Sorge umgeschlagen.

Riccardo sammelt die Skizzen ein, die im Wohnzimmer herumliegen.

»Am Ende trete ich noch auf eine«, sagt er.

Riccardo schaut sich die Blätter an.

»Warum benutzt du einen Farbstift? Ist das nicht umständlich, wenn du radieren musst?«

»Ich radiere nie«, sagt sie. »Ich beginne immer sehr fein, sobald ich der Form näher komme, werden die Striche automatisch kräftiger.«

... siebzehn Jahre zuvor

»Du würdest lieber endlich zu mir nach Arth-Goldau ziehen. Und wenn ich am Abend nach Hause komme, wartet hinter dem Herd eine Frau auf mich«, sagt Riccardo. Er provoziert. »Immer dieselbe Platte«, sagt sie und wirft sich zu ihm aufs Bett.

Für drei Tage die Woche hat Ella in einem Grafikbüro eine Arbeit gefunden, als Freelancerin. Die restliche Zeit kann sie sich endlich auf ihren Hauptberuf konzentrieren. Ella hat Glück gehabt, sie hat das zweite Mansardenzimmer dazumieten können. Vergangene Woche hat sie mit Mara und Sebastian die Zwischenwand herausgeschlagen. Den vierzig Quadratmeter grossen Raum haben sie bereits gestrichen. »Wer weiss schon, was im Winter sein wird«, hat sie am Telefon zu Riccardo gesagt. »Vielleicht lässt sich der Raum mit einem Elektroofen heizen.«

Riccardo dreht sich zu ihr. »Du könntest hier bei mir wohnen und dich sechs Tage die Woche auf deine Kunst konzentrieren«, sagt er. Schon möglich, dass sich auch in Arth-Goldau ein Atelier finden liesse, alte Häuser gibt es überall. Aber eine Arbeit als Grafikerin dürfte schwierig sein.

»Dein Angebot ist verlockend, trotzdem, es ist nichts zu machen«, sagt Ella. »Ein Jahr ist schnell um, dann schauen wir, wie es weitergeht.«

Ella ist spät am Abend noch zu Riccardo gereist. Sie will wenigstens bei ihm sein, wenn er am nächsten Tag abreist. Und wenn er zurückkommt, wird sie ihn in seiner Wohnung empfangen, wie es sich für eine junge Ehefrau gehört. Zur Feier wird sie etwas kochen.

Die Tage dazwischen wird Ella in Zürich verbringen. »Morgen Abend gehe ich mit Mara tanzen«, flüstert sie in Riccardos Ohr. »Und am Tag darauf kommt Renée Eve aus Genf.«

»Dass ihr ausgerechnet auf den Piz Badile müsst«, sagt Ella und ärgert sich, dass sie es nicht lassen kann.

»Eine klassische Route ist faszinierend, schon aus historischen Gründen«, sagt Riccardo. »Wenn man sich auf die Spuren der Pioniere begeben kann. Was denkst du, mit was für einer Ausrüstung die da hochgingen. Durchaus kannst du noch einen Holzkeil aus dieser Zeit finden.«

Riccardo hat auf der Sasc Furä-Hütte angerufen. »Der Kamin ist schneefrei und die Wand trocken, ein guter Zeitpunkt«, hat Riccardo gesagt. Ella hat das Schönwetterfenster der kommenden Tage verflucht.

Riccardo und Lorenzo trainieren schon länger auf diese Tour hin. Bei Riccardo hat sie weniger Sorge, aber Lorenzo traut sie dies nicht zu.

Ella versucht fröhlich zu wirken, aber ihre Stimmung ist gedrückt. Sie wäre besser in Zürich geblieben.
»Lorenzo ist ein guter Kletterer, und er ist mental sehr stark«, sagt Riccardo. »Das kann ich nicht glauben«, sagt Ella. »Du unterschätzt deinen Bruder. Das scheint bei euch in der Familie zu liegen.« »Darf ich das als Kompliment auffassen?«, fragt Ella. »Das würde ich an deiner Stelle tun«, sagt Riccardo und zieht Ella näher zu sich. Ella drückt ihn von sich weg.
»Bist du wirklich sicher, dass Lorenzo da hochkommt?«, fragt sie.
»Keine Sorge«, sagt Riccardo, »ich gehe nicht mit jedem ans Seil.«
Riccardo zählt, wie viele Seillängen es die Nordostwand hinaufgeht. Ella wird es schwindelig. »Nach fünf Seillängen gibt es keine Umkehr mehr«, sagt er, »was auch immer dann passiert, wir können nur noch aufwärts.«
»Und was, wenn ein Wetterumsturz kommt?«, fragt Ella. »Dann klettern wir durch die Bäche und Wasserfälle hoch«, sagt Riccardo. Ella erwidert nichts mehr. Wenn es dann noch kalt wird, friert Riccardo als Erster ans Seil.

5

Im Schrank auf dem obersten Brett ist Milos Fahrradhelm verstaut. Als sie mit dem Lift hinunter in die Tiefgarage gefahren sind, hat Milo keinen Mucks von sich gegeben. Dass er mit seinem Fahrrad in den Kindergarten fahren will, hat er zum Glück wieder vergessen. So schnell geht das bei dem Kind. Ella hat den Gameboy im Feldstecher-Etui versorgt. Voller Stolz hat sich Milo das Etui umgehängt. Der Gameboy gehört Luc. Er hat ihn dem kleinen Cousin ausgeliehen.
Jetzt ist alles wieder cool.
Nur nicht für Ella. Sie versteckt den Feldstecher unter ihrer Jacke und wartet, bis der Gärtner mit dem Elektrofahrzeug vorbeigefahren ist.
Diesmal hat er ihr nicht zugewinkt. Ella schaut dem Elektrofahrzeug hinterher, wie es über die Pflastersteine holpert.
Mit Herzrasen ist sie mitten in der Nacht aufgewacht. Ella hat sich aufgesetzt. Sie hat sich an die Wand gelehnt und nachgedacht.
Schliesslich ist sie aus dem Bett gestiegen. Sie hat den Mantel von der Garderobe gezogen und ist in die Stiefeletten geschlüpft.
Mit einem Glas Wasser in der Hand hat sie es sich im Sessel auf dem Balkon bequem gemacht und weiter nachgedacht, immer im Kreis.
Sie hält den Feldstecher vor die Augen und dreht am Okular.
Die spindelförmigen Schnecken sind verschwunden. Der schlanke Nadelbaum dahinter wird fast vollständig von den Blättern verdeckt.
Ein Tannenzapfen schaukelt ins Bild.
Das hätten B. und sie nicht gedacht, als sie im Fichtenwald auf der Hängebrücke am Boden sassen. Damals war die Welt noch in Ordnung für sie.
»A un certo punto la corda si è tirata troppo.« Grossvater. (Einmal ist der Bogen überspannt.)
»Ma tu hai reagito in maniera sbagliata.« Maria Sofia. (Aber du hast falsch reagiert.)
Ella schwenkt mit dem Feldstecher hinüber.
»Bis zu tausend Jahre alt kann der Ginkgo biloba werden.« Gärtner.
Zwischen den Stielen hängen Blütenkätzchen.
Ella legt den Feldstecher auf die Bank. Bevor sie aufsteht, schaut sie noch einmal zum Riesen.
Was für ein Baum, der so viel Himmel durch die Äste lässt.

Schon wieder stehen im Wohnzimmer Kartons herum. Ella hätte nicht auf Riccardo hören sollen. Ob er nicht einen Schlenker zur Tiefgarage machen könne, hat Ella gefragt. Selbstverständlich, hat Riccardo geantwortet. Aber die Kartons dort einfach abladen, ohne vorher hineinzuschauen, das hat er »jenseits« gefunden.
Dafür hätten sie die Kartons nicht bei der Mutter holen müssen, hat er gesagt.
Immerhin, die Boxhandschuhe ist sie losgeworden. Mindestens dreimal hat sich Päuli bei ihr bedankt. Trainiert er jetzt heimlich?
Die Blätter zu Garnituren zusammentragen durfte Päuli nicht, aber nicht nur er. Rings um den Tisch waren die Papierstösse ausgelegt. Mit dem hintersten Stapel wurde begonnen, der Reihe nach wurden die Blätter aufeinandergelegt. Bis zu tausend Garnituren wurden von Hand hergestellt, gelegentlich sogar noch mehr.
»Träumen kannst du, wenn du schläfst.« Herr Keller.
Nur Lorenzo und Fabio machten immer alles richtig. Sobald Herr Keller, der Buchbinder, das Format zurechtgeschnitten hatte, konnte Ella dafür mit dem breiten Pinsel ableimen. Auch die Garnituren auffächern durfte sie.
Für die Schreibblöcke tauchte Ella den breiten Pinsel in den anderen Topf, den mit dem gewöhnlichen Weissleim. Päuli stand neben ihr und trennte mit dem flachen Messer die Blöcke, immer dort, wo der Karton war. Wenn ein Kunde in den Raum trat, hörte Päuli mit seiner Arbeit auf. Nicht alle Kunden hatten Freude an dem geschwätzigen Päuli, aber ein paar schon.
Ella hat die Kartons aufeinandergestellt. Sie schiebt den Turm an die schmale Wand, die die Küche vom Wohnzimmer trennt. Daneben stehen die Schallplatten, auch die hat Ella nicht durchgeschaut. Ella knüllt den Plastiksack zusammen und wirft ihn in den Abfalleimer.
Sie kauert neben dem Küchenschrank.
Dass Päuli auch drei Jahre nach dem Verkauf der Druckerei noch dort arbeitet, ist immerhin eine gute Nachricht. Wenigstens darüber könnte sie sich freuen.

Ella mochte den geschwätzigen Päuli nicht, jeden Morgen sass er bei ihnen am Frühstückstisch. Dass die Mutter aber auch nie zeitig parat sein konnte, verstand Ella nicht.
Päuli redete ohne Unterlass, was der immer alles zu erzählen hatte. Ella sagte kaum etwas, auch Lorenzo und Fabio nicht. Die Mutter goss für Päuli eine Tasse Kaffee ein.
An Päulis Oberlippe hing der Milchschaum, er ass ein Marmeladebrot und redete mit offenem Mund weiter. Auch wenn Ella das nicht sehen wollte, sah sie immer wieder hin und ekelte sich.
Jedes Mal die Erleichterung, wenn draussen die Autotüren zuknallten. Erst als die Mutter Päuli ein Moped mit Anhänger kaufte, damit er die Drucksachen ausliefern konnte, hörten die morgendlichen Besuche auf.
»Ich bin absichtlich immer zu früh gekommen.« Päuli.
Milo fährt mit dem Feuerwehrauto durch das Wohnzimmer. »Das ist geil«, sagt er.
Ella springt vom Stuhl auf. Mit dem Fuss bringt sie das Feuerwehrauto zum Stillstand. »So etwas höre ich von dir nicht mehr.«
»Warum?«, fragt Milo.
»Darum!«, sagt Ella.
Milo fährt mit dem Feuerwehrauto weiter. Unter dem Türrahmen dreht er sich zu Ella um, »geil«, sagt er leise.
Jetzt müsste sie nochmals aufspringen und stärker durchgreifen. Dem Jungen ein für alle Mal klarmachen, dass sie das von ihm nicht mehr hören will und dass sie sich von einem Kindergartenbengel nicht provozieren lässt.
Die Haut an ihrem Körper brennt. »Wenn ich das noch einmal von dir höre, ist der Zoobesuch gestrichen. Haben wir uns verstanden?« Ella ist selber erstaunt, mit was für einer ruhigen Stimme sie das sagen kann.
Sie lehnt am Fenster und schaut hinaus. Beim Brunnen hinter der Holzbank sieht sie den Busch, gelbe Fäden hängen in den Zweigen. In fast jedem Garten im Dorf steht ein Goldflieder. Das ist Ella aufgefallen, als sie zu Hause gewesen ist.

Bevor Ella die Wohnung verlässt, schleicht sie mit der Taschenlampe in Milos Zimmer. Der Junge hat einen friedlichen Schlaf, auch die feingliedrigen Hände hat er von B.
B., der sich bis zum heutigen Tag nicht bei ihnen meldet. Ella schliesst die Wohnungstür hinter sich. Sie drückt den Liftknopf.
Wenigstens an den Jungen könnte er denken. Ihre neue Adresse schickte sie ihm per E-Mail, da war er noch in Helsinki. Bevor die E-Mail von ihrem Bildschirm verschwand, hatte sie einen schwarzen Balken über die Umarmung gezogen und diese weggeklickt.
Hinter dem Kinderspielplatz kann Ella eine Person ausmachen. Die Überbauung soll eine Bewachung haben, in Uniform und in Zivil. Vielleicht ist es auch nur ein Baumstumpf, in der Dunkelheit ist das nicht zu erkennen.
Ella setzt sich auf den Betonhocker, hinter den Lichtschein der Laterne. Ihr Blick streift die Fassade entlang. In der Staumauer brennen sieben Lichter. Ella dreht sich um und schaut zu ihrer Wohnung hoch, unter der Küche ist es hell. Auch dort scheint noch jemand wach zu sein.
Ein paar verspätete Ostereier hat Ella der Mutter mitbringen wollen, mit einem einfachen Wachskreidemuster verziert, das hätte der Junge selber malen können. Aber im Kühlschrank hat sie keine Eier gefunden. Möglich, dass sie die am Tag zuvor bezahlt und dann an der Kasse liegen gelassen hat. Zum Glück ist ihr das mit der Donald-Duck-Zeichnung in den Sinn gekommen. Die Nacht ist dunkel, kein einziger Stern steht am Himmel. Ausser dem Wind, der gelegentlich durch die Tanne fährt, ist im Hof nichts zu hören. Wie sich die Mutter jedes Mal über ein Geschenk eines ihrer Grosskinder freuen kann. Auf dem Wohnzimmerschrank stehen die Kostbarkeiten, sogar die Giraffe aus Ton, die stammt noch aus Ellas Kindheit. Der Kühlschrank der Mutter ist mit Zeichnungen vollgeklebt, von Milo, Luc, Anna, Sofia und Lisa. Die Mutter ist bei Ella in der Küche gestanden und hat die Zeichnung der kleinen Lisa kommentiert, ein Bild mit ein paar Strichen nur. Wenn sich die Mutter freut, bekommt sie Grübchen in den Wangen.

Die Zeichnung von Luc hätte Ella dem Jungen nicht durchgehen lassen. »Die ist super«, hat Ella zu ihrem Neffen gesagt. »Hast du das am Fenster abgepaust?« Luc hat den Kopf geschüttelt.

Das Schiff wäre knapp noch möglich gewesen für ein zehnjähriges Kind, kaum aber der Pirat. »Wenn er es sagt.« Regina.

Regina sei betupft gewesen, flüstert Riccardo. Die ganze Zeit sei Ella draussen auf der Treppe gesessen, oder sie habe sich in der Küche verschanzt. Dabei habe Regina geglaubt, das Eis zwischen ihnen sei geschmolzen.

»Hast du ihr nicht gesagt, dass mir nicht gut gewesen ist?«, fragt Ella.

»Am besten wäre wohl, du rufst sie einmal an«, sagt Riccardo.

»Liegt es an mir, wenn Regina alles, was ich tue, auf sich bezieht? Ich darf mich doch vom Tisch entfernen, wenn es mir zu viel wird«, sagt Ella. Das hat ihr noch gefehlt, ein Problemgespräch mit Regina.

Sind denn alle übergeschnappt, will Ella in den Telefonhörer schreien.

»Kannst du das bitte bei ihr unterbringen?«, fragt Ella und bemüht sich um einen gelassenen Ton.

»Eigentlich habe ich anderes zu tun«, sagt Riccardo.

»Scheisse«, sagt Ella, sie schlägt sich die Hand auf den Mund und schaut hinüber zu Milo. Er ist mit dem Gameboy beschäftigt.

»Ich wäre besser zu Hause geblieben, ich habe es gewusst«, sagt Ella.

»Du bist früher frech gewesen«, sagt Riccardo. »Eine Frau, bei der das Preisschild an der Schuhsohle klebt, würde ich nie heiraten.«

Ella lacht laut heraus. Wie oft sie diesen Satz von Riccardo noch hörte. Nur wenn Lorenzo am Tisch sass, verpasste Ella ihrem Mann einen Tritt ans Bein.

War Regina dabei, versuchte Ella nett zu sein, immerhin war sie Lorenzos zukünftige Frau.

Milo liegt auf dem Sofa, er hält den Gameboy in die Luft.

Was sie B. alles an den Kopf warf, immer unter ein paar freundliche Worte gemischt. Ihn wird es getroffen haben, B. ist ein sensibler Mensch.

»Ich erinnere mich schon«, sagt Ella. »Es ist, als kämen wir nicht vom gleichen Planeten.«

»Auch sie will nur glücklich sein«, sagt Riccardo.

Ella steckt ihr Handy in die Jackentasche. Es sei unhöflich gewesen von ihr, dass sie sich so demonstrativ draussen auf die Treppe gesetzt habe, das hat auch die Mutter gesagt. Und wie sich die Gasser Gerda gefreut habe, die Jungmannschaft wieder einmal zu sehen. Und wie die Gasser Gerda das betont habe. Ella hat nochmals einen Anlauf genommen und sich erklärt, sie hat gesagt, dass es sie gesundheitlich erwischt habe, ihr sei nicht wohl gewesen, sie wäre besser zu Hause geblieben. Seltsam, dass ihr das niemand glaubt.
Als Ella den Gehweg hinaufkommt, sieht sie im Augenwinkel, dass ihr Briefkasten überquillt.
Es sei doch nett, wenn man die Nachbarschaft miteinbeziehe, hat die Mutter gesagt. Mit ihrer Enkelin sei die Gasser Gerda letzthin auf Besuch gewesen. Sie habe ihr das Fotoalbum gezeigt, in Venezuela sei sie gewesen, die Vanessa, mit ihrem Freund.
Unübersehbar ist das eine Rotbuche, der Baum, der neben dem Riesen steht, dem Ginkgo biloba. Ella schaut den Vögeln zu, wie sie auf dem Rasen herumhüpfen. Auch im Busch halten sich ein paar versteckt, offenbar alles die gleichen. Diese Vogelart lässt sich einfach merken.
Die Vögel am Boden fliegen auf und verteilen sich auf den umliegenden Sträuchern.
»Buchfinken«, sagt die alte Frau, die neben Ella stehen geblieben ist. Sie entschuldigt sich und zieht den kleinen Hund näher zu sich.
»Die Wollkappe schon beiseitegelegt?«, fragt die alte Frau. »Ich gehöre zur Strickgruppe, wissen Sie noch, der Weihnachtstisch.«
Ella nickt und ist erstaunt, dass sich die alte Frau an den Kauf von Milos Wollkappe erinnern kann.
»Haben Sie den Ostertisch gesehen?«, fragt die alte Frau.
Ella verneint. Beim hinteren Eingang des Einkaufszentrums seien sie gestanden, sagt die alte Frau mit dem schütteren rot gefärbten Haar. Umhäkelte Eier hätten sie verkauft, ausgeblasene natürlich, sagt sie. Wie frische Weggli seien die weggegangen. Aber die Karten seien, wie an Weihnachten schon, liegengeblieben.
»Nur noch Computer und Handy und dieses Zeug«, sagt die alte Frau.
»Das wird sich vielleicht auch wieder einmal ändern«, sagt Ella.
»Ob ich das noch erlebe?«, fragt die alte Frau.

Im gleichen Gebäudeteil wie Ella, im zweiten Stockwerk, wohnt die alte Frau mit dem Hund. Sie benutze meist die Treppe, vielleicht seien sie sich deswegen noch nicht begegnet. »Fitness«, hat die alte Frau gesagt.

Das ist, nach über fünf Monaten, Ellas erster Kontakt mit einer Nachbarin gewesen.

Abgesehen von Linlins Mutter, falls man Linlins Mutter eine Nachbarin nennen kann, auf der anderen Seite der Strasse.

In diesem kleineren Wohnblock würden sich die Mieter mit der Zeit kennen, einige lebten schon sehr lange hier, hat die alte Frau mit dem schütteren rot gefärbten Haar erzählt. Sie hat zur Staumauer gezeigt, aber dort drüben sei es anonym.

Ewig wird Ella in dieser Überbauung nicht wohnen bleiben. Sie will zurück in die Stadt. In sechs Monaten, allerspätestens in einem Jahr wird sie mit der Wohnungssuche beginnen. Bis dahin wird sie wieder auf den Beinen sein. Mit etwas Glück lässt sich eine Wohnung in der Altstadt finden. Ein Balkon inmitten der verwinkelten Dächer, das ist eine Vorstellung, die ihr gefällt. Die Siedlung hat für Ella zu wenig Charme – und die Wohnung zu wenig Stauraum.

Ella drückt den Zigarettenstummel im breiten Pflanzentrog aus. Sie solle nicht so viel rauchen, hat Lorenzo gesagt.

Immer hat Lorenzo noch einen Rat für sie.

Wäre der Schrank der Grosseltern, dieses sperrige Erbstück, nicht im Keller, könnte sie die Kartons dort unten verstauen. Warum eigentlich schleift sie den seit Jahren hinterher?

»Hat dich jemand darum gebeten?« Riccardo.

Besser, Ella macht sich an die Arbeit und schaut die Kartons durch. Was sie nicht mehr will, wird sie fortwerfen. Oder sie wird den Krimskrams neben die Einfahrt der Tiergarage stellen.

Alleine der Gedanke an die bevorstehende Arbeit versetzt Ella in Stress. Als sie im Badezimmer in den Spiegel schaut, hat sie einen roten Kopf.

Bald kommt ihr Geburtstag. Dann wird das Telefon wieder klingeln, Sturm klingeln, Maria Sofia, Fabio, Lorenzo, Riccardo, Mara und noch ein paar Freunde.
Spätestens nach dem dritten Anruf nahm jeweils der Telefonbeantworter die Geburtstagswünsche entgegen, gelegentlich auch die ersten Takte eines »Happy Birthday to You«.
Ella hofft ebenfalls, dass sie diese Zeit noch erleben wird, die mit den Karten. Ein Paket wäre ihr auch recht. Ein Kuhfell würde sie sich wünschen, sollte jemand fragen.
Im Rasen rings um den Ginkgo biloba liegt etwas Gelbliches. Ella nimmt den Feldstecher aus dem Etui, Milo ist vorausgerannt, immer noch hält er dieses Heft in der Hand. »Darf ich mir das anschauen?«, hat Ella gefragt, nachdem Milo aus dem Kindergartenbus direkt auf sie zugefallen ist. Beinahe wäre sie samt dem Kind gestürzt. »Du könntest mich auch vorwarnen, bevor du springst«, hat Ella den Jungen gemahnt. Das Heft hat er ihr nicht zeigen wollen.
Wie Hobelspäne sieht es aus, was um den Stamm des Riesen liegt. Ella geht in die Hocke und schaut sich die zapfenförmigen Kätzchen genauer an.
Milo sitzt auf der Bank. Sie müsse kommen, ruft er, wobei er seine Hände um den Mund hält und zu einem Trichter formt, so wie es Ella oft tut.
»Schauen wir das Büchlein an?«, fragt sie und setzt sich zu Milo.
Er streckt ihr das Heft hin.
»Wow«, sagt Ella.
Drei Blätter hat Milo mehr oder weniger bündig gefaltet und mit einem Bostitch festgemacht, auf den Heftklammern haftet jede Menge Klebestreifen. Ein roter Papierstreifen fällt auf den Boden. Milo hebt ihn auf.
Ella blättert die erste Seite um. Mit einem grünen Farbstift hat er seine Hand umfahren, die linke; auf der anderen Seite befindet sich ein Igel.
Ella blättert weiter. Sie sieht sich die Zeichen an, eines könnte ein M sein. Auf der nächsten Seite sitzt eine Raupe auf einem Blatt, wieder die linke Hand, ein Haus.
Wanda habe ihm geholfen, das sei eine Grosse, ein Schmetterling, sagt Milo, die Raupe. Nach den Sommerferien wird auch er ein Schmetterling.

Ella hat die schwere Holzkiste ins Wohnzimmer getragen. Milo solle den Plastikkorb mit der Lokomotive und den Anhängern holen, kaum hat sie das gesagt, steht er schon wieder neben ihr.

»Schnell wie der Blitz«, sagt Ella. Milo lächelt. Er leert den Plastikkorb aus.

Gemeinsam wollen sie die Eisenbahn aufstellen, sogar unter den Tisch soll eine Schlaufe führen. Milo hängt die Holzlokomotive an einen Waggon. Er verschwindet mit ein paar Holzschienen in den Händen unter dem Tisch. Ella kriecht dem Jungen hinterher, unter der Glasplatte dreht sie sich auf den Rücken. Wird sich B. an ihrem Geburtstag melden?

Milo fährt mit der Lokomotive auf dem Fenstersims entlang. Ella packt einen Karton vom Dachboden der Mutter aus: ein Set Bleistifte; Plakatfarben; Ölfarben, die sind ausgetrocknet, bei einigen Tuben sitzt der Deckel schief, andere haben ihn ganz verloren. Ella holt den Abfallsack. Sie ruft nach Milo.

»Schau mal«, sagt sie.

Sie öffnet die beiden Blechschachteln, eine ist noch wie neu. Die hat Ella als Jugendliche am meisten gemocht, die wasserlöslichen Farbkreiden.

Milo holt einen Pinsel in seinem Zimmer und ein Blatt Papier. Auf dem Rückweg geht er in die Küche, er füllt Wasser in einen Pappbecher. Ella malt in der Zwischenzeit ein dunkelgrünes Quadrat.

Sie packt weiter aus: Das Geodreieck, den Behälter mit den Filzstiften, die Kohlestifte, die Ölpastelle, die Blechschachtel mit den Farbstiften legt sie auf ihren Schoss, eine 36er-Box, die kostete ein Vermögen. Was Ella von der Mutter nicht bekam, schenkten ihr die Grosseltern.

Als Jugendliche war Ella jedes Geschenk recht, Hauptsache, es kam aus der Papeterie im Städtli.

»Super«, sagt Milo, als Ella mit dem feuchten Pinsel über das dunkelgrüne Quadrat fährt. Milo will auch.

Er legt das Geodreieck aufs Blatt, mit der gelben Farbkreide fährt er an den Holzkanten entlang. Milo verschiebt das Dreieck und positioniert es neu, auf das untere Dreieck, mit dem stumpfen Winkel nach oben. Ella verschränkt die Arme und schaut ihm zu.

»Ein Stern«, sagt Milo.

Ella holt den Atlas aus der untersten Schublade der Kommode. Sie schlägt das Register auf. Sie blättert weiter, Franklin City, Havanna, Tripoli, Zara; Ella blättert zurück, Vancouver, Venedig. Venezuela.
Ella schaut sich die Südamerika-Karte an. Karten lesen, das kann sie. Panama – das wäre vermutlich etwas für sie.
Ella zieht den Laptop zu sich. Sie gibt Panama City ein und klickt auf Bilder. Sie betrachtet das türkisfarbene Meer, Bilder, wie sie Ella zur Genüge aus der Werbung kennt. Eine Woche könnte sie es dennoch in diesem Strandhotel aushalten. Es vergeht eine Weile, bis Ella bemerkt, dass sie sich gerade in Panama City Beach Florida aufhält.
Ella schliesst das Fenster. Sie gibt neu ein. *Panama City, Südamerika.* Wenn das nicht die Flosse eines Wals ist. *Contadora, Tauchgänge, Pazifik-Bucht vor Panama City. Whale Watching in the Pearl Islands.*
Milo hat sich zu Ella auf den Schoss gesetzt. »Delfine«, sagt er. »Nein, Wale«, sagt Ella, sie schreibt Delfin in das weisse Feld. Milo wählt eines der kleinen Delfinbilder aus. Er drückt auf die Maustaste. Ein Delfin spielt mit einem roten Ball. Ella geht wieder zurück nach Contadora, vor ihnen dreht sich ein Riesensäuger in der Luft. »Würdest du auch ins Boot einsteigen, um die Wale zu beobachten?«, fragt Ella. »Neein«, kreischt Milo. »Ich schon«, flüstert sie ihm zu.
Ecuador, Otavalo, nördlich von Quito. Die farbigen, kräftig leuchtenden Stoffe stimmen Ella vergnüglich, auch Milo gefällt der bunte Markt.
»Dort gibt es aber keine Spaghetti«, sagt Ella und schaut zu Milos Platz. Würde es nach Milo gehen, gäbe es jeden Tag dasselbe.
Hackfleisch könne man auch für etwas anderes verwenden und nicht immer nur für Spaghetti, hat Ella zu Milo gesagt. Argwöhnisch hat er ihr zugeschaut, wie sie den Maisfladen in Streifen geschnitten und danach das Hackfleisch darübergestrichen hat.
Noch immer steht sein Teller auf dem Tisch. Der Polenta-Auflauf hat Milo nicht geschmeckt, nur ein paar Gabeln voll hat er gegessen. Er solle wenigstens ein wenig kosten, das sei doch fast wie Spaghetti, hat Ella gesagt. Milo ist ein schwieriger Esser, wie B.
»Was der Bauer nicht kennt, das frisst er nicht.« Ella. B. schob die Schale von sich weg. Zu jedem Essen gab es Dhal.

Vielleicht wäre es besser gewesen, sie hätte als junge Frau ein Kind bekommen, es gäbe weniger zu vermissen.
Fast alle von Ellas Reisen waren spontane Entscheidungen, die nach New York, Toronto, Marrakesch, auf die Seychellen, nur für den Urlaub in Sri Lanka kaufte sie sich einen Reiseführer.
»Jetzt habe ich mir gerade auch einen gekauft.« B.
Ella hat mehrere Bilder von Quito angeklickt und dabei den Cotopaxi-Vulkan entdeckt, fünfzig Kilometer südlich der Stadt. Fünftausendachthundertsiebenundneunzig Meter hoch ist der.
Auf fast dreitausend Metern Höhe liegt Quito, beinahe so hoch wie das Eismeer, die zweitoberste Station der Jungfraubahn, von wo aus es zur Mittellegihütte hinaufgeht.
Ella hat sich die Flora am Cotopaxi angeschaut.
Es gibt Männer, die bleiben der Familie vier Monate lang fern, siehe Riccardo oder Fabio.
Eine Reise nach Quito, nur mit einem Rucksack, geht es Ella durch den Kopf. »Aber du bist mein wichtigstes Gepäck«, sagt sie und hält Milo fest umschlungen.
»Was fangen wir mit dem angebrochenen Nachmittag an?«, fragt sie.
»Wir gehen in den Zoo«, sagt Milo.
In den Zoo, überlegt Ella.
»Was man verspricht, muss man halten«, sagt Milo.
Warum nur denkt sie dauernd an B. Vielleicht sollte sie ihm eine E-Mail schreiben, im gleichen Moment ist sie wieder voller Groll.
Ihre Eltern hätten sich einfach nicht mehr verstanden. Da seien sie und ihre Schwester noch sehr klein gewesen, sagte Mara zu Ella. An der Taufe von Ingrids erster Tochter seien beide Elternteile eingeladen gewesen. Kein einziges Wort habe die Mutter mit dem Vater gesprochen.
»Am Tisch sass ich neben meiner Witwe.« Georg.
Ella schaut auf ihre Armbanduhr. »Um halb vier beginnt die Fütterung der Seelöwen. Wenn wir jetzt losgehen, könnten wir pünktlich sein. Willst du zu den Seelöwen?«

Wieder die feinen Stromstösse, die durchs Hirn fahren. Ella hat den Knopf des Weckers gedrückt, die Ziffern haben aufgeleuchtet. Ella hat sich zurück auf den Bauch gedreht. Vier Uhr in der Früh, hat sie in das Kopfkissen gemurmelt.
Auf den anbrechenden Tag könnte sie verzichten, so angespannt, wie sie bereits beim Aufwachen gewesen ist. Immerhin ist sie nicht liegen geblieben.
Ella steht unter der Dusche. In diesem Gebäude hat sie noch nie eine sanitäre Anlage aus der Nachbarschaft gehört. Milo hat zum Glück einen gesunden Schlaf.
Am liebsten wäre sie zu den Seelöwen ins Becken gesprungen und abgetaucht.
Ella hat sich nicht getraut, Milo alleine am Geländer zurückzulassen, zwischen den vielen Leuten. Auch hinter ihnen war ein Gedränge, zuoberst auf der Zuschauertribüne hätte es noch viel Platz gehabt.
Ständig der tosende Beifall, wenn einer der Seelöwen kopfvoran vom Felsvorsprung ins Wasser geplumpst ist.
Der Zoobesuch ist für Ella keine Erholung gewesen. Das nächste Mal wird sie mit Milo früh am Morgen dort sein, gleich wenn der Zoo seine Türen öffnet, Seelöwenfütterung hin oder her.
Ella zieht die braune Seidenstrumpfhose an. Der ockerfarbige Wollrock und die weisse Bluse mit den breiten Manschetten hängen am Bügel bereit.
Ella steht länger vor dem Spiegelschrank. Sie wählt sorgfältig aus, als hätte sie eine wichtige Besprechung mit einem Kunden. Ella schiebt das lange Bürstchen zurück in die schwarze Wimperntusche. »Wimpern wie ein Reh.« B.
Im Garten des Restaurants neben dem Eingang zum Einkaufszentrum sind bereits die Tische und Stühle herausgestellt, das hat Ella am Vortag gesehen.
Sobald sie Milo zum Kindergartenbus hinuntergebracht hat, wird sie sich dort mit einem Kaffee an einen Tisch setzen und diesen Tag angemessen beginnen.
Bis Milo aufwacht, wird sie noch ein wenig Ordnung ins Wohnzimmer bringen.
Ella stellt die Schallplatten an die Wand. Ein Foto ist im Jutesack zurückgeblieben, Ella schüttelt es heraus.
Im weissen Brautkleid posiert sie mit den Boxhandschuhen vor dem Fotografen. Im Hintergrund steht Riccardo, der sich mit Lorenzo unterhält.

»Il compleanno è il giorno più importante dell'anno, senza di questo tu non ci saresti.« Grossmutter. (Der Geburtstag ist der wichtigste Tag im Jahr, ohne den würde es dich nicht geben.)
Ella überlegt, ob sie ihre Freundin Mara anrufen soll, vielleicht würde sie mit ihr einen Kaffee trinken wollen, im Gartenrestaurant neben dem Eingang zum Einkaufszentrum. Im gleichen Moment lässt Ella den Gedanken wieder fallen.
Ein Karton ist randvoll mit Makulatur. Als die Mutter die erste Kleinoffsetdruckmaschine gekauft hatte, war Ellas Gang, bevor sie die Druckerei verliess, der zum Container. Ella sah sich die Fehldrucke und Vorläufe durch und sortierte aus, was sie noch brauchen konnte.
Herr Zbinden, der Geschäftsführer, hatte schnell bemerkt, für was sich die Jugendliche interessierte. Gelegentlich lagen schon ein paar Bögen neben dem Container für sie bereit.
Durch die Druckerei lernte Ella die ersten Künstler kennen, Kandinsky, Renoir, Klee, Picasso, Kirchner, Cézanne ...
Ella entrollt die A3-Poster. Zwei Affen umarmen die Künstlerin, neben ihr, auf Kopfhöhe, eine Paradiesvogelblume.
So einen Affen habe sich die Frida Kahlo im Haus gehalten, in Mexiko-Stadt, sagte Herr Zbinden zu Ella. Er wusste alles über diese Künstlerin, auch dass sie zweimal verheiratet gewesen war, zweimal mit dem gleichen Mann.
Wen Leonardo da Vinci da porträtiert habe, sei ungewiss, einige behaupteten, die Mona Lisa ähnele dem Künstler selbst. Vielleicht aber habe er auch nur nach der idealen Frau gesucht. Das Gemälde befinde sich im Louvre in Paris hinter Glas.
Unter den Postern sind die Karten zum Vorschein gekommen, Landschafts- und Blumenbilder.
Ella zieht ein Sweatshirt über die weisse Bluse. Sie setzt sich wieder neben den Karton. Ella schiebt die Karten beiseite und holt die Kalenderblätter heraus.
Juliet von John William Waterhouse, die Frau mit dem roten Hut von Renoir ...
»Meine heimliche Geliebte ist die Venus.« Herr Zbinden.

Ella räumt die Tragetaschen mit den Flaschen und Büchsen aus der Abstellkammer. Auf dem Metallschrank liegen die beiden Erinnerungsschachteln. Ein einfaches Holzregal hat sie sich bauen wollen. Auch das gäbe es noch zu tun.
Ihre Fingerspitzen berühren die obere Schachtel, unter Ellas Füssen kommt das Altpapier ins Rutschen.
Ella steigt auf den gelben Küchenstuhl, wie der immer noch wackelt. Mit der einen Hand hält sie sich an der Metalltür fest, während die andere Hand in der Holzkiste nach einem Schraubenzieher sucht.
Ein Kuhfell, ein braunweiss geflecktes, und eine Leiter würde sie sich wünschen, sollte doch noch jemand fragen. Ella wirft den Schraubenzieher in den Sessel. Sie springt mit der Schachtel in den Händen vom Küchenstuhl herunter.
Jetzt hat sie die falsche Erinnerungsschachtel erwischt. Warum sie die Notizzettel aufbewahrt, versteht sie selber nicht. Auch ein paar Karten befinden sich darunter, eine zeigt das Kolosseum in Rom. Vermutlich hat er diese noch schnell am Flughafen gekauft. »Ich werde deinen Ansprüchen nie genügen.« B.
Ella wirft die Karte zurück in die Schachtel. Jeden Abend hingen ein paar Notizzettel an der Kühlschranktür. Einige der Zettel zeigen ihre Handschrift.
Ellas Leben verläuft nicht nach Plan (und schon gar nicht nach dem Plan eines anderen).
Sie hebt B.s Kette mit dem Sterndiopsid vom Boden auf. Was sie mit der anfangen soll, weiss sie auch noch nicht.
Ella kippt den Stein langsam zur Seite und schaut dem Stern zu, wie er über die Rundung gleitet.

Riccardo trägt einen tadellosen Anzug. Sogar eine Seidenkrawatte meint Ella zu erkennen. Wie dämlich das aussieht, die Braut in dem weissen Kleid und mit den Boxhandschuhen. Ella schiebt das Hochzeitsfoto in das Kuvert zu den anderen Erinnerungsfotos, dem Firmbild von Lorenzo, dem Familienfoto, dem Foto der Grosseltern und noch einer Handvoll Fotos aus ihrer Kindheit.
Ella verstaut die Erinnerungsschachtel wieder auf dem Metallschrank.
In der Kommode von Maria Sofia sind die alten Kinderfilme aufbewahrt. Die Mutter zündet die sechs Kerzen auf dem Kuchen an, Ella sitzt zwischen ihren Brüdern und lacht dem Kameramann zu. Ihr Gesicht verschwimmt.
Milo steht im Pyjama neben ihr. »Du siehst hübsch aus«, sagt er. Ella muss lachen. Jedes Mal, wenn sie eine Hochsteckfrisur trägt, ist sie für den Jungen schön.
»Hast du geweint?«, fragt er. »Warum?«, fragt Ella. »Einfach so«, sagt Milo. »Ich bin früh aufgestanden und hundemüde«, sagt Ella.
Sie schliesst die Tür der Abstellkammer. »Und nun ab ins Badezimmer«, sagt sie. Sie solle mit Milo das Aus- und Anziehen üben, hat die Kindergärtnerin am Telefon zu Ella gesagt, damit er in der Garderobe nicht immer der Letzte sei. Frau Hirz hat vielleicht Probleme, wenn das ihre einzigen sind!
»Du musst zuerst die Mokassins des anderen tragen, bevor du ihn verstehst. Ein indianisches Sprichwort.« Mara.
B. zu verstehen ist ein Ding der Unmöglichkeit. Sie sollte es aufgeben.
»Du bist die Einzige, die an mich glaubt.« B.
»Una testa di legno.« Fabio. (Ein Holzkopf.)
Ella schlägt den Paris-Reiseführer auf, der ist auf dem Tisch liegen geblieben. Reiseführer ist gut. Ella fährt mit dem Zeigefinger die äusserste Spalte herunter, Charles Dickens, Charles Divry, Charles Dullin, Charles et Robert, Charles Fillion, Charles Floquet, Charles Fourier, Charles Friedel, Charles Garnier, Charles Gerhardt, Charles Girault ...
Ella faltet den Stadtplan auseinander. Ihr Blick folgt der Seine.

Seit Jahrtausenden gelte die Jade im Fernen Osten als Glücksbringer, sagte der Verkäufer in Paris. So viel Französisch verstand Ella. Sie sucht in der Erinnerungsschachtel nach ihrer Schmuckschatulle, dort müssten die drei kleinen Jadeaffen sein. (Der Affe, der nichts hört; der Affe, der nichts sieht und der Affe, der nichts sagt.)
Früh am Morgen erreichten sie die Metropole. Das Erste, was Ella im Morgennebel erkannte, war der Arc de Triomphe, mitten auf einem grossen Platz, zu dem die breite Strasse führte. Kurz darauf tauchte der Reisebus in die Gassen der Stadt ein. Überall waren die Läden geschlossen, und auf den Strassen stand der Müll.
Jetzt brauche sie einen starken Espresso, sagte die Mutter.
Noch bevor sie im Hotel die Koffer auspackten, setzten sie sich in ein nahe gelegenes Bistro. Vor ihnen lagen drei Tage Paris, ohne Fabio und Lorenzo.
In Paris fiel die Mutter zwischen den anderen Frauen nicht auf, alle waren gut gekleidet und zurechtgemacht.
Jeden Morgen sass Ella im Hotelflur und wartete auf die Mutter. Dort fasste Ella den Entschluss, dass sie später einmal in eine Grossstadt ziehen wird, in eine Weltstadt wie Paris.
Unweit des Hotels befand sich ein Schmuckgeschäft. Der Verkäufer zeigte Ella die drei kleinen Jadeaffen. Ein Araber stand bei der Mutter und fragte sie um Rat. An seinem Arm hingen ein paar Taschen. »Pour mes femmes.«
»Milo«, ruft Ella.
Sie geht in sein Zimmer. Noch immer liegen die Kleidungsstücke zusammengelegt auf seinem Bett. Milo kniet am Boden. »Was treibst du so lange?«, fragt Ella. »Zieh dich endlich an«, sagt sie verärgert. »Muss ich dir helfen?«
Ella kauert neben Milo.
»Eine Zimmermann-Spinne«, sagt sie.

Die Mutter kaufte zu den Eintrittskarten einen Katalog. Ella wollte einen eigenen, auf Deutsch. Der Louvre war gut besucht, sie kamen nicht voran. Ella setzte sich auf eine Bank in der Mitte des Saals und beobachtete die Leute, darunter auch die Mutter. Vor jedem Gemälde blieb sie stehen. Sie las das kleine Schild, das neben dem Kunstwerk hing, und blätterte in ihrem Katalog. Schliesslich ging Ella der Mutter voraus. Es war genau so, wie es Herr Zbinden gesagt hatte. Die Mona Lisa befand sich hinter Panzerglas, zusätzlich wurde sie durch eine Kordel von den Besuchern abgeschirmt. Ella war überrascht, wie kleinformatig das Gemälde war.

»Neun«, ruft Ella. Beinahe hätte sie das Zählen verpasst. Ausnahmsweise hat sich Milo im Pyjama an den Frühstückstisch setzen dürfen. Aber nun habe er genug herumgetrödelt, hat Ella gesagt, bei null müsse er angezogen vor ihr stehen.

»Acht«, ruft Ella. Sie horcht auf. Aber es ist nichts zu hören.

»Sieben.«

Ella schaut zum grössten Karton, darin müssten sich die Skizzen befinden, vielleicht sogar ein paar der Wolkenbilder. Mit Plakatfarben malte sie die, ein Patchwork aus verschieden grossen Feldern. Hinten im »Plan de Paris par Arrondissement« hat Ella die beiden Tickets gefunden, das Busticket für den Hinweg und das Flugticket für den Rückweg.

Die ganze Zeit flogen sie in dem grellen Licht. Ella war fasziniert, sie lehnte am Fenster und sah hinunter auf das Wolkenmeer.

Ella stemmt sich aus dem Sessel. Mit Klebeband sparte sie nicht beim Verschliessen des Kartons. Vielleicht hat sie die Wolkenbilder noch.

»Dein Vater wäre stolz auf dich.« Herr Zbinden.

Ella erschrickt.

»Sechs, fünf, vier, drei«, ruft sie geschwind, als Milo ins Wohnzimmer gesprungen kommt.

»Du bist ja schnell wie eine Rakete!

Und jetzt kommt Wettrennen Nummer zwei«, sagt Ella. »Wer zuerst die Jacke und die Schuhe angezogen hat und vor der Tür steht, hat gewonnen.«

Gerade als sie die Wohnung verlassen wollen, klingelt das Telefon.

Versteckt sich hinter einem Menschen mit überhöhtem Selbstschutz ein Angsthase?

Damals war die Mutter das Allerletzte für Ella. Eine Frau, der man nicht vertrauen konnte. Als Ella nach dem Mittagessen in ihrem Zimmer sass und endlich den Brief von Herrn Zbinden öffnen wollte, war er es schon.

Ella hatte dem Geschäftsführer der Druckerei eines der Wolkenbilder geschenkt.

»Se non so quel che succede dietro le mie spalle.« Maria Sofia. (Wenn ich nicht weiss, was hinter meinem Rücken vor sich geht.)

Die Mutter hätte den Brief auch lesen und dann verschwinden lassen können. Daraufhin hätte sie ein Engelsgesicht gemacht und einfach von nichts gewusst.

Aber das tat die Mutter nicht. Ungeniert hatte sie den aufgerissenen Brief von Herrn Zbinden zurück in Ellas Sekretär gelegt.

Ella geht die Gärten entlang, vor ihr auf dem Weg liegen ein paar weisse Blüten. Ella entdeckt den Kirschbaum auf der anderen Seite des Gehwegs unweit des Kinderspielplatzes. Ein paar der Blüten hat der Wind hinüber zu den Gärten geweht.

Der Mieter hat sich ein kleines Beet angelegt. Rhabarber, vielleicht fünfzehn Zentimeter hoch sind die rötlichen Stängel unter den grossen Blättern. Der Schnittlauch kommt gut, das Kraut daneben macht Probleme.

Ella hätte besser schon zu Hause einen starken Kaffee getrunken.

»So lange du noch schwarzen Kaffee trinken kannst.« Lorenzo.

Ella schlendert durch den Hof. Sie wird sich beim Brunnen auf die Bank setzen und warten, bis die fünfzehn Minuten verstrichen sind.

Die Serviertochter hat an die Glastür geklopft. Sie hat den Arm ausgestreckt und ihre Armbanduhr Ella zugedreht. Während Ella die Öffnungszeiten an der Glastür gelesen hat, ist der Fingerabdruck der Serviertochter langsam verschwunden.

Riccardo hat am Telefon nicht insistiert. Aber sie solle es sich wenigstens überlegen. Er könnte sie zum Essen ausführen, sie zu sich in die Studentenbude einladen, oder er bringe etwas vom Japaner mit. Vielleicht wolle sie Milo zu ihrer ehemaligen Nachbarin bringen. »Roswitha«, hat Ella gesagt.

Ist es sinnvoll, sich am Abend mit Riccardo zu treffen?

Ein Geschirrgeklapper holt Ella aus den Gedanken, sie schaut die Fassade empor. Ihr Blick schweift über die vielen Balkone.

Gerade eben hat Ella einen weiteren Vorteil dieser Siedlung entdeckt. Die Poststelle ist noch geschlossen gewesen, aber ein kleines Paket und ein Kuvert sind bereits in ihrem Postfach gelegen. Sie muss ihr Erstaunen laut zum Ausdruck gebracht haben. Ein älterer Mann hat das Sortieren seiner Post unterbrochen und sich ihr zugewandt. Früher hätten die Angestellten dieser Poststelle selber die Zusendungen in die Postfächer verteilt. Seit längerer Zeit habe dies eine andere Zweigstelle der Post übernommen. Jetzt könne man bereits ab sieben Uhr fünfzehn seine Briefe abholen. Heute habe er sich verspätet, er habe geschlafen wie ein Murmeltier.

Wenn man Kontakt suche, sei es einfach, hat der Verwalter beim Einzug zu Ella gesagt. Aber man könne auch seine Ruhe haben. In ihrem Wohnblock gebe es nicht so viel Wechsel, die Mieter würden sich mit der Zeit vom Sehen kennen.

Man komme miteinander ins Gespräch durch die Kinder, oder wenn man die Katze des Nachbarn füttere, die Blumen giesse. Ältere Menschen hätten es vielleicht schwerer, vor allem, wenn sie verschlossen seien.

Ella zieht das kleine Paket und den Brief aus der Handtasche.

Der Auszug wird B. genauso getroffen haben. Auch wenn er sich nichts anmerken liess.

Noch bevor sie einen Kaffee trinken wird, will sie Roswitha anrufen. Zuerst aber möchte sie die Geburtstagskarten lesen, ein kleines Paket mit Karte von Fabio und Zilly und eine Karte der Mutter.

Wenn Ella und Milo den schmalen Fussweg zu Roswitha hochgehen, werden sie B. nicht begegnen, hat Ella überlegt. B. nimmt den kürzesten Weg, die paar Stufen hinauf zur Strasse.
Obwohl sich Ella nicht munter fühlt, ist es doch ein verlockender Gedanke, den Geburtstag nicht alleine zu verbringen. Aktiv etwas unternehmen möchte sie aber nicht, Freunde einladen oder dergleichen. Mit Riccardo wird der Geburtstagsabend entspannend sein.
Sie sehe B. kaum, hat Roswitha am Telefon gesagt. Gelegentlich sitze er über Mittag draussen im Garten, auf dem Tisch stehe manchmal eine Flasche Bier.
Noch während sie mit Roswitha telefoniert hat, hat sich Ella umentschieden.
Besser, Riccardo wird etwas vom Japaner mitbringen.
Ella schiebt mit dem Löffel den Schaum beiseite. Sie hat sich einen Cappuccino bestellt. Mit wenig Milch, hat sie der Serviertochter gesagt. Das Gartenrestaurant der Siedlung ist leer, ausgerechnet den Tisch neben Ella müssen sich die drei alten Frauen aussuchen. Ella erkennt ihre Nachbarin, die mit dem Hund, vom zweiten Stockwerk. Der Hund ist nicht dabei, vermutlich muss er draussen bleiben. Ella schlägt die Zeitung auf. Die Nachbarin scheint Ella nicht zu bemerken.
»Warum setzt du dich nicht hin?«, fragt die etwas untersetzte Frau und rückt mit dem Stuhl näher zum Tisch.
»Sie ist im Ständerat, gell du«, sagt Ellas Nachbarin.
»Nein, ich mag keinen Lachs«, sagt die alte Frau, die immer noch steht und an ihrer Jacke nestelt.
»Ich schon«, sagt Ellas Nachbarin. »Ich habe für mich und meinen Mann, Exmann«, betont sie, »immer frischen Fisch gekocht. Für die Kinder gab es Fischstäbli, aber Männer mögen keine Fischstäbli.«
»Ach was, natürlich mögen Männer Fischstäbli«, sagt die alte Frau, die immer noch steht.
»Na siehst du, dann war meiner doch ein Verschleckter«, sagt Ellas Nachbarin.
Ella steht auf, sie geht mit ihrer noch fast vollen Tasse hinein. Ella stellt den Kaffee auf den Abräumtisch. Sie hat einen dunklen Cappuccino bestellt. Mit wenig Milch, das hat sie deutlich gesagt. Der Cappuccino ist viel zu hell, mehr Milch als Kaffee. Ella geht zur Theke und bestellt sich einen doppelten Espresso.
Durch die Glasscheibe sieht sie Linlins Mutter, sie zieht das Mädchen hinter sich her.

Vielleicht hat B. angerufen. Nicht zu ihrem Geburtstag, aber sonst vielleicht ...
Bis zum Mittag hat der Telefonbeantworter die Geburtstagswünsche entgegengenommen, die von der Mutter, Fabio, Lorenzo und von ihrer Freundin Mara. Zwei SMS sind noch eingetroffen.
Ausgerechnet den Anruf von Regina hat Ella abgenommen. In der Annahme, es sei nochmals Riccardo.
Sie hat ihre Schwägerin auf kommende Woche vertröstet. Ella ist freundlich geblieben, aber bestimmt. Vielleicht käme dann auch Lorenzo mit, hat Ella zu Regina gesagt und sie damit ein wenig gestichelt. »Das wäre schön«, hat Regina geantwortet.
Sie solle es bitte nicht persönlich nehmen, hat Ella noch zu ihrer Schwägerin gesagt. Aber ein Besuch wäre ihr zu viel, sie sei gesundheitlich nicht auf der Höhe, deswegen sei sie bei der Mutter so oft draussen auf der Treppe gesessen.
Das Geschenk habe Lorenzo persönlich gekauft, hat Regina gesagt, dabei hat ihre Stimme an Schwung verloren. Sie solle es bitte nicht persönlich nehmen, hat Ella wiederholt, sie habe ein grösseres gesundheitliches Problem gehabt, sie müsse ein wenig auf sich achten.
Lorenzo habe das Geschenk selber gekauft. Wo er nur die Zeit hernimmt?
Geschenke haben in Ellas Familie Tradition. Nach dem Geburtstagsessen übergab der Grossvater das Paket. Er machte eine Zeremonie daraus. Er ging zu dem Geburtstagskind hin, drückte ihm die Hand und zählte die Geburtstagswünsche auf. Dann überreichte er das Geschenk. »E questo è per te.« (Und das ist für dich.)
Hätte sie es zugelassen, dass Regina mit Lorenzos Paket vorbeikommt, der Geburtstagsabend mit Riccardo wäre dahin gewesen. Innerhalb kürzester Zeit wäre Ella erschöpft gewesen. Kein Mensch redet so viel wie diese Frau, so viel Belangloses.
Aber sie ist eine Nette, hat Ella zu Riccardo gesagt, der kurz nach Regina angerufen hat.
Der Japaner liege nicht auf dem Weg. Aber er habe ein zypriotisches Restaurant mit Menüs zum Mitnehmen ausgemacht. Vielleicht könne sich Ella die Karte im Internet anschauen und gleich für beide bestellen, auf seinen Namen.
Ella lehnt am breiten Pflanzentrog und schaut hinüber zu den unzähligen Balkonen. Ein Kleid flattert im Wind.

Milo ist auf die Idee gekommen, Linlin zur Geburtstagsparty einzuladen. Ein Geburtstagsessen am Abend, das sei keine geeignete Zeit für Kinder, hat ihm Ella zur Antwort gegeben.
Entweder Linlin müsste nach dem Abendessen von ihrer Mutter abgeholt werden, oder sie brächten Linlin hinüber zum Vierzigerblock. So oder so gäbe es einen Aufwand, und den hat Ella gescheut – an ihrem Geburtstagsabend.
»Und wenn Linlin bei uns übernachtet?« Milo hat nicht aufgegeben.
Ella sitzt mit den Kindern vor dem Laptop, gemeinsam schauen sie sich die Menüs an.
Die zypriotische Küche ist Ella fremd. Sie klickt der Reihe nach auf die Bilder und liest die kurzen Beschreibungen, interessant hört sich alles an. Am meisten sagte ihr zu, wenn sie von jedem Gericht einen Löffel voll bestellen könnte.
Bei der Vorspeisenplatte ist das möglich, Ella wählt grosszügig aus. Auf Spanakopita und Koupes ist sie besonders neugierig.
Als Hauptspeise wird sie für sich und Riccardo verschiedene Gerichte aussuchen, so können sie gegenseitig vom Teller des anderen kosten.
Für die Kinder bestellt sie Moussaka, das kennt Ella aus Griechenland. Hackfleisch kommt bei den Kindern immer gut an, ausser im Polenta-Auflauf. Notfalls hat sie eine selbstgemachte Bolognese-Sauce im Tiefkühler, sollten die Kinder stänkern.
Seltsam ist es schon, dass sie von der Mutter kein Geburtstagsgeschenk bekommen hat. Ist sie verärgert?
Als Ella bei ihr auf Besuch gewesen ist, hat Maria Sofia den Geburtstag der Tochter angesprochen. Ob sie am Sonntag darauf zum Essen komme.
Bei Ella hat das gleich wieder Herzklopfen ausgelöst.
Auch das hat in Ellas Familie Tradition, das Geburtstagsessen am Sonntag nach dem grossen Tag, wenn man es sich einrichten kann. Bei den beiden Söhnen ist das schon länger nicht mehr möglich.
»Und jetzt stellen wir die Blumen ein«, sagt Linlin.

»Für was hast du denn eine Mikrowelle?«, fragt Riccardo. Ella würde die beiden Gerichte und die diversen Häppchen in verschiedenen Pfannen aufwärmen. Das Moussaka für die Kinder hat sie soeben in eine Gratinform umgefüllt.
»Ich weiss nicht einmal, wie diese Mikrowelle funktioniert«, sagt Ella.
Riccardo kann es nicht glauben. »Ich übernehme das Essen«, sagt er.
Ella und Milo decken den Tisch, Linlin schaut ihnen zu.
Da habe er ja gerade noch den letzten Löwenzahn erwischt, hat Ella zu Milo gesagt. Beim runden Platz neben dem Brunnen habe er die Blumen gepflückt. Im Kindergarten gebe es ebenfalls von denen, hat Milo gesagt. Auch Himbeer- und Brombeerstauden wachsen dort im Garten. Dies entdeckte Ella gleich beim ersten Besuch.
»Löwenzahn bringst du mir«, hat Ella fröhlich ausgerufen, als Milo mit dem gelben Strauss vor ihr gestanden ist.
»Quando soffi puoi esprimere un desiderio.« Grossmutter. (Beim Pusten darfst du dir etwas wünschen.)
Auch die gelben Rosen von Linlin finden auf dem Esstisch einen Platz.
»Als hättet ihr euch abgesprochen«, sagt Ella zu den Kindern. »Schaut mal, wie das passt.« Linlin und Milo lächeln.
Die blaue Bodenvase mit den Pfingstrosen von Riccardo hat Ella im Wohnzimmer vor die Kommode gestellt.
Ella steht neben Riccardo in der Küche. »Noch zwei Minuten«, sagt er.
Riccardo nimmt das Gespräch wieder auf. »Jetzt ist Milo ausser Reichweite«, sagt er.
»Wir hatten gefährlich grosse Schwierigkeiten«, sagt Ella. »Entweder Bernard ist ein durchtriebener Lügner, oder was weiss ich. Wir leben nicht in derselben Wirklichkeit.«
»Was ist denn die Wirklichkeit?«, fragt Riccardo.
»Das würde ich auch gerne wissen«, sagt Ella.
Sie schauen sich eine Weile an, ohne dass einer der beiden etwas sagt.
(Davonlaufen war am Ende das Einzige, das einen Sinn ergab.)

Kaum bietet sich Riccardo eine Möglichkeit, lenkt er das Thema wieder auf B., keine Ahnung warum. B. hat auch seine guten Seiten.
»Ich hatte es damals seltsam gefunden, dass er dich alleine nach Kanada liess, eine schwangere Frau«, sagt Riccardo und bekommt einen verächtlichen Blick.
Ausgerechnet er, der für vier Monate seine Frau mit den Kindern zu Hause lässt, sagt so etwas. Seine Frau, die gerade mit dem vierten Kind schwanger ist, aber das scheint etwas anderes zu sein.
Sicher gibt es einiges, was man B. anlasten könnte, aber davon weiss Riccardo nichts.
Milo und Linlin sind im Pyjama zu ihnen an den Tisch gesprungen.
»Themawechsel«, sagt Ella.
»Man denkt, die Kinder sind noch klein und hören nichts. Aber sie hören alles, ihre Ohren sind riesengross« (grösser als die der Erwachsenen).
Ella ist aufgestanden, sie nimmt die Milch aus dem Kühlschrank.
»Was trinkst du?«, fragt Ella Milos Freundin.
»Heisse Milch mit Schokolade«, sagt Linlin.
»Ich auch«, ruft Milo, noch bevor Ella ihren Mund aufmachen kann.
Ella schaut zu Riccardo und zieht ihre Schultern hoch.
»Ihr dürft im Bett noch Bilderbücher anschauen«, sagt Ella.
Die Kinder führen einen Tanz auf, begleitet von einem wilden Geschrei.
Ella springt ins Wohnzimmer und bringt die Pfingstrosen in Sicherheit.
»Und jetzt ab ins Bett mit euch«, ruft Riccardo dazwischen.
Ella hat die dünne Matte und eine Wolldecke neben Milos Bett gelegt, dort wird der Junge schlafen. »Wenn es dir zu kalt wird, dann kriechst du zu mir ins Bett«, sagt Ella. Sie gibt ihm einen Gutenachtkuss auf die Wange. »Willst du auch einen?«, fragt Ella das Mädchen. Linlin schüttelt den Kopf.
»Und wo schlafe ich?«, fragt Riccardo, als sich Ella wieder zu ihm an den Tisch setzt.
Ella schaut Riccardo mit grossen Augen an.
»Du könntest dich bei mir ein wenig trösten«, sagt Riccardo und lacht.
»Ich glaube kaum, dass ich mich in den Armen eines anderen trösten kann«, sagt Ella.
»Eines anderen«, wiederholt Riccardo, »das klingt ganz schön hart, wie du das sagst.«

Riccardo füllt nochmals die Gläser nach. Er benimmt sich tatsächlich so, als wollte er bei ihr bleiben. Wenn er am Ende betrunken sei, werde sie ihn kurzerhand in ein Taxi stecken und ab die Post, hat Ella gesagt und ihn damit ein wenig aufgezogen. Er würde lieber hierbleiben, hat Riccardo gesagt und sich an sie gekuschelt. Lieber nicht, hat Ella gesagt, sie habe schon genug Probleme.
(Aber der Gedanke ist verlockend.)
»Machst du immer noch Bergtouren?«, fragt Ella. »Sicher«, sagt Riccardo. »Es gibt ein paar Dinge in meinem Leben, die ich nicht aufgebe, wie du auch nicht.
Was macht die Kunst? Woran arbeitest du?«
Ella steckt sich eine Zigarette an. »Zur Feier des Tages bleibe ich am Tisch sitzen«, sagt sie. Riccardo nimmt ihr die Zigarette aus dem Mund. »Wie früher«, sagt Ella. Sie zündet sich eine neue an.
»Ich hätte niemals geglaubt, dass du so lange in Amerika bleiben wirst«, sagt Ella. »Was hält einen Menschen wie dich dort drüben fest, abgesehen von deiner Arbeit und deiner Familie?«, fragt Ella.
»Du bist gut«, sagt Riccardo, »als ob ich ohne meine Arbeit und meine Familie vorstellbar wäre.« Ella fühlt sich ganz duselig.
»Einmal abgesehen davon«, insistiert Ella. »Kannst du mir das erklären?«
»Die Farben sind intensiver, das erhellt mein Gemüt«, sagt Riccardo. »Das ozeanische Klima, die Sonnenuntergänge, wenn du so einen einmal gesehen hast. Willst du noch mehr hören?« Ella nickt. »In wenigen Stunden Autofahrt habe ich eine Weite vor mir, von der du hier nur träumen kannst. Da gibt es keine Menschen mehr, nur noch Land. In ein paar Stunden bin ich im Yosemite, das Kletterparadies. Und in zehn Minuten Autofahrt stehe ich am Ozean und nehme das Surfbrett vom Dach.« Riccardo redet immer weiter.
Ella staunt, dass der Associate Professor immer noch keine Anstalten macht, dass er nach Hause gehen will, als hätte er am nächsten Tag frei. Für vier Monate macht Riccardo eine Spezialausbildung in der Mikrochirurgie. Genetisch veränderte Mäuse operiere er, etwas in der Art, hat Riccardo der Gasser Gerda vom Restaurant Ochsen erzählt, als sie bei der Mutter auf Besuch gewesen sind. Mit dem, was er hier lerne, könne er seine eigene Forschungsgruppe besser fördern, mehr publizieren. Die Gasser Gerda hat gestaunt, dass ein Chirurg auch noch ein Labor leitet. Letztendlich ist Riccardo genauso karriereorientiert wie Lorenzo, Fabio oder B. Nur hat er viel mehr Energie. Riccardo hält mehr Tumult aus.
Dies hatten sie ganz zu Beginn ihrer Ehe festgestellt. »Darin sind wir uns gleich.« Ella. Dieser Satz liesse sich auch nicht mehr unterschreiben.

Kurz nach Mitternacht hat sich Riccardo doch noch an den bevorstehenden Arbeitstag erinnert. Ella hat ihn nach unten begleitet, auf dem Weg haben sie sich in eine hitzige Diskussion verstrickt.
Noch immer stehen sie vor der Haustür. Ella zündet nochmals zwei Zigaretten an und gibt die eine an Riccardo weiter.
»In Amerika gibt es mehr Freiheit«, behauptet er schon wieder. »Es ist nicht alles so eng und reglementiert wie hier.« »Wie bitte?«, unterbricht Ella Riccardo. »Wie kannst du das Wort Freiheit in den Mund nehmen, wenn du am Strand nicht einmal eine Büchse Bier trinken und dazu eine Zigarette rauchen darfst. Das ist so etwas von kleinkariert und intolerant«, ereifert sich Ella. Zum Glück ist sie Riccardo nicht nach Amerika gefolgt. Das ist nichts für sie.
Vielleicht wäre sie mit ihm ausgewandert, nach Bangkok oder Denpasar. Und hätte er vor dem Unterschreiben des Arbeitsvertrages gefragt.
Beim Sprechen sei der Abstand unter den Menschen grösser, schon alleine dies empfinde er als ausgesprochen angenehm. (Erstaunlich, dass ihm das nicht in den Sinn gekommen ist, dass er zuerst seine Ehefrau fragt.)
Die Schweizer hätten immer gleich zu allem und jedem eine Meinung. Es werde viel stärker kategorisiert. Wer einmal einen Stempel aufgedrückt bekommen habe, sei abgestempelt und bleibe dies.
Schon möglich, dass das etwas hat.
Wenn sich einer beruflich komplett umorientiere, falle dies in Amerika, zumindest bei ihnen an der Westküste, nicht auf, man denke sich nichts dazu. Das sei die Angelegenheit des anderen. Dies empfinde er als eine grosse Freiheit. »Die Möglichkeit zur Veränderung.«
»Könnte man das, was du Freiheit nennst, nicht auch als Desinteresse bezeichnen? Die Frage ist ernst gemeint«, sagt Ella. »Wenn ich meine Meinung preisgebe, kann das auch Engagement bedeuten, Verantwortung gegenüber dem anderen. Letztendlich ist es eine Investition der eigenen Energie und Zeit.« Ella bricht mitten im Satz ab. Mit einem Mal sind ihr Milo und Linlin in den Sinn gekommen. Sie weiss nicht mehr, ob sie die Wohnungstür abgeschlossen hat. »Wenn die Kinder plötzlich wach werden, bekommen sie einen Riesenschreck.« Er habe morgen, respektive heute, einen strengen Tag, sowieso müsse er sich schleunigst auf den Weg machen. Riccardo drückt Ella zwei Küsse auf die Wangen, er hält sie in seinen Armen fest.

»Riccardo habe ich nur geheiratet, weil er so gut umarmen kann.« Ella.

»Das ist ein Witz.« Mara.

Über Nacht sind die Pfingstrosen aufgegangen, die Blumenköpfe sind riesengross.

Dass sie sich am Ende des Abends noch in diese heftige Diskussion haben verstricken müssen. Ella dachte immer, sie hätte das alles längst überwunden, so viele Jahre, wie das zurückliegt. Vielleicht weit hinten, im Verborgenen, betrübt es sie noch immer, dass Riccardo damals die Stelle in Los Angeles annahm und sie bei so einer wichtigen Entscheidung nicht miteinbezogen hatte.

An allem und jedem kleben ihre Gedanken fest. Sie täte besser, sich in nächster Zeit mit niemandem mehr zu treffen. Kein Wunder, dass sie am nächsten Tag erschöpft ist.

Linlin hüpft im Zickzack über die Pflastersteine, plötzlich bricht sie ihr Spiel ab. Sie rennt über die Wiese zum Karussell. Vergnügt dreht das Mädchen ein paar Runden. Ella hätte gerne noch eine Tochter gehabt oder einen Sohn. Zwei Kinder geben weniger Arbeit, davon ist Ella immer noch überzeugt. Linlin ist süss.

Nach dem Frühstück sind sie zu dritt in die Tiefgarage gefahren und haben dort auf den Kindergartenbus gewartet.

Ella und Linlin springen den Gehweg entlang. Linlin rennt an den Hauseingängen vorbei. Das Mädchen hat Ausdauer, Ella kommt ins Keuchen.

Dass sie dauernd an B. denken muss, ist der grösste Ärger, sie könnte sich die flache Hand auf den Kopf schlagen.

Die Haustür des Vierzigerblocks steht offen.

Als Linlin auf dem Drehkarussell gestanden ist, hat Ella Fabios Geburtstagskarte aus der Handtasche gezogen und sie nochmals gelesen.

Sie solle möglichst viel hinausgehen, in die Natur, hat ihr Fabio geraten.

»Perché non vai in montagna con Milo per un paio di giorni?« (Warum fährst du mit Milo nicht in die Berge, für ein paar Tage?)

Diesmal traut sich Ella nicht, Frau Ling wieder zu vertrösten. Ella nickt.

Während Frau Ling das Teewasser aufsetzt, steht Ella am Fenster und schaut hinaus. Weit in der Ferne sieht sie ein paar gelbe Felder. Dahinter sind die Kuppen noch weiss.

... neun Jahre zuvor

Die Regenjacke hängt über Ellas Kopf. Ihre Hände greifen hastig nach dem Mineralwasser und dem Linzertörtchen. Innerhalb weniger Sekunden ist die Terrasse des Passrestaurants platschnass.

Ella sitzt am Fenster und schaut zu, wie der Regen gegen die Scheibe schlägt. Mitten am Nachmittag ist es auf der Passhöhe Nacht geworden. Zu ihrem Geburtstag hat sich Ella ein Wochenende in den Bergen gewünscht. Dafür haben sie sich einen Termin im Sommer reserviert.

Im Cheminée lodert das Feuer. Ella bestellt beim Wirt eine heisse Ovomaltine.

Bernard hat die kleine Wanderung nicht mitmachen wollen. »Ich bleibe lieber im Hotel, nutze die Zeit für meine Arbeit und erledige noch die Korrespondenz«, hat er gesagt. »Das Wetter ist mir zu unsicher, du würdest besser auch hierbleiben.«

Ella hat den Internetanschluss im Hotelzimmer verflucht. Erst hat sie noch versucht, Bernard zu überreden. »Wenn das Wetter umschlägt, müssen wir uns nur auf die Strasse stellen, den Daumen hinausstrecken und schon werden wir bequem mit einem Auto zurückchauffiert.«

Ella ist alleine losmarschiert. Der Wanderweg hat unweit der Strasse zur Passhöhe hinaufgeführt. Nur gelegentlich hat der Trampelpfad hinter ein paar grosse Felsbrocken geführt.

Etliche Male ist Ella stehen geblieben und hat die Wolken beobachtet, die schnell über den Himmel gezogen sind. An einer der Bergspitzen ist eine dunkle Wolke gehangen.

Die Tür des Passrestaurants geht auf und ein junges Paar stürzt herein. Der Mann hält die Regenjacken in den Händen. Er zieht eine Wasserspur hinter sich her. Die Frau setzt sich auf den Stuhl neben dem Cheminée, sie lässt ihre Wanderschuhe auf den Boden poltern. Auch ihre Socken sind nass. Der Wirt kommt mit zwei Kleiderbügeln in der Hand auf das junge Paar zu.

Nachdem der Mann die tropfenden Jacken aufgehängt und beim Wirt bestellt hat, setzt er sich zu der Frau an den Tisch. Der Mann bläst sich aufs Neue in die Hände.

»Das nächste Mal sind meine Fausthandschuhe im Rucksack, trotz Sommer«, sagt er.

Unvermittelt zieht er der Frau am Ohr. »Gut«, sagt sie. »Ich gebe es zu, ich habe kein Schneehuhn gesehen, aber wärst du nicht so gerannt, hätte ich vielleicht eines entdeckt.«

»Sollen wir uns mitten auf dem Schneefeld von einem Blitz erschlagen lassen?«, fragt der Mann. Die Frau lacht.
Was für rote Gesichter die beiden haben.
Draussen prasselt der Regen auf die Tische. Es donnert und kracht, von allen Seiten jagen Blitze aus dem Himmel. Der Wirt steht neben Ella und schaut hinaus.
»Ein Teufelskessel«, sagt er.
Der Bergkamm ist nicht mehr zu sehen. Irgendwo dort oben muss das Schneefeld liegen. Ob es wirklich Schneehühner gibt?

6

Sobald Riccardo die Ausbildung zum Facharzt abgeschlossen hatte, wollte er ins Ausland, mit einer Hilfsorganisation in den Fernen Osten. Niemals würde Lorenzo mit einer Hilfsorganisation ins Ausland wollen. Am Morgen brauche er eine gut funktionierende Dusche und nicht ein Rinnsal, das ihm auf den Kopf tropfe. Ella nannte ihren Bruder »ein Röckli«, weil er sich ihrer Ansicht nach benahm wie eine Frau. Mit Riccardo teilte Ella das Fernweh, mit B. die Liebe zur Kunst.
Ein Kuhfell hat ihr Lorenzo geschenkt, ein braunweiss geflecktes. Beim Ausbreiten auf den Balkonboden bemerkt sie erst, wie gross so ein Kuhfell ist. In der Breite hat es keinen Platz. Sie wird zwei Löcher in die Wand bohren und die beiden Lappen dort befestigen. Ella will ihren Balkon umfunktionieren, in eine Alphütte, eine gemütliche. Zuerst aber wird sie die Kartons vom Dachboden der Mutter entsorgen.
Ella sitzt auf dem Boden und fährt mit der flachen Hand über die feinen Härchen. Das Kuhfell hat keine lichten Stellen, auch keine Schuppen, das wird ein teures Fell gewesen sein.
Mit einer grossen Plastiktasche auf den Armen ist Regina bei Ella vor der Tür gestanden.
Ella hat sich die grösste Mühe gegeben, aber nach einer halben Stunde hat sie nicht mehr gewusst, was sie mit ihrer Schwägerin reden soll.
Wie ihr das zuwider ist, dieses sinnlose Geschwätz, das ihr nur die Energie raubt.
Ella setzt sich zurück in den Sessel und legt das Kuvert in ihren Schoss, die beiden Karten behält sie in den Händen. Gauguins sitzende Frauen am Strand von Tahiti und Piero di Cosimos Porträt der Simonetta Vespucci, die als schönste Frau von Florenz galt.
Auf dem Kuhfell liegt ein Bild des Fotografen Alfred Stieglitz. Ella betrachtet die langen Finger, die um das Kinn seiner Frau gefächert sind.

»Evtl. verwenden oder besser nicht verwenden«, steht mit einem grünen Filzstift auf dem Plastikmäppchen geschrieben, in einer Mädchenhandschrift, die einmal zu ihr gehörte.

Als Nächstes holt Ella ein dünnes Buch aus dem Karton.

Die Kunst des Faltens.

Mit dem Daumennagel fährt sie die Kanten entlang und durchtrennt die Plastikfolie. Ella legt das dünne Buch zurück. Sie zieht eine vollgeklebte Arbeitsmappe hervor. Ella bläst eine Fussel von dem aufwendig geflochtenen und mit Perlen bestückten Haar. Um die Halskette ringelt sich eine Schlange.

Bei der Frau mit dem halbnackten Oberkörper auf Piero di Cosimos Gemälde handle es sich nicht um die schöne tugendhafte Simonetta Vespucci, wie die Inschrift unten am Bild besage. Laboranalysen hätten gezeigt, dass diese Inschrift erst viel später angebracht worden sei. Bei dem Gemälde handle es sich um eine der schönsten Huren von Florenz. Es sei die Darstellung dieser Kurtisane Clodia in der Figur der Kleopatra.

Piero di Cosimos Porträt der schönen tugendhaften Simonetta oder der Kurtisane Clodia war Ellas Ausgangspunkt, von dort gelangte sie zu den Simonetta-Darstellungen von Botticelli und seinen Idealbildnissen der Frau. Ein Teil der Aufnahmeprüfung an die Kunstschule bestand aus einer kunstgeschichtlichen Arbeit, dreissig Seiten Umfang musste sie haben. Ella schaute sorgfältig ihren Fundus durch und legte sich eine Arbeitsmappe an.

Das Bild der Frau in der Kunst. Von Sandro Botticelli über Paula Modersohn-Becker bis Hannah Villiger.

Ella staffierte ihre schriftliche Arbeit reich mit Bildern aus. Auf die Vorderseite klebte sie Piero di Cosimos rätselhaftes Simonetta-Porträt.

Auf dem Weg in die Küche bleibt Ella am Fenster stehen, der letzte Baum ist aus dem Winterschlaf erwacht, ein Nussbaum. Ella ist neben dem Stamm gestanden und hat durch das Geäst hinauf zur Baumkrone geschaut. Obwohl es genieselt hat, hat Ella ihre Augen zusammengekniffen, so hat es geblendet.

In der Universitätsbibliothek holten Fabio und Ella ihre bestellten Bücher ab. Mit Sicherheit hatte sie die interessanteren in der Tasche. Während sich Fabio im vorderen Teil des Lesesaals mit einem Kollegen flüsternd unterhielt, sass Ella auf einer der hinteren Bänke und blätterte in dem Buch über Sandro Botticelli. Sie sah sich die Bilder genauer an, je länger Ella die Frauengesichter studierte, umso deutlicher sah sie bei vielen eine Ähnlichkeit mit Botticellis Bildnis der Simonetta Vespucci. Die Flora des Primavera-Gemäldes machte keine Ausnahme.
Ella sucht nach dem Botticelli-Kuvert, darin müsste sich das Primavera-Bild befinden, mit dem Windgott, der zwischen den Orangenbäumen nach einer Nymphe greift. Auch an das Blumenkleid der Flora kann sich Ella erinnern (die Rosenzweige unter der Brust), und an die Blumenwiese mit den Hyazinthen und Ranunkeln. Ella hat das Gedächtnis eines Elefanten, nur wo sie das Botticelli-Kuvert vor ein paar Minuten hingelegt hat, daran erinnert sie sich nicht.
Ella räumt die Geburtstagskarten von der Küchenablage, Glückwünsche von Lorenzo, Fabio, Maria Sofia und der Freundin. Ella zieht das zusammengefaltete Papier aus Maras Doppelkarte. Die handgeschriebene Geschichte zu lesen hat Ella ebenfalls vergessen.
Ein Zen-Meister bekam von einem westlichen Gelehrten Besuch, kaum war dieser eingetreten, fing er mit seinen Fragen an.
Der Zen-Meister hörte dem westlichen Gelehrten aufmerksam zu. Nachdem eine Weile verstrichen war, bot der Zen-Meister seinem Gast eine Mahlzeit an. Der westliche Gelehrte lehnte ab, denn er war mit seinen Fragen noch lange nicht am Ende. Der Zen-Meister stand auf, ging in die Küche und kam alsbald mit einer Kanne Tee zurück. Aus lauter Freundlichkeit liess sich der westliche Gelehrte einschenken, er wollte seine kostbare Zeit nicht mit Sinnlosem vertun. Der Tee schwappte über den Tassenrand und breitete sich auf dem Tisch aus. Der Zen-Meister unterbrach das Eingiessen auch nicht, als der Tee auf den Boden tropfte.
»Was tun Sie da?«, rief der westliche Gelehrte empört, »sehen Sie denn nicht, die Tasse ist längst voll.«
»Wie bei Ihnen«, sagte der Zen-Meister, »es passt nichts mehr hinein.«

Dass sie in einem Jahr wieder umziehen wird, daran darf Ella nicht denken.
Besser sie schaut den Berg zügig durch, sortiert aus, was sie noch aufheben will, und lässt die Kartons schnellstmöglich verschwinden. Ein geräumiger Keller würde ihr das Leben vereinfachen, oder der kleine Keller ohne den sperrigen Schrank der Grosseltern.
Ella kniet neben dem Karton und zieht eines der Kalenderblätter heraus. Mehr noch zeige dieses Gemälde die Verwandtschaft mit der antiken Skulptur. Anders als bei seiner berühmten Venusdarstellung trage diese Figur ein hauchdünnes Gewand und komme somit dem antiken Vorbild näher. Vor einem schwarzen Hintergrund steht die Turiner Venus. Sich das Gemälde einmal im Original anschauen, das wäre auch etwas. Dieses Bild hat Ella auch als Postkarte. Die Geburt der Venus müsste sich ebenfalls im Botticelli-Kuvert befinden (die heimliche Geliebte des Herrn Zbinden). Die Nackte, die auf einem Muschelwirbel steht, neben der Venus schwebt ein eng umschlungenes Windpaar, das die Liebesgöttin übers offene Meer ans Land bläst.
Eigentlich hat sie schon länger keine Zeit mehr für ihre Freunde, nicht erst seit den Problemen mit B.
Wann immer sie aus ihrem Arbeitstag Freiraum herausnehmen konnte, verbrachte sie Stunden in ihrem kleinen Raum neben B.s Atelier, meistens spät am Abend, wenn alle schon schliefen.
Den Arbeitseifer hat sie von ihrer Mutter geerbt, hätte Maria Sofia eine Mutter gehabt, wie die Callas eine gehabt hatte, aus Maria Sofia wäre auch eine Sängerin geworden, eine professionelle.
»Impegno e disciplina, in ogni caso, non mi sono mai mancati.« Maria Sofia. (An Disziplin und Fleiss auf jeden Fall hätte es mir nicht gefehlt.)
»Lass uns wieder einmal tanzen gehen.« Mara.
Ella kommt es vor, als hätte sich einer auf ihre Brust gesetzt.

Es ist genug, und nun muss sie sich auch noch das hineinziehen.
»Wie du redest, man könnte meinen, du kämst aus der tiefsten Arbeiterschicht.« B.
Ihr Grossvater sei Förster gewesen, der Vater Schriftsetzer, also Arbeiter, antwortete Ella. Der Städter dürfe sich nicht von dem Haus blenden lassen, bei ihnen auf dem Land wohne keiner in Miete.
»Man bezahlt doch nicht einem anderen den Zins!« Müller Sepp.
Obwohl sich das Dorf zu beiden Seiten ausgedehnt hat, ist kein einziger Wohnblock errichtet worden. Dass ein Bauernhaus in zwei Wohnungen umgebaut wird, das ja. »Aber ein Wohnblock, nein danke!« Gasser Gerda vom Restaurant Ochsen.
Ella schaut hinüber zur Staumauer. Sie zählt die Balkone, ein Ding der Unmöglichkeit, da die einzelnen Gebäudeteile in der Höhe auch noch variieren.
Ella sollte einmal die Gasser Gerda vom Restaurant Ochsen einladen, die würde Augen machen. Aber die Alten gehen nicht freiwillig aus ihrem Dorf, noch heute nicht.
Und wie sich die Gasser Gerda auf die Schule gefreut habe. Und dann sei endlich der grosse Tag gekommen.
Nachdem der junge Dorflehrer abgewählt worden sei, habe sich sein Schwiegervater, der ehemalige Dorflehrer, am ersten Schultag auf den Pausenplatz gestellt. Schimpf und Schande habe er den Kindern angehängt und sie allesamt nach Hause geschickt. Am nächsten Tag habe die Gasser Gerda nicht mehr zur Schule gewollt.
Immer sind der Gasser Gerda neue Geschichten in den Sinn gekommen, auch Luc hat interessiert zugehört und mitgelacht. Nur für Milo hat die alte Frau viel zu schnell gesprochen. »Was sagt sie?«, hat er Ella dauernd gefragt.
Die Hälfte der Papierfetzen bleibt auf dem Boden liegen.

Im Einkaufszentrum gibt es bereits weisse Spargeln, vier Franken fünfzig das Pfund. Bei ihnen im Dorf werden erst jetzt die Plastikbahnen über die Felder gezogen.
Ein Vogel verschwindet zwischen den Tannenzweigen. Ella wartet, bestimmt ist das einer von denen mit den schwarzen Mützen, eine Kohlmeise.
Eine Taube.
Was für einen kleinen Kopf die hat, der weisse Fleck am Hals ist markant. Ella blättert im Vogelbuch.
Die Ringeltauben picken kleine Steinchen auf. Sie helfen, im Magen die Eicheln und Beeren zu zerreiben.
Mit dem Feldstecher hält Ella Ausschau nach einer Eiche.
Das Grün des Ginkgo ist das hellste.
Ella schwenkt mit dem Feldstecher ins Wohnzimmer, ein Schweif Grautöne fliegt vorbei. Zwei braune Stuhlbeine kommen scharf ins Bild, daneben ein Stück Papier.
Ella robbt auf allen vieren über das Parkett und sammelt die Papierfetzen ein. Das hat ihren Puls wieder in die Höhe getrieben.
Dass Ella den Auftrag abgelehnt habe, sei bedenklich genug, aber dass sie auch der Vernissage ferngeblieben sei, sich überhaupt nicht mehr melde, gebe ihr im Hinblick auf das Wort Freundschaft nun doch zu denken. Seit Ella aufgestiegen sei und auch noch den Grossauftrag des städtischen Kunsthauses erhalten habe, sei diese Freundschaft nicht mehr dieselbe. Weiter hat Ella nicht gelesen.
»Der Arbeitsdruck ist auszuhalten, aber den sozialen Belastungen gehe ich aus dem Weg.« Lorenzo.
Ella setzt die Papierfetzen zusammen. Ein paar Lücken bleiben.
Sie ruckelt die Kommode nach vorne. Mit dem Besenstil stösst sie nacheinander die Papierstücke hervor.
Ella fährt fort, die passenden Wortfetzen für die Lücken zu finden.

»Die Hoffnung stirbt zuletzt.« Mara.
Ella hat keine Ahnung, was sie machen müsste, damit Renée Eve begreift, was sie ihr schon x-mal geschrieben hat.
»Es gibt Menschen, die können durch Lesen nicht verstehen, die müssen eine Botschaft hören.« Frau Dr. Bühlach.
Immerhin, Frau Dr. Bühlach versteht, wenn Ella etwas sagt. Das ist erstaunlich, da sie ja eine Ärztin ist.
Wie viel Respekt das Wort Arzt bei den Leuten im Dorf einflösst, ein paar gehen beinahe rückwärts. Aber eines ist sicher, Halbgötter sind sie keine.
Ein paar Perlen sind dennoch zu finden, Frau Dr. Bühlach ist eine. Sie ist ruppig, unbequem – aber sie hört zu!
Während der paar Konsultationen sind sie sich im Gespräch nähergekommen, dass sie nicht mehr nach B. fragen darf, hat sie verstanden (diese neugierige Person).
Ob sie Renée Eve anrufen soll?
Ella wirft die Papierfetzen in den Mülleimer. Das Botticelli-Kuvert hat sie nicht gefunden. Ob das nur in ihrer Erinnerung aufgetaucht ist?
»Du weisst ja nicht einmal mehr, was du dir vorgestellt hast und was real stattgefunden hat.« B.
Die Selbstzweifel sind am schlimmsten.
Am besten, sie konzentriert sich auf das Auspacken der Kartons, das Gedankenkarussell dreht endlos seine Runden. Und was, wenn sie B. unrecht tat?
Das Bauernkind mit Schürze sieht aus wie eine alte Frau. Das Gemälde erinnert Ella an die Kinderfotos von Lewis Hine, an die barfüssige Spinnereiarbeiterin mit dem erwachsenen Blick, zu Beginn des zwanzigsten Jahrhunderts, also etwa zur gleichen Zeit.
Bei Paula Modersohn-Becker standen die Menschen im Zentrum der Arbeit. Ella interessierte sich vor allem für die Selbstbildnisse der Künstlerin.
Bei demjenigen vor blühenden Bäumen denke man bei der Inschrift am unteren Bildrand auch an die Porträtkunst der italienischen Renaissancemeister, vor allem an Piero di Cosimos Bildnis der Simonetta Vespucci. Daran erinnert sich Ella noch, wie sie dies las und dabei den Kopf schüttelte.
Es hätte auch sein können, dass Renée Eves Brief mit einem Satz des Verständnisses schliesst.

B. hat sich zu ihrem Geburtstag nicht gemeldet. Ella hat vergebens gehofft.

Über fünfzig Selbstbildnisse zählt das Werk der Paula Modersohn-Becker. Ella schrieb auch etwas über die wiederkehrenden Attribute; die Kette, die Frucht und die Blume in Modersohn-Beckers Hand. Ella dreht die Karte auf die Vorderseite, das Selbstbildnis als Scheinschwangere mit einer dunklen Kette bis über die Brust. Nach dem Wochenbett stand die Künstlerin zu schnell auf und erlag einer Lungenembolie.

Zu Linlins Geburt seien die Schwiegereltern aus Shanghai gekommen. Jeden Tag habe die Schwiegermutter für Frau Ling gekocht und das Essen zu ihr ins Krankenhaus gebracht. Taubenfleisch sei gut für eine Wöchnerin.

Ella setzt den Pfeil auf Entwürfe. Sie öffnet die E-Mail und klickt auf Senden.

Dass der Assistenzarzt im Gang bei ihr stehen geblieben ist, hat Ella gefreut. Seinen Namen hat sie vergessen, aber er hat den ihren noch gewusst.

»Hoffentlich ist das kein schlechtes Omen«, hat Ella gesagt. Der Assistenzarzt hat gelacht und ihr ein Kompliment gemacht. »Sie sehen gut aus.« Ella hat ihm immer wieder in die Augen geschaut, auf die kleinen Punkte im Blau.

Eigentlich behalte sie die Patienten nicht so lange bei sich in der Sprechstunde, hat Frau Dr. Bühlach gesagt. Ella sei kerngesund, aber sie solle gut auf sich achten.

Ella bleibt beinahe das Herz stehen. Eben erst hat sie auf Senden geklickt.

B. schickt ihr einen verspäteten Geburtstagsgruss, es gehe ihm sehr gut, er sei beschäftigt mit seiner Arbeit. Mehr schreibt er nicht.

Ihr Weggang wird ihm bestimmt zugesetzt haben, auch wenn er sich nichts anmerken lässt.

»Sie sind zu Boden gegangen.« Frau Dr. Bühlach.

Nach Milos Geburt hätte Ella gerne einen Espresso getrunken. Da müsse sie erst den Arzt fragen oder B., sagte die Hebamme zu ihr. Das wäre der Moment für einen Wutausbruch gewesen.
Seine schwangere Frau ignoriere die Zeitverschiebung, sagt Riccardo. Lange könne er nicht bleiben, das hat Riccardo bereits am Telefon gesagt.
Milo hilft beim Anrichten. Er setzt die Radieschen auf den Salat, die werden nur nach Wasser schmecken, aber wenigstens sehen die Teller hübsch aus. Bio-Radieschen hat es keine gehabt. Die Bio-Ecke im Einkaufszentrum ist klein, das Gemüse zeigt oft braune Stellen. Es ist schon möglich, dass die Leute in der Siedlung den Mehrpreis nicht bezahlen können und die Ware liegen bleibt.
Bei dem Mietzins?
Riccardo gähnt. Heute gehe er früh ins Bett, sagt er.
Das ist zu heikel. Ella stellt die Salatteller auf das grössere Servierbrett. Aber das kommt auch nicht gut, Ella nimmt Milo das Servierbrett ab.
»Trag einen Teller nach dem anderen zum Tisch«, sagt sie.
Milo zieht an ihrem Ärmel und macht ein geheimnisvolles Gesicht. Ella bückt sich.
»Ich will mit dem Servierbrett«, flüstert er.
Ella geht hinter Milo her, als könnte sie noch etwas ausrichten, wenn die Teller ins Rutschen kommen.
»Cool«, sagt Riccardo. Milo lächelt.
Beim letzten Kind habe seine Frau nicht so ein Theater gemacht, sagt Riccardo. Sie hätten sich noch nicht um die Namenwahl gekümmert. Und als der Junge drei Wochen zu früh zur Welt gekommen sei, habe seine Frau den Säugling im Arm gehalten und gesagt: »We just call him Max.« Seine Frau sei ziemlich spontan.
»Wie würdest du das Kind nennen?«, fragt Riccardo.
Ihre Favoriten gibt Ella nicht her. Wer weiss, vielleicht finden B. und sie wieder zusammen und es gibt doch noch ein Kind, ein Versöhnungskind. Sie ist so ein Esel.

Das mit B. hat einen misstrauischen Menschen aus ihr gemacht. An was sie gerade arbeite, fragt Riccardo. An nichts, antwortet Ella. Sie gebe zurzeit nur das viele Geld aus, das sie verdient habe.
»Wer's glaubt, wird selig«, sagt Riccardo.
Nebst dem Grossauftrag des städtischen Kunsthauses verkaufte Ella eine weitere Arbeit, dies teilte sie Renée Eve nicht einmal mit.
»Die Richtigen müssen Hurra schreien, und alle schreien Hurra!« Renée Eve.
»Die kleine Wohnung in Zürich über der Tankstelle, weisst du noch?«, fragt Riccardo und redet, ohne eine Antwort von ihr abzuwarten, weiter. »Eigentlich war das eine schöne Zeit, ich in Arth-Goldau und du in Zürich. Ich habe mich immer auf die Wochenenden gefreut.«
Milo steht neben Ella und will das Vanilleeis schneiden. Sie nimmt ihm das Fleischmesser aus der Hand. »Das geht auch mit dem«, sagt sie. Sie hält Milo ein gewöhnliches Messer hin. Ella geht zurück zum Herd. Sie drückt die tiefgekühlten Erdbeeren aus dem Plastikbehälter in die Pfanne.
»War doch eine gute Zeit, oder?« Riccardo ist aufgestanden und zu ihr in die Küche gekommen. »Kann ich etwas helfen?«, fragt er. »Nein«, sagt Milo.
Riccardo wirft Ella einen fröhlichen Blick zu und verschränkt die Arme. Er ist immer noch ein attraktiver Mann, jedes Mal, wenn sie ihn sieht, denkt sie das.
Aus den jungen Leuten werde sie nicht schlau, hat die Gasser Gerda vom Restaurant Ochsen zur Mutter gesagt, in einem Moment, in dem sich die beiden wohl unbeobachtet gefühlt haben. Beim ersten Problem werde gleich geschieden. Und ein paar Jahre später sässen sie zusammen auf der Treppe und wüssten nicht, wie nahe sie noch zueinanderrutschen sollten. Ella hat, unbemerkt von den beiden Frauen, den Aschenbecher vom kleinen Tisch im Flur genommen und ist gleich wieder nach draussen verschwunden.
»Coupe Romanoff«, sagt sie und stellt die Dessertschalen auf den Tisch. Diesmal macht Riccardo keine Anstalten, dass er bleiben will. Vielleicht würde sie ja sagen, würde er nochmals fragen.
(Zum Glück fragt er nicht.)

Riccardo war Maria Sofias idealer Schwiegersohn, aber sie mochte auch B. Im Dorf wird viel geredet. Auch Maria Sofia redet viel, zu viel.

Ein schlechtes Wort über andere gibt es von ihr hingegen nicht.

Und ob ihr einzelne Kunden manchmal auf die Nerven gegangen seien.

»Ma il cliente è sovrano.« (Aber der Kunde ist der König.)

Wenn sie B. nicht zurückschreibt, wird es wieder still werden zwischen ihnen.

Ella könnte sich entschuldigen, für all das, was sie ihm an den Kopf warf, zweimal nannte sie ihn Dreckskerl. Oder Sauhund?

»Auf deine Erinnerung ist kein Verlass.« B.

Ella redete auf B. ein, wochen- und monatelang. Ihre Stimme blieb ruhig, aber in ihr drin brodelte es.

Vielleicht hätte sie ihre Meinung besser für sich behalten, die Zeit verstreichen lassen und sich wieder beruhigt.

»Endlich frische Luft«, sagt Milo, kaum stehen sie vor der Tür.

Ella schaut den Jungen verblüfft an, sie muss lachen.

Ella zieht ein paar Gratiszeitungen und Prospekte aus ihrem Briefkasten, sie legt den Papierstapel auf die Briefkästen. Milo rennt los, er will auf die Rutschbahn. Ella springt ihm hinterher, auch das ist ein Grund, warum sie spätestens zu Milos Schulbeginn wieder umziehen will, die Wohnblöcke sind zu unübersichtlich. Ella traut sich nicht, den Jungen alleine nach draussen zu schicken, dauernd muss sie mit.

Ella setzt sich auf die Banklehne.

Nach dem Abendessen sind sie durch die Siedlung spaziert, Riccardo hat Milo auf die Schultern genommen, und Ella hat sich bei ihrem Exmann untergehakt.

Ella rutscht herunter. Sie streckt ihre Arme aus und legt sie auf die Banklehne. Sie schaut Milo zu, wie er sich bäuchlings auf den Sitz der Schaukel legt. Kaum sind sie im Hof gestanden, ist Wind aufgekommen, Ella hält ihre Mütze fest.

Es regnet weisse Blütenblätter. Wenn es so weitergeht, steht neben der Bank in ein, zwei Tagen ein grüner Strauch.

Das Botticelli-Kuvert ist wieder aufgetaucht, unter der Zeichnungsmappe ist es gelegen. Auch die Schwarzweissfotografie, die in ihrer Zürcher Mansarde neben dem Fenster in der Dachschräge hing, hat Ella gefunden. Das brennende Palmblatt, das durch die Luft fliegt. Die anderen Bilder sind nicht auffindbar, von Hannah Villiger befindet sich nichts in dem Karton. Ella hatte ein paar Kunstdrucke der Polaroids, darunter ein Gesichtsausschnitt mit nassen Haarsträhnen und ein Bild, das mehrere Körperausschnitte zeigte, die so zueinander in Beziehung gebracht worden waren, dass Ella zu rätseln begann. Diese Künstlerin in die schriftliche Arbeit aufzunehmen, war ein spontaner Entscheid, wie überhaupt alles spontan war in jener Zeit.

Über Hannah Villiger fand Ella nur einen dünnen Katalog mit ein paar Schwarzweissfotografien und einigen Polaroids.

Später benutzte die gelernte Bildhauerin nur noch die Polaroidkamera, und ihr eigener Körper wurde zu ihrem Material.

Sie horche in ihre Polaroidkamera, an dem nackten kahlen Körper entlang. Oft drehe sie die belichteten Polaroids an der Wand, bis sie ihr eigenes Unten fänden.

Als Ella und Renée Eve zu Lorenzos Doktorfest reisten, besuchten sie eine Ausstellung dieser Künstlerin, die ihre intimsten Stellen zum Objekt des fotografierenden Ich gemacht hatte. »Tun wir so, als wären wir zwei Personen.«

Ella staunte über den Mut dieser Künstlerin.

Nach der Ausstellung gingen sie in eine Bar und von dort weiter zum Doktorfest von Lorenzo. Auch der ärztliche Leiter der Klinik, ein Freund von Lorenzos Professor, war eingeladen, und sonst waren noch eine Menge Leute dort. Ella und Renée Eve füllten regelmässig ihre Weingläser nach. Der Reihe nach gingen sie die Gäste durch. Sie rätselten übertrieben lange, wer wohl welchen Beruf ausübe, dabei lachten sie dauernd.

»Wie geht es deiner kleinen Schwester?«, fragte Lorenzos Arbeitskollege, ein grossgewachsener Mann mit dunklen Haaren und melancholischen Augen. »Kein Problem«, sagte Lorenzo, »sie steht noch.«

Dass sie zwei Jahre später die Ehefrau dieses grossgewachsenen Mannes mit den melancholischen Augen sein wird, das hätte Ella damals auch nicht gedacht.
Und ob er sich den Doktortitel an die Schürze hängen werde, ein Schild, riesengross, sagte Lorenzo zum Müller Sepp. »Wenn nur Arzt steht, nimmt dich doch keiner ernst.«
Mit Champagner stiess Lorenzo zu Hause mit der Familie und den Nachbarn auf die bestandene Doktorprüfung an. Niemals würde er in einem Dienstleistungsbetrieb wie der Druckerei arbeiten wollen, sagte er.
Die Makulatur wird Ella entsorgen, auch die Kuverts mit den Postkarten und Bildern. Riccardo hat ein paar der Kartons hinuntertragen wollen, aber Ella hat ihn davon abgehalten.
Das vergangene Wochenende sei er stark erkältet gewesen, hat Riccardo gesagt, aber er habe durchgearbeitet. Riccardo hat nicht gut ausgesehen. Bei all seinen Besuchen in der Schweiz war es immer eine Selbstverständlichkeit, dass Riccardo über Nacht bei ihr blieb. Früher, als Ella mit B. frisch befreundet war. (B. war auch kein Lamm.)
Die Zeichnungsmappe wird sie weiterhin aufheben. Warum eigentlich? Die einzigen Bilder aus jener Zeit, die sie gerne hätte, kamen nicht mehr zurück. Dass eine Künstlerin ihre Arbeiten abfotografiert, bevor sie diese wegschickt, wusste sie damals noch nicht.
Ella legt die Skizzen auf den Tisch.
Für den praktischen Teil der Aufnahmeprüfung reichte Ella zwei Mappen ein. Eine enthielt eine freie künstlerische Arbeit; in der anderen befanden sich Porträts, die über einen längeren Zeitraum entstanden waren.
Seltsam, dass sie Mühe hat, sich von diesen Arbeiten zu trennen, obwohl diese ihren Ansprüchen nicht genügt hatten. Ella schaut die A3-Skizzen durch, Aquarell über Bleistift. Im Vordergrund ein paar Hühner, dahinter die Gasser Gerda, die mit einem Plastikeimer in der Hand die Treppe zum Restaurant Ochsen hochgeht, die Schlaufe der Serviertochterschürze ist perfekt gebunden; der Bauer vom Nusshof, der mit verdreckten Stiefeln vor der Scheune steht; die junge Ortelli, die eine Kiste Kartoffeln unter die Auslage schiebt, und der sommersprossige Hansi beim Heuen mit Wiesengras im Haar.

Ella wollte eine Arbeit abgeben, die durch ihr eigenes Lebensumfeld inspiriert war, wenigstens darüber war sie sich im Klaren gewesen. Ella legte die Porträts beiseite. Sie begann noch einmal von vorne. Obwohl jeder im Dorf in Frage gekommen wäre, wählte Ella sorgfältig aus. Sie entschied sich für den Müller Hans vom Stauwerk, Päuli, die junge Ortelli, den Bauer vom Nusshof, eine Zugezogene (Frau Matter), die Gasser Gerda vom Restaurant Ochsen und Pfarrer Schneider.
Ella behielt die Leute im Visier. Sie fertigte Skizzen an und wartete ab, bis sie einen nach dem anderen fragte.
»Natürlich darfst du mich porträtieren.« Pfarrer Schneider.
Dass er dafür Alltagskleidung tragen sollte, erfuhr er erst im zweiten Satz. Wie Pfarrer Schneider herauslachte. Sogar die alte Ortelli habe das im Laden gehört.
Den Müller Hans vom Stauwerk platzierte Ella vor einen Maschenzaun, dort hielt er sich mit einer Hand fest, mit der anderen Hand steckte er sich eine Zigarette in den Mund. Päuli sass auf seinem Mofa, wobei nur ein Teil des Lenkers zu sehen war. Der Bauer vom Nusshof lehnte mit einem frisch gebügelten Hemd am Garagentor. Und die anderen? Wenn Ella noch etwas nachdenken würde, käme ihr bestimmt noch das eine oder andere Bild in den Sinn.
Auf jeden Fall war das Haar der jungen Ortelli perfekt frisiert, sie war extra beim Frisör gewesen.
»Ja wenn schon, denn schon!« Die junge Ortelli.
Ein- und mehrjährige Wildblumen und Kulturpflanzen. Ella schneidet das Kuvert auf, ein Holzplättchen fällt auf den Tisch.
Schmetterlingswiese Nektar.
Ella klaubt das kleine Kuvert heraus. Sie reisst den oberen Streifen weg, drückt das kleine Kuvert auf und leert sich ein paar der Samen auf die Hand.
»Kleine Raketen«, sagt Milo, er zeigt mit dem Finger auf ein paar längliche Samen, die silbrig aufschimmern und Ella an Silberfische erinnern. Wenn er wolle, dürfe er die Samen in den breiten Pflanzentrog streuen, sagt sie. Milo steigt auf den Stuhl. Ella hält den Jungen um den Bauch fest, während er sich an die Arbeit macht.
»Für was soll ich mich entschuldigen?« B.

»Du siehst wohl Gespenster.« B.

Mitten in der Nacht ist Ella aufgewacht, im Nu hat sich die Hitze in ihrem Körper ausgebreitet. Ella hat sich die Hand auf die Brust gedrückt. Auch gegen Morgen hat sich der Puls nicht beruhigt.

Auf den bevorstehenden Tag könnte sie verzichten, vom Kopf bis zur Zehe ist sie verspannt. Schon wieder so ein Tag!

»Versprochen ist versprochen«, sagt Milo.

Ella kann sich nicht mehr erinnern, ab wann sie wieder mit dem Fahrrad fahren werden. Aber Milo weiss es ganz genau. »Und du bist sicher, dass das ab heute ist?«, fragt Ella.

»Ganz sicher«, sagt Milo. Ein Junge, der gerade einmal bis fünf zählen kann.

Milo steht im Flur und schreit.

Ella hat der Chauffeuse nichts gesagt, und die Frau jetzt anrufen, ihr die Tour durcheinanderbringen, das kann Ella nicht. Im Kindergarten mögen sie diese Art von Spontanität nicht, alles muss im Vornherein gemeldet und abgemacht werden.

Bring das einmal einem fünfjährigen Jungen bei!

Ella mag es nicht, das Kind abzulenken, es zu überlisten, aber diesmal tut sie es. Sie werden zuerst ein paar vergnügliche Minuten auf dem Spielplatz verbringen und dann von dort ab in den Kindergartenbus.

Während Milo auf der Toilette ist, steht Ella auf dem Balkon und schaut hinunter.

Wenn Milo tobt, packt sie ihn gelegentlich an den Schultern und schüttelt ihn, bis er sich wieder beruhigt.

Fasste die Kindergärtnerin ein Kind so an, die bekäme schnell ein Problem. Schon erstaunlich, wie Frau Hirz das mit den siebzehn Kindern hinbekommt.

Noch vor Milos Schulbeginn wird Ella in die Stadt umziehen. Die Tagesbetreuungsplätze sind rar, Ella sollte sich langsam um einen kümmern und sie sollte eine geeignete Wohnung suchen, ein Neubau vielleicht, der kurz vor Schulbeginn bezugsbereit sein wird.

Ellas Puls schnellt wieder in die Höhe. Dass sie sich jetzt noch zusätzlich unter Druck setzen muss!

Ella schiebt mit dem Fuss den Karton beiseite. Seit dem kurzen E-Mail-Wechsel mit B. ist ihr Körper wieder angespannt. Die Fahrt mit dem Fahrrad ist eine Wohltat gewesen. Ella hält den Kleiderbügel mit der nassen Gore-Tex-Hose von sich weg, damit das Wasser nicht auf den Karton tropft, den kann sie vielleicht noch gebrauchen.

Wie man eine Leinwand selber machte, wusste Ella zu jener Zeit noch nicht. Sie malte auf Karton, das andere war zu teuer, auch mussten die Bilder in eine Mappe passen. Für die Aufnahmeprüfung hatte sich Ella Ölfarben gekauft. Bei der zweiten Aufgabe, der freien künstlerischen Arbeit, blieb Ella den Menschenfiguren treu, aber nicht in einem naturalistischen Sinn. Es ging ihr darum, Stimmungen auszudrücken, eine Form zu verfolgen, eine Farbigkeit. Dass sie einer Linie nachgehen sollte, mit den Motiven nicht wild umherspringen durfte, wusste sie von ihrer Zeichnungslehrerin Frau Amann. Frau Amann trug an ihrem Mittelfinger einen Ring mit einem grossen flachen blauen Stein. Den Ring hatte der Goldschmied im Städtli gemacht, Frau Amanns Bruder. Wenn Ella zur Druckerei ging, schaute sie ab und zu auf die andere Strassenseite zum Schaufenster des Goldschmieds. Sie warf einen Blick zum Dach des Altstadthauses. Manchmal streckte Frau Amann ihren Kopf aus der Dachluke und trank einen Tee.

Bei der freien künstlerischen Arbeit benutzte Ella von Anfang an die Ölfarben. Sie malte einfach drauflos, bis sich der Moment einstellte: »Das ist gut.« Das war ein Impuls. Am Schluss von jedem Bild kam das Staunen. Und darauf folgte die Frage: »Ist das jetzt etwas?«

Ella weiss nicht wohin mit den nassen Gore-Tex-Jacken und -Hosen. Ausgerechnet heute hat es Bindfäden geregnet. Milo ist auf dem Fahrrad gesessen und hat sich hinter ihrem Rücken versteckt. Ella hat die Augen zusammengekniffen, so hat der Wind ihr den Regen ins Gesicht gepeitscht.

Am liebsten würde sie sich zu Milo in die warme Badewanne setzen, wie früher, als er noch ein sehr kleiner Junge war. B. und sie und in der Mitte das Kind.

Das Studium an der Kunstschule dauerte vier Jahre, nach der Ausbildung war man nichts ausser Künstler. »Diese Ausbildung ist für mich.« Ella.

Der Regen hört nicht mehr auf. Tagein, tagaus das gleiche Dilemma. Wenn es noch lange so weiterregne, müssten sie sich überlegen, ob sie nicht besser mit dem Linienbus fahren würden. Milo hat nichts darauf gesagt. Vermutlich macht es ihm auch nicht sonderlich Spass, jeden Tag ist er tropfnass.

Nach der Kunstschule hatte ein Student die Möglichkeit, die Ausbildung zum Zeichenlehrer zu absolvieren. Selbstverständlich würde sie das tun, sagte sie zur Mutter, was später war, interessierte Ella nicht.

Auf den Pflastersteinen liegt ein grüner Teppich, murmelgrosse Hagelkörner haben an diesem Morgen die Ginkgoblätter heruntergeschlagen. Ella schaut zu den Baumkronen, ein paar Tannenzapfen hängen in der Buche. Ella ist bei Milo stehen geblieben, sie geht in die Hocke. Milo stochert mit einem Stecken zwischen den Blättern und Schalen herum. Auf der Innenseite der Eichenblätter bleiben die Wassertropfen liegen. Es riecht wie im Wald.

Als Jugendliche wollte Ella nur eins, sie wollte aus dem Dorf hinaus, weg aus dieser engen Welt. Die Kunstschule befand sich in der Stadt. Nicht im Städtli!

Bei jeder Sternschnuppe wünschte sie sich, vom Dorf wegzuziehen.

»Ich wünsche mir jedes Mal Trompeten, Trompeten gehen besser.« Müller Hans vom Stauwerk.

Ella und Milo springen die Treppe hinunter zum Fluss. Die braune Brühe fliesst mit hohem Tempo an ihnen vorbei. Dicht über dem Wasser fliegen ein paar Vögel mit weissen Bäuchen.

Milo gibt nicht auf. Im Ufergebüsch hängt ein roter Ballon. Ella hält den Jungen fest an der Hand, während er die Böschung hinuntersteigt. Milos Arm ist zu kurz, Ella muss einen Tritt in die Böschung machen. Wenn sie nur nicht das Gleichgewicht verliert. Auf dem Gehweg ist ein älteres Paar stehen geblieben und schaut ihnen zu.

Milo hat den roten Ballon unter den Arm geklemmt. Etwas weiter flussabwärts steigen zwei Männer in Fischerstiefeln zögerlich in den Fluss.

»Wenn wir etwas abgemacht haben, halten wir Wort«, sagt der eine.

»Selbstverständlich«, sagt der andere, »ein Mann, ein Wort!«

Bis zum Türgriff stcht dic Eiscntür im Wasscr.

Es beginnt wieder zu regnen, Ella holt den Knirps aus ihrer Handtasche.

»Ich kann zaubern«, sagt sie und drückt auf den Knopf. Ella dreht den Schirm mit der Spitze nach unten. Sie schüttelt ihn, der Schirm spannt sich doch noch auf.

Der Regen scheint den Jungen nicht zu stören. Milo steht bei den beiden Männern. Er ist mit seinem roten Ballon beschäftigt, mit der flachen Hand fährt er hin und her, bis es quietscht.

»Springen wir nach Hause?«, ruft ihm Ella zu.

Lorenzo fand Ellas Eifer übertrieben. Der Grossvater hatte der Jugendlichen seinen alten Werkstattkittel geschenkt, im blauen Kittel stolzierte sie durchs Wohnzimmer in die Küche und strich sich dort ein Brot. Kurz darauf marschierte Ella mit dem Teller in der Hand an Lorenzo vorbei. Sie sprang die Treppe hoch und verschwand wieder in ihrem Zimmer.

Die theoretische Arbeit hatte sie Lorenzo zur Korrektur gegeben. Seinen Kommentar allerdings könne er für sich behalten, hatte sie zu ihm gesagt.

Lorenzo hatte viele Einwände.

Milo springt immer wieder in die Höhe, gelegentlich trifft er mit dem Kopf den Ballon. Milo rennt weiter bis zum Hauseingang.

Dass Ella die Aufnahmeprüfung bestand, war ihr grösster Triumph. Damit hatte keiner gerechnet, sie auch nicht. »Dev'essere stato un errore.« Lorenzo. (Das muss ein Versehen sein.)

Ella war überrascht, wie einfach das gewesen war. Und sie begann, an den Prüfungsexperten zu zweifeln.

Im Hauptfach wählte Ella das Studium der eigenen Arbeit. Er würde das Studium der altmeisterlichen Techniken wählen, sagte Lorenzo. Im Nebenfach belegte sie Druck und Grafik.
Ella ist aufgestanden. Sie wirft die Regenjacke über den Gartenstuhl, den hat sie vor der Tiefgarage gefunden, vor ein paar Tagen, als sie auf dem Nachhauseweg gewesen sind. Dieser passt perfekt auf ihren Balkon. Ein Klassiker ist der Landi-Stuhl, und Zilly, Fabios Frau, hatte solche kostbaren Stühle wieder zurück auf die Strasse gestellt. Dass sich Fabio nicht ärgerte, wundert Ella, aber dann auch wieder nicht, bei ihrem Bruder braucht es etwas mehr.
Ella schliesst das Schiebefenster, der Regen hämmert gegen die Scheibe.
»Hundertzwei Gespensterchen waren sehr vertrackt, an mein Zimmerfensterchen klopften sie im Takt«, murmelt Ella.
Milo hat sich zu ihr auf den Schoss gesetzt.
Und Ella kann sich nicht konzentrieren, sie singt mit Milo die erste Strophe und blättert im Buch.
Schliesslich beginnt sie bei der ersten Seite. Sie blättert Seite für Seite um.
Die Uferschwalben sind an ihrer hellen Unterseite und dem dunklen Brustband zu erkennen.
Sie jagen in Gruppen über dem Wasser.
Milo rutscht von ihrem Schoss herunter.
»Komm endlich«, sagt er und zieht an ihrem Pullover.
Milo springt durchs Wohnzimmer in den Flur. Ella trottet hinter ihm her, auf dem Weg zieht sie ihre Gummistiefel aus. Milo hat sich an seinen Kindertisch gesetzt. Er sucht nach einem braunen Farbstift. Milo will mit Ella eine Uferschwalbe zeichnen, Ella legt ihm das Vogelbuch auf den Tisch.
Sie geht zurück auf den Balkon. Mit dem Laptop setzt sie sich in den Sessel.
Ella schaltet den Laptop wieder aus. Sie weiss nicht, was sie B. auf seine E-Mail antworten soll, da es nichts zu antworten gibt auf die zwei, drei Sätze. B. hat keine Frage gestellt und nichts geschrieben, zu dem es etwas zu sagen gäbe.
Ella könnte sich einen Tritt verpassen, dass sie sich überhaupt bei ihm gemeldet hat. Seitdem ist es mit der Ruhe vorbei.

Sie sitzen im Flugzeug. Mit ausgestreckten Armen rennen Linlin und Milo über den Rasen, sie halten ihre Bären weit von sich weg, es geht hinauf und hinunter. Bis sie in der Nähe der Treppe landen. Die Bären rutschen über das Geländer und sind in den Bergen. Milo legt sich auf den Boden. Er hält seinen Bären am Bein fest und lässt ihn der Wand entlang hinunter. Linlin liegt neben Milo, auch sie hält ihren Bären am Bein fest, während er kopfüber an der Wand baumelt.
Die ausladenden Äste werfen einen breiten Schatten über den Gehweg hinaus auf die andere Seite der Rasenfläche. Ella sitzt auf der Bank, sie hat den Kopf in den Nacken gelegt und schaut hinauf zum Blätterdach.
Wie rasant alles wächst.
Am Vortag haben sie sich nochmals geschrieben, eine E-Mail von ihr und eine E-Mail von B., ein paar freundliche Zeilen. (Ein grosses Schweigen.)
Um die Gedanken zu unterbrechen, solle sich Ella auf das konzentrieren, was sie gerade tue, das sei das Beste, um das Gedankenkarussell zum Stillstand zu bringen, hat ihr Fabio am Telefon geraten. Die Kinder springen davon, abermals fliegt einer der Bären durch die Luft.
Ella könnte ihre Schritte zählen bis zu den Kindern, fünfzig Schritte vielleicht? Milo und Linlin stehen vor der Tanne.
Ella schaut der Zigarette zu, wie sie immer wieder vor ihrem Gesicht auftaucht.
Sie bläst den Rauch durch die Nase aus und springt los.
Auf die Tanne ist einer der Bären geklettert. Nur herunter kommt er nicht mehr.
Milo stellt sich auf die Zehenspitzen und zeigt mit der Hand in die Höhe.
Ella betrachtet die Zweige, ihre Enden.
»Dort«, sagt Milo.
Als würden hellgrüne Zapfen an der Tanne hängen.

Der Gärtner verstaut den Laubbläser auf der Ladefläche des Elektroautos. Der ältere der beiden Gärtner ist es, wie ein junger Mann sieht er von hinten aus. Dass ein Gärtner in der Siedlung ist, hat Ella schon von Weitem gehört, dieser Höllenkrach.
Bei ihnen im Dorf habe bald keiner mehr einen Rechen im Schuppen. Selbst eine der Zugezogenen, die Monika Meier, habe einen Laubbläser, für die paar Quadratmeter Pflastersteine hinter ihrem Haus. »Das ist das Allerletzte«, hat die junge Ortelli am Gartenzaun zu Ella und der Gasser Gerda gesagt.
Wie es ihm gehe, fragt Ella zur Begrüssung den Gärtner.
»Mir geht es gut«, sagt er. »Vielleicht geht es anderen besser, keine Ahnung, jeder hat sein eigenes Glück.« Der ältere Mann lacht und hievt die Säcke auf die Ladefläche. Ella zeigt zur Tanne.
Kunstgeschichte liebte sie besonders, jeden Morgen als Erstes fand diese Stunde statt. Das alte Gebäude war voller Gerüche, vor allem roch es nach Leinöl und Farben. Die langen Gänge waren bis obenhin mit Material vollgestellt, Rasenteppiche, Hasengitter, Kessel, Schaufensterpuppen, unfertige Skulpturen, Leinwände. Dauernd versuchte irgendjemand irgendetwas aufzuhängen, Ella bückte sich und huschte unter der Leiter durch. Als Nächstes drückte sich einer mit einem nassen Bogen Papier in den Händen an ihr vorbei.
Schon alleine der Weg in den Hörsaal war ein Abenteuer. In dem grossen Raum stand ein langer Holztisch. Die Studenten sassen um diesen Tisch, tranken Kaffee und rauchten, während sie sich die Vorträge anhörten über die amerikanischen abstrakten Expressionisten, Pollock, de Kooning; die amerikanische Pop-Art, Warhol, Indiana, über den Vorläufer Rauschenberg ... Es war eine tolle Stimmung.
Überall im Gebäude war Qualm, aber am Morgen in dieser ersten Stunde im Hörsaal war es extrem. Renée Eve, die junge Dozentin, kaum ein paar Jahre älter als die Studenten, rauchte ihre selbstgedrehten Zigaretten, während sie ihren Vortrag hielt. Zwischendurch zupfte sie sich eine Tabakfaser von den Lippen.

Das wichtigste Instrument in jedem Atelier war die Herdplatte, darauf wurde der Kaffee gekocht, dann der Leim und über Mittag die Spaghetti und der Sugo.
Gegessen wurde aus irgendeinem Teller, der nur notdürftig abgewaschen worden war und kurz zuvor noch als Palette gedient hatte. Keiner störte sich daran, wenn auf dem Tellerrand noch ein paar Farbkleckser übrig geblieben waren.
Ella befand sich unter Gleichgesinnten, sie war glücklich, unbeschwert und frei. Und sie wohnte in ihrer ersten Einzimmerwohnung in einer richtigen Stadt, die an Paris erinnerte. Es war ein ähnliches Licht. Und es gab viele Cafés, bei einigen waren im Winter, auf den Vorplätzen unter Wärmestrahlern, Tische und Stühle aufgestellt. Ella staunte über die pompösen Gebäude, die Diplomaten und die teuren Autos.
Durch die Ausstellungen, die sie besuchte, entdeckte sie imposante Grossstädte, die sie später auch bereiste, Istanbul, New York, Buenos Aires.
Ella wie auch ihre Mitstudenten wollten nichts darstellen. Sie wollten einfach nur sein, als Lebensgefühl.
Das war eine sehr glückliche Zeit. Ella störte sich an nichts und saugte alles auf.
Dieses Gefühl: Es ist alles möglich!
Alle Kunststudenten träumten davon, einmal in New York in der Galerie Leo Castelli auszustellen. Natürlich sagte das jeder nur im Spass, aber dahinter steckten ernsthafte Ambitionen.
Die wichtigste Ambition jedoch war, ein wirklicher Künstler zu sein und etwas Ernsthaftes zu schaffen.
Wie sie das immer belächelte. Seit sie ein Kind hat, sagt sie es selber.
»Wie sagt man?«
»Danke«, sagt Milo.
»Schon recht«, sagt der ältere Gärtner, »Bären klettern nun mal auf Bäume.«

Milo interessiert sich überhaupt nicht für seine Saat. »Schau mal, wie viele verschiedene Blätter«, sagt Ella. »Kannst du sie zählen?«, fragt sie. Milo sagt kein Wort und klettert vom Stuhl herunter. Ella kommt auf fünf. Was es aus den kleinen geben wird, die eben erst ein wenig Grün aus der Erde strecken, ist schwer zu sagen. Ella holt das Kuvert. Gemeinsam schauen sie sich auf dem Bild die Wiesenblumen und deren Blätter an. Milo sind die Blumen gleichgültig, aber den Schmetterling würde er gerne haben, den mit den blauen Punkten.
»Das Pfauenauge«, sagt Ella.
Die Schmetterlingssorten kannte Ella von Päuli. Er hatte zu Hause in seinem Zimmer in der untersten Schublade seines Kleiderschranks eine Sammlung. In einem Schaukasten auf einem roten Wollstück befanden sich die Schmetterlinge, die hatte Päuli auf Nadeln gesteckt.
»Der hat bei der Geburt zu wenig Sauerstoff erwischt.« Gasser Gerda vom Restaurant Ochsen.
Ella holt die kleine Spitzschere.
Zum Jahresende mussten die Kunststudenten ihre Arbeiten zeigen. Für die Ausstellung wurden die Ateliers und der Hörsaal leer geräumt. Jeder Student sollte etwas über seine Arbeit erzählen und sein Werk vor einer Jury und den Mitstudierenden vertreten. Manchmal waren die Bemerkungen der Juroren giftig, unverständlich giftig. Es kam vor, dass der eine oder andere mit den Tränen zu kämpfen hatte. Jeder hatte ernsthaft und fleissig gearbeitet. Gelegentlich waren die Kunststudenten auch geschmeichelt. Das gute Feedback war angenehm.
»Ich könnte Kressesamen kaufen«, sagt Ella. »Wir machen ein Erdmännchen und schauen dann zu, wie ihm die Haare wachsen.« Nur ein paar Minuten müsse man die Kressesamen im Wasser quellen lassen, etwas Erde in einen alten Strumpf füllen, den in einen Tontopf stecken, die Kressesamen auf die Halbkugel schmieren und schon begännen die Haare zu wachsen. So in etwa hat das Ella im Elternheft gelesen, das Regina versehentlich bei ihr liegen gelassen hat. Oder hat sie es absichtlich im Wohnzimmer auf die Kommode gelegt?
»Und was machst du nun damit?«, fragt Ella und gibt Milo das Pfauenauge.

Ella war den Bemerkungen der Dozenten gegenüber resistent, das heisst, es kam sehr darauf an, wer etwas sagte. Sobald Renée Eve, die junge Dozentin, sich zu Wort meldete, hörte Ella gut zu. Die Frau war blitzgescheit.

Die Mutter, Lorenzo und Fabio kamen zum Jahresende auf Besuch und schauten sich die Ausstellung an, die Mutter durchaus mit Interesse.

Für Lorenzo waren Ellas Mitstudenten zu überdreht, mit ihren wilden Frisuren und den extravaganten Kleidern.

»Mi sembra di essere in una gabbia di pappagalli.« (Das kommt mir vor wie in einem Papageienhaus.)

Ella sieht den Gärtner vom Balkon aus. Der ältere Gärtner hat am Vortag einen ziemlichen Aufwand betrieben. Mit dem Elektrofahrzeug ist er auf die andere Strassenseite gefahren, um im Siebzigerblock aus der Abstellkammer neben dem Veloraum eine grosse Leiter zu holen, und das, obwohl für ihn schon Feierabend gewesen wäre. Der ältere Gärtner hat die Leiter an die Tanne gestellt. »Dann holen wir den Ausreisser einmal herunter«, hat er gesagt und ist hochgestiegen.

Milo ist dem Gärtner hinterhergeklettert, Ella hat den Jungen gerade noch am Bein erwischt.

»Beeilen wir uns«, sagt sie zu Milo. Im Einkaufszentrum hat der Junge für den Gärtner eine Schokolade ausgesucht.

Ella kann es nicht lassen, sie blättert in Fabios Buch weiter, blättert wieder zurück.

»Wer sucht, der findet.« Päuli.

Beim Aufschlagen hat sie etwas über die Rede gelesen. Aber wo, in einem Buch mit zweihundertsiebzig Seiten?

Milo steht schon mit der Schokolade in der Hand im Flur.

Das Rechte Denken ist die Voraussetzung für das Rechte Handeln und die Rechte Rede.

Die Studenten durften manchmal auch zu Hause arbeiten, für drei Tage. Mit der Zeit kam bei Ella der Gedanke auf, warum muss ich meine Arbeit unterbrechen und zur Kunstschule fahren?, eigentlich würde ich viel lieber zu Hause weiterarbeiten. Gelegentlich tat sie das auch.

Milo überreicht dem Gärtner die Tafel Schokolade. Die mit der blauen Kuh hat Milo ausgewählt. Der ältere Gärtner bekommt ein fröhliches Gesicht.

»Vielen Dank, dass Sie den Bären von der Tanne heruntergeholt haben«, sagt Ella.

»Du meine Güte«, murrt der ältere Gärtner. Er wirft den glühenden Zigarettenstummel auf den Boden. Mit der Schuhsohle drückt er die Glut aus.

»Eine Gewöhnliche Eibe ist das«, sagt er. Der Gärtner hebt den Zigarettenstummel auf und lässt ihn in seiner Hosenlatztasche verschwinden.

»Hat dieser Baum etwa eine Spitze?«, fragt er. Ella schaut zur Baumkrone.

»Dabei hat die eine tadellose Form, ein Prachtstück von einer Eibe ist das«, sagt der Gärtner. »Und der Grosse da, der auf die Eibe herunterschaut, ist ein Kastanienbaum«, sagt der Gärtner.

»Tanne«, er schüttelt den Kopf, »Tanne, sagt sie.«

Während sich Ella und der Gärtner unterhalten, springt Milo im Kreis um sie herum. Milo hat das Pfauenauge auf einen Papierstreifen geklebt und aus dem Papierstreifen einen Ring gemacht. Der Schmetterling segelt durch die Luft und landet auf dem Hosenbein des Gärtners.

»Das ist aber ein schöner Schmetterling«, sagt der Gärtner.

»Ein Pfauenauge«, sagt Milo.

»Oha lätz«, sagt der Gärtner.

Zwei Strassen hinter ihrer Einzimmerwohnung war das besetzte Haus. Ella verbrachte die meiste Zeit dort, sie hatte sich im Keller ein Atelier eingerichtet.
Die Kunstschule wurde ihr zu eng, sie wollte sich nicht nur drei Tage die Woche ungestört auf ihre Arbeit konzentrieren. Dass die Studenten die Erlaubnis erhielten, gelegentlich in den eigenen vier Wänden zu bleiben, hatte auch praktische Gründe, es gab in der Kunstschule zu wenig Platz, die Ateliers waren zu klein. Öfters musste Ella ihre Arbeiten zeigen und darüber sprechen. Aber mit wem? Mit Ausnahme von Renée Eves Äusserungen waren die Bemerkungen der Dozenten für Ella irrelevant.
Immer häufiger blieb Ella dem Unterricht fern. Nach und nach rutschte sie aus der Kunstschule heraus, das war ein schleichender Prozess.
Vor Ella auf dem Tisch steht der Laptop, sie bewegt die Maus. Ella lässt besser die Finger davon. Sie schliesst das E-Mail-Programm, alleine die Vorstellung, sich nochmals bei B. zu melden, hat ihren Puls beschleunigt. Ella schreibt »Eibe« in den Balken. Sie schiebt den Pfeil auf Bilder, als könnte sie dem älteren Gärtner nicht glauben.
Hecken, Labyrinthe, Kugeln, Pyramiden, sogar eine grüne Treppe taucht auf. Ella wählt die Pyramide.
Die Eibe wird seit der Renaissance für die Gartengestaltung eingesetzt. Je nach Standort wächst die Eibe als Baum oder Strauch, auch in den Bergen, in Felswänden, sind die Eiben zu finden. Die Eibe verträgt den Schatten gut. Er ist der schattenverträglichste Baum Europas.
(Rechtes Denken ist die Voraussetzung für das Rechte Handeln und die Rechte Rede.)
Was sie B. alles an den Kopf schmetterte.

Jedes Mal erwischt sie die falsche Erinnerungsschachtel, es ist wie verhext. Ella schiebt die Schachtel mit B.s Notizzetteln und Karten wieder zurück auf den Metallschrank. Mit der anderen Erinnerungsschachtel in den Händen springt sie vom Küchenstuhl herunter und reisst die Tragetaschen mit den Flaschen und Büchsen mit.
»Mist«, flucht Ella. Sie macht grosse Augen, Milo lacht.
Gemeinsam sammeln sie die Büchsen und Flaschen ein, die Coca-Cola-Flasche ist bis zum anderen Balkonende gerollt. »Wir könnten sortieren«, schlägt Milo vor, wenn er nur sortieren kann. Ella stellt ihm die beiden Tragetaschen hin.
Sie nimmt die Schmuckschatulle aus der Schachtel und hebt den Deckel ab. Zuerst fällt ihr Blick auf B.s Kette mit dem Sterndiopsid, als wäre eine Hexe am Werk.
Unter dem Kuvert mit den silbrigen Fünfrappenstücken kommen die drei Jadeaffen zum Vorschein. Vor ein paar Wochen hat Ella die drei Jadeaffen auf die Küchenablage gestellt. Von da an sind sie verschwunden gewesen.
An der Wohnzimmerwand stehen noch immer die Kartons vom Dachboden der Mutter.
Zwischen den Plastiksäckchen mit den Pigmenten findet Ella ein Gummigeschoss.
Das besetzte Haus war mit Transparenten vollgehängt, das Yin-Yang-Symbol, Freiheit, Anarchie ... Die Hausbesetzer hatten Symbole und Wörter auf alte Leintücher gesprayt.
Immer häufiger besuchte die junge Dozentin Ella in ihrem Kelleratelier. Nach wie vor war sie an Ellas Arbeiten interessiert, aufmerksam sah sie sich alles an. Bis tief in die Nacht sassen die beiden Frauen am Tisch, tranken Wein, rauchten und unterhielten sich über die Kunst. Mit Renée Eve befreundet zu sein war eine Auszeichnung.

Renée Eve schrieb ihre Vorträge fast druckfertig auf. Ella war eine dankbare Schülerin, so lernte sie fernab der Kunstschule weiterhin Künstler kennen, die die Kunstgeschichte prägten.

Die Neuen Wilden.

Helmut Middendorf, Rainer Fetting, Salomé, Elvira Bach, Bernd Zimmer, diese Künstler beeinflussten auch Ellas Aufbruchstimmung. Ihre expressive, emotionale, farbenwuchtige Malerei machte Mut, Castelli in New York rückte wieder näher.

Ella blättert in ihrem alten Skizzenbuch.

Die exotischen Früchte hatte Ella auf dem Gemüse- und Früchtemarkt entdeckt. Kiwi, Passionsfrucht, Rambutan, Kaki, Granatapfel, Mango, Litschi, Pitahaya, Cherimoya.

Nachdem Ella die Skizzen angefertigt hatte, sass sie im Innenhof auf der Kellertreppe neben dem grossen leeren Tontopf und kostete eine Frucht nach der anderen. »It's so exiting«, sagte sie zu einem der Hausbesetzer. Bei ihnen im Dorf konnte man solche Früchte nicht kaufen, auch im Städtli nicht.

»Was der Bauer nicht kennt, das frisst er nicht.« Die alte Ortelli.

Ella liegt noch immer ausgestreckt auf ihrem Bett. Sie überlegt, ob sie nochmals unter die Decke schlüpfen soll.

Ella dreht den Wecker zu sich. Eine Viertelstunde könnte sie noch liegen bleiben. Mit etwas Glück würde sie ein wenig vor sich hindösen, dann allerdings müsste sie sich beeilen, damit Milo noch rechtzeitig in den Kindergarten kommt.

Das Geschwätz der Mütter in der Garderobe ist unerträglich, welche der drei Katzen wievielmal am Tag ins Kistchen macht.

Jade galt im fernen Osten als Glücksbringer.

Auch der Schmuckverkäufer in Paris hatte recht. Der Laptop bleibt eingeschaltet, wer weiss, was sie heute noch alles erfahren will. Ella setzt die drei Jadeaffen auf den Boden. Sie sucht weiter. Bei den Plastiksäckchen mit den Pigmenten könnte es sein. Ella zieht ein Maigrün heraus.

Mit Pigmentfarben malte sie exotische Früchte an die präparierten Wandausschnitte der sonst verdreckten Wand im Kellerflur. Ella mochte die künstlichen Pigmente, diese schrillen, kräftigen Farben.

»Zum Reinbeissen.« Der Hausbesetzer.

Auch die Wand und die Decke um ihre Ateliertür hatte Ella ausgebessert. Mit Gips hatte sie die Löcher ausgespachtelt. Den Eimer Dispersion hatte ihr Renée Eve mitgebracht, die weissen Bahnen liess Ella in den Flur auslaufen.

Sie zieht das Foto heraus.

»Einfach so aus Spass.« Der Hausbesetzer.

Ella steht im grossen Tontopf und hat einen Joint im Mund.

FOR YOU

steht über ihr linkes Hosenbein geschrieben.

Von einer der Hausbesetzerinnen hatte Ella einen Babyliss ausgeliehen und sich Locken ins Haar gedreht. »Einfach so aus Spass.« Ella.

Die Schwarzweissfotografie, mit der blauen Stoffschlaufe in ihrem Haar, war ein Geschenk von dem Hausbesetzer. Ella bestaunt die präzisen Einschnitte.

Auf dem Dachboden hatte der Hausbesetzer einen alten Fotoapparat gefunden, der noch funktionierte, und zwei alte eintürige Kästen, die waren für Ella interessant.

Leos Mutter hat Ella gefragt, ob sie Leo am kommenden Dienstag über Mittag hüten könne. Sie habe um elf Uhr ein Vorstellungsgespräch. Ella solle ihr die Daumen drücken. Ausgerechnet Ella wird gefragt. Sie, die sich immer reserviert zeigt, nie ein Gespräch beginnt. Vermutlich wird die Frau ihren Sohn gefragt haben, zu wem er am liebsten ginge. Und Leo hat sich ausgerechnet Milo gewählt (vielleicht).

»Ist Leo dein Freund?«, fragt Ella. »Ja«, sagt Milo. »Und was soll ich kochen, wenn dein Freund zu uns auf Besuch kommt?«

Milo macht Vorschläge, es sind immer die gleichen. Spaghetti Bolognese, Nuggets mit Pommes Frites, Hamburger, Lasagne und Pizza, wenn jemand Aussenstehendes diese Aufzählung hörte, der würde sich seinen Teil dazu denken.

Ella stellt das Foto an den Kerzenständer, sie zupft an der blauen Schlaufe.

»Wer ist das?«, fragt Milo.

»Das bin ich«, sagt Ella.

»Duu?«, fragt Milo ungläubig.

In dem Kuvert befinden sich noch weitere Fotos, die meisten zeigen Ellas Arbeiten. Bei einigen ist sie zu sehen. Ella steht auf der Leiter, mit einer Baseballmütze auf dem Kopf, bei einem anderen ist sie seitlich vor einem Wandbild positioniert.

Milo sucht die Fotos heraus, auf denen Ella zu sehen ist. Er legt sie untereinander auf den Tisch.

»Immer rauchst du«, sagt Milo.

Tatsächlich hat sie auf jedem Foto eine Zigarette zwischen den Lippen.

»Das ist immer die gleiche«, sagt Ella.

Sie nimmt die Papierkraniche aus dem Karton, in dem sie auch die Pigmentsäckchen und die Fotos gefunden hat. Ella war von dem Blumenpapier fasziniert, von den feinen Mustern und den fröhlichen zurückhaltenden Farben. Dass beim golden schimmernden Kranich die Kelchblätter der Blüten Herzformen sind, hat sie soeben entdeckt.

Die Papierkraniche sah Ella als Dekoration in einem Schmuckgeschäft.

»Und du bist einfach reinmarschiert?« Der Hausbesetzer.

»Fragen kostet nichts.« Ella.

Der Hausbesetzer hatte ihr die Schleifmaschine ausgeliehen, aber zum Mithelfen hatte er keine Lust gehabt. »Null Bock«, hatte er gesagt.
Ella schliff die beiden eintürigen Kästen alleine ab. Mit Vorlack und Fertiglack strich sie das Holz weiss.
Mit dem gelben Plastikmäppchen in der Hand setzt sich Ella draussen auf dem Balkon in den Sessel. Sie schaut den Stapel Papier durch. Für die Blütenskizzen hatte sie einen Block mit Recyclingpapier benutzt, den billigsten.
Sobald Ella die geeignete Blüte für ihr Projekt gefunden hatte, hatte sie diese aus verschiedenen Perspektiven skizziert.
Das Finden der Blüte und von deren Farben hatte einige Zeit beansprucht. Mit Acrylfarben malte sie die mehrfarbige Blüte als Muster an die neu hellrosarot gestrichenen Kästen. Gelegentlich schlich sich der Hausbesetzer herein. Er setzte sich auf den Boden und schaute ihr wortlos zu. Ella störte das nicht, ausser wenn sein Walkman zu laut war. Ella hatte nichts gegen Punkmusik, aber wenn sie bei der Arbeit war, bevorzugte sie etwas Ruhigeres.
Milo kann sich nicht entscheiden, er legt den Kranich mit der gelben Blüte, die an eine Calla erinnert, wieder hin. »Warum nimmst du nicht den blauen Kranich?«, fragt Ella. »Blau ist doch deine Lieblingsfarbe, oder etwa nicht mehr?« »Der fällt immer hin«, sagt Milo. Ella setzt den Kranich auf den Tisch, das geht nicht auf Anhieb. Ella hilft etwas nach. »Wer die Wahl hat, hat die Qual«, sagt sie.
»Soll ich dir einen aussuchen? Warum wählst du nicht den mit den kleinen Herzen?«, fragt sie und hält Milo den golden schimmernden Kranich hin.
Milo will beide Kraniche.
»Einen schenke ich dir«, sagt Ella.

Die Papierkraniche, die kurz zuvor noch als Dekoration im Schmuckgeschäft gedient hatten, zog Ella auf Seidenfäden auf. Diese befestigte sie mit Reissnägeln in Wandnähe an der Decke. Mit einer Spotlampe beleuchtete sie die Vögel. Ella war von den vielen Formen beeindruckt, und immer tauchten neue auf. Bei einigen Schattenformen hätte man nicht ohne Weiteres einen Kranich erkannt. Unmöglich konnte sie auch nur einen Schatten abskizzieren, dauernd waren die Vögel in Bewegung.

Der Hausbesetzer fotografierte gerne die Schatten. Er fotografierte nach Ellas Regie. Er solle so oft abdrücken wie nur möglich, sagte Ella. Alle Bilder seien interessant für sie.

Ella benutzte einen Teil der Schwarzweissfotografien als Vorlage für ihre Skizzen. Aus verschiedenen Distanzen projizierte sie mit dem Auflichtprojektor unterschiedliche Formen an die grosse Wand in ihrem Atelier. Sie sass am Tisch und ging in Gedanken die Farben durch. Ella entschied sich für Perlacryl weiss mit einem Spritzer Purpurrot.

Was, sie habe noch nie einen Coppola-Film gesehen, der Hausbesetzer wollte das nicht für möglich halten. Im Gebäude nebenan im Parterre hauste eine Wohngemeinschaft. Das seien alles Freunde von ihm, die hätten eine taugliche Videosammlung.

Genau an dem vereinbarten Abend aber war dort niemand zu Hause, der Hausbesetzer und Ella kletterten zum Küchenfenster hinein.

Ella holt im Wohnzimmer den Feldstecher. Wenn sie sich beeilt und mit etwas Glück erwischt sie noch einen.

Ella wartet.

Sie schaut den drei Kohlmeisen zu, die wiederholt von den Zweigen auffliegen.

Die hellgrünen Enden verleihen den Eibenzweigen etwas Festliches.

Von dem Vogel mit dem hellblauen Feld am Flügel fehlt nach wie vor jede Spur.

Der Vogelschwarm taucht wieder auf und ist kurz darauf verschwunden.

Ella lehnt sich weit über den breiten Pflanzentrog hinaus.

Jetzt sind die Vögel wieder über ihr.

Die beiden hellrosaroten Schrankobjekte mit dem farbigen Blütenmuster hatte Ella in die Nähe der Wand mit den Perlacryl-Formen geschoben. Je nachdem, wie man sich im Atelier bewegte, tauchten die Schatten der Kraniche auf oder sie verschwanden.
»In was für einer Welt lebst du?« Der Hausbesetzer.
Ella kostet einen Löffel voll Wasser und vergewissert sich, dass sie bereits Salz in den Topf gegeben hat. Mit der Holzkelle rührt sie in der Sauce. Ella geht auf Nummer sicher, sie kocht Spaghetti Bolognese. Welches Kind mag das nicht?
Leo steht bei ihr am Herd und schaut in die Pfanne. Er sagt etwas von Gemüse. »Du willst lieber eine Gemüsesauce?«, fragt Ella. Ella hat für alle Fälle vorgesorgt und ein paar Zucchini eingekauft. Wer weiss, am Ende ist Leo noch Vegetarier. »Nein, ist hier Gemüse drin?«, fragt Leo. »Gemüse?«, wiederholt Ella. »Nein, das ist eine Rindfleischsauce.« »Und das?«, fragt Leo und zeigt auf etwas Kleines. Ella schaut genauer hin. »Ach das«, sagt sie. Ella hat eine halbe Karotte klein gehackt und diese mit den Zwiebeln angebraten. »Das ist etwas Karotte, das merkst du nicht«, sagt Ella. »Und das?«, fragt Leo und zeigt auf etwas Rotes. »Das ist ein Stück Tomate«, sagt Ella, »eine Bolognese macht man mit Tomaten.«
»Gemüse esse ich nicht«, sagt Leo.
»Isst du Spaghetti mit Butter und Käse?«, fragt sie.
Über den Hausbesetzer konnte Ella nur staunen. Dieser Mann kannte sich nicht nur mit Musik und Filmen aus, er zeigte ebenso ein grosses Interesse an der bildenden Kunst. Auch die Neuen Wilden waren ein Begriff für ihn. Während Ella für die farbenwuchtigen, kräftigen, teils selbstironischen Bilder schwärmte, wie Fettings Selbstporträt als Indianer oder Bachs Karibische Schlittenfahrt, sprach der Hausbesetzer vor allem von der Hamburger Künstlergruppe, den eher düsteren Bildern von Werner Büttner und Albert Oehlen. Richtig tough seien sie, mit ihrem Bad Painting. Punkig und politisch seien die.

So ein Quatsch, sagte Renée Eve. Für den Hausbesetzer hatte Renée Eve kein gutes Wort übrig. Alleine die Aufmachung reizte sie, sein kahlgeschorener Kopf und die angepinselten klobigen Stiefel. Die Neuen Wilden hätten gerade einmal gar nichts mit Punks zu tun, diesen Null-Bock-Typen.
»Die bekommen ja ihren Arsch nicht hoch.« Renée Eve.
Linlin ist zum Essen gekommen. »Warum nicht«, hat Ella zu Milo gesagt.
Linlin isst alles. Bei ihnen werde gegessen, was auf den Tisch komme, hat Frau Ling am Telefon gesagt, von allem wenigstens ein kleines bisschen. Bohnen mag Milo nicht, da könnte sich Ella auf den Kopf stellen. Bohnen isst der Sohnemann nicht.
Der Grossvater hat Linlin zu ihnen herübergebracht. Ella hat gestikuliert und mehrmals auf die Spaghetti und die Bolognese gezeigt, danach ist sie zum Küchenschrank gegangen und hat einen weiteren Suppenteller herausgeholt. Sie hat auf den Suppenteller gezeigt, auf den alten Mann und den Stuhl, bis Linlins Grossvater endlich verstanden hat. Er hat gelacht und seinen Goldzahn gezeigt.
Ella füllt die restliche Spaghettisauce in die Tupperware. Sie zieht die oberste Schublade des Eisfaches auf und verstaut den Plastikbehälter.
Selbstverständlich konnte das Ella nicht lange vor ihrer Familie geheim halten, dass sie die Kunstschule nicht mehr besuchte. Und selbstverständlich sorgte sie mit dem Abbruch des Studiums für Gesprächsstoff im Dorf, was Ella aber nicht scherte. Ella hatte immer nur ein Ziel: nicht so zu werden wie ihre Brüder! So gesehen, hatte sie ihr Ziel erreicht.
Der eine Sohn springe die Felswände hoch wie eine Gämse, der andere segle durch die Luft, als wäre er ein Vogel. »E la più piccola non mi dà altro che preoccupazioni.« Maria Sofia. (Und die Jüngste macht mir auch nur Sorgen.)

Das besetzte Haus war durch die Polizei geräumt worden, ein Gummigeschoss hatte Ella am Bein erwischt.
Davon erzählte sie zu Hause dem Müller Sepp, dieser liess das Gummigeschoss von einer Hand in die andere fallen. »Dieser Sauhund hat aber gezwickt.«
Etliche Mal dreht sich Ella, blitzschnell wechseln sie die Höhe und die Richtung. Einen Mauersegler ins Blickfeld zu bekommen ist unmöglich.
Fabio hielt Ellas Bestreben, Künstlerin zu werden, für einen Spleen.
Mauersegler, hat der ältere Gärtner wiederholt. Er hat seine Mundwinkel tief nach unten gezogen und sein Kinn nach vorne gestreckt, bei Vögeln kenne er sich nicht aus.
Das Vogelbuch ist Gold wert.
Ella setzt sich auf die Bank. Sie hält den Feldstecher vor die Augen und schaut zum Himmel. Irgendwann wird mir einer ins Blickfeld fliegen, denkt sie.
»Alles kommt von alleine zu dem, der warten kann.« Der Hausbesetzer.
Sofort hat Ella die Vögel als eine Gruppe Mauersegler erkannt.
Die sichelförmigen Flügel und den gegabelten Schwanz hat sie von blossem Auge ausgemacht.
Sie legt den Feldstecher neben sich auf die Jacke. Ella gräbt das Vogelbuch aus ihrer Handtasche.
Die Mauersegler sind nur fliegend zu sehen. Auch die Fünf-Sekunden-Paarung geschieht oft in der Luft.
Der ältere Gärtner hat sich wieder bei der Hecke an die Arbeit gemacht, er harkt den Schnittabfall zusammen. Abgesehen davon ist nichts zu hören. Ella staunt aufs Neue, wie still es in dieser grossen Siedlung ist.
Über zweitausend Leute sollen hier wohnen.

Die E-Mail ist von Mara. Sie wolle nun doch nachfragen, ob die Geburtstagskarte angekommen sei. Wie es ihr gehe, und ob sie wieder einmal etwas unternähmen. *Wir könnten uns zum Abendessen treffen, was meinst du?* Für alle Fälle druckt Ella die E-Mail aus.
»So ein exzentrisches Ding.« Renée Eve.
Auf Anette war Renée Eve nicht gut zu sprechen. Nur ein einziges Mal lud Ella beide Freundinnen gleichzeitig ein.
Mit Mara wusste Renée Eve mehr anzufangen. »Zumindest bekomme ich bei der nicht gleich einen Hautausschlag.« Renée Eve.
Normalerweise bedankt sich Ella, wenn sie eine Karte bekommen hat, vor allem wenn noch so etwas Zusätzliches dabei gewesen ist wie dieser handgeschriebene Text mit dem westlichen Gelehrten.
Ella zieht die weisse Wollhose vom Bügel. Diese liess sie von einer Stylistin anfertigen, für den grossen Tag. Die Wollhose solle gegen die Waden breit werden. Und wenn sie die Hose später noch tragen könne, umso besser, sagte Ella zur Stylistin. Sie stopft die weisse Wollhose auf dem obersten Regal nach hinten.
Ella wird Mara anrufen und sich nachträglich bei ihr bedanken. Ob sie mit Mara ausgehen soll? Ella würde gerne wieder einmal bei Maras Vater vorbeigehen. Georg, der Mathematik-Professor, der nun im Ruhestand ist.
Mitten im Wohnzimmer steht noch immer der Karton.
In den zwei Jahren Kunststudium, auch wenn sie diese Ausbildung nicht beendete, lernte sie doch etwas Entscheidendes. Es gehörte zum guten Ton, dass ein Student sein eigenes Gespür entwickelte, eigene Entscheidungen traf, selber merkte, was richtig war und was falsch. Die Studenten mussten sich selber eine Aufgabe stellen, ihre eigene Form entwickeln, sich selber über die eigene Arbeit finden. Dafür mussten sie Konventionen hinterfragen, Konventionen fallen lassen, und nicht etwas gerecht werden wollen, das von aussen vorgegeben war.

Renée Chevalier, so würde sie die Galerie nennen, sagte Ella zu Renée Eve und wies auf die erfolgreiche New Yorker Galerie Leo Castelli hin. Renée Eve und Ella lachten, öfters noch schwirrte der Castelli durch die Luft. Renée Eve scherzte, wie die Kunststudenten gescherzt hatten, und auch bei ihr schwang etwas Ernstes mit.

Alle paar Tage kam Renée Eve bei Ella im Atelier vorbei, und jedes Mal verschwand der Hausbesetzer. »Deine Freundin mag mich nicht leiden.«

»Mit was der auffährt, sorry, das ist zum Einschlafen.« Renée Eve.

Dabei war der Hausbesetzer ein Multitalent. Er kannte sich nicht nur bei der Punk- und Rockmusik aus, er sprach auch über Filme und Regisseure, von denen Ella noch nie etwas gehört hatte. Und er hatte eine grosse Neugierde auf Ellas Arbeiten. Dieser Mann war eine kulturell vielseitig interessierte Person.

Der Hausbesetzer und Ella trafen sich später noch einmal, gemeinsam sassen sie im Theater.

Ihrem Vater gehe es wieder besser, sagt Mara am Telefon. Er habe sich in den Ferien eine Lungenentzündung geholt. Jeden Morgen sei er im Lago Maggiore schwimmen gegangen, unabhängig von der Aussentemperatur. Und dabei sei der See noch eiskalt. »So ein Depp.« Mara.

Die Siedlung bleibt für Ella gespenstisch. Wer weiss, was für Menschen sich hinter den unzähligen Fenstern verbergen. Wie ein Sonderling muss sie ausschauen, alleine mit ihrem Handy im Hof.

Ella will zurück in die Stadt. Sie wird ihr Leben neu organisieren.

Wenn sie sich mit Mara zum Abendessen träfe, käme vielleicht Georg, ihr Vater, mit, überlegt Ella.

»Die Studenten sind langweilig geworden, es gibt keine Querdenker mehr.« Georg.

»Mi piacerebbe sapere come fa carriera un nonconformista.« Lorenzo. (Ich will einmal wissen, wie ein Querdenker Karriere macht.)

Neustart, eine Fehlzündung nach der anderen mache sie, sagte Lorenzo. Ella empfand das Jahr an der Kunstschule und erst recht nicht das halbe Jahr in ihrem Atelier im besetzten Haus als Fehlzündung. Das war eine sehr glückliche Zeit gewesen, schon alleine deswegen hatte es sich gelohnt.

Fabio schloss sich Lorenzo an. Ella gab es nicht auf, sich zu erklären, obwohl ihre Brüder nicht verstanden, von was sie sprach. »Wie auch«, sagte sie zu Fabio, »du bist ja einer, der die Welt nur aus der Vogelperspektive kennt.«

Ella blickt kurz auf und vergewissert sich, dass Milo und Linlin noch in der Nähe sind.

B. war anders. Anders als ihre Brüder und anders als Riccardo. B. nahm Ella ernst. Sie sollte ihm nicht nur grollen. B. konnte das, was sie sagte, nachvollziehen, und er interessierte sich für ihre Ansichten. In seiner eigenen Lebensführung aber war er pragmatisch und zielbewusst.

Milo ist aufgeregt, er verhaspelt sich und reisst an Ellas Arm. Ella versteht kein Wort, aber etwas Fürchterliches muss passiert sein. Sie lässt die Schuhe unter der Bank zurück und springt barfuss über die Wiese. Milo packt die Mutter erneut an der Hand. »Lauf schneller«, sagt er. Dauernd pikst ihr etwas in die Fusssohlen, Ella lässt Milos Hand los. Sie geht hinüber zu den Steinplatten, Ella staunt, wie schnell der Junge rennen kann. Linlin kommt auf Milo zugelaufen. Beide verschwinden hinter der Hecke.

»Hier ist er vorhin gelegen«, sagt Linlin.

»Wer?«, fragt Ella.

»Der verletzte Vogel«, sagt Milo.

»Vielleicht hat er sich schon wieder erholt«, sagt Ella.

»Und der ist wirklich hier gelegen?«, fragt sie.

»Ganz sicher«, sagt Linlin.

Zu dritt gehen sie suchend durchs Efeu. Ella bleibt stehen, sie hat die Blumenköpfe entdeckt, über ihr, orangegrüne, zwischen den Blättern versteckt.

... acht Jahre zuvor

»Selbst die Braut muss die Einladungskarte vorweisen«, sagt Ella zu Lorenzo.

Am Eingang stehen zwei Frauen, die die Karten kontrollieren.

»Am Nachmittag sind die noch nicht hier gestanden«, sagt Ella und zuckt die Achseln. Sie hakt sich bei Lorenzo unter. Soeben hat sie ihn mit dem Auto vom Bahnhof abgeholt. »Du siehst auch nicht aus wie die Braut«, sagt Lorenzo.

Dass ein Paar die Hochzeit auf einen Wintermonat legt, das hätte die Mutter knapp noch verstehen können. Von ihrer Tochter ist sie schon einiges gewohnt. Auch dass Ella nicht mehr in der Kirche heiraten kann, hat Maria Sofia überwunden. Das Thema Kirche ist zwischen den beiden Frauen schon lange ausdiskutiert.

Aber dass sich Ella und ihr »sposo«, wie ihn Maria Sofia genannt hat, den 6. Januar ausgewählt haben, hat sie nicht verstehen können. »Ich heirate eben einen König«, hat Ella gesagt und dabei so herzhaft gelacht, dass auch Maria Sofia hat lachen müssen.

»Un re«, hat sie gemurmelt.

»Ti raffredderai con l'abito da sposa,« hat sie gesagt.

Aber wer trägt schon ein Kleid mitten im Winter? Ella hat sich eine weisse Wollhose nähen lassen, eine, die gegen die Waden breit wird.

Wenn Ella ruhig dasteht, könnte man die Hose glatt für einen Rock halten. Über der weissen Hose trägt sie einen khakifarbenen Mantel, der bis zu den Knöcheln reicht.

»Ich hätte mich doch für die weisse Hasenpelzkappe entscheiden sollen«, sagt Ella und niest.

»Ja, eine mit langen Ohren«, sagt Lorenzo.

»Immer dieselben alten Witze«, sagt Ella und fasst Lorenzo am Ohr. Sie zieht ihn zu sich herunter. »Das hört mir jetzt auf Kleiner«, flüstert sie.

Da Bernard mit der Kuratorin befreundet ist, haben sie den unteren Ausstellungsraum mit Bar und Clubtischen für das Fest mieten können. Ella hat sich mit dieser Idee schnell angefreundet, schon alleine wegen des Innenhofs.

»Ob das ratsam ist, die Sippen unbeaufsichtigt zurückzulassen?«, fragt Bernard, als er mit Ella, Lorenzo und Regina die Treppe hinuntergeht.

Die beiden Familien haben es sich im Gebäude bequem gemacht.

Fabio und Bernards Schwester schlendern über den Platz. Sie stellen sich zu ihnen unter den Wärmestrahler. »Ich hole eine Runde Drinks«, sagt Bernard. Er geht hinüber zur Eisbar.

Zusammen mit einer Eventfirma haben Ella und Bernard das Fest organisiert. Fünf Eisbars haben sie im Hof aufstellen lassen. Hinter den Bars stehen die Barkeeper mit Wollmützen und roten Nasen. Immer wieder huscht einer hinter seinem Eistresen hervor und wärmt sich die Hände am offenen Feuer, das in der Mitte des Hofs in einer verrosteten Stahlblechschale lodert. Die Wärmestrahler über den Stehtischen laufen auf Hochtouren.

»Ich bin der Abgeordnete von Bernard«, sagt ein Mann und stellt die Drinks auf den Tisch. »Hopeton Lewis«, sagt er. Der Mann weist mit dem Daumen über seine Schulter nach hinten. Auf der Plattform steht der Discjockey und setzt sich den Kopfhörer auf. »Take it easy«, erklärt der Mann. »Ja«, sagt Ella. Was schwafelt der Dummkopf, weiss der eigentlich, wer ich bin? Ella sieht sich um. Sie kennt bei Weitem nicht alle Gäste.

7

Das mache nichts, drei Viertel der Kinder gehörten heute nicht mehr den hiesigen Konfessionen an, hat Frau Hirz in der Garderobe zu einer Mutter gesagt, dabei hat Frau Hirz dauernd zu Ella geschaut. Als hätte Ella eine Vorahnung gehabt, hat sie sich zu Milo hinuntergebeugt und ihm ins Ohr geflüstert, dass sie draussen auf ihn warte, er solle sich beeilen.
Ella will für Milos Zahn eine kleine Schachtel falten.
Der Junge sitzt noch immer ruhig am Tisch und schaut ihr zu.
Beim Durchblättern des dünnen Buches über die Faltkunst hat Ella eine Schlange, einen Affen, ein Segelschiff, einen Katamaran, einen Seehund, eine Ente, eine Taube und irgendwo auch eine Geschenkschachtel gesehen.
Wir könnten verschieden grosse Schachteln falten, sie ineinanderstellen wie bei den Matrjoschka-Puppen. Und in der innersten Schachtel, der kleinsten, befände sich sein Zahn, hat Ella gesagt.
»Juhe!«, hat Milo gerufen.
Das ist schon eine Weile her.
»Wir können ja eine Zündholzschachtel nehmen«, sagt Milo.
»Gute Idee«, sagt Ella, »aber wir haben keine.«
»Vielleicht ist es nicht das richtige Papier«, sagt Ella.
Aus Milos rotem Zeichenpapier hat sie ein paar Quadrate zugeschnitten. Die ersten Faltschritte sind einfach gewesen. »Das ist ja Bubi«, hat Ella zu Milo gesagt und dem Jungen damit ein Lächeln entlockt. Aber dann ist Ella mit dem Falten nicht mehr weitergekommen. Sie hat die Beschreibungen zu den Schritt-Zeichnungen gelesen, aber auch die haben keinen Aufschluss gegeben. Ella hat das dünne Buch beiseitegelegt.
Sie faltet nach eigenem Gutdünken weiter. Zum dritten Mal entfaltet sie die inneren Dreiecke und versucht es erneut.
Die Ecken der Schachtel sind ihr nicht gelungen, wenigstens passt der Deckel auf den unteren Teil.
Milo findet die rote Schachtel »tipptopp«. Er zupft Wattestücke aus dem Sack.

Ella ist neben dem Kindergartentor gestanden und hat auf Milo gewartet. Sie hat sich gerade eine Zigarette angesteckt, als Frau Hirz auf sie zugekommen ist.
Eine Vorführung habe er gemacht im Zahnausreissen. Ein Blutbad habe er veranstaltet.
Plötzlich spricht die Kindergärtnerin so über Ellas Kind.
Milo ist ein Superjunge, ein Goldschatz, Ähnliches sagte auch Roswitha, die alte Frau, B.s Nachbarin.
Das Wasser ist eiskalt. Ella sucht auf den grossen Steinen Halt, sobald sie bis über die Knie im Wasser ist, wird sie eintauchen. Ella schaut zurück, ihre Kleider liegen auf der Bank. Nirgendwo ist ein Mensch zu sehen. Ella wird sich einen Schwimmsack kaufen und ein Paar Schwimmflügel für Milo. Entlang des Ufers ist das Wasser seicht, dort gibt es kaum eine Strömung.
Das Ufer kennt Ella bei jedem Wasserstand, die letzten acht Monate ist sie mit Milo den Fluss entlangspaziert, hinauf und hinunter. Vor der nächsten Brücke wird sie aus dem Wasser steigen. Sie wird den Uferweg zurückspringen und sich dabei beeilen. Wenn sie nur keinen Hexenschuss bekommt. Ella tritt auf den nächsten Stein, sie schaut zum Himmel. Die Wolken werden dichter.
Ella lässt sich rücklings ins Wasser fallen, ein kurzer Schmerz jagt durch ihren Körper. Ella dreht sich auf die Brust. Sie holt mit dem Arm weit aus und sticht ins Wasser. Sie macht ein Wettrennen mit sich selber, bis etwas Wärme in ihre Knochen kommt.
Ella dreht sich zurück auf den Rücken. Sie lässt sich von der Strömung mitnehmen.
Ein Fischerhaus treibt an ihr vorbei, kurz darauf die Schiffsanlegestelle.
»Und schauen Sie gut zu sich, vor allem im ersten halben Jahr: »regelmässig schlafen, Zurückhaltung mit dem Alkohol und das Schwimmen nur in Begleitung.« Frau Dr. Bühlach.
Ella zählt erneut.
Eine Zeitlang fliegen zwei Enten über ihr.

Ellas Sekretär war vollgestopft mit Papier, in allen Farben und Dicken. »Wenn du etwas brauchst, komm vorbei.« Herr Zbinden. Der Geschäftsführer der Druckerei, CEO, wie er sich heute nennt. Selbstverständlich findet Ella in den Kartons keinen einzigen Bogen Papier.

Noch immer steht der Sekretär zu Hause in Ellas ehemaligem Zimmer. Als sie ihre erste kleine Wohnung in Zürich bezog, hätte sie den Sekretär gerne mitgenommen, aber den Sekretär des Vaters gab die Mutter nicht her.

Was sich wohl heute darin befindet?

Maria Sofia fragen, was sie im Sekretär aufbewahrt.

Ella will den Notizzettel an die Kühlschranktür hängen. Sie besinnt sich aber schnell anders und legt den Zettel auf die Küchenablage.

Im Rückblick war es vielleicht wirklich ein Wunder, dass sie den Weg aus dem Dorf in die Stadt an die Kunstschule fand.

»Du kamst durch die Wüste.« B.

Ella hat jeden Karton geöffnet. Sie hat die Farben aussortiert, die Skizzen durchgeblättert und ein paar Kunstkarten in die Kommode gelegt. Nur den Karton mit den Schallplatten hat sie gleich wieder an die Wand geschoben.

Einen Plattenspieler bräuchte sie.

Seltsam. Ella staunt über sich selber. Keinen einzigen Ordner hat sie gefunden. Nichts. Da entsorgte sie aber gründlich. Keine Spur ist von der Grafikausbildung zu finden, als hätte Ella diese Ausbildung nie gemacht.

Schwimmsack und Schwimmflügel kaufen

Ella zieht nacheinander die Schubladen auf.

Und Büroklammern

Sie lässt die Notizzettel auf der Küchenablage liegen.

Nach einem Plattenspieler Ausschau halten, Flohmarkt Gemeindeplatz, letzter Samstag des Monats?

Ella hängt den Notizzettel zu den anderen beiden an die Wäscheleine. Wenn wenigstens ein paar Bässe zu hören wären. Von den anderen Mietern gibt es nach wie vor kein einziges Geräusch.

»Mit Beton haben sie beim Bauen nicht gespart.« Verwalter.

Nur wenn Ella draussen auf dem Balkon am geöffneten Schiebefenster steht, hört sie gelegentlich das Klappern von Geschirr.

Auf einem Rollkorpus befanden sich verschieden grosse Scheren, ein Marderhaarpinselset, ein Zirkelset und ein paar Rotringstifte. Der Plastikkubus mit den Filzstiften auf dem Tisch von Klaus Ineichen beeindruckte Ella am meisten, die vielen Farbnuancen. Ella sah sich die diversen Hautfarben an. »Entwurfsfilzstifte sind das«, sagte Klaus Ineichen, der Grafikermeister.

Art Director

Head of Production

Raumpflegerin

Der Vater würde nicht mehr wissen, mit wem er spricht.

Vermutlich wäre es nicht das Dümmste, zuerst die Einführung zu lesen, die Grundformen, Symbole und Zeichen zu studieren. Ella nimmt das dünne Buch vom Tisch.

Origami ist das japanische Wort für Papierfalten.

Die Muster der Origamipapiere sind vielfältig, Kraniche, Kirschblüten ...

Klaus Ineichen, ein Kunde der Druckerei, hatte Ella während einer ihrer Auslieferungen länger zurückbehalten und die junge Frau durch sein Grafikbüro geführt. »Bei mir gibt es immer Platz für einen talentierten Menschen«, sagte er. Ella war für Wochen beschwingt.

Zum Üben eignet sich auch Zeitungspapier, für feinere Figuren verwenden Sie besser Seidenpapier.

Dass die Mutter Ella extra mit der Auslieferung beauftragt hatte, dies geschickt beim Klaus Ineichen eingefädelt hatte, erfuhr Ella erst viele Jahre später.

»Con te non si poteva più parlare.« Maria Sofia. (Mit dir war nicht mehr zu reden.)

Ella entscheidet sich für die Taube, neben der Überschrift befindet sich ein einzelner Stern.

Wie bei der Geschenkschachtel sind die ersten Faltschritte ein Kinderspiel. Mit Hilfe der Zeichnungen gelingt es Ella, die Taube nach den vorgegebenen Schritten zügig herzustellen. Nur beim Schnabel muss sie ein paarmal ansetzen, bis ihr dieser gelingt. Ella inspiziert die Zeitungstaube und dreht sie in den Händen. (Die Kanten dürften präziser aufeinanderliegen.)

Fürs Erste kann Ella zufrieden sein. Sobald sie die Faltschritte der Taube mit Sicherheit beherrscht, wird sie sich mit Milo hinsetzen und ihm zeigen, wie das geht.

Origamipapier kaufen

Auf dem Weg in den Flur dreht sie den Notizzettel um ihren Finger. Mit dem Schnürsenkel bindet sie die kleine Rolle an ihrem Turnschuh fest.

Während Klaus Ineichen Ella durch sein Grafikbüro führte, sie bei jedem Tisch stehen blieben, fühlte sich Ella dauernd beobachtet. Sobald Ella aber aufblickte, sassen alle Mitarbeiter gebeugt über ihren Arbeiten.

»Nicht du schaust sie an, sie schauen dich an«, sagte Klaus Ineichen.

Die Maine-Coon-Katze sprang von dem einen Brett auf das nächsthöher gelegene.

Klaus Ineichen hatte in dem grossen Raum auf verschiedenen Ebenen Holzbretter installiert. Während sich die Menschen nur am Boden aufhielten, gehörte den Maine-Coon-Katzen der ganze Raum. Nur auf dem Tisch duldete Klaus Ineichen keine der Riesenkatzen. »Geh weg«, sagte er. Die langhaarige Katze machte ein paar majestätische Schritte auf Klaus Ineichen zu, mit der Pfote stiess sie ihn gegen die Brust. Dann sprang sie hinunter.

»Hat sie mit den Krallen zugeschlagen?«, fragte Ella. »Ach woher«, sagte Klaus Ineichen, »lieb sind diese Viecher. Aber für dumm verkaufen musst du sie nicht!«

Die Mutter hat gelacht. Ellas Papierlager, beinahe hätte sie das vergessen. Geschenkpapier und Nähutensilien bewahre sie im Sekretär auf und alte Dokumente, Taufrollen, das Familienbüchlein, die Ausweise des Vaters ...
Sein roter Pass, ein paar Stempel befinden sich darin. Durch Ägypten war der Vater einmal gereist.
Sie werde in den nächsten Tagen zurückrufen, hat Ella zur Mutter gesagt.
Ella setzt sich wieder mit der Schere in der Hand an den Tisch. Einen Brieföffner könnte sie noch kaufen, wenn sie schon in die Stadt fährt.
Ella bleibt sitzen, sie reisst ein Stück des Kuverts weg und nimmt den Kugelschreiber.
Brieföffner
Ella steckt das Stück Kuvert in ihre hintere Hosentasche.
Als wäre dauernd Monatsende, so kommt es Ella vor.
Wie Milo sortiert nun auch sie. Die Rechnungen und Mahnungen legt sie auf die eine Seite. Die Post, auf die sie mit einer Kündigung antworten wird, legt sie auf den Laptop, Mitgliedschaften, Zeitschriften ...
Langsam wird der Stapel Kuverts kleiner.
»Die Hoffnung stirbt zuletzt.« Mara.
Dass sie den zerrissenen, zusammengeklebten und zerknüllten Brief von Renée Eve aus dem Abfalleimer geholt hat. Ella schüttelt den Kopf.
Sie zerreisst den Brief erneut und wirft die Papierfetzen zu den leeren Kuverts.
Nicht einmal zur Vernissage sei sie gekommen. Seit Ella aufgestiegen sei, genauer gesagt, seit sie den Grossauftrag des städtischen Kunsthauses erhalten habe, sei diese Freundschaft nicht mehr dieselbe. Im ganzen Brief war das Wort Freundschaft in Anführungs- und Schlussstriche gesetzt.
Etwas vom Chor hat die Mutter erzählt, gerade hat sie wieder ansetzen wollen. Aber Ella hat die Mutter unterbrochen und nach dem Sekretär gefragt.
Niemand kann so schnell und so viel reden wie Maria Sofia. Und keine Frau ist so gut gekleidet wie sie. Auch das sagen die Leute im Dorf.
Der Auszug in die Stadt war eine Befreiung.

Ella hat es sich anders überlegt. Was will sie eine Stereoanlage auf dem Flohmarkt kaufen, womöglich noch eine mit Tücken.
»Gut«, hat Riccardo am Telefon gesagt. »Kochst du mir dafür etwas? Zum Beispiel ein Kuskus ma' Dadschadsch?«
»Ein was?«, hat Ella gefragt. Kuskus mit Huhn, hat Riccardo geantwortet, noch heute schwärme er davon, zu Beginn ihrer Ehe hätte sie das einmal gekocht. »Und du bist sicher, dass ich das war?«, hat Ella gefragt.
Sie sitzt mit Riccardo vor dem Laptop. Riccardo ist der Versiertere, was Hi-Fi-Geräte anbelangt.
Während er die Beschreibung liest und die Preise durchgibt, lehnt Ella im Stuhl.
»Wenn der Plattenspieler okay ist, nehme ich den noch dazu«, sagt Ella. Sie hält sich beide Hände vor den Mund und gähnt. »Entschuldige«, sagt sie, »die Müdigkeit will nicht mehr aus meinen Knochen.«
»Dir muss es finanziell ja gut gehen«, sagt Riccardo, »arbeitest nicht und kaufst grosszügig ein.«
»Ja, danke«, sagt Ella, »ich habe ordentlich verdient, aber Goldhosen habe ich keine.«
Renée Eve eröffnete ihre erste Galerie in Genf, dort kannte sie bereits ein paar Leute aus dem Kunstbetrieb.
Ella war für eine Woche zu ihrer Freundin gereist. Für die Einladungskarte und das Poster hatte Ella eine serifenlose Schrift vorgeschlagen, etwas Schlichtes, gut Lesbares. Sie würde eine Schrift von Frutiger wählen, hatte Ella zu Renée Eve gesagt und auf die Beschilderung des Flughafens Paris-Charles de Gaulle hingewiesen (ein guter Start).
»Welchen Verstärker?«, wiederholt Ella. »Wähle besser du.«
Nicht nur an den offiziellen Plakatwänden hatten sie die fünfhundert Poster aufgehängt, auch auf dem Boden der Innenstadt und an den Geländern der Brücken hatten sie die Poster angebracht. Das Erste, was in der Galerie eintraf, war ein Schreiben der Polizei. Renée Eve hielt sich die Einladungskarte vor den Mund, während Ella laut herauslachte. Der Hausbesetzer machte den Schnappschuss.
Ein Foto, das lange Zeit in Ellas Atelier hing.
(Es scheint alles vergessen zu sein.)

In der Papeterie hat Ella nur einfarbiges und weisses Origamipapier gefunden. Ella hat sich für das weisse entschieden.

Outdoor-Origami

Das wasserabweisende Papier eignet sich besonders gut für schwimmende Objekte.

Das liest Ella erst jetzt. Gross ist die Auswahl an Origamipapier nicht gewesen, sehr bescheiden für ein Fachgeschäft.

Sie hat ein paar Pakete von dem weissen Papier gekauft, fünfzehn mal fünfzehn Zentimeter. Noch bevor sie an der Kasse eingepackt hat, ist Ella zurückgesprungen, sie hat doch noch das kleinere Format geholt, sechs mal sechs Zentimeter.

Sie hat vielleicht Ambitionen.

Kaum ist Ella zu Hause gewesen, hat sie sich der Länge nach aufs Bett geworfen. Beinahe wäre sie eingedöst, hätte nicht das Telefon geklingelt. Und wenn sie noch so müde gewesen sei, nach einem strengen Arbeitstag. Maria Sofia zählt wieder auf ... Ella dreht sich zurück auf die Seite, das Telefon liegt auf dem Kissen, nahe an ihrem Ohr.

Die Mutter redet noch immer.

Ausschnitte aus der Fairy Queen sängen sie mit dem Chor, anspruchsvoll sei das. Ella erinnere sich doch an Henry Purcell, nicht genug habe sie sich als Kind Dido and Aeneas anhören können, die Chorpassagen seien auch einzigartig. Tanzmusik sei auch dabei, ein vielseitiges Stück sei die Fairy Queen. Ein Geigensolo bei der Arie, ein Orchester selbstverständlich, Cembalo, Cello, Bratsche, Laute ... und Solostimmen, natürlich auch Solostimmen, Sopran, Tenor ... Die erste Strophe werde von einer Sopranistin gesungen, bei der zweiten komme dann der Chor. Wie das Ella gefallen werde, sie aufmuntern werde, nichts tue so gut wie Musik. Während jeder Probe blühe Maria Sofia förmlich auf. »Cantare in un coro è come una pulizia di primavera.« (In einem Chor zu singen ist wie ein Frühlingsputz.)

In zwei Wochen wird Ellas neue Musikanlage geliefert.

Wenigstens ihre Plattensammlung hätte sie gerne. Wenn sie B. einfach anriefe?

Ella meidet jeden Weg, der sich mit einem von B.s kreuzen könnte.
Wievielmal sie sich das schon vorgestellt hat, wie sie sich zufällig begegneten und alles käme wieder in Ordnung.
Sie ist ein Narr.
Gerade als sie einen Flugzettel aus dem Plastikfach genommen hat, da hat in ihrer Jackentasche das Handy gesurrt. Vor dem Anschlagbrett im Einkaufszentrum ist sie gestanden. Dreimal hintereinander hat die Mutter gefragt, ob es sich Ella nicht doch noch überlegen wolle. Ella hat auf jede Frage Nein gesagt. »Ich sage Nein, weil ich Nein meine.«
(Dieses klitzekleine Wörtlein Ja.)
Aus Wertschätzung besuchte Ella gelegentlich die Auftritte des Chors, das heisst ein Grossanlass im Jahr. Es war ihr eine Freude zu sehen, wie sich die Mutter über den Besuch der Tochter freute, aber klassische Musik ist nicht Ellas Gebiet.
Das muss die Mutter falsch verstanden haben, es ist wie verhext.
Lustlos blättert Ella in dem dünnen Buch. Schliesslich entscheidet sie sich für den Raben. Diesmal achtet Ella von Anfang an darauf, dass die Kanten exakt aufeinanderliegen. Die ersten Faltschritte sind die gleichen wie bei der Taube.
Ella hat sich zu früh gefreut, die letzten Faltungen sind vertrackt.
Das Produkt gleicht der Abbildung nur wenig. Ella schlägt die Flügel des Raben wieder auf und faltet sie neu. Ein paarmal wiederholt sie das, bis sie endlich halbwegs zufrieden ist. Der schmale, nach aussen geklappte Rand am Rumpf des Raben, Ella vergleicht ihn mit der Zeichnung. Da muss etwas fehlgegangen sein.
Ella holt die Zeitungstaube. Wie es im dünnen Buch vorgeschlagen wird, hat sie auch dort das Format fünfzehn mal fünfzehn Zentimeter gewählt. Der Kopf des Raben ist deutlich grösser. Das wird am längeren Schnabel liegen und an den nach unten geklappten Flügeln.
Der Rabe sitzt perfekt auf dem Zeigefinger. Er spaziert über den Tisch und pickt ein paar Körner auf.

Ein fehlerhaftes Faltergebnis kann an der Tagesform liegen.
Voilà. Auch heute ist kein guter Tag.
Ella legt das weisse Papier und das dünne Buch zur Seite. Sobald sich ihr Körper entspannt hat, sie ein wenig zur Ruhe gekommen ist, wird sie sich wieder an die Arbeit machen.
Nicht nur das Konzert, auch die Menschen wären ihr zu viel. Maria Sofia hat etliche Freunde im Chor. An die Reise mit Bahn und Postauto zu dieser Burg, daran will Ella erst gar nicht denken, zwei Stunden Fahrt für einen Weg, mindestens.
Über so einen Katzensprung hätte sie früher gelacht.
Mit Renée Eve besuchte sie in den verschiedensten Städten Kunstausstellungen. Und in den Ferien flog sie mit Mara um die halbe Welt, nach Marrakesch, Scharm el-Scheich, auf die Seychellen ...
Zeit hat Ella schon länger keine mehr, nicht erst, seit sie Mutter ist.
Ella fragt sich, wo die Freiräume geblieben sind.
Sie nimmt einen Magneten aus der Schublade und hängt das Flugblatt an die Kühlschranktür.
»Damit wir das nicht vergessen«, sagt sie zu Milo.
Das Figurentheater kommt zu ihnen in die Siedlung. Ein paar Mütter haben das organisiert, die gleichen, die während der Adventszeit den Samstagshort durchführten. Das Organisationsteam habe sich nach dem Schmelzen der Joghurtbecher, in den Privatküchen, um zwei Mitglieder erweitert, hat eine Frau beim Einkaufen gesagt und Ella auf das Anschlagbrett aufmerksam gemacht. Ella hat die Frau an ihrer hellgrünen Plastikkette erkannt. An Ostern hätten sie mit den Kindern Ostereier gefärbt, hat die Frau gesagt, Ella hat einen Blick auf die Plastikkugeln mit der groben Naht geworfen. Obwohl Ella gelegentlich, während des Einpackens, das eine oder andere am Anschlagbrett liest, hat sie den Aushang der Mütter nicht gesehen, nur den der Strickgruppe mit den ausgeblasenen und umhäkelten Eiern, fünfzehn Franken das Stück.

»Wievielmal muss ich noch schlafen?«, hat Milo gleich nach dem Aufstehen gefragt.
Ella hat Milos Hand genommen. Sie hat nacheinander auf jeden Finger getippt und laut gezählt. »Fünfmal,« hat sie gesagt, sie hat am Daumen der anderen Hand gerüttelt, »und den noch dazu.«
Die Prinzessin mit der goldenen Kugel. Die Märchenwelt ist Milos Welt. Milo zeichnet den Palast, mit zwei Türmen und einem Rosenstrauch. Er nimmt den Goldstift. Zusammen mit Milo überlegt Ella, was das für eine Geschichte sein könnte.
»In einem Palast ist alles aus Gold«, sagt Milo.
»Und aus Edelsteinen«, sagt Ella.
Sie steigt auf den Küchenstuhl und holt die blaue Schuhschachtel vom obersten Brett des Putzschranks herunter. Dort bei den Geschenkbändern müssten die Glitzerfarben sein.
Sie schraubt den Deckel von der roten Tube ab. Milo will nicht, dass ihm Ella hilft. Er dürfe nur leicht drücken, sagt sie und zeigt dem Jungen wie, sie wolle kein Geschmiere, die Glitzerfarbe sei teuer. »Das ist Bubi«, sagt Milo.
Ella lässt ihn machen. Sie zieht die Schallplatten aus dem Plastiksack, Nina Hagen, Steppenwolf, The Bucks, Sex Pistols, Ramones, The Clash. Ein Blatt ist auf den Boden gefallen.
Ich fürchte mich so vor der Menschen Wort.
Sie sprechen alles so deutlich aus:
Und dieses heisst Hund und jenes heisst Haus,
Die Anglaise. Wie zittrig einzelne Striche sind, gelegentlich bricht nach dem dicken Strich der dünne beinahe ab. Und diese Arbeit hielt Ella einmal für gelungen. Neben der Grafikausbildung hatte sie am Abend einen Kalligraphie-Kurs besucht. Während Ella noch nicht einmal ihren Bleistift gespitzt hatte, hatten die anderen Kursteilnehmer schon längst begonnen. Mit Massstab und Holzwinkel hatten sie die Blätter liniert, mit Bleistift leicht vorgeschrieben, und ein paar sehr schnelle hatten bereits erste Schriftproben mit Tinte angefertigt.
Ella war hinten im Raum am Tisch bei den Büchern gesessen, sie hatte sich nicht entscheiden können zwischen den vielen Haussprüchen, Aphorismen und Gedichten.

»Das ist doch nur eine Übung.« Dozent.

Ella legt das Büttenpapier mit dem Rilke-Gedicht in den Sessel.

»Du bist ein wahrer Künstler«, sagt Ella. »Ein prächtiges Schloss hast du da gemalt, mit so vielen Edelsteinen.«

Milo hält die Zeichnung in seinen Händen, er will sie aufhängen.

An der dünnen Wand, die die Essecke von der Küche trennt, gibt es kaum noch Platz. Sie nimmt Milo die Zeichnung ab.

»Die muss erst trocknen, bei so vielen Edelsteinen«, sagt Ella und legt sie auf die Kommode. In der Zwischenzeit solle sich Milo überlegen, welche Zeichnung sie am besten wegnehme, oder er sehe in seinem Zimmer nach, ob es an den Styroporplatten noch irgendwo eine Lücke gebe.

Natürlich könnte Ella die Küchenkästen mit Milos Zeichnungen vollkleben. Aber das will sie nicht.

Alle Wände in der Wohnung sind weiss, mit Ausnahme der dünnen Wand beim Esstisch und der Styroporplatten in Milos Zimmer. Keine einzige ihrer Arbeiten hat Ella aufgehängt. Ob sie in die Stadt fahren soll? Mit einem Taxi?

Im gleichen Gebäudeteil, in dem sich ihr Grafikbüro befindet, ist ihr Lager. Ella könnte zwei, drei Bilder holen. Und für die Bohrmaschine bei der Verwaltung anklopfen?

Oder sie transportiert ein einziges grosses Bild, mit einem Lieferwagen, und stellt dieses an die Wand.

Sollte sie keine Teilzeitstelle als Grafikerin finden, werde sie sich in ein Kabäuschen setzen und Kalligraphie-Aufträge annehmen, Einladungen, Urkunden, Stammbäume, Weinetiketten und Logos. Sie werde ihr Geld auf diese Weise verdienen. »Ölfarben sind teuer«, sagte sie zu Lorenzo und provozierte ihn.

»La tua irragionevolezza ha quasi del geniale.« (Deine Uneinsichtigkeit ist fast schon genial.)

Ella setzt sich in den Sessel und liest das Gedicht weiter.

Ich will immer warnen und wehren: Bleibt fern.
Die Dinge singen hör ich so gern ...

An etlichen Wochenenden sass Ella in der Bahn und reiste zu ihrer Freundin. Ein paarmal im Jahr kam Renée Eve, ebenfalls aus beruflichen Gründen, nach Zürich und verabredete sich mit Ella.
Renée Eve mochte Ellas kleine Einzimmerwohnung über der Tankstelle, den Blick aus dem Küchenfenster auf die Industrie. Aber am meisten beeindruckte sie das Atelier. Dass Ella die Wand zwischen den Mansardenzimmern ohne den Vermieter zu fragen einfach herausgebrochen hatte, fand Renée Eve famos.
Bei jedem Besuch wollte Renée Eve Ellas neue Arbeiten sehen. Gemeinsam stiegen sie die Treppe zu Ellas Atelier hoch. Auch an Ellas Vorhaben war Renée Eve interessiert, aufmerksam sah sie sich Ellas Skizzenbuch an. Sie gab Anmerkungen und korrigierte mit einem Stift in die Skizzen, dafür verwendete sie irgendeinen Stift, der gerade in Reichweite war, nicht immer war das ein Bleistift. Mit der Zeit ging das Ella zu weit, und sie zeigte der Freundin nur noch die fertiggestellten Kunstwerke. Später weihte sie B. in ihre Arbeiten ein, B. äusserte sich nur auf Ellas Fragen. B. hatte Stil.
Ella zieht die Kapuze über den Kopf und beeilt sich. Unter der Regenjacke drückt sie die Wärmekanne an die Brust.
Ella bewundert den Gärtner, wie er bei jedem Wetter draussen ist. »Ja«, hat der ältere Gärtner gesagt, »wenn es kalt ist, ist es am härtesten.« Dann komme er am Abend in die warme Stube und kämpfe nur noch gegen die Müdigkeit an, wie angeworfen haue es ihn um.
Der Gärtner packt das Bündel und wirft das Geäst neben die Bank.
Ella hat für den Gärtner eine Überraschung mitgebracht. In der Jackentasche klaubt sie nach dem Kaffeerähmli, ihre Hände sind klitschnass. Sie stehen unter dem Buchendach, noch kommt der Regen nicht durch.

Kleine Übung des Gegenknicks.
Das Nachfalten der Figuren wird Ihnen leichter fallen, sobald Sie ihn beherrschen.
Ella zieht die eine Ecke des Quadrats auf die andere Seite. Sie streicht die Faltung an der Diagonalen glatt, Ella knickt die beiden spitzen Ecken des Dreiecks um. Die eine Ecke stülpt sie nach innen, die andere nach aussen. »Bubi«, sagt Ella. Die kleine Faltung nach innen ist der Kopf, beschliesst Ella, »ein Bär«.
»Ein Pinguin, der in die Hände klatscht«, sagt Milo.
Er springt davon, in Richtung Kletterhaus, kurz vor der schwingenden Treppe kehrt er um. Schon wieder steht Milo neben Ella am Tisch.
»Bald, noch eine Minute und wir gehen hinunter zum Fluss«, vertröstet sie den Jungen.
Die Betonhocker sind zu weit vom Tisch entfernt, die Haltung wird für Ella unbequem.
Im Einkaufszentrum hat Ella einen Recycling-Block gekauft. Vorsichtig reisst sie ein paar Blätter auf einmal weg, so, dass der Leim die Blätter noch zusammenhält. Sie nimmt den Massstab und die Schere aus ihrer Handtasche, das Origamipapier spart sie sich für später auf.
Ella faltet noch ein paar Grundformen. Nach der vierten hört sie auf.
»Auf los geht's los«, ruft sie und packt schnell ein.
Milo springt quer über den Rasen. Er solle vor der Strasse auf sie warten, ruft sie ihm hinterher.
»Wann kommen die Möwen zurück?«, fragt Milo, als sie die Treppe zum Uferweg hinuntersteigen. Drei Personen schwimmen im Fluss, zwei sind weit hinten, auf der Höhe der Schiffsanlegestelle.
»Das geht noch eine Weile, im Oktober«, sagt Ella.
»Wir suchen die Enten«, schlägt Milo vor.
Ein Mann treibt an ihnen vorbei, sein Oberkörper liegt auf einem orangenen Sack.
Als Ella in der Stadt gewesen ist, hat sie, als sie auf dem Weg in die Papeterie am Sportgeschäft vorbeigekommen ist, nicht daran gedacht. Sie wird den Schwimmsack und die Schwimmflügel im Internet bestellen, sobald sie wieder zu Hause sind, und noch zwei Paar Badeschuhe, die hätte sie ohnehin vergessen.
»Willst du auch einmal im Fluss schwimmen?«, fragt Ella.
Milo schüttelt den Kopf.

Ella sitzt auf dem Balkon, vor ihr auf dem Tisch steht der Laptop, soeben hat sie einen grünen Schwimmsack bestellt.
Bei den Schwimmflügeln sucht sie länger. Donald Duck, die werden ihm gefallen. So oder so braucht Milo ein Paar, die alten sind im Schrank vis-à-vis von B.s Atelier zurückgeblieben. Zwischen dem Gartenwerkzeug in einem Plastikzuber verstaute sie das Badezubehör, Badekappen, Schwimmflügel, Flossen, Handfederball, Fangbecherspiel und dergleichen.
Milo rutscht zu Ella auf den Schoss. Was sie tue, fragt er.
»Ich bestelle dir ein Paar Schwimmflügel«, sagt sie. »Wir paddeln am Ufer entlang wie die kleinen Enten. Dort kannst du sogar stehen.«
»Ich will nicht«, sagt Milo.
»Oder wir suchen im seichten Wasser nach glatten Steinen«, sagt sie, »die hüpfen gut.«
Die Donald-Duck-Schwimmflügel aber gefallen ihm.
»Die sind cool«, sagt Milo.
Der Junge ist wasserscheu, Milo ins Wasser zu bekommen ist eine Kunst. Das hat er nicht von ihr.
Während Ella einen Badeanzug und zwei Bikinis eingepackt hatte, war B. ohne Badehose angereist. Er könne sich doch eine kaufen, schlug Ella vor. Drei Tage verbrachten sie in diesem herrschaftlichen Haus mit Swimmingpool, in der Nähe von Nantes.
Am ersten Tag war B. das Wasser zu kalt, am zweiten Tag war es für ihn zu schmutzig, und am dritten Tag machte das Wetter nicht mit. »Bist du ein Nichtschwimmer?«, fragte Ella.
Sie zieht den Sessel näher zur Abstellkammer, eine einzelne Kornblume hängt aus dem breiten Pflanzentrog.
Ella steigt auf den Sessel. Sie holt die Erinnerungsschachtel vom Metallschrank herunter.
Den Haizahn bekommt Milo, und die Weissgoldkette mit Herzanhänger wird sie Anna zum Geburtstag schenken, Fabios ältester Tochter, Ellas Patenkind.
Sie dreht die Kette mit dem Sterndiopsid in der Hand.
»Die alten Griechen glaubten, dass dies früher kleine leuchtende Sterne waren, die durch das Herabfallen auf die Erde zu Steinen wurden.« Kunstsammlerin.

Während Ella vor dem Laptop sitzt und ein Rezept nach dem anderen liest, stösst sie mit dem Bleistift immer wieder den Sterndiopsid an. Sie schiebt ihn vor und zurück. Ella ist unschlüssig.
Für Milos Haizahn muss sie noch ein Lederband kaufen.
Ella ist aufgestanden, im Flur bleibt sie stehen und überlegt. Sie wirft die Kette mit dem Sterndiopsid in ihren Turnschuh.
Riccardo hat sich ein Ossobuco alla milanese gewünscht. Auch das Italien-Kochbuch ist bei B. geblieben.
Milo darf bei Linlin übernachten. Den letzten Abend wollen sie für sich. Die vier Monate sind schnell vorbeigegangen (einerseits).
Er sei der seltene Gast und dürfe wählen, hat Ella am Telefon angeboten. Von ihr aus hätten sie sich zum Abendessen in der Stadt treffen können.
Er habe die vergangenen Monate fast ausschliesslich in Restaurants gegessen, wenn die Entscheidung an ihm sei, komme er gerne zu ihr.
Abgesehen von den Menschen? Riccardo hat überlegt. Sicher habe die Schweiz auch Vorteile. Alles liege näher beieinander. Alleine am Abend, bis sie die Kinder eingesammelt hätten. Santa Monica sei nicht gefährlich, trotzdem müssten die Kinder abgeholt werden, die kleinen auf jeden Fall. Auch Riccardos Frau ist berufstätig, zu hundert Prozent, Teilzeitstellen gibt es nicht.
»Riccardo is the better parent.« Naomi. (Riccardo ist der bessere Elternteil.)
4 Kalbshaxen
frische glatte Petersilie
Sellerie
Zitrone
Salat
Weisswein
Den Rest hat Ella zu Hause, sie steckt den Einkaufszettel in ihr Portemonnaie. Auf dem Nachhauseweg wird sie beim Bioladen einen Halt machen, oder besser, sie kauft auf dem Hinweg ein, ohne Milo. Den Abhol- und Bringservice hat sie sich selber eingebrockt, mit dem Kauf von Milos Fahrrad. Wenn sie sich beeilt, wird sie zeitig vor dem Kindergartentor stehen. Ella hängt die Kette mit dem Sterndiopsid an den Schrankschlüssel im Flur.

Den Apéro gab es auf dem Dorfplatz. Riccardo kam mit seiner Frau Naomi und den beiden Söhnen, Michael und Max, extra aus Amerika. Alle vier Geschwister von Riccardo waren dabei. »Siebzig wirst du nicht jeden Tag.« Riccardos Vater.

Riccardos Schwester hatte nur ein Zwischenjahr eingelegt. Auf jeden Fall gehe sie zurück nach Schweden. »Die mit ihrem Schweden«, sagte Riccardo zu Ella.

»Wir sind ja froh, dass solche Leute wie du in Amerika sind«, gab sie ihm zurück. Riccardo wandte sich wieder Ella zu.

»Der Berg erzählt einem viel«, sagte er.

»Wenn etwas passierte, niemals würde mir Lorenzo später einen Vorwurf machen. Dein Bruder ist ein edler Mensch. So einen sollte man klonen.«

Ein paar Tage davor waren Lorenzo und Riccardo auf einer Klettertour gewesen.

»Good job«, rief Naomi, als ihr Sohn Michael auf einem Bein vorbeihüpfte.

Als es Zeit war für das Mittagessen in der Gaststube, gingen Ella und Naomi zuerst vom Dorfplatz los. Sie überquerten die Hauptstrasse, Naomi drehte sich nicht einmal nach ihren Söhnen um, sie redete munter weiter. Ella freute sich, dass sie mit Naomi ins Gespräch gekommen war. Ella hatte Milo zu Hause bei B. gelassen. Zweimal war Ella Naomi begegnet, einmal nur sehr kurz.

Bevor sich Ella in der Küche an die Arbeit gemacht hat, hat sie den Schwan, den Goldfisch, den Seehund und die Ente studiert. Der Sommervogel aber hat es ihr angetan. Noch immer befindet sich das aufgeschlagene Buch auf ihren Knien.

Diese Grundform wird für die Teufelsmaske verwendet, wir verwandeln sie in einen Schmetterling.

Sieben Schmetterlinge liegen auf dem Tisch. An diesem Nachmittag ist ihr auch der Rabe geglückt.

Nicht aber das Ossobuco. Goldbraun hätte sie die Kalbshaxen beidseitig anbraten sollen. Ella hat die schwarzen Stellen weggekratzt.

Sie sammelt die Schmetterlinge ein, den kleinen weissen mit dem dunklen Punkt lässt sie als Dekoration auf dem Tisch zurück, den Kohlweissling.

»Ich fühle mich hier wie ein Tourist«, sagt Riccardo. »Die Schweiz ist nicht mehr mein Zuhause. Vierzehn Jahre Amerika, das ist eine lange Zeit, ich habe mich verändert.« »Die Welt hier hat sich auch verändert«, sagt Ella, »und die Menschen ebenfalls.

Du kannst bei keiner öffentlichen Stelle mehr anrufen, ohne dass das Gespräch aufgezeichnet wird. Und alle tolerieren das.«

Riccardo schöpft bereits zum zweiten Mal, ihm schmeckt es, vielleicht kann Naomi nicht kochen.

Es sei an der Zeit, dass Ella und Milo endlich einmal zu ihnen nach L.A. auf Besuch kämen. Es würde ihnen gefallen, Santa Monica sei nett. Und in drei Stunden Autofahrt seien sie im Sequoia National Park.

»Bei den Bären?«, fragt Ella. »Sieht man die überhaupt?«

Einmal seien sie im Sequoia von zwei Schwarzbären überrascht worden, beim Picknicken, sagt Riccardo. Da habe Naomi aber schnell ihr Sandwich beiseitegelegt.

»Sind die nicht gefährlich?«, fragt Ella.

»Das sind keine Grizzlys«, sagt Riccardo. »Die lassen sich gut vertreiben, einmal kräftig anschreien und weg sind die. Notfalls schmeisst du ihnen einen Stein hinterher.«

»Und das funktioniert?«, fragt Ella.

Riccardo lacht. »Es funktionierte.«

Der Sequoia National Park wäre nichts für sie.

»Ist der Elektrozaun auch sicher?«, fragte Ella den Bauern vom Nusshof. Sie schaute unentwegt zum Stier, was der für einen Schädel hatte. Ella traute sich nicht, auf der Bank neben der Weide Platz zu nehmen. Sie wäre am liebsten rückwärts gegangen.

»Das ist ein ganz Lieber«, sagte die Bäuerin vom Nusshof und packte den Esskorb aus. »Wenn du in sein Gehege gehst und ihm die Kühe aufscheuchst, weiss ich allerdings auch nicht, was er tut.«

Riccardo nimmt den Kohlweissling in die Hand. Er wirft einen Blick zu den anderen Schmetterlingen auf der Küchenablage.

»Entwickelt sich da gerade ein neues Kunstprojekt?«, fragt er.

»Ich arbeite zurzeit nicht«, sagt Ella.

»Schwer zu glauben«, sagt Riccardo.

June Gloom, Santa Monica im Nebel, einen ganzen Monat lang. Sie möge die nebligen Tage im Herbst, aber im Sommer sei ihr ein klarer Himmel lieber, hat Ella gesagt.
Auch sie wäre froh über eine Abkühlung, hat Riccardo geantwortet, wie das die Leute im Valley aushielten, wisse er auch nicht.
Riccardo und Ella sind ans Ufer geschwommen. Sie haben nicht lange gezaudert und sind den ganzen Weg zurückgesprungen.
»Einen Hexenschuss?« Riccardo hat gelacht. Das habe er noch nie gehabt. Er hat die nasse Unterhose ausgezogen und ist in seine Jeans geschlüpft.
Ella hat in ihrer Tasche nach dem Korkenzieher gesucht. Die erste Flasche Wein haben sie am Fluss getrunken.
Die Sommerabende werde er vermissen, die lange Dämmerung.
Ella räumt die leeren Flaschen in die Abstellkammer, zwei Flaschen Wein haben sie am Vorabend getrunken. Die Wohnung und das Auto habe er schon abgegeben, er werde ein Taxi nehmen, hat Riccardo Ella beruhigt und die zweite Flasche Wein entkorkt. Er habe ein gutes Hotel, ein Zimmer im sechsten Stockwerk, mit Blick über die Stadt.
»Du kannst mitkommen, wenn du willst«, hat Riccardo gesagt.
»Und am Morgen schleiche ich mich an der Rezeption vorbei?«, hat Ella gefragt.
Die Kartons mit der Makulatur, den Karten, Postern und Kalenderblättern wird Ella als Erstes entsorgen.
Sie hebt einen Karton auf und stellt ihn gleich wieder hin. Ihre Schallplattensammlung hätte sie gerne.
Ob sie B. anrufen soll? Oder lieber doch nicht.

Ella wäre besser mit Riccardo mitgegangen, stattdessen ist sie die halbe Nacht wach gelegen.
Wie schnell das jedes Mal geht, und sie hat sich wieder an diesen Mann gewöhnt. Ob er je mit seiner Familie in die Schweiz umsiedeln wird? Für seine Frau wäre es hart, schon alleine wegen der Sprache, hat Riccardo gesagt. So ein Blödsinn, hat Ella geantwortet, als ob man dies nicht lernen könne.
Abgesehen davon sei Amerika beruflich für ihn besser, hat Riccardo erklärt. Er könnte bestimmt auch hier seine Karriere fortsetzen, hat Ella nachgehakt.
»Und dabei tun immer alle so, als würden sie mich verstehen«, hat Riccardo gesagt.
Die Madama-Butterfly-Schallplatte wird Ella noch behalten. In einigen Tagen sollte die neue Musikanlage eintreffen.
Ella studiert die mandelförmigen Augen der Cho-Cho-San, ihr makelloses Gesicht. Kaum zu glauben, dass diese Frau einmal gegen hundert Kilo gewogen hatte.
Der italienische Regisseur Visconti war ein talentierter Förderer. Er hatte die Möglichkeiten erkannt, die in dieser Frau gesteckt hatten. Als die Proben zu La Vestale begannen, wog die Callas bereits dreissig Kilo weniger. Früher war es ihre Mutter gewesen, sie hatte die Karriere der Tochter vorausgesehen, auch Maria Trivella, die Gesangslehrerin am Nationalkonservatorium in Athen, hatte das grosse Talent ihrer jüngsten Schülerin bemerkt, ihren unermesslichen Fleiss.
Über Maria Callas wusste Maria Sofia alles (das heisst, so viel, wie zu erfahren war).
Ella nimmt die Kette mit dem Sterndiopsid vom Schrankschlüssel. Sie schliesst leise die Wohnungstür hinter sich, Ella wird sich beeilen, sie muss zurück sein, bevor Milo aufwachen wird.
Draussen ist es noch dunkel, die Wege und Strassen sind leer. Ella hält den Sterndiopsid in ihrer Jackentasche fest in der Hand. Ein einzelnes Auto fährt über die Brücke. Sie wartet, bis die roten Lichter verschwunden sind.
Wenn nur kein Schiff kommt, Ella springt geschwind auf die andere Seite und vergewissert sich. Sie lehnt sich weit über das Brückengeländer und lässt den Arm hinunterhängen. Ella öffnet ihre Hand, die Kette mit dem Stein verschwindet im dunklen Brückenbogen.

Dass die Callas so unglücklich war, konnte die Mutter nicht verstehen. »Una donna che aveva tutto« (eine Frau, die alles hatte.)
Ella hätte schwören können, dass in dem Karton die La-Traviata-Schallplatte ist. Diese Oper und Madama Butterfly hörte sie sich als Jugendliche gelegentlich an und nicht Dido and Aeneas.
»Auf die Erinnerung ist kein Verlass.« Mara.
»Tutto è follia nel mondo, ciò che non è piacer.« Violetta. (1. Akt. Aberwitz ist alles in der Welt, was nicht Vergnügen ist.)
»Su via, si stenda un velo sui fatti del passato.« Alle. (2. Akt. Nun vorwärts, man breite einen Schleier über die Ereignisse der Vergangenheit.)
»Soffre il mio corpo, ma tranquilla ho l'alma.« Violetta. (3. Akt. Mein Körper leidet, aber meine Seele ist gefasst.)
Visconti hatte in der Callas die ideale Violetta gesehen.
Die Callas sei sein bestes Material gewesen, das disziplinierteste und professionellste.
Ella hat alle Langspielplatten durchgesehen, aber die La Traviata hat sie nicht gefunden.
Trotz des Auspackens des Kartons, des kurzen Telefonats mit ihrer Freundin Mara und des Umwegs, den Ella noch hat machen müssen, ist sie zeitig bei der Familie Ling eingetroffen.
Dass die Vorstellung an einem Samstagmorgen stattfindet, um halb zehn, was für ein Termin, versteht auch Frau Ling nicht. Han und Linlin kommen mit ins Figurentheater.
Während Han das schmutzige Frühstücksgeschirr in den Abwaschtrog stellt, räumt Linlin die Schüssel mit den Teigtaschen vom Tisch. Ella staunt jedes Mal, wie wohlerzogen die beiden Kinder sind. »They are the way I want them to be.« Frau Ling. (Sie sind, wie ich sie haben will.)
Sie werde die Zeit nutzen, sie wolle den Balkon sauber machen, es gebe immer etwas zu tun, sagt Frau Ling. Der Balkon wird bei den Lings als Abstellkammer genutzt.
Ella zeigt den Kindern die Tickets. Vier Plätze in der Mitte der dritten Reihe hat sie reserviert, Ella hat ihren Seidenschal über die Stühle gelegt.

Milo mag es, wenn der grosse Bruder von Linlin dabei ist. Milo sitzt neben Han. Linlin hat sich zwischen Milo und Ella gesetzt.
Die Prinzessin mit der goldenen Kugel.
Ella überfliegt das Programmheft.
»Was denkst du, wie sieht die Prinzessin aus?«, flüstert Ella Linlin ins Ohr. Linlin lächelt.
Als das Licht ausgeht, streckt sich Ella zur Seite und klopft Milo auf die Schulter. Sie legt den Zeigefinger auf ihren Mund.
»Du bist ein schlechter Kanton«, hat Mara zur Begrüssung gesagt. Nicht einmal auf die Geburtstagskarte habe sie reagiert. »Fünf Minuten«, hat Ella gesagt, »nicht länger.« Sie werde sich später bei ihr melden. Fünfzehn Minuten bestimmt hat das Telefonat gedauert, am Ende haben sie beide gelacht. Mara hat etwas Erfrischendes mit ihrer direkten Art.
Gerade als das Telefon geklingelt hat, hat Ella an B. gedacht. Niemals würde er den ersten Schritt tun.
Geistert sie auch so oft durch seine Gedanken?
Gerade habe sie an B. gedacht, hat Ella zu Mara gesagt.
Die Spieler sind schwarz gekleidet, sie stehen hinter den kniehohen Figuren. Vor dem glitzernden Palast spaziert die Prinzessin über den Samtrasen, die goldene Kugel schwebt hinter ihr her. Die Prinzessin trägt ein langes hellblaues Kleid, in dem blonden Haar sitzt eine kleine Krone. Die Figuren haben die Spieler selber gebaut.
Elvira de Hidalgo, eine spanische Opernsängerin, sei eine weitere wichtige Lehrerin gewesen. Nebst dem Schauspiel- und Musikunterricht habe sie ihr Herz der Schülerin geschenkt, eine Beziehung des Vertrauens sei es gewesen.
»Sie kann mehr über mich erzählen als jeder andere Mensch.« Maria Callas.
Sobald Ella wieder zu Hause ist, wird sie den anderen Karton inspizieren.
Ein mannsgrosser Riese mit gelben Augen steht plötzlich auf der Bühne. Ella erschrickt. Ein Kind weint.

»Wie gross müsste denn der Bösewicht sein?«, hat die kostümierte Frau nach der Vorstellung gefragt. Der Junge hat sich hinter dem Arm seiner Mutter versteckt und seinen Daumen hochgehalten.
Ein Teil des Publikums hat sich noch die Figuren angeschaut, nur berühren haben die Kinder sie nicht dürfen.
Ella hat Milo an den Schultern gepackt und nach hinten gezogen. »Hast auch du das verstanden?«
Im Gegensatz zu Milo sind Linlin und Han pflegeleicht. Linlin ist vor der sitzenden Prinzessin gestanden. Sie hat ihre Hände auf den Rücken gelegt und sich nahe zum Gesicht der Prinzessin gebeugt.
Ella hätte das Mädchen an sich drücken können, so süss ist sie gewesen.
Sie habe gearbeitet und keine Zeit für eine Ablenkung gehabt. Dieser Strenge der Mutter verdanke sie ihre grosse künstlerische Erfahrung, die sie schon so früh besessen habe; andererseits habe sie auf alle Freuden der Jugend verzichten müssen.
»Diese unschuldigen Vergnügen, die frisch, naiv und unersetzlich sind.« Maria Callas.
In der Schublade unter dem Bett hatte die Mutter ihren Lesestoff verstaut. Die Bücher wechselten, nur dasjenige über Maria Callas blieb.
Ella sitzt noch immer am Tisch. Sie hat das Format siebeneinhalb mal siebeneinhalb Zentimeter gewählt. Bei den Flügeln hält sie sich am längsten auf. In der Zwischenzeit geht der Schmetterling auch ohne Anleitung. Für den Gegenknick an den Spitzen müssten ihre Finger zierlicher sein.
Mit etwas Geduld geht auch das. Ella freut sich, der Körper des Schmetterlings ist kleiner geworden. Sie bläst die fünf Kohlweisslinge über den Tisch.
Milo möchte auch so einen falten. Dem Jungen würde der Spass schnell vergehen.
»Such dir etwas mit einem Stern aus«, sagt Ella.

Vierzehn Kuverts liegen auf dem Tisch. Endlich.
Ella hat den Überblick schon lange verloren. Zeitschriften, die sie nicht einmal mehr durchblättert, befinden sich jede Woche in ihrer Post, und eine Menge bebilderte Schreiben mit Einzahlungsscheinen. Nachdem Ella aus der Kirche ausgetreten war, trat sie verschiedenen Hilfsorganisationen bei, als Passivmitglied. Abgesehen von dem jährlichen Einzahlungsschein wünsche sie keine weitere Post, notierte sie überall auf der Anmeldung.
Ella wird sich eine einzige Organisation aussuchen, den gesamten Betrag dorthin überweisen. Ein Einzahlungsschein pro Jahr.
Ob sie wieder der Kirche beitreten soll?
Die Makulatur, Poster, Kalenderblätter und Postkarten, Fehldrucke meist, hat sie in Papiersäcke gefüllt, sechs Papiersäcke voll. Sie wird den Weg zum Papiercontainer dreimal zurücklegen müssen. Die Sammelstelle liegt hinter dem Einkaufszentrum auf der gegenüberliegenden Strassenseite in der Nähe von Linlins Wohnung.
Ella zieht das dünne Buch näher zu sich. Die Hasenform ist kinderleicht. Ella nimmt sich ein eigenes weisses Outdoor-Origamipapier. Jeden Faltschritt muss sie Milo nochmals vorzeigen, sein Blatt anfassen aber darf sie nicht. Ein paar Faltschritte bloss, und der Hase steht auf dem Tisch. Nur der Kopf will nicht gelingen, einmal ist er zu gross, dann wieder zu klein.
Die Hasenohren sind zu spitz für ein fünfjähriges Kind. Ella nimmt die Schere.
Milo solle den Hasen anmalen, damit die Knitter am Kopf nicht auffallen.
»Wie?«, fragt Milo.
»Lass dir etwas einfallen«, sagt Ella.
Sie zieht ein Notizblatt aus der Kartonbox.
Farbiges Origamipapier
Lederbändel für Milos Haizahn
An der Kühlschranktür wäre sein Platz, Ella geht mit dem Zettel in den Flur. Sie springt zurück und holt den Klebestreifen. Wer weiss schon, für welches Paar Schuhe sie sich am nächsten Morgen entscheiden wird. Sie hängt den Notizzettel an die Wohnungstür.

»Dann stell dich endlich in dein Atelier und arbeite.« B. Dauernd kommt ihr B. in den Sinn.
»Hey, das hast du aber gut gemacht«, sagt Ella und nimmt von Milo den Hasen entgegen.
Er spaziert übers Buch und stellt sich zu seinem Spiegelbild.
Den hellblauen Hintergrund hat Milo fein gemalt, nur mit ein paar Farbstiftstrichen. Die rosaroten Blumenköpfe leuchten, da hat der Sohnemann aber ordentlich gedrückt. Dass es zwei verschiedene Blütenformen sind, hat er gesehen.
»Das hast du wirklich richtig gut gemacht«, sagt Ella.
»Danke«, sagt Milo, »das macht mich stolz.«
Nur die Augen und den Mund hat er dem Hasen aufs Ohr gemalt.
Soll sie Milo darauf hinweisen? Er würde das sofort erkennen, wo der Mund hingehört.
»Man muss auch einmal einen Fünfer gerade stehen lassen.« Frau Hirz.
»Ich muss kurz telefonieren«, sagt Ella.
Sie wählt Maras Telefonnummer. »Du bist ein schlechter Kanton«, sagt Mara zur Begrüssung. »Schon wieder«, sagt Ella. Dass sie gesagt habe, dass sie am selben Tag zurückrufen werde, daran kann sich Ella nicht erinnern.
»Was ist mit Bernard?«, fragt Mara.
Sie denke dauernd über ihn nach und komme auf keinen grünen Zweig, die Situation sei mehr als verworren, habe sie Mara am vergangenen Samstag verraten.
Während Ella telefoniert, sucht sie nach dem Holzmeter, sie hat das Telefon zwischen Schulter und Wange geklemmt. Ella schliesst die Tür der Abstellkammer.
»Nein nein, ich höre dir zu«, sagt sie und klappt den Meter auf.
Ella sitzt wieder im Sessel, sie lehnt sich zurück und legt ihre Füsse auf den Tisch.
»Du würdest besser für dich selber schauen. Für den anderen kannst du sowieso nichts tun.« Mara.

»Aber nicht schummeln«, sagt Ella. Sie geht zu Milo und schliesst die Lücke zwischen seinen Fingern. Ella stellt den blauen Seelöwen auf Milos Zeichentisch. Sie legt das farbige Origamipapier dazu, dahinter befindet sich der Haizahn, den hat sie in ein gelbes Papier gewickelt und ein paar rote Herzen daraufgemalt.
»Jetzt kannst du die Hände wegnehmen«, sagt sie.
»Wow«, sagt Milo. »Ein Seelöwe und farbiges Papier.«
Sie setzen sich auf Milos Bett und schauen das dünne Buch durch. »Ein Marienkäfer«, sagen sie gleichzeitig. Milo blättert weiter. »Eine Taube«, sagt Ella, »ein Fisch.«
»Und das hier?«, fragt Milo.
»Das ist schwierig, drei Sterne, ein Bär«, sagt sie.
Milo dreht die Seite um, Ella legt ihre Hand auf die Ente. Sie studiert die Schritt-Skizzen. Milo zeigt auf das andere Bild, er will den Pinguin. Ella schielt erneut zum Zeichentisch.
Und er sieht es nicht!
Sie geht mit den leeren Kartons auf den Balkon. Dreimal ist sie zur Papiersammelstelle marschiert. Ella ist gerade dabei gewesen, den Deckel des Containers anzuheben, als sie von einer älteren Frau angesprochen worden ist. Ella hat sich entschuldigt und daraufhin die zusammengelegten Kartons wieder mitgenommen.
Dass es bei der Papiersammelstelle keinen Container für Karton gibt, ist unverständlich. Sie sucht nach dem Abfuhrplan der Gemeinde.
Die Styroporplatten fallen ihr entgegen. Ella schiebt den Küchenstuhl beiseite und stellt den Karton auf den Boden der Abstellkammer. Jedes Mal, wenn sie an die Papiersäcke mit den Flaschen und Büchsen heranwill, wird sie den Karton in die Hände nehmen müssen.
Für was hat sie einen Keller?
Milo rennt zu ihr auf den Balkon. »Ist das ein Zahn?«, fragt er.
»Ein Haizahn«, sagt Ella.
»Ein echter?«, fragt Milo.
Ella nickt.
»Cool«, sagt Milo und hustet. Er drückt ihr einen Kuss auf die Wange.
»Uh, der war klebrig«, sagt Ella. »Was hast du denn im Mund?«
Die Kugel in seiner Wange verschwindet.

Ella klappt den Holzmeter wieder zusammen. Sie springt vom Küchenstuhl herunter. Einen Meter fünfundvierzig Zentimeter lang ist der Stängel. Eine achtblättrige hellviolette Blüte, mit einem dunklen Kreis im Inneren der Kronblätter, hängt daran.
Auf Ellas Balkon kommt die Alpenwiese ins Blühen.
Als Ella den Küchenstuhl an den Esstisch stellt, hört sie in der Nähe des Heizkörpers Stimmen. »Du siehst wohl Gespenster.« B.
»Komm schnell her«, ruft sie.
»Was ist das?«, fragt Ella, als Milo neben ihr steht.
»Was?«, fragt er.
»Pst, sei ganz still.«
»Da redet jemand«, sagt Milo, und er jagt wieder davon.
Ella wirft den Karton zu den Styroporplatten in den Flur. Sie verpasst dem Turnschuh einen Tritt, der nächste fliegt hinterher. Ein Schuhladen ist das hier. Fünfundzwanzig Paar Schuhe liegen über den Boden verstreut. Und Milos Schuhe hat sie noch nicht einmal mitgezählt. Pumps, Zehenschlappen, Sandalen, Winterstiefel, Gummistiefel, Stöckelschuhe, Mokassins, sogar ein Paar Westernstiefel hat sie. Nur ein einziges Mal hat sie die getragen, zu der beigen Cordhose. Ella bückt sich und sammelt die Schuhe ein. Im Wandschrank gibt es keinen Platz, daneben quillt der Garderobenständer mit Jacken und Mänteln über.
Ella macht sich auf dem Balkon wieder an ihre Arbeit. Sie reisst ein Blatt vom Recycling-Block weg. Ella zieht die rechte Ecke schräg hinüber auf die gegenüberliegende Seite, bündig zum Blattrand. Sie fährt mit dem Daumennagel über die Faltung. Dann schneidet sie das Dreieck aus, Milo darf es aufklappen.
Auch der dritte Anlauf kommt ins Stocken. Die Schritt-für-Schritt-Skizzen stimmen mit dem Text nicht überein. Ella schlägt das Papier wieder auf. Sie liest den Text nochmals und studiert die Zeichnung. Ihre Stirn runzelt sich. Sie faltet ohne Anleitung weiter.
Für den Gegenknick am Schnabel sind ihre Finger definitiv nicht zierlich genug.
Sie wird sich eine Pinzette kaufen, eine mit einer gebogenen Spitze, und ein Falzbein.
Ella zerknüllt das Papier und wirft es durch die offene Tür ins Wohnzimmer zu den anderen.
»Was tust du?«, fragt Milo.
»Der Pinguin gelingt mir nicht«, sagt Ella.
Wäre sie bei B. geblieben, sie wäre durchgedreht.

Die beiden Holzgestelle sind unter den vielen Kleidern kaum zu sehen. Ella vermisst den kleinen Extraraum hinter dem Schlafzimmer, dort hatte auch der schwere Eichenschrank der Grosseltern seinen Platz. Ihre Jacken hängen an den Seitenwänden. Die Bügel mit den Röcken, Blusen und Hosen hat sie über beide Gestelle an die Bretter und an das Vorhangbrett des Fensters gehängt. Wie eine Theatergarderobe sieht Ellas Zimmer aus.

Ella klappt den nächsten Karton auseinander. Sie zieht ein Stück Klebeband von der Rolle. Zum Glück hat die Entsorgung der Kartons nicht geklappt.

Ob sie den schweren Eichenschrank der Grosseltern auch weggeben soll? Aber wem? Fabio vielleicht?

Ella schaut die Pullover durch. Sie streckt sich und zieht den Stapel Hosen vom obersten Brett herunter.

Was braucht sie auch so viele? Sie wirft ein paar Hosen in den Karton. Letztendlich sind es doch immer die gleichen, die sie trägt. Ella hängt die dunkelblaue und die beige Cordhose an die Kleiderbügel zurück, für spezielle Anlässe. Den kleiner gewordenen Stapel schiebt sie aufs oberste Brett.

Ella holt im Flur den nächsten Karton.

Immer wenn sie beschäftigt ist, muss es klingeln, Ella schaut auf das Display. »Maria Sofia«, murmelt sie.

Die Mutter macht keine langen Umwege, sie fragt nochmals nach wegen der Choraufführung. Ella könnte am Vorabend zu ihr kommen und am nächsten Morgen gleich mit ihnen im Reisebus mitfahren, wenn ihr die Fahrt mit der Bahn und dem Postauto zu aufwendig sei.

Ella bleibt dabei. Maria Sofia muss sich damit abfinden. Diesmal ist die Stimme der Mutter grantig, fast schon aggressiv. »Già a Natale ti sei comportata in maniera così incomprensibile.« (An Weihnachten hast du dich schon so unverständlich benommen.)

Kaum hat Ella das Telefon aufgelegt, tut es ihr leid. Wie schon bei Renée Eve meldet sich auch diesmal das schlechte Gewissen. Es wäre einfacher gewesen, sie hätte den Auftrag von Renée Eve angenommen, viel Arbeit hätte ihr die Einladungskarte nicht gemacht. Das hat sich Ella schon oft überlegt. Sie wäre schneller wieder zur Ruhe gekommen, anstelle dieser angespannten Situation.

(Dieses kleine winzige stinkige Wörtlein Ja.)

Der schwere Eichenschrank stand im Wohnzimmer der Grosseltern rechts neben der Tür. Das Sonntagsgeschirr und die umhäkelten Tischdecken verstaute die Grossmutter darin.
»Questa quercia l'ho tagliata io con le mie mani.« Grossvater. (Diese Eiche habe ich eigenhändig gefällt.)
Klobige Möbel sind nicht Ellas Stil. Oder soll sie dieses sperrige Erbstück doch behalten? Vielleicht gibt es in der neuen Wohnung einen Platz für den Schrank, in einer Nische, in der er nicht allzu sehr stört.
Selbst die weisse Wollhose, die gegen die Wade breit wird, hat Ella in den Karton gelegt.
»Ein Brautkleid?«, fragte B. und nahm den weissen Wollstoff in die Hand.
»Eine Hose«, sagte Ella.
Den Wollstoff hatte sie mit Mara gekauft. Mit dem Stoff und der Skizze ging sie zu einer Stylistin in Genf.
Neben dem Garderobenständer stehen zwei Papiertragetaschen, eine ist mit Milos Kleidern gefüllt. In die andere hat sie die Spielsachen gesteckt, zuoberst liegt das wasserfeste Bilderbuch, das beim Drücken quietscht.
Die beiden Papiertragetaschen wird sie ihrem Bruder Fabio mitgeben, für die kleine Lisa, sollte er einmal auf Besuch kommen. Ella geht mit den Taschen in ihr Schlafzimmer, nicht dass ihr Milo noch Ärger macht. Sie verstaut alles unter ihrem Bett, das rote Plastikschiff hat sie wieder herausgenommen.
Auf dem Balkon wirft Ella das Schiff in den Sessel. Sie schiebt die Kornblumen beiseite und lehnt sich über den breiten Pflanzentrog.
Drei Kartons und zwei Papiersäcke hat sie neben die Einfahrt der Tiefgarage gestellt. Der Zettel ist in ihrer Handtasche geblieben. An einem alten Katzenkistchen ist bereits ein Alles-gratis-Schild gehangen. Die Zitronenpresse hat Ella wieder zurückgelegt. Milo hat gebettelt und auf die sechs Plastikkeulen und den Schaumstoffball gezeigt.
Drei Frauen stehen um die Kartons und reissen die Kleider heraus, eine hält die braune Cordhose in den Händen.

Zwei Dinge gleichzeitig entsorgt. Ella hat sich zu früh gefreut. Die Kleider und Schuhe sind fort, aber die Kartons sind zurückgeblieben. Sogar das alte Katzenkistchen samt Zitronenpresse ist verschwunden. Sie ist mild geworden gegenüber dem Kind. Die sechs Plastikkeulen und den Schaumstoffball hat Milo letztendlich doch mitgenommen. Ella wird die Kartons auf dem Nachhauseweg einsammeln, zuerst aber will sie hinunter zum Fluss.

Der Schwimmsack hängt an ihrer Schulter. Ausnahmsweise hat sie den dabei, nicht wegen der Kleider, aber das Handy wäre ihr unangenehm. Obwohl so früh am Morgen ausser ihr noch keiner am Fluss anzutreffen ist, in der Regel.

»Prima il dovere, poi il piacere.« Mutter. (Erst die Arbeit, dann das Vergnügen.)

Während Ella mit Fabio telefoniert, gräbt sie die Zehen in den Kies.

Ja sicher, das nehme er gerne, Lisa werde sich freuen, sagt Fabio.

Warum sie denn nicht an die Choraufführung der Mutter gehe. Maria Sofia sei betrübt.

Selbst für den Dachstockumbau interessiere sich Ella nicht, kein einziges Mal habe sie nachgefragt, habe ihm die Mutter in die Ohren gejammert. Und dabei hätte Ella die Chance, zwei Fliegen auf einen Schlag zu treffen, sagt Fabio.

Er sei mit seiner Zeit knapp, aber er habe es sich eingerichtet. Auch Lorenzo sei zur Mutter gefahren und habe mit ihr die Architekturpläne angeschaut.

Maria Sofia hat ihre Söhne im Griff (und sie ihre Frauen).

Den Imhof Kari habe er bei der Mutter angetroffen, der sei vielleicht eine Nummer, erzählt Fabio. Der Zulauf sei stur, habe ihm der Imhof Kari erzählt. Mit seiner elektrischen Heckenschere habe er einen Moment nicht aufgepasst, ruckzuck sei das gegangen, und er habe einen Teil der Nachbarhecke erwischt. Dieses Kraut sei sowieso nicht zum Anschauen gewesen, habe der Imhof Kari gesagt. Er hoffe, der Nachbar werde ihm irgendwann verzeihen. Wobei er wenig Aussichten habe bei dem, ein richtiger Walliser-Schädel sei das.

Ella watet das Ufer entlang, von Zeit zu Zeit bückt sie sich und hebt einen flachen Stein auf. Einer macht auf dem unruhigen Wasser einen Sprung.
Die Geschichte mit der elektrischen Heckenschere hat Ella auch vom Imhof Kari, dem ehemaligen Präsidenten des Turnvereins, gehört, als sie mit Riccardo durchs Dorf geschlichen ist. Von Weitem haben sie ihn gesehen, wie er sich mit dem Müller Sepp, Maria Sofias Nachbar, unterhalten hat. Prompt sind sie hinter der Käserei dem Imhof Kari direkt in die Arme marschiert.
Der Imhof Kari hat sich geärgert. Nicht wegen der geschnittenen Hecke, die sehe jetzt viel gepflegter aus. Aber wie sich der Nachbar aufgeführt habe. »Die elektrische Heckenschere schneidet schneller, als du denken kannst«, hat der Imhof Kari gesagt. Der Imhof Kari hat gelacht, Riccardo und Ella auch.
Ella schaut auf ihre Armbanduhr. Die fünf Minuten sind längst um. Fabio bei der Arbeit anzurufen ist ein Fehler gewesen. Aber am Abend bei ihm zu Hause ist es noch unpassender, dauernd redet eines der Mädchen dazwischen.
»Zilly è bravissima con i bambini.« Fabio. (Zilly hat einen genialen Umgang mit den Kindern.)
»Regina è una moglie e madre esemplare.« Lorenzo. (Regina ist eine vorbildliche Ehefrau und Mutter.)
Endlich.
Lange habe er nicht Zeit, also los, sagt Fabio.
Ella gibt sich einen Ruck.
Der alte Eichenschrank der Grosseltern verstelle ihr nur den Keller und in der Wohnung gebe es keinen Platz, sagt Ella, ob Fabio ihn gebrauchen könne.
Sonst stelle sie ihn auf die Strasse.
Was wolle sie?, fragt Fabio (das war kein freundlicher Ton).
»La quercia l'ha tagliata il nonno con le sue mani.« (Die Eiche hat der Grossvater eigenhändig gefällt.)
»Dann nimm du ihn doch«, sagt Ella.
Nacheinander lässt sie ein paar Steine ins Wasser plumpsen.
»Habe ich dir je gesagt, dass ich dich liebe?« B.
Der Wind treibt Schaumkronen in den Fluss.

Ella hätte ihre Kleider besser in ein Brockenhaus gebracht. Dass sie erst jetzt daran denkt. Wie unangenehm das sein wird, wenn sie plötzlich sehen muss, wie die weisse Wollhose um die Beine einer Fremden schlenkert.
Ella zieht den Stuhl näher zum Tisch, sie beugt sich wieder über das Buch. Ella kehrt zur ersten Grundform zurück, ein Affe lässt sich daraus entwickeln.
Warum nicht.
Die Affenfigur geht ihr einfach von der Hand. Solange Ella mit dem Falten beschäftigt ist, denkt sie wenigstens nicht an die weisse Wollhose. Sechs Affenkinder hat das Affenpaar.
Gegen fünf Uhr in der Früh ist Ella aufgestanden. Was soll sie im Bett liegen bleiben, bis sich noch der letzte Muskel verspannt.
Die gereizte Stimmung zwischen ihr und der Mutter müsste nicht sein. Das ist unerträglich, und nun kommt ihr noch Fabio mit so einem Ton. Am Abend hat er nochmals angerufen.
Sich erklären nützt nichts mehr.
Ist das nicht verrückt?
Ella könnte sich den Kopf zerbrechen.
Sie steht in der Küche und sticht mit der Gabel in die nächste Kartoffel. Gleich nach dem Aufstehen hat sie den Dampfkochtopf auf die Herdplatte gestellt. Sie schneidet die Kartoffel in Scheiben und schichtet diese zu den anderen in die Auflaufform. Zum Glück hat sie genügend Milch im Kühlschrank. Die erste Béchamelsauce hat am Pfannenboden angesetzt.
»Eine angebrannte Sauce kannst du kippen. Da schmeckt das ganze Gericht verkohlt.« Gasser Gerda vom Restaurant Ochsen.
Sicherheitshalber stellt Ella den Küchentimer. Sie geht zurück zum Tisch.
Nach dem Erreichen der Grundfigur beginnt die Probe. Die Details an Kopf und Körper gelingen ihr nicht. Müsste das nicht einfacher gehen, nach so vielen Formen, die sie schon erfolgreich gefaltet hat? Ella schiebt den Elefanten über den Tisch.
Wenn er sich mit dem Rüssel an der Wand festhalten kann, hält er sich auf seinen Beinen.

Hoch und heilig hat das Ella ihrer Freundin Mara vor ein paar Tagen versprochen. Nein, telefonieren wolle sie nicht, das strenge zu sehr an, hat Ella an diesem Morgen gesagt. Wenn sie an das lange Telefongespräch mit Fabio denke, brenne ihr noch heute das Ohr.
Es wäre angenehmer, sie käme auf einen Sprung vorbei, hat Ella zu Mara gesagt.
Am Morgen früh sind die Vögel zu hören, lauter als im Einfamilienhaus am Hang. Der Gesang vermischt sich nicht mit anderen Geräuschen, keine Autos, die über die Schnellstrasse rasen.
Die Vögel entschädigen für vieles, sogar einen Buntspecht hat Ella gesehen.
Die Tür neben dem Postschalter geht auf. Die Angestellte übergibt ihr ein grosses Paket. Kaum hat Ella das schwere Paket entgegengenommen, hält ihr die Postangestellte das nächste hin, darauf befindet sich ein wattiertes Kuvert. Alles kommt zur gleichen Zeit! Milo solle sich nicht so anstellen, das obere Paket sei leicht. Die Pinzette und das Falzbein werden sich darin befinden. Aber wie sie die anderen vier Pakete transportieren soll?
Ella schaut sich um. Kann sie die drei Pakete unter das Ablagebrett schieben? So könnte sie mit dem ersten losgehen.
Milo als Aufpasser alleine in der Poststelle zurücklassen will sie aber nicht.
Die drei alten Frauen müssen Ella und Milo beobachtet haben.
»Fünf Pakete und fünf Personen, das geht doch auf«, sagt eine der alten Frauen, die mit dem schütteren rot gefärbten Haar.
»Sie haben die Wollmütze bei mir gekauft, wissen sie noch?«, sagt die alte Frau.
Ella hat die drei Frauen sofort erkannt, die Strickgruppe. Aber dieses Angebot kann Ella nicht annehmen, dass die drei alten Frauen die Pakete für sie schleppen.
Eine der alten Frauen hat wohl Ellas Gedanken gelesen.
»Wir sehen zwar aus wie alte Frauen, aber wir sind noch topfit«, sagt sie.
»Wir holen den Handkarren und die Gummispanner«, sagt ihre Kollegin.
Als die drei alten Frauen die Post verlassen, drehen sie sich um und winken Ella zu. Ella winkt zurück.
»Warum unternehmen wir nicht eine Reise in den Fernen Osten?« Mara.

Die untersetzte Frau mit den Schweissperlen auf der Stirn zieht den Handkarren. »Wo denken Sie auch hin, das ist kein Problem«, sagt sie und weist Ellas Hilfe zurück. Der kleine Hund bellt und springt an Milo hoch.
»Coco hat Kinder gerne«, sagt die alte Frau mit dem schütteren rot gefärbten Haar.
Milo rennt voraus, Coco jagt ihm hinterher.
»Hier wohne ich«, sagt die Frau mit dem schütteren rot gefärbten Haar und zeigt auf die Nummer zwei des Aufzug-Tableaus, als sie in den grösseren der beiden Lifte einsteigen.
Ella erinnert sich an das kurze Gespräch auf dem Gehweg, über die Buchfinken. Weiss das die alte Frau auch noch?
»So, da wären wir«, sagt die untersetzte Frau und stösst den Handkarren in den Hausflur. »Mit dem neuen Lift geht das blitzschnell.«
Früher habe das gedauert. Sie sei eine der ersten Mieter gewesen, sagt die Frau mit dem schütteren rot gefärbten Haar, da habe es draussen noch braune Erdhügel gehabt.
»Hier ist immer jemand zu Hause«, sagt sie.
Sie lebe gerne in dieser Siedlung, wenn sie bedenke, wie das anderen ergehe, vor allem an den Wochenenden, wenn alles ausfliege und die Alten alleine in einem Mietshaus zurückblieben.
Ella hat die Wohnungstür aufgeschlossen. Sie geht hinein, die drei alten Frauen folgen ihr.
Im Wohnzimmer hebt Ella das oberste Paket vom Handkarren und stellt es an die Wand. Die untersetzte Frau hat das nächste Paket auf ihren Armen. Schon wieder stehen Kartons dort. »Eine Musikanlage«, sagt Ella, »wir sind eben eingezogen.« Eigentlich ist das schon eine Weile her, Ella drückt nacheinander die Fingerspitzen auf ihre Oberschenkel (acht Monate).
Eine der alten Frauen hat die Faltobjekte auf dem Tisch entdeckt, in der Zwischenzeit stehen auch die Elefanten auf den Beinen.
Sie habe Ella damals gesehen, am Verkaufsstand, wie sie die kleinsten Puppenkleider in die Hand genommen und von allen Seiten betrachtet habe, sagt die ruhigste der drei alten Frauen. »Die habe ich mit Zahnstochern gestrickt.«

Die drei alten Frauen würden noch ewig bleiben, Frau Lehner, Frau Bär und Frau Kaufmann.
Ein herzensgutes und treues Kerlchen sei das, sagt die Frau mit dem schütteren rot gefärbten Haar, Frau Lehner. Wenn sie vor dem Fernseher sitze, liege er am liebsten auf ihren Füssen. Ella schaut auf den weissen Wollknäuel, Frau Lehner hat ihn auf den Arm genommen. »Er springt noch überall hoch«, sagt Frau Lehner. Sie hätte gerne einen Lumpi gehabt, sagt sie. Aber der Züchter habe dem Welpen schon einen Namen gegeben.
Was wolle sie auch das kleine Kerlchen durcheinanderbringen. Er sei noch ein Junger, ein Verspielter. Coco, das sei gewöhnungsbedürftig gewesen. Sie auf jeden Fall wäre nie auf diesen Namen gekommen, aber eigentlich sei der auch ganz nett.
Die ruhigste der drei Frauen ist mit Milo im Kinderzimmer verschwunden.
Sie habe früher Fräulein Hase geheissen, sagt die untersetzte Frau, dann habe sie geheiratet und so sei aus dem Fräulein Hase eine Frau Bär geworden. Sie sei dem Zoo treu geblieben.
»Das erzählt sie allen«, sagt Frau Lehner und lacht.
»Die Coco-Lumpi-Geschichte habe ich in letzter Zeit auch schon öfters gehört«, sagt Frau Bär und klopft Frau Lehner auf die Schulter.
Was Frau Kaufmann und Milo nur so lange tun?
Ella schleicht durch den Gang. Frau Kaufmann sitzt mit Milo auf dem Boden, sie schaut sich die Falttiere an. »Eine Pony-Arena«, sagt Milo und zeigt auf das Gehege, das er mit Lego-Klötzen gebaut hat. Er nimmt eines der Plastikponys und hält es Frau Kaufmann hin.
»So, ich muss weitermachen«, sagt Ella zu Frau Kaufmann. Sie geht zurück ins Wohnzimmer.
Sie werde ihnen zum Dank einen Kaffee offerieren, aber nicht heute, sagt Ella.
Sie wolle nicht unhöflich sein, sagt Ella entschuldigend, aber ausgerechnet heute komme noch Besuch.
Ella begleitet die drei Frauen hinaus. Sie drückt den Liftknopf.
Kaum sind die drei alten Frauen weg, kommt es Ella vor, als fehlte einer der Elefanten.

Ella hat das unterste Papier genommen. Warum nicht eine rote Ente?

Oder sind es nur vier Elefanten gewesen? Ella versucht zu rekonstruieren, was sie wann gemacht hat. Es kann doch nicht sein, dass eine der drei alten Frauen einen Elefanten in der Tasche hat verschwinden lassen. Dieses dauernde Zweifeln bringt Ella noch um den Verstand.

»Ja, ich bin noch am Telefon«, sagt Ella. Mara muss eine Antenne haben. Zum Glück ist es die Freundin, die verhindert ist. Es sei ihr etwas dazwischengekommen, Ella atmet erleichtert aus. Sie müsse länger arbeiten, sagt Mara.

Ob das stimmt?

Ella könnte sich die Hand auf den Kopf schlagen. Stattdessen zieht sie den Wecker näher zu sich, länger als fünfzehn Minuten will sie sich mit Mara nicht unterhalten. Als die drei alten Frauen endlich weg gewesen sind, haben Ellas Ohren geglüht.

Mara ist hartnäckig, Ella weicht der Frage immer wieder aus. In der kommenden Woche, ganz sicher, werde sie sich mit ihr treffen, sagt Ella. Abgesehen davon sei sie diejenige, die gerade den Termin verschiebe (zum Glück). Besser, Ella sagt es ihr beim Treffen, dass sie in den Sommerferien auf keinen Fall wegfahren wird, nicht mit ihr und auch sonst mit niemandem.

Von Maria Sofia hat Ella nichts mehr gehört, die Mutter muss die erneute Absage wohl erst verdauen. Je länger Ella mit ihrem Bruder gesprochen hat, umso mehr haben sie sich verstrickt.

»Stai diventando a poco a poco un misantropo.« Fabio. (Du entwickelst dich allmählich zu einem Misanthropen.)

Nicht dass es mit Mara zum nächsten Eklat kommt. Bis nächste Woche wird sie sich entspannter unterhalten können, etwas, das ihr heute nicht gelingt.

Nach den Elefanten ist die Ente eine Erholung, so langsam kehrt wieder Ruhe ein. Zur Krönung bekommt die Ente einen Enterich.

Die Faltungen am Schnabel sind für Ella eine Herausforderung, auf die Stülpung nach innen lässt sich der kleine Spitz nur noch mit der Pinzette greifen, für den Rest braucht es Fingerspitzengefühl.

Von den Einmillimeterfaltungen des Schnabels ist Ella fasziniert.

Ella liegt ausgestreckt auf der Bank. Sie schiebt die Sonnenbrille zurück auf die Nase. Sie bräuchte einen Sonnenschirm, eben erst hat sie sich hingelegt, und schon ist ihr Badeanzug wieder trocken. Als Nächstes wählt sie den Schwan. Der Bär wäre auch interessant. Ella zieht das weisse Outdoor-Origamipapier aus der Handtasche.
Auch sie hat Fehler gemacht.
»Der Apfel fällt nicht weit vom Stamm.« Nussbaumer Max.
Ella wirft einen Blick zu Milo. Er kniet am Ufer und gräbt ein Loch in den Sand, noch immer trägt der Junge die Schwimmflügel an seinen Armen.
»Ich könnte wetten, Bernard sieht es anders als du.« Mara.
Bis zum heutigen Tag hat er sich nicht entschuldigt.
»Für was soll ich mich entschuldigen?« B.
Dabei wäre es so einfach.
»Das ist überhaupt nicht einfach.« Mara.
Er solle nicht alleine ins Wasser gehen, ruft Ella Milo zu. Was schreit sie auch durch die Gegend.
Ein Kind ruft zurück. Es ist Linlin, hinter ihr gehen Han und der Grossvater.
Ella räumt das dünne Buch und die Faltutensilien in ihre Handtasche.
Sie geht auf den alten Mann zu. Ob er auf Milo schauen könnte?, fragt Ella. Sie zeigt auf ihr Auge, dann auf Milo, wieder auf ihr Auge, auf Milo, hin und her. Linlins Grossvater nickt. Er lacht und zeigt seinen Goldzahn.
Beim Hineingehen in den Fluss schaufelt sie sich mit beiden Händen Wasser zu. Ella legt sich auf den Rücken. Sie lässt den Hinterkopf eintauchen, während sie die Zehen aus dem Wasser streckt.
Sie wünschte sich einen fliegenden Schwan direkt über ihr.
Ella schwimmt unter der Brücke durch. Selbst wenn sie die Kette mit dem Sterndiopsid wiederhaben wollte, die liesse sich nicht mehr finden. Irgendwo auf dem Grund wird sie liegen, vielleicht in der Nähe des Brückenpfeilers. Oder das Wasser hat sie weggetragen.
Es ist eine Hitze wie schon lange nicht mehr. Bereits um sieben Uhr in der Früh hat das Thermometer zweiundzwanzig Grad gezeigt.
Gegen Abend erwarte man heftige Gewitter, hat der Nachrichtensprecher am Radio verkündet.
Ella schaut zum Himmel, tiefblau und leuchtend ist der.

... neun Jahre zuvor

»Toque-Makaken«, hat einer der Kursteilnehmer beim Frühstück erklärt.
»Es ist erstaunlich, wie zutraulich die sind«, hat Ella gesagt.
Auf den Tempelruinen und in den nahe gelegenen Wäldern tummeln sie sich.
Sogar in der Stadt auf einem Elektrokabel-Mast hat Ella zwei Affen entdeckt, keine Toque-Makaken, eine andere Art. Ella hat sich mit dem Fotoapparat unter die dunklen Affen mit den hellen Schwanzspitzen gestellt, was die beiden aber nicht gestört hat, nur einer der Affen hat kurz zu ihr herabgeschaut.
Seit zwei Wochen sind Bernard und Ella in Sri Lanka unterwegs. Bernard kommt es so vor, als befänden sie sich seit Monaten auf dieser Reise.
»Sie lächeln dauernd, dieses Lächeln sieht so bescheuert aus«, sagt Bernard und dreht sich Ella zu.
Ella mag das luftige Zimmer mit den Wänden, die nur gerade bis zu ihren Hüften reichen. Bevor sie ins Bett gegangen ist, hat sie die Bambusrollos heruntergelassen. Der kalte Boden unter ihren Füssen ist angenehm gewesen. In der Nacht kühlt es kaum ab. Auf dem Weg ins Bett hat Ella ein paar Glühwürmchen entdeckt.
»Ich mag dieses Zimmer«, sagt Ella.
»Mir gehen die Leute auf den Nerv«, sagt Bernard.
»Ich mag die Rufe der Geckos. Wenn du einen siebenmal hintereinander hörst, bringt er dir Glück, und ich mag das Essen«, sagt sie. »Jetzt bist du dran.«
»Mir fällt nichts ein«, sagt Bernard. »Gehen dir die Leute hier nicht auf den Nerv?«, fragt er. »Alle sind so freundlich, und alle haben sich so gerne.«
»Ich schaue einfach nicht hin«, sagt Ella.
Das Retreat wird von zwei Deutschen geführt. Im ersten Stock hat es ein paar Gästezimmer, die an Reisende vermietet werden.
Das Frühstück wird gemeinsam mit den Yogakursteilnehmern eingenommen, die meisten sind Deutsche und Schweizer.
Nachdem Ella und Bernard das Zimmer bezogen haben, hat Bernard die Hausordnung vorgelesen. »Auf Nikotin, Alkohol und Sex soll in diesem Haus verzichtet werden.«
»Die ticken einfach nicht ganz richtig«, hat Ella gesagt und die Hausordnung zurück an die Schranktür gehängt.

Bernard setzt sich auf, sein nackter Oberkörper glänzt in der Dunkelheit. Ella klopft eine Zigarette aus dem Paket.

»Zieh doch den Rollo hoch, dann bist du schon so gut wie draussen«, sagt Bernard und spickt ein Glühwürmchen vom Moskitonetz. Ella schaut ihm zu, wie es durch die Luft wirbelt.

»Du wolltest unbedingt auf diese Reise«, sagt Bernard.

»Die Wandmalereien haben auch dich interessiert«, sagt Ella.

Vor drei Tagen haben sie den Sigiriya Rock besichtigt. »Warum sind das Löwenpfoten?«, hat Ella gefragt und auf die riesigen Pranken links und rechts der Treppe gezeigt.

»Gute Frage«, hat Bernard geantwortet. »Es könnten auch Drachenpfoten sein. Keine Ahnung, warum ich das weiss. Vielleicht habe ich es irgendwo gelesen.«

In der brütenden Hitze sind sie die Stufen hochgestiegen. Den ganzen Weg über haben sie keinen Schatten gefunden. Ella hat einen Blick über das Geländer nach unten geworfen, orangene Punkte haben sich der Felswand entlanggeschlängelt.

Fast gleichzeitig mit der Mönchsgruppe haben sie die Plattform erreicht. Ein Felsbrocken und ein weisser Buddha haben aus dem Dschungel geschaut.

8

Auf dem Steg der Schiffsanlegestelle wachsen aus einem Zuber drei Sonnenblumen.
Im Freizeitgeschäft neben dem Baucenter hat sich Ella grüne Gummistiefel gekauft, bequem sind die nicht.
Mit dem Kinn drückt Ella den Schirmgriff an ihr Schlüsselbein, während sie in der Handtasche nach dem Apfel sucht. Ella schaut sich die Zeichnung an. Sie hat ein paar Faltenten skizziert, die im Fluss schwimmen.

Ob wir uns einmal treffen wollen?
Gruss, Ella

Sie schiebt die Karte zurück ins Seitenfach. Auch für Milo hat sie Gummistiefel gekauft. Die gelben hat er sich ausgesucht. Wie schnell das bei dem Jungen geht, und schon sind ihm ein Paar Schuhe wieder zu klein. Roswitha, die ehemalige Nachbarin, und Ella standen unten an der Treppe vor den Briefkästen. Roswitha erwähnte beiläufig, dass jedes Mal, wenn Ella Waschtag habe, neue Kinderkleider im Garten an der Wäscheleine hingen, der Junge wachse wohl schnell.
Schon möglich, dass es Ella ein wenig übertrieb.
In der Waschküche erkennt niemand ihren Wäschekorb, die Anonymität der Wohnsiedlung ist Ella recht.
Sie steigt übers Geäst und springt über Pfützen.
Durch die Schneeschmelze ist der Wasserpegel bereits hoch gewesen, und dann kommt noch dieser heftige Regen.
Hinter der Bank sind Holzstämme aufgeschichtet. Ein Ruderboot ist umgekippt, der Propeller zeigt in die Luft. Ella schaut der orangen Boje zu, wie sie ständig überspült wird und kurz darauf aus dem Wasser auftaucht. Am Bug bleibt das Kleinholz hängen.
»Wir würden besser in den Fernen Osten reisen«, hat Mara im Restaurant des Freizeitgeschäfts gesagt und die Kaffeetasse vor Ella auf den Tisch gestellt. Dort könnte sie sich prima erholen, hat Mara geflüstert und das Stück Schwarzwäldertorte in zwei Teile geschnitten. Sie dürfe den Kopf nicht hängen lassen, so oder so hätten sie nicht zueinandergepasst. Mara hat das Messer abgeleckt, und Ella ist ein Schauer über den Rücken gelaufen.

Ella hat die leeren Büchsen in eine Tragetasche umgefüllt. Sie lässt Wasser in den beigen Malerkessel laufen. Ella setzt die beiden Faltobjekte hinein, die Entenmutter schwimmt gleich im Kreis, das Junge schwimmt ihr hinterher.
Han hat geflucht. Beim vierten Faltschritt ist er nicht mehr weitergekommen, trotzdem hat er Ellas Hilfe abgelehnt. Den Bären hat Han selber falten wollen. Zuvor ist ihm die Schlange alleine geglückt.
Milo schaut den beiden Enten zu, während sich Ella wieder in den Sessel setzt. Sie legt das Vogelbuch auf ihre Oberschenkel und schlägt es auf. Sie könnte schwören, dass das ein Fitis ist, der gerade von einem Eibenast zum nächsten fliegt.
Ella blättert wieder zurück.
Fitis
Sie rutscht mit dem Zeigefinger über die Zeilen.
Hat er einen deutlichen Überaugenstreif, ist die Chance gross. Wobei es auch ein Zilpzalp sein könnte. Die Laubsänger sind nur schwer an ihrem Federkleid zu bestimmen, dafür an ihrem Gesang. Während die Melodie des Fitis an einen traurigen Buchfinken erinnert, fällt der andere durch ein lautes Zilp Zalp auf.
»So ein Scheissdreck.« Han. Linlin muss das zu Hause erzählt haben. Frau Ling hat sich bei Ella für Han entschuldigt. Das sei nicht der Rede wert, hat Ella gesagt. Scheissdreck, das rutsche nun mal schnell über die Lippen, auch bei den Erwachsenen.
Einen Sauhund oder einen Dreckskerl nannte sie B. Sie weiss es schon selber nicht mehr.
In anderen Sprachräumen würden die Menschen lieber die Verwandten des Streitgefährten beleidigen, die Mutter eine Hure nennen, hat Ella gesagt.
Und in China?, hat sie gefragt.
Frau Ling hat genickt.
Ist diese Frage unfreundlich gewesen?
Ella kann Frau Lings Gesicht nicht lesen, auch das des alten Chinesen nicht.

Das Experiment ist geglückt. Auch drei Tage später schwimmen die beiden Enten noch im Malerkessel.
Ella hat den Satz auf der Rückseite der Karte ausradiert und nochmals neu geschrieben, mit einer etwas kleineren gleichmässigeren Schrift.
Was B. wohl gerade tut?
Ella kann sich nicht überwinden.
Sie stellt die Karte auf die Ablage über der Mikrowelle, ausser Milos Reichweite.
Ella hat den Tisch auf den Balkon gezogen, sie setzt sich wieder hin.
Ella muss den Kopf nicht mehr heben, die Rufe werden laut und gleich darauf wieder leise, eine Gruppe Mauersegler ist unterwegs.
Mit dem weissen Papier hat sie fünfunddreissigmal die Grundform gefaltet, danach hat sich Ella fünfunddreissigmal an die nächste Faltung gemacht. Dies hat ihr mehr Konzentration abverlangt als erwartet.
Die Faltungen mit dem Falzbein glatt streichen ist eine Erholung. Ella schiebt das Objekt zur Seite und nimmt das nächste.
Ob sie sich wirklich mit B. treffen will?
Ella legt eine Pause ein. Der wievielte Kaffee das an diesem Nachmittag ist?, besser sie zählt nicht mit.
Sie wirft einen Blick zur Karte. Ob sie noch weitere Faltenten in den Fluss zeichnen soll?
Zum Glück hat sie immer einen Liter UHT-Milch auf Lager, schon alleine wegen Milo. Milo ohne seine heisse Schokolade am Morgen. Auf dieses Geschrei kann sie verzichten.
Ella steckt die Kaffeekapsel in die Öffnung und klappt den Griff herunter.
Die Espressomaschine hat sie sich im Internet bestellt. »Zur Feier des Tages«, hat sie gesagt und auf bestellen geklickt. Die dazugehörigen Kapseln kann sie sogar im Einkaufszentrum kaufen. Die Milch auch.
Ella kann sich nicht aufraffen. Sie geht zurück auf den Balkon und macht sich wieder an die Arbeit.

Bei den Stülpungen am Entenkopf hat sich Ella zurückgelehnt, sie hat die Wärme der Morgensonne auf ihrem Gesicht genossen. Nur gelegentlich hat sie geblinzelt und auf das Faltobjekt in ihren Händen geschaut. Das Klingeln hat Ella ignoriert, stattdessen hat sie die Markise etwas heruntergelassen.

Genügen fünfunddreissig Faltenten? Ella hat alle Faltobjekte aus Milos Zimmer geholt. Sie hat die Affen, Schmetterlinge, Enten, Schwäne, Schlangen, Bären, Hasen, Tauben, Seehunde, Raben und Goldfische auf dem Balkonboden ausgebreitet. Mit etwas Abstand hat sie einen Blick auf die Faltobjekte geworfen. Die kleineren hat sie wieder eingesammelt, nur die Faltobjekte aus dem Papierformat fünfzehn mal fünfzehn Zentimeter hat sie stehen gelassen.

Die alte Frau mit dem schütteren rot gefärbten Haar, aus dem zweiten Stock, Frau Lehner, ist plötzlich bei ihr vor der Tür gestanden. Zum Glück sei hier jemand zu Hause. Sie habe es schon einmal versucht, vor einer Stunde.

Falls Ella mit Milo nach draussen gehe, ob sie vielleicht Coco mitnähme. Sie könne mit dem Hund nicht Gassi gehen, sie habe einen Schwindel. Keine ihrer Freundinnen sei zu Hause. Wie vom Erdboden seien sie verschluckt, Frau Kaufmann und Frau Bär.

»Gassi«, was für ein Wort, das hat Ella schon ewig nicht mehr gehört.

Milo rennt mit Coco voraus. Der weisse Wollknäuel ist genauso wasserscheu wie Milo. Drei Stecken hat Ella in den Fluss geworfen. Keinen einzigen hat er herausgeholt.

»Aber jetzt gehen wir nach Hause«, ruft Ella Milo zu und zeigt zur Treppe.

Ella und Milo sind ausgiebig mit Coco Gassi gegangen, den Fluss hinauf.

Vor ihnen liegt die lange Allee. Die Sonnenstrahlen fallen durch das Platanendach und bleiben als Lichtflecken auf dem Asphalt liegen.

Die Discokugel warf regelmässig weisse Ovale über die Tanzfläche. Ella blickte auf seine Wanderschuhe. B. war direkt von der Nachtbaustelle gekommen, wo er sein Künstlergehalt aufbesserte. Die Umarmungen wurde kräftiger, die ersten Küsse auf ihren Hals.

Nachdem Ella Milo im Kindergarten abgegeben hat, ist sie schleunigst nach Hause gefahren. Um zwölf Uhr muss sie bereits wieder vor dem Tor stehen.
Wie das Milo stolz macht. Seit den Sommerferien klebt in der Garderobe neben seinem Namensschild ein Schmetterling. Endlich gehört er zu den Grossen.
Ella sitzt am Tisch, die fünfunddreissig kleinen Schnäbel werden zu einem Geduldsspiel. Der zwölfte Schnabel gleicht allmählich dem einer Ente. Ella legt eine Pause ein. Sie will bei ihrer Arbeit präzise bleiben.
Im Badezimmer zieht sie ihren Schwimmanzug vom Kleiderbügel. Auch das hat sie sich vorgenommen, jeden Morgen will sie im Fluss schwimmen, mindestens für fünfundzwanzig Minuten. Solange dies noch möglich ist, die Sonne hat bereits an Leuchtkraft verloren.
Ella lässt den Schwimmsack in der Ecke liegen. Nur die Badeschuhe packt sie in den Plastiksack und den Bikini. Am Uferbord wird es bei Sonnenschein noch richtig warm.
Auf dem Rückweg wird sie beim Einkaufszentrum vorbeigehen, sie will Blumen kaufen oder eine Schachtel Pralinen. Morgen sind sie bei der Familie Ling zum Essen eingeladen.
Weder Lorenzo noch Fabio haben Interesse gezeigt. Dafür sind sie der Schwester mit Ratschlägen zur Seite gestanden. Wer könne schon wissen, wo sie demnächst wohnen werde, und mit einem Mal sei sie froh um den Eichenschrank. Ella hat Maria Sofia erst gar nicht gefragt. Die Mutter ist noch immer grantig.
Bevor Ella das Haus verlässt, geht sie nochmals auf den Balkon.
Sie hat die Faltvorschläge teilweise abgeändert. Jede Ente sieht ein wenig anders aus, ein paar Enten strecken ihre Hälse.

Zwischen den Wohnblocks begegnet sie keinem einzigen Menschen. Ella geht mit schnellen Schritten, sie schwingt die Fäuste kräftig hoch und zurück, als würde sie walken.
Ella hat das letzte Pfund Kaffee von der Ablage über der Mikrowelle genommen, da ist die Karte wieder zum Vorschein gekommen.
Vergessen hat sie die nicht.
Auch am Fluss ist niemand, nicht einmal eine Ente ist in Sicht.
Ob sie die Karte an B. doch wegschicken soll?
Ella will an nichts denken.
Die kleinen Buchten sind verwaist.
Sie steckt ihre Armbanduhr in die Hosentasche, länger als eine Dreiviertelstunde kann Ella nicht am Fluss bleiben.
Im Gestrüpp liegt eine Plastikflasche. Ella ist früh unterwegs, die Putzequipe ist noch nicht vorbeigekommen. Auf dem Uferkies sind ein paar Bierbüchsen zurückgeblieben.
Unter dem Fischerhaus zieht sie ihre Kleider aus. Die Gedanken an B. schleichen sich wieder ein, Ella haut ein schlimmes Wort dazwischen.
»Es gibt Dinge, die denkst du dir besser.« B.
Ella holt tief Luft, als wollte sie einen Sprung ins Wasser machen, um gleich abzutauchen.
Über ihr hängt das Fischernetz, Ella kauert im seichten Wasser und wäscht den flachen Stein (sich mit B. treffen nach alledem?)
Ella dreht sich um und wirft den Stein auf den Plastiksack. Die grünen Fensterläden des Fischerhauses sind zugezogen. Das Wasser schwappt über ihre Knie. (B. könnte sich auch melden. Und dann?)
Ella krault flussabwärts. Sie will sich nur noch auf den Zugarm konzentrieren, der startet, sobald der andere Arm am Kopf vorbei ist.

Ella schaut auf die vielen Schüsseln. Wer soll das alles essen? Sind noch mehr Leute eingeladen? Ella traut sich nicht zu fragen. Zwei Tage lang habe ihr Vater gekocht. Der alte Chinese lacht und zeigt auf die nächste Schüssel. Seine Hände bleiben in Bewegung, Ella solle kosten, auch von dem. Das sieht nach Hähnchen aus, mit Erdnüssen und dünnen grünweissen Ringen, vermutlich Lauchzwiebeln. Ella lässt sich einen Löffel voll schöpfen.

Als Ella und Milo hereingekommen sind, hat der alte Chinese gleich die Tür des schweren Eichenschranks geöffnet. Ella hat auf die ordentlich zusammengelegten Pullover und Hemden geschaut. Dort, wo einmal das Sonntagsgeschirr der Grosseltern stand.

Ein wenig schämt sie sich. Aber im Keller modert der Schrank nur vor sich hin, versucht sie ihre Aktion zu rechtfertigen.

Die Vierzimmerwohnung der Lings hat einen grösseren Flur. Der alte Eichenschrank hat seinen Platz gefunden.

Ihr Grossvater hatte die Eiche selber gefällt. Wie gerne würde das Ella dem alten Chinesen sagen.

Dass man den sperrigen Schrank nicht durch die Tür in ein Zimmer transportieren kann, hat Frau Lings Vater nicht gestört.

Dass ihr Grossvater die Eiche eigenhändig gefällt hatte, liegt Ella auf der Zunge.

Sie sollte sich einen Stoss geben und es sagen, dass der Schrank ein Erbstück ist. Nicht das einzige Erbstück der Grosseltern, auch die Kommode nahm Ella mit und den Siegelring des Grossvaters.

Das Klingeln holt Ella aus den Gedanken.

Frau Lings Freundin tritt hinter dem alten Chinesen ins Wohnzimmer.

»We have a party just now«, sagt Frau Ling.

Sie hat dem Wasser mehr Farbe gegeben. Ella hat etwas Dunkelblau unter die hellblauen Farbstiftstriche gemischt. Sie hat noch eine Spur Grün und Braun hinzugefügt. Die Enten hat sie im gleichen Ton gehalten. Zaghaft treten sie aus dem Fluss.

»Für was soll ich mich entschuldigen?« B.

Auf dem Weg in den Flur steckt Ella die Karte in ein Kuvert. Sie öffnet den Wandschrank und legt das Kuvert auf die unerledigte Post.

Erstaunlich, dass sie kein Völlegefühl hat, so viel, wie sie am Vortag gegessen hat. Ella hat sich mehrmals schöpfen lassen. Wer weiss, wann sie das nächste Mal zu solchen Köstlichkeiten kommt, hat sie sich gesagt. Der alte Chinese hat dauernd gelacht. Sie mache ihrem Vater die grösste Freude, hat Frau Ling gesagt. Die Mutter von Frau Ling ist nicht bei ihnen am Tisch gesessen. Sie habe Mühe, da sie sich nicht unterhalten könne, hat Frau Ling ihre Mutter entschuldigt.

Ihr Vater sei ein ganz anderer Mensch, er fahre sogar alleine zum Einkaufen in die Stadt.

Ella hat zur länglichen Platte geschielt. Auf dem Gemüsebett ist ein ganzer Fisch gelegen, ein kleines Karottenstück auf seinem Auge.

Frau Lings Freundin hat den Fisch ausgemacht. Erst hat Frau Lu nicht mitessen wollen, dann aber hat sie es sich doch anders überlegt.

Frau Lings Freundin hat gelächelt. Lu Victoria heisse sie.

Eigentlich Lu Zhe, hat Han gesagt. Ihren Vornamen würden die Schweizer nicht aussprechen können, hat sie erklärt. So habe sie sich am neuen Arbeitsort gleich mit Lu Victoria vorgestellt. Han hat gegrinst. So wie man sie hier nenne, heisse es nämlich auch etwas im Chinesischen. »Ein unerfreuliches Wort«, hat Frau Lu verraten. Lange genug habe man sie am alten Arbeitsort so genannt.

Warum sie ihren Arbeitskollegen nichts gesagt habe, hat Ella gefragt.

»If they even can't pronounce my name, they at least shall not know what they are saying.« (Wenn sie meinen Namen schon nicht aussprechen können, sollen sie wenigstens nicht wissen, was sie sagen.)

»Drei Kinder und eine Erwachsene«, sagt Ella und legt eine Zwanzigernote auf die Schale.
Hinter der Kasse stehen bereits die Schlittschuhe im Regal. »Ein schlechter Sommer war das«, sagt die Frau neben Ella. »Das denkt man jedes Jahr«, sagt die Kassiererin. »Und wenn wir am Ende der Saison die Eintritte zählen, staunen wir.« »Das kann nicht sein«, sagt die Frau neben Ella.
»Dieses Jahr war der Sommer wirklich nicht gut«, gibt die Kassiererin der Frau recht. »Im Mai und Juni war kein Badewetter. So etwas holt man die ganze Saison nicht mehr auf.«
»Stimmt's oder habe ich recht gehabt?«, sagt die Frau neben Ella.
Während der Fahrt im Bus hat sich Han einen Spass mit Ella gemacht. Han hat nicht lockergelassen. »Lu Zhe«, hat Ella wiederholt. Han hat erneut vorgesprochen, Ella hat genau hingehört. »Lu Zhe«, hat sie es nochmals versucht. Und wieder hat Han den Kopf geschüttelt. Ella hat es aufgegeben.
Unter dem Lindenbaum in der Nähe des Kinderbeckens breitet Ella ihr Badetuch aus. Die Zeitung hat sie zu Hause vergessen.
Keine Ahnung, warum der wasserscheue Milo unbedingt ins Schwimmbad hat wollen. Er sitzt am Beckenrand und stösst mit beiden Füssen die schwimmende Insel von sich weg, Han und Linlin kreischen. Linlin hat sich die Wasserschlange geschnappt.
Unter dem Baum wird es Ella zu kühl. Sie setzt sich auf die weisse Plastikbank neben dem Hochstuhl in die Sonne. Die roten Holzbänke sind bereits ausgewechselt worden.
»Ella«, ruft Han, er springt von der schwimmenden Insel.
Sie wird Frau Lu Victoria nennen, sollte ihr Frau Lu das Du anbieten.
Warten Frau Lu und Frau Ling vielleicht darauf, dass Ella den Anfang macht?
Unüblich ist das schon, dass sich Gleichaltrige per Sie ansprechen, selbst Han und Linlin sagen Ella zu ihr.
Vielleicht sollte sie beim Hereinkommen einfach auf Frau Ling zugehen. Übrigens, ich heisse Ella.
Frau Ling ist sehr freundlich. Aber sie hat etwas Distanziertes, Verschlossenes.
In China spreche man nichts direkt an, hat Frau Ling gesagt. Man kreise in weiten Bögen um eine Sache, das pure Gegenteil von hier. Sie habe sich ein wenig anpassen müssen, vor allem in der Arbeitswelt. Ihre Eltern würden sich jedes Mal wundern, wenn sie auf Besuch kämen. »You have changed a lot.«

Ab nächster Woche wird Ella mit Milo strenger sein, das hat sie sich vorgenommen. Sie geht auf allen vieren und sammelt die kleinen Plastikautos ein. Milo hat den Stoffsack einfach umgedreht, die Hälfte der Autos und alle Spielkarten sind auf den Boden gefallen.
Milo sitzt auf dem Stuhl. Er streckt die Hand aus und kommandiert. Auch unter den Tisch ist eines der Autos gerutscht.
Aus purem schlechten Gewissen lässt sie das zu, dass ihr Sohn auf dem Stuhl hocken bleibt wie ein Pascha.
Das Kuvert an B. hat sie von der Post wieder nach Hause getragen.
Ella räumt den Tisch ab. Nie käme es Milo in den Sinn, seine Tasse ins Spülbecken zu stellen. Ganz selbstverständlich haben Han und Linlin der Mutter geholfen.
Ella füllt die fünfunddreissig Faltenten in die Schuhschachtel, Milo ist zum Glück mit einem Auto beschäftigt. Sie schiebt die Schuhschachtel unter ihr Bett und stösst dabei die Madama-Butterfly-LP hervor.
Ella zieht das dünne Heft aus der Hülle. Sie betrachtet den Seidenkimono der Cho-Cho-San, das Spiel ihrer Hände.
I am the happiest girl in Japan ... (Voice of Butterfly.)
Ella legt die Langspielplatte im Wohnzimmer auf die Musikanlage. Sie nimmt den Fotoapparat. Er solle ein wenig zur Seite rutschen, sagt sie und setzt sich neben ihren Sohn aufs Sofa. Die Bilder sind nichts geworden.
Als sich Ella endlich aufgemacht hat, ist die Sonne tief am Himmel gestanden. Bei der Schiffsanlegestelle ist der Fluss bereits im Schatten gelegen, Ella hat sich beeilt und ist flussabwärts gesprungen. Nach der Brücke ist es offener geworden, ein paar Stellen im Fluss haben noch im Sonnenlicht geglänzt, aber die sind zu weit weg gewesen. Trotzdem hat Ella ein paar Fotos gemacht und dabei den Weg versperrt. Sie hat sich entschuldigt und der Frau Platz gemacht. In kurzem Rock und hochhackigen Schuhen ist die junge Frau an Ella vorbeigeschritten. Sie hat einen süssen Duft zurückgelassen. Süss wie ein Tiki, die Sprudelplättchen, die es bei der Ortelli in einem bauchigen Glas zu kaufen gab.

Ob sie sich mit dem Vornamen würden ansprechen wollen, hat Ella nicht gefragt. Dafür darf Milo bei den Lings zu Mittag essen. Frau Ling hat sofort Ja gesagt.
Ella hat für sich ein Schinkensandwich eingepackt und den kleinen Aquarellkasten. Auch der Fotoapparat ist dabei.
Sicherheitshalber hat sie zu Hause etwas Wasser in eine PET-Flasche gefüllt.
In der Glassammlung hat sie ein sauberes Joghurtglas gefunden, dieses hat sie zu den Utensilien in die Tasche gesteckt.
Ella hat den Kopf nicht bei der Sache. Sie öffnet die Tasche und vergewissert sich, dass sie den Pinsel eingepackt hat.
Sie geht ein paar Meter den Uferweg hoch. Ella dreht um und geht ein paar Schritte zurück, sie bleibt stehen und schaut auf die glitzernde tiefblaue Fläche.
Das Wasser ändert sich dauernd. Sie lässt den kleinen Aquarellkasten in ihrer Handtasche. Sie wird eine Fotografie als Vorlage nehmen. So wird es einfacher sein, die Farbtöne zu rekonstruieren, auch die Sonnenreflexionen auf dem Fluss. Ella nimmt den Fotoapparat aus dem Etui.
Sie geht den Uferweg wieder hoch und fotografiert verschiedene Flussabschnitte.
Gerade als Ella gehen will, klopft ihr jemand von hinten auf die Schulter.
»Wir haben uns angeschlichen«, sagt der junge Mann im Nadelstreifenanzug.
»Ob Sie vielleicht, na ja«, sagt die junge Frau.
Ella zieht die Augenbrauen hoch. »Ja, bitte«, sagt sie.
»Na ja«, sagt die junge Frau, »ob Sie vielleicht eine Aufnahme von uns machen könnten?«
»Selbstverständlich«, sagt Ella. »Mit dem Handy?«
»Das ist eben das Problem«, sagt der junge Mann im Nadelstreifenanzug, »mit Ihrem Fotoapparat. Ich gebe Ihnen meine E-Mail-Adresse, und wenn Sie uns dann die Aufnahmen zusenden könnten?
Meine Kamera ist leider futsch«, fährt der junge Mann im Nadelstreifenanzug fort.
Die junge Frau lacht auf.
»Futsch?«, fragt Ella.
»Ja, futsch«, sagt der junge Mann, »flussabwärts geschwommen.«
Die junge Frau hält sich die Hände vors Gesicht. Wie diese Frau lachen kann.

Ella sieht sich die Fotos auf dem Laptop an. Von einem satten Grün bis Gelbgrün, Braungrün, in der Flussmitte leuchtet das Wasser, je weiter weg, umso intensiver wird das Blau. Die unterschiedlichsten Farbtöne von ein und demselben Fluss. Am Ufer, wenn der Boden noch durchschimmert, wirkt das Wasser gelblich grün.
Ella wählt ein paar der Bilder aus, nicht zu nah am Ufer und nicht zu weit weg.
Während das erste Foto gedruckt wird, nimmt Ella die Schuhschachtel mit den Faltenten und dreht sie um.
Sie muss nur die beiden Kanten ein wenig auseinanderziehen und schon steht die erste Ente auf dem Tisch.
Ella besitzt den langsamsten Drucker der Welt.
Sie hat keine Ambitionen, sich die Fotos des jungen Paars genauer anzuschauen. Sie ist mit der Zeit schon wieder knapp.
Ella klickt auf den Ordner, sie schaut sich die Bilder nur flüchtig durch. Ella muss lachen, sobald sie die beiden sieht. Sie öffnet das E-Mail-Programm.

Liebe Lise, lieber Lukas,
ich denke, es wird etwas dabei sein.
Liebe Grüsse, Ella

Hinunter bis nach der zweiten Brücke ist sie mit den beiden gegangen. Erst hat es Ella für einen Witz gehalten.
»Nein, Ehrenwort«, hat der junge Mann im Nadelstreifenanzug gesagt und die Hosenbeine hochgekrempelt.
»Es ist so«, hat die junge Frau gesagt. »Er gehört zum Ruderverein. Wenn du's nicht glaubst, dann fass mal an.« Sie hat auf den Oberarm ihres Begleiters geklopft. »Stimmt, ich gehöre zum Ruderverein«, hat der junge Mann im Nadelstreifenanzug wiederholt und ist in das Boot eingestiegen.
Die junge Frau hat ihren langen grünen Rock bis über die Knie hochgezogen. Ella hat das erste Bild gemacht.
Ella sucht das Foto mit dem feuerspeienden Drachen. Die ganze Fahrt hat er der Kamera nur noch seine orangegelbe Zunge gezeigt, die sich entlang der rechten Schulter der jungen Frau bis hinunter über ihre linke Brust geschlängelt hat.
»Für eine Einladungskarte«, hat die junge Frau gesagt.
»Nein, wir verkünden es einfach«, hat der junge Mann im Nadelstreifenanzug gesagt.

»Was wünscht sich Anna zum Geburtstag?«, fragt Ella ihren Bruder. »Da gebe ich das Telefon besser weiter«, sagt Fabio, »Madame sitzt gleich neben mir.«
»Ich wünsche mir einen Bikini«, sagt Ellas Patenkind.
»Einen Bikini?«, fragt Ella.
»Weisst du, einen mit einem dünnen Band um den Hals und einem grossen Knopf vorne zwischen den Stoffteilen.«
»Einem Knopf? Meinst du einen Plastikring?«, fragt Ella.
»Ja, genau«, sagt Anna. »Schwarz, violett, pink und grün soll der Bikini sein und glitzern soll er.«
»Hast du den irgendwo gesehen?«, fragt Ella.
»Nö«, sagt Anna.
Und schon ist Sofia am Telefon.
»Ich wünsche mir etwas zum Anziehen«, sagt sie. »Und was?«, fragt Ella.
»Ein T-Shirt mit Glitzer und mit einem Herz oder sonst muss etwas mit Liebe daraufstehen. Love oder so«, sagt Sofia.
»Und hast du das T-Shirt schon irgendwo gesehen?«, fragt Ella.
»Nö«, sagt Sofia.
»Warum wünscht ihr euch nicht etwas zum Spielen?«, fragt Ella.
»Wir haben schon genug Spielsachen«, sagen Sofia und Anna gleichzeitig. Sofia muss das Telefon auf laut gestellt haben.
»Die Spielsachen gehen immer so schnell kaputt«, sagt Sofia, »und dann habe ich es mir für nichts gewünscht.«
»Kommst du vorbei?«, ruft Anna aus dem Hintergrund. »Ja, kommst du vorbei?«, fragt Sofia.
»Das weiss ich noch nicht«, sagt Ella.
Am einfachsten wäre es, sie würde mit den beiden Mädchen in die Stadt fahren.
»Oder wir unternehmen gemeinsam einen Einkaufsbummel«, sagt Ella.
»Cool«, sagt Sofia. »Cool«, sagt Anna, ihr Mund muss nahe am Telefonhörer sein.
»Aber ich kann es nicht versprechen«, sagt Ella.
Kaum hat sie aufgelegt, bereut sie es, dass sie überhaupt auf die dumme Idee eines Einkaufsbummels gekommen ist. Sie könnte auch Geld in die Kuverts stecken und diese zu den kleinen Geschenken legen.

Anna bekommt die Weissgoldkette mit dem Herz. Das Kreuz mit den fünf Rubinen wird sie Sofia schenken. Würde Ella ein Kreuz tragen, wäre es ein kleines silbriges, ohne Schnörkel.
»La sbarra orizzontale ti mostra il tuo legame con gli altri, la sbarra verticale ti indica la via verso il divino.« Grossmutter. (Der Querbalken zeigt dir deine Verbundenheit mit den Mitmenschen, der Längsbalken weist dir den Weg zum Göttlichen.)
Ella legt die Schmuckschatulle zurück in die Erinnerungsschachtel. Sie öffnet die andere, unter den Notizzetteln und E-Mails liegen die Briefe, fein säuberlich mit einem goldenen Schnürchen zusammengebunden. B. schrieb viel während ihrer Anfangszeit.
Erinnerungen, die Ella nicht mehr aufheben will.
Sie könnte ein paar Steine hineinlegen, die Schachtel zukleben und in den Fluss werfen, der Kette mit dem Sterndiopsid hinterher.
»Disse il savio Ocunama: dei crucci la trama smaglia il sorriso.« Suzuki. (Der weise Okunama sagte: Das Netz der Sorgen entwirrt das Lächeln.)
Ella dreht den Plattenspieler etwas leiser.
Sie wählt Fabios Telefonnummer, Ella will es den Mädchen gleich sagen, nicht dass sie sich vergebens freuen.
Sie habe es sich anders überlegt, sagt sie zu Zilly, sie werde den Mädchen die Geschenke schicken und zwei Geldscheine dazulegen.
Warum sich Anna nicht ein Buch wünsche, habe Zilly ihre Tochter gefragt. Ein Buch, das gehe immer so schnell kaputt, habe Anna geantwortet. Das verstehe sie nicht, habe Zilly gesagt, ihre Bücher hielten ewig. Sie sei auch eine Erwachsene, habe Anna gesagt. Eine Erwachsene trage mehr Sorge, hat Sofia gemeint.
Zilly ist in Plauderstimmung.
»Ich habe noch zu tun«, sagt Ella.
Sie dreht den Plattenspieler wieder lauter.
»Amore o grillo, dir non saprei. Certo costei m'ha coll'ingenue arti invescato.« Pinkerton.
(Ob es Liebe oder Laune ist, kann ich nicht sagen. In jedem Fall hat sie mich mit ihrer naiven Art bestrickt.)

Ella hat die Schallplattenhülle an die Wand gestellt. Cho-Cho-San trägt rosarote Blüten im Haar.
Eine Backsteinmauer wirft einen roten Streifen in den Fluss, die dunklen Stellen am Ufer könnten Felsbrocken sein. Ella hat das Zeitungsbild ausgeschnitten. Sie legt es zu den Fotos in die Kartonmappe.
Sie bräuchte ein Atelier. Wenn sie nur wüsste, wo sie im nächsten Jahr wohnen wird.
Ella hat sich auf dem Balkon eingerichtet. Die fünfunddreissig Faltenten stehen auf dem Fenstersims. Sollte sie das Schiebefenster des Balkons versehentlich offen stehen lassen, würden bei einem Windstoss die Faltenten nur auf den Balkonboden fallen.
Ella hängt die Schlaufe am Haken ein. Mit dem Wäscheseil zieht sie drei Bahnen. Die Hängematte kommt ihr in den Sinn. Das hat sie Milo beim Einzug versprochen. Hier könnten sie eine Hängematte befestigen oder eine Schaukel, dabei hat Ella auf die Eisenhaken an der Decke gezeigt. Milo hat sich für eine Schaukel entschieden. Sobald es Sommer werde, hat sie gesagt.
Das Outdoor-Origamipapier nimmt das Aquarell nicht gut an, als Effekt sind die kleinen Punkte reizvoll, wie Gischt sieht es aus.
Ella hängt die Skizze ans Wäscheseil. Sie hat mit Hellblau begonnen und mit Weiss ausgemischt, Ella ist noch mit Grün in die Farbe und mit etwas Braun. Ein paar längliche Stellen hat sie ausgespart, für die Sonnenreflexionen.
Ella hat im Deckel neben der alten Mischung eine neue gemacht. Beim zweiten Versuch hat sie gleich mit Braun gestartet, danach ist sie mit Grün hinein. Dies ist zu dunkel geworden, trotzdem hebt Ella die Skizze auf.
Der gekonnt gesetzte Lidstrich Cho-Cho-Sans, ihre grossen Mandelaugen.
»Qual farfalletta svolazza e posa con tal grazietta, silenziosa che di rincorrerla furor m'assale, se pure infrangerne dovessi l'ale.« Pinkerton.
(Flattert dieser Schmetterling und setzt sich mit solch ruhiger Grazie nieder, dass ein ungestümes Verlangen mich packt, sie zu ergreifen, auch wenn ich ihr dabei die Flügel zerbrechen sollte.)

»Siete alto, forte. Ridete con modi sì palesi! E dite cose che mai non intesi.« Cho-Cho-San. (Ihr seid gross und stark. Ihr lacht so geradeheraus! Und Ihr sagt Dinge, die ich noch nie gehört habe.)
Ella nimmt Milos Farbstiftbox. Der Junge hat eine hübsche Sammlung, nur gespitzt ist nichts. Zwei Spitzer hat der Sohnemann. In beiden Spitzwerken stecken abgebrochene Farbstiftminen.
Alles hat sie im Haus zurückgelassen.
Sie wird sich neu einrichten. Ein Atelier in der Nähe der Wohnung wäre das Beste. Ein vierzig Quadratmeter grosser Raum genügte. Wenn sie das Grafikbüro noch integrierte, fünfzig Quadratmeter. Tageslicht wäre gut, wenn nicht, auch gut. Aber hoch sollte der Raum sein, und fliessend Wasser müsste es geben.
Bei der Wohnungsbesichtigung hat Ella einen Prospekt erhalten. Daran erinnert sie sich, an den Orientierungsplan, den Duplexdruck, die braunen Wohnblöcke gross und mächtig zwischen dem Grün.
Dort müssten die Unterlagen sein. Ella zieht eine Gebrauchsanweisung nach der anderen aus der Schublade, Espressomaschine, Kühlschrank, Mikrowelle, Kochherd und ein paar A3-Blätter, die in der Mitte mit Bostichklammern zusammengeheftet sind.
Auf Anhieb findet sie die Beschreibung der Gästezimmer. Ella setzt sich an den Laptop. Hat B. geschrieben? Sie gibt die Wohnsiedlung ein.
»E mi piaceste dal primo momento.« Cho-Cho-San. (Und Sie haben mir vom ersten Moment an gefallen.)
Sie schaut sich das Foto des Studios an, möbliert natürlich, achtzig Franken die Nacht für zwei Personen. Ein Musikzimmer gebe es noch, mit Klavier. Dieses könnte stundenweise gemietet werden.
Ella wird sich vorerst mit ihrem Balkon begnügen müssen. Das Wohnzimmer wäre gross genug, aber den ganzen Tag immer nur Achtung rufen macht auch keinen Sinn.
Ella spitzt Milos weissen Stift, für den Glanz. Sie malt über die Skizze. Die ausgesparten Stellen grenzen sich zu stark von der Farbstiftfläche ab.
Mit einem feuchten Tuch streicht sie über das Blatt. Das Papier wellt sich, die Farbe aber hat es gut angenommen. Ella hängt den Bogen zu der Aquarellskizze an die Wäscheleine.

Ah! Ah! What an expanse of sky! What an expanse of sea! Girls Voices. (Ah! Ah! Welch weiter Himmel, welch weites Meer.)
Kein einziger Kratzer ist auf der Schallplattenhülle zu sehen. Auch das Heft sieht noch aus wie neu, in vier Sprachen ist das Libretto abgedruckt. Wo soll sie mit der Erinnerungsschachtel hin, zur Papiersammelstelle? Damit irgendein Dahergelaufener ihre private Post durchsieht?
Ella schiebt die Schachtel zur Seite. Ein paar Bündel Briefe, E-Mails, Karten und eine Menge Notizzettel, eine Karte aus Marseille.
B. zog seine Hose aus. Er stand neben dem Bett und leerte die Hosensäcke. Was da alles zum Vorschein kam, Schlüssel, Portemonnaie, Taschentuch, Kaugummi, Handy, Bordkarte, Stadtplan ... es wollte nicht mehr aufhören. Ella lehnte im Türrahmen und sah ihm zu. Als seine Hosensäcke leer geräumt waren, alles ordentlich nebeneinander auf der Bettdecke lag, ging er duschen.
Ella machte sich in der Küche einen Drink.
Sie sass auf der Terrasse unter dem Sonnenschirm. Während sie an ihrem Glas nippte, hörte sie dem Regen zu. B. tauchte hinter der Glasscheibe auf und rieb sich mit einem Frottiertuch das Haar.
Ella hebt den Zeitungsartikel auf, er muss aus der Kartonmappe gefallen sein. Sie schaut sich das Bild genauer an, die karge Vegetation hinter dem roten Lattenzaun (keine Backsteinmauer.) Ella tippt auf einen Bergsee, bei Wind aufgenommen. Zuerst hat sie das für einen breiten Flussabschnitt gehalten. Die Farben sind zu matt, nur wegen der Sonnenreflexionen hebt sie das Bild auf. Sie schiebt den Zeitungsausschnitt zwischen die Computerausdrucke in die Kartonmappe. Ella bleibt unter den Skizzen stehen. Sie zieht das Aquarellbild aus der Wäscheklammer. Das Papier hat sich zu stark gewellt, und die Farben würden sich auswaschen.

Ella lässt die Farbstiftskizze auf dem Balkonboden liegen. Das Papier hat sich gerollt, obwohl sie das Tuch, mit dem sie danach über die Skizze gefahren ist, nur wenig angefeuchtet hat.
In den Abfalleimer wird sie die Post nicht werfen, die Briefe mit Sicherheit nicht. Ella stemmt sich aus dem Sessel.
Sie geht mit der Erinnerungsschachtel wieder zurück ins Wohnzimmer. Sie könnte ein Feuer machen, unten am Fluss.
Aber nicht mit den Briefen.
Ella wohnte in der düsteren Zweizimmer-Parterrewohnung, dafür war ihr Atelier hell und geräumig. Das oberste Stockwerk des Hinterhauses hatte sie dazugemietet.
Einen Teil von B.s Möbeln verstauten die Umzugsmänner dort. Dass B. zu ihr zog, hatte keine Diskussionen gegeben. B. war nicht daran interessiert, in Lyon zu bleiben. Er könne überall arbeiten, hatte er gesagt.
Ella trug gelocktes Haar. Bevor der Umzugswagen eintraf, war sie noch beim Frisör gewesen. Auch ihr Kleid war neu. Ella tanzte auf dem Tisch, mit einem Mal flog sie auf B. zu.
»Du verrücktes Huhn.« B.
Die Post zurücksenden? Wie kindisch.
Vorsichtig zieht Ella das Klebeband vom Papierrand. Die Ölkreiden hat sie mit Mara im Freizeitzentrum gekauft, für Milo eigentlich. Was Mara gerade tut? Sie könnten wieder einmal zusammen ausgehen. Ella bräuchte mehr Zwischentöne, sonst wären die Ölkreiden perfekt. Ella nimmt die Klammer und hängt die Skizze an die Wäscheleine. Die bemalte Faltente kommt in Bewegung, dort hat sich das Papier nicht gerollt, der Farbstift aber würde sich auswaschen.
Ella springt auf und rennt in die Küche. Nur schnell die Farbstiftskizzen hat sie sich anschauen wollen. Ella öffnet das Küchenfenster. Die Tomatensauce kann sie vom Pfannenboden kratzen.

Die letzte Karte von B., die hat er hastig geschrieben. Ein Teil der Briefmarke hängt über den Kartenrand hinaus. Ella dreht die Île d'If in den Händen – wie damals, als sie nicht wusste, ob sie sich über die Karte freuen sollte. Ella wirft sie zurück in die Erinnerungsschachtel.
Für die beiden Schmuckdosen wählt Ella das gemusterte Origamipapier. Alle Blumen sind mit Goldfarbe umrandet, das wird Anna und Sofia gefallen.
Für Annas Schmuckdosen-Deckel wählt sie die silbrigen Blüten mit dem violett gesprenkelten Hintergrund, das passt zu Annas Weissgoldkette.
Kaum seien die neuen Nachbarn eingezogen, habe sie schon mit ihnen Bekanntschaft gemacht. Die Kinder seien zu laut.
Solle sie ihre Kinder vielleicht im Keller einsperren, habe Zilly die neuen Nachbarn gefragt. Wenn Zilly in Fahrt kommt, dann wird es lustig.
Ob sie das wirklich gesagt habe, hat Ella ihre Schwägerin gefragt. Nein, natürlich nicht, hat Zilly gelacht, nur auf der Zunge sei es ihr gelegen. Wer wolle bereits zu Beginn einen Krach. Die Kinder seien tatsächlich im Garten laut gewesen. Lisa sei ein Schreihals, und die anderen beiden seien nicht viel besser. Sie gebe es ja zu, hat Zilly gesagt.
Wer bereits zwei Tage nach dem Einzug vor jedem Fenster einen Vorhang hängen habe, sei ein Bünzli, hat Fabio gesagt.
Ella schliesst die Augen. Sie mischt die Papierbögen und fächert sie auf. Ella zieht einen Bogen heraus. Sie blinzelt, rosarote und rote Blüten auf weissem Hintergrund, für Sofias Deckel.
Ella schiebt das dünne Buch der Faltkunst zur Seite. Eine Schachtel kann sie auch ohne Hilfe falten.
Im vergangenen Jahr schaffte sie gerade noch den Besuch bei den Mädchen.
Dass Anna Ellas Patenkind ist, daran muss sie nicht von ihrem Bruder erinnert werden. Und dass sie seit Jahren Annas Zwillingsschwester ebenfalls so behandelt, als wäre auch Sofia ihr Patenkind, scheint er nicht zu bemerken.
»Du darfst keinen Dank erwarten.« Mara.

Von Renée Eve hat Ella nichts mehr gehört. »Wenn du ihr die Liebes-Trophäen nicht mehr bringst.« Mara.
Sie sind auf dem Weg zur Metallsammelstelle, Ella schaut den mit Efeu umrankten Stamm empor.
Milos Baseballkappe liegt auf dem Boden. Er sortiert die Eicheln, die grünen stopft er sich in die Hosentasche, die braunen wirft er der Kappe zu. Das kann länger dauern.
Ella hat die Tragetasche auf die Bank gestellt. Der dreiarmige Kerzenständer schaut heraus, den will sie auch nicht mehr. Zwei Tage lang hat sie die verkohlte Schicht mit Essig eingeweicht. Aber die Pfanne hat sie nicht mehr sauber bekommen.
Nur dienstags und donnerstags ist die Sammelstelle geöffnet.
»Von Zeit zu Zeit wird das überprüft, dass keiner Karton im Papiercontainer entsorgt.« Ältere Frau.
Die Post wird Ella nicht in den Container werfen.
Auch die E-Mail-Korrespondenz, als sie in Kanada war, hat Ella zwischen den Notizzetteln gefunden.
»Das Leben hört nicht auf, nur weil du Mutter wirst.« B.
Unbedingt wollte Ella noch auf diese Reise. B. wollte auf keinen Fall mit nach Toronto, das war ihm viel zu weit weg. Ella gab sich nicht so schnell mit B.s Antwort zufrieden, dauernd traktierte sie ihn. B. verstand nicht, warum sich Ella noch zusätzlich einer Strapaze aussetzen musste. Eine Schwangerschaft sei keine Krankheit, sagte sie. Mit allen möglichen Tricks versuchte sie, B. zu dieser Reise zu überreden. Das war das Anstrengendste.
»Bingo«, sagt Milo. Die nächste Eichel rollt knapp an der Baseballkappe vorbei. Auch die Mützen, wie er die Fruchtbecher nennt, kann er gebrauchen. Milo bricht den Stil weg und steckt sich den Becher auf den Daumen. Er sucht nach einer passenden Eichel. »Im Kindergarten gibt es eine Sammelstelle von genau diesen«, sagt er. »Und was macht ihr damit?«, fragt Ella. »Sammeln«, sagt Milo, und er hüpft wie ein Frosch davon.

Als Ella zwischen den Häusern aus dem Bus stieg, hörte sie das laute Getöse. Kurz darauf sah sie die Wasserfälle. Auf der gegenüberliegenden Seite, auf gleicher Höhe wie Ella stand, stürzte das Wasser hinunter.
Ella kaufte sich ein Schiffsticket, erst danach sah sie die Warteschlange, die zum Fluss hinunterführte. Mindestens eine Dreiviertelstunde stand sie zwischen den Touristen. Neben ihr befand sich eine Gruppe Italiener, Ella liess sich nichts anmerken.
Zuerst fuhren sie zu den amerikanischen Wasserfällen, darauf zu den kanadischen, die waren noch viel imposanter. Das Wasser spritzte hoch und überragte den eigentlichen Wasserfall um ein Weites.

Liebe Ella
Und was, wenn das Boot kentert? Hast du auch schon daran gedacht?
Bisou, Bernard

Lieber Bernard
Das haben schon andere überlebt.
Bisou, Ella

Chère Ella,
du hast einen dunklen Humor.
Je te serre fort, Bernard

Immer wieder tauchte die Sonne hinter den Wolken auf, die Stimmungen wechselten in einem rasanten Tempo. Von überall her brauste es, Ella drückte den Fotoapparat unter der blauen Regenjacke an ihren Bauch, dort strampelte das Kind.
Als Ella aus dem Schiff stieg, tropften ihre Kleider. Selbst den BH konnte sie auswringen. Ellas Hose war bald trocken, nur die Strickjacke blieb auf der ganzen Fahrt bis nach Toronto nass.

Liebe Ella
Ich sitze gemütlich zu Hause und bin froh, dass niemand etwas von mir will. Mir käme es nicht in den Sinn, für eine Aufregung auch noch zu bezahlen.
Mille baisers, Bernard

Ella hat die Korrespondenz in die richtige Reihenfolge gebracht. Sie legt die E-Mails zurück in die Erinnerungsschachtel. Ella macht sich wieder draussen auf dem Balkon an die Arbeit.

Jeden Abend schrieben sie sich, gelegentlich sassen sie gleichzeitig vor dem Bildschirm. B. amüsierte sich über ihre Schilderungen, aber mit dabei sein hätte er nicht wollen. Ella verkniff es sich, etwas zu sagen, lieber schwärmte sie von dem Schiffsausflug.

Die Acrylfarbe kommt nicht in Frage, wasserfest hin oder her. Je dicker Ella die Farbe aufträgt, umso besser lässt sich der Pinsel führen.

Die Skizzen trocknen schneller als erwartet. Ella hat die Ölfarbe mit Terpentinersatz stark verdünnt. Ella könnte mit einer dickeren Farbe nochmals darübermalen, für die dunklen Stellen. Sie mag die lasierende Farbe, bei der das Papier noch an einigen Stellen durchschimmert. Mit weissen Pigmenten hellt Ella die Farbmischung auf, damit der Übergang von den dunklen Stellen zu den hellen etwas gebrochen wird.
Sie wirft einen Blick zum Fenstersims, neben den Faltenten stehen die beiden Schmuckdosen. Ella hat die Goldketten auf Watte gelegt. Sobald sie mit dieser Skizze fertig ist, wird sie einen Kaffee trinken. Danach geht es schleunigst zur Post.
Das Etikett für das Paket hat Ella bereits angeschrieben, nur mit den beiden Karten tut sie sich schwer. Zu gerne würde sie mit den Mädchen durch Genf bummeln. Ella will ins Kosmetikgeschäft, noch vor Jahresende, ihre Schminkstifte gehen allmählich aus.
Und wenn sie das Versprechen nicht einhalten kann? Was wird in zwei, drei Monaten sein? Vielleicht ist sie bis dahin umgezogen und sie richtet sich gerade ein Atelier ein, in der Stadt.
Ella nimmt vom weissen Pigment an den Pinsel. Sie geht direkt auf die Farbe, dort ist das Papier noch feucht. Auf den Tupfen bleiben weisse Pünktchen zurück, (Schaumkronen.)
Sie schraubt den Deckel auf die Tube. Beim Hineingehen wirft sie die Tube in die unterste Schublade der Kommode. Ella zündet eine Zigarette an und zieht die Erinnerungsschachtel näher zu sich, die Balkontür steht offen.

Mein Lieber
Du solltest nicht über etwas urteilen, das du nicht kennst. Die Touristenhorde ist keineswegs doof gewesen.
Bisou, Ella

Alle Touristen trugen die blauen Gratis-Pelerinen, an denen der Wind rüttelte. Die Sonne schien auf die nassen Regenmäntel, die Touristen funkelten. Das sah so fröhlich aus. Nur die Lautsprecher auf dem Schiff hätten für Ella nicht sein müssen. Das Schiff war gestossen voll.

Lieber Bernard
Das einzig Unangenehme ist das überfüllte Schiff gewesen.
Aber für dich hätte es noch Platz gehabt.
Bisous, Ella

Chère Ella
Ich werde dir nie genügen.
Bisous, Bernard

Liebe Ella
Ich bin mir noch nie so fehl am Platz vorgekommen wie dort.
Für heute nun genug, ich bin hundemüde.
Bisou, Bernard

Lieber Bernard
Nur noch etwas. Woher nimmst du die Inspiration, wenn du immer nur zu Hause hockst?
Bonne nuit, Ella

Lieber Bernard
Und noch etwas, alleine wegen dem Essen lohnte sich die Reise nach Sri Lanka.
Zu jedem Curry gab es Dhal, erinnerst du dich? Bist du noch wach?
Deux bises, une sur chaque joue, Ella

Liebe Ella
Du bist eine lästige Fliege. Ja, ich bin noch wach.
Bernard

Nur zu Beginn ihrer Freundschaft war es Ella ein einziges Mal gelungen, B. zu einer Reise zu bewegen. Ella war mit einer Ausstellung beschäftigt gewesen. B. hatte sogar die Flüge gebucht.
In Kanada entdeckte Ella die Muffins und Donuts. Die sahen nicht nur gut aus, die schmeckten auch so. Auf dem Frühstücksbuffet lagen sie aufgetürmt in einer Schale, Ella griff ungeniert zu, schliesslich war sie schwanger.
An ihrer Tür läutet jemand Sturm, Ella muss nicht raten.
Zweimal hat Milo an diesem Nachmittag zur Nachbarin gehen dürfen. Das sei schon gut, hat Frau Lehner gesagt und Milo zugezwinkert, so habe Coco einen Spielgefährten, Coco sei ein junger Bichon Frise, ein verspielter. Milo hat der alten Frau zurückgezwinkert.
»Die Marmelade hat Milo auf den Teig gestrichen«, sagt die alte Frau mit dem schütteren rot gefärbten Haar, als sie sich an den Tisch setzt. Milo hat soeben die Spitzbuben aus dem Säckchen genommen. Jeden einzelnen Spitzbuben muss Ella betrachten. »Ein hilfsbereiter Junge ist das«, sagt Frau Lehner. Das sollte Frau Hirz einmal hören.
Frau Hirz hat Ella in den Kindergarten gebeten. Den Termin hat Ella tatsächlich vergessen, sie hat sich aber nichts anmerken lassen und ist Frau Hirz in den Kindergarten gefolgt. Neben dem Lavabo hat Ella die Sammelstelle entdeckt, in der einen Schuhschachtel sind die Eicheln gelegen, in der anderen die Hüte.

»Tutto, tutto sia pien di fior, come la notte è di faville.« Cho-Cho-San. (Alles, alles sei voller Blumen, wie die Nacht voller Funken ist.)
Ella dreht die Schallplatte an der Wand um, Cho-Cho-San (Frau Schmetterling).
»Die anderen Enten auch«, sagt Milo. »Die anderen Enten auch«, sagt Linlin. Als Milo bei Linlin gewesen ist, hat Ella eine Faltente mit Ölfarbe bemalt. Im Nu ist auch die trocken gewesen, Ella hat einen Faden durch den Rumpf gezogen. Die Faltente hat sie ans Wäscheseil gehängt, einfach so aus Jux. Der Junge ist öfters unterwegs. So kann sich Ella in aller Ruhe um ihre Enten kümmern. Nur mit der Ruhe ist es gerade vorbei, unbedingt hat Linlin noch zu ihnen mitgehen wollen.
Ella drückt mit den Daumen und Zeigefingern auf die beiden Wäscheklammern und lässt die Farbstiftenten auf den Tisch fallen.
Linlin ist reizend, wie sie vorhin in der Küche am Boden gesessen ist und Kartoffeln geschält hat. »She likes to help me.« Frau Ling.
Kaum hat Ella ihren Kopf in die Küche gestreckt, ist Linlin aufgesprungen. Linlin hat Ella an der Hand genommen und sie hinter sich hergezogen. Im Flur sind sie dem alten Chinesen begegnet, er hat an den schweren Eichenschrank geklopft und gelacht. Den Baum habe ihr Grossvater eigenhändig gefällt, hat sich Ella doch noch einen Stoss gegeben, und im gleichen Moment haben ihre Ohren geglüht. »Oh really?«, hat sie Frau Ling sagen gehört, sie muss direkt hinter Ella gestanden sein.
Ist das ein Ausruf der Freude oder der Empörung gewesen?
Milo und Linlin springen immer wieder hoch und versuchen die Ente zu berühren. Das Wäscheseil hängt zu weit oben. In weiser Voraussicht hat Ella den Faden kurz gehalten.
»Schau mal«, sagt Linlin und zeigt auf ihre Schuhe, »die sind neu.«
»Du bist ja ein richtiger Glückspilz«, sagt Ella. Linlin strahlt.
Ella nimmt die Ölfarbenskizzen vom Tisch. Diese Technik ist perfekt, das Papier hat sich nicht im Mindesten gewellt und die Farbe ist wasserfest.
Ella muss nicht zweimal überlegen.

Ein paar der Skizzen glänzen im Sonnenlicht. Je länger Ella auf den Balkon schaut, desto unschlüssiger wird sie. Im Vergleich zu den Ölkreideskizzen wirken alle anderen dumpf.
Sie zieht eine der Ölkreideskizzen aus der Wäscheklammer.
Ella setzt sich in der Essecke an den Tisch (selbst wenn keine Sonne darauffällt, behält die Ölkreideskizze den Glanz). Sie bewegt die Maus und öffnet das E-Mail-Programm. Als das kleine Kuvert unten auf dem Bildschirm auftaucht, denkt sie an B.
Der Absender ist ihr fremd. Ella muss lachen, sowie sie die beiden sieht. Bevor Ella die E-Mail zu Ende gelesen hat, schliesst sie das Fenster. Sie sucht nach dem Ordner.
Seltsame Vögel
Ella schaut sich die Fotos an. Das ist vielleicht ein Gaudi gewesen mit den jungen Leuten, vor ein paar Tagen auf dem Fluss. Ella hätte es nicht gewundert, wenn einer der beiden versehentlich noch baden gegangen wäre. Bis die sich entschieden haben, wie sie sich haben positionieren wollen. Mit den beiden hat sich Ella wohlgefühlt wie schon lange nicht mehr.
Zum Fest laden sie ein.
Ella könne ihren Sohn mitbringen und ihren Mann.
Lukas und Lise haben einen Plan mitgeschickt. Bei schlechtem Wetter fände das Fest im Lokal des Rudervereins statt, unten am Fluss, ganz in der Nähe von Ellas Wohnung. Demnach stimmt es doch, dass Lukas Mitglied des Rudervereins ist. Als er das gesagt hat, hat Ella nur gelacht. Was ist das für ein Leben, wenn sie niemandem mehr traut?
Sicher, hat Lukas gesagt, was sie denn denke, wie käme er sonst zu dem Boot? Lise ist mit einem Bein auf der Sitzbank gestanden und hat sich als Schwan zu Lukas hinuntergebeugt. Sie solle da mal anfassen, hat sie Ella nochmals aufgefordert und auf Lukas' Oberarm geklopft.

Dummerweise hat Ella das Altpapier vor ein paar Tagen zur Sammelstelle gebracht. An diesem Morgen hat sie von dort wieder zwei Bündel Zeitungen geholt. Zum Glück ist der Container bis obenhin voll gewesen.

Ella zieht einen Karton aus dem Zeitungsstapel, da hat jemand geschummelt. Sie wirft den Karton zum Abfallsack, ein paar Papierfetzen fliegen davon.

Die Kuverts hat Ella in kleine Stücke zerrissen, weder Anschrift noch Absender lassen sich mehr zusammensetzen.

Neben Ella liegen die Briefbögen.

Und wenn einer auf die gleiche Idee kommt?

Ella schlägt sich die flache Hand gegen die Stirn.

Oben am Hang knapp unterhalb des Waldrandes hatte B. den Bauplatz gefunden, in der Agglomeration. In den vergangenen Jahren hatten sie beide gut verdient. Während Ella etwas an einem grosszügigen Treppenaufgang zur Eingangstür lag, bestand B. auf ein Haus mit hohen Räumen und Doppeltüren. Er stand vor Ella, griff in die Luft und demonstrierte ihr das schwungvolle Öffnen der Tür.

Ella legt den Brief auf die aufgeschlagene Zeitung. Sie dreht das Zeitungsblatt um und wirft ein paar Notizzettel darauf.

Wenn Ella jeweils am Abend aus ihrem kleinen Atelier im Untergeschoss kam, ging sie als Erstes in die Küche. Sie las die Notizzettel an der Kühlschranktür und hängte im Verlauf des Abends selber noch einen hin, manchmal auch zwei oder drei.

B. war meistens in seinem Atelier, dauernd war er am Arbeiten.

(Und ich? – Selbst wenn ich für ein paar Tage wegfuhr, stand dieser Ausflug in Verbindung mit einem Projekt.)

»Die Arbeit definiert das Privatleben.« B.

(Ich hatte mir die Ehe zweier Künstler anders vorgestellt: bunt, aufregend, sprudelnd, berauschend, sensuale, poetico.)

Ich werde dich nie glücklich machen können.
Je t'embrasse très fort, Bernard

Aber ich bin glücklich.
Bisou, Ella

Ella lässt die Notizzettel auf dem Tisch liegen. Für das Bestimmen der Flussfarben hat sie vor dem Mittagessen einen Computerausdruck ausgewählt. In der Zwischenzeit hat sie eine Faltente mit Ölkreide bemalt, die Sonnenreflexionen hat sich Ella gespart. Nur so ungefähr hat sie wissen wollen, wie das Endprodukt aussehen wird. Den Kopf und den Schwanz der Ente hat sie am Schluss doch noch aufgeklappt. Auf das Klebeband hat sie verzichtet, der Tisch hat gerüttelt und gequietscht. Einen Arbeitstisch bräuchte sie.
Ella leert die Büchsen wieder in die Papiertragetasche um. Die Büchsen und Flaschen hätte sie auch entsorgen können.
Ella füllt Wasser in den beigen Malerkessel. Sie will die mit Ölkreide bemalte Ente für ein paar Stunden schwimmen lassen.
Und Milos Katamaran ebenfalls. Die Ente gerät in Schieflage, Ella fischt sie wieder heraus. Sie zieht die beiden unteren Kanten auseinander und setzt die Ente nochmals aufs Wasser. Die Ente kippt erneut zur Seite und legt sich hin.
Milos weisser Katamaran schwimmt mühelos.
Ella kniet neben der aufgeschlagenen Zeitung. Sie nimmt das nächste Bündel Notizzettel.

Wer einen Tiger reitet, kann schwer absteigen.
Chinesisches Sprichwort
Bisou, Ella

Wir sollten etwas Vergnüglicheres tun als zu streiten.
Bise, Bernard

Du hast keinen Mut zur Ehrlichkeit.
Je t'embrasse, Ella

Du könntest zwischendurch einmal überlegen, was du schreibst.
Bisou, Bernard

Wer andere täuscht, täuscht sich selber.
Bisou, Ella

Du würdest dich besser im Garten nützlich machen.
Bise, Bernard

Schwindelbär.
L'habit ne fait pas le moine.
Je t'embrasse, Ella

Du meinst immer, du würdest alles verstehen.
Dabei verstehst du nichts.
Rien.
Bise, Bernard

Ha, ich lache.
Gruss, Ella

Und nun hören wir auf damit.
Gruss, Bernard

Gibst du es also endlich zu?
Das wäre ein Anfang.
Bisou, Ella

Du siehst wohl Gespenster.
Gruss, Bernard

Ich bin noch im Büro.
Je t'embrasse, Ella

Ella hebt den Notizzettel auf und schiebt ihn zwischen die Zeitungen. Sie hätte die Zettel doch besser eingeklebt, Ella wirft das Zeitungsbündel auf das andere.
Für die Grafikaufträge hatte Ella ein Büro in der Stadt. Das war ihr wichtig, dass die beiden Arbeiten auch räumlich voneinander getrennt waren.
Ihr kleines Atelier zu Hause nannte sie ebenfalls Büro, den achtzehn Quadratmeter grossen Raum im Untergeschoss neben B.s Atelier. Sein Atelier war grösser, er brauchte mehr Platz für seine grossformatigen Bilder und Objekte. Ein Atelier und ein Grafikbüro in der Stadt, das wäre für Ella das Optimalste gewesen. Ella hatte in den vergangenen zwei Jahren viel verdient, aber so viel nun auch wieder nicht.
Linlin kommt zu Ella gesprungen. »Milo weint«, sagt sie.
Sobald Ella auf den Balkon tritt, verwandelt sich Milos Jammern in ein Schreien.
Im Malerkessel rings um den Katamaran zieht die Farbe Schlieren. Ella schaut auf Milos Ölkreideschachtel. *Wasserlösliche Malkreiden.*
»Das tut mir leid«, entschuldigt sie sich und hebt Milo hoch.
»Das war wohl keine gute Idee, den Katamaran zu bemalen«, sagt Ella und setzt sich mit Milo in den Sessel.
»Wir falten nochmals einen«, sagt sie.
»Du darfst meine Ölkreiden benutzen, ausnahmsweise«, flüstert sie ihm ins Ohr.
Milo springt von ihrem Schoss. Er holt das Paket mit dem weissen Papier.
Ella faltet die Grundform, die ist aufwendig. Milo und Linlin schauen ihr zu.
»Von hier aus kannst du alleine weitermachen«, sagt sie.
»Schau mal«, sagt Milo zu Linlin, er dreht die Figur um und klappt die obere Hälfte auf die untere. »Jetzt zaubere ich«, sagt er, Milo zieht die beiden Seiten auseinander.
Ein Katamaran steht auf dem Tisch.
Wie sich der Junge freuen kann, schon ist seine Welt wieder in Ordnung.

Die Längsseiten des bemalten Katamarans haben sich über Nacht aufs Wasser gelegt. Milos Katamaran schwimmt in einem eigenen Becken, daneben steht der beige Malerkessel.
Milo bemalt den zweiten Katamaran, auch vor Linlin liegt einer. »Meine Mutter will kein Glückspilz sein«, sagt Linlin unvermittelt. »Warum denn das?«, fragt Ella. Linlin zuckt die Schultern. »Sie will einfach nicht. Sie sagt, ich bin doch kein Pilz.« Linlin lächelt, Ella auch. Sie nimmt die erstbeste Ölkreide. *Emerald green.* Zum Glück hat sie nicht alle Kartons vom Dachboden der Mutter entsorgt.
Niemals könnte sie ernsthaft zu Hause arbeiten. Der Tisch kommt wieder ins Rütteln. »Sorry«, sagt Ella. Aber die beiden Kinder scheint das nicht zu stören, sie sind beschäftigt.
Ella geht mit der einfarbig bemalten Ente auf den Balkon. Sie zieht den Deckel von der Sprühdose. Ella holt tief Luft. Sie hält den Atem an, während sie die Ente von allen Seiten besprüht, die unteren beiden Kanten lässt sie nicht aus.
Ella geht schnell zurück ins Wohnzimmer, die Schiebefenster auf dem Balkon bleiben sperrangelweit offen.
»Wenn ich nachher kurz weggehe, dann benutzt ihr keine Ölkreide von dieser Schachtel, die sind noch fast neu. Oder muss Frau Lehner den Polizisten spielen?«, fragt Ella. Milo und Linlin schütteln ihre Köpfe.
Im Nu würden die Ölkreiden brechen.
»Versprochen?«, fragt Ella.
»Versprochen«, sagt Milo. Er gibt ihr einen Klaps auf die Hand.
»Es klingelt«, ruft er und rennt los.
Coco jagt durchs Wohnzimmer und bellt, er springt an Linlin hoch.
»Wo soll ich den hinstellen?«, fragt Frau Lehner und rollt den Einkaufstrolley auf dem Parkett hin und her. »Sie können ihn im Gang stehen lassen, ich gehe gleich los«, sagt Ella.
Sie wolle vom Aktionsorangensaft profitieren, hat Ella zu Frau Lehner gesagt. Das wird Ella auch, auf dem Rückweg.
Erst hat sie noch überlegt, ob sie vom Einkaufszentrum einen Einkaufswagen nehmen sollte. Aber wie sähe das aus, sie mit dem Einkaufswagen ein paar Strassen hinter der Siedlung.

Hinter ihr ruckelt Frau Lehners Einkaufstrolley über die Pflastersteine. Die Tasche mit dem Riesenveilchen hat sich Ella unter den Arm geklemmt. Vielleicht wird sie sich auch einen Einkaufstrolley kaufen, nur das Gestell ohne Tasche. Problemlos lassen sich damit Kartons und Zeitungsbündel transportieren.
Auf dem Weg hat Ella die aussortierten Schallplatten neben der Einfahrt zur Tiefgarage abgeladen, sie hat Cho-Cho-San auf den Karton gelegt.
Sie geht über den Zebrastreifen und lässt die Siedlung hinter sich, Ella schaut auf ihre Armbanduhr.
Gegen zwei Uhr sollte der Lastwagen die Hauptstrasse hochfahren. Sie hat mit einer Angestellten der Gemeindereinigung telefoniert, die freundliche Frauenstimme hat keineswegs erstaunt geklungen. Vermutlich ist die Frau einiges an Fragen gewöhnt.
So langsam sollte sich Ella um eine neue Wohnung bemühen, sich wenigstens ab und zu den Universitäts-Wohnungsmarkt durchsehen, vielleicht selber ein Inserat aufgeben?
Und für das vierte Kind möchte sie Riccardo noch ein Paket schicken. Ein Mädchen.
Milo wird neue Freunde finden. Wie schnell der Junge Roswitha, die ehemalige Nachbarin, vergessen hat. Vielleicht wird der Kontakt mit Linlin fortbestehen. Vielleicht.
Ella bleibt bei der Hausecke stehen. Sie schaut sich um, dann wirft sie ihre Zeitungsbündel neben eine grosse Kartonbox, die mit Papier gefüllt ist. Aus ihrer Jackentasche zieht sie die Karte. Die Farbstiftenten treten zaghaft aus dem Fluss.

Ob wir uns einmal treffen wollen?
Gruss, Ella

Pünktlich biegt der Lastwagen der Papierabfuhr in die Hauptstrasse ein, Ella greift erneut in ihre Tasche.
Sie lehnt an der Hauswand und zündet sich eine Zigarette an, alle paar Meter bleibt der Lastwagen stehen. Ella bläst den Rauch in Ringen aus. Sie schaut zu, wie die beiden Männer mit den orangenen Hosen näher kommen.

»Da ist ja einer dumm, wenn er nicht zugreift.« Renée Eve.
Die weisse Ente ist einen Zentimeter eingesunken, während die grüne noch immer auf ihren Kanten schwimmt. Ella füllt den beigen Malerkessel bis zum Rand mit Wasser auf. Die Enten drehen wieder ihre Runden.
Am Morgen hat Ella ihre Freundin Anette angerufen und gefragt, ob sie sich mit ihr am Freitag zum Mittagessen treffen wolle. Sie fahre in die Stadt, sie werde ein Geschenk kaufen für Riccardos viertes Kind.
»Das vierte Kind«, hat Anette ausgerufen.
»Jessica«, hat Ella gesagt und sich bemüht, nichts dabei zu denken.
»Dieser Name wäre gar nicht mein Favorit«, hat Anette geantwortet.
»Ich und Bernard, wir wären uns damals einig gewesen, Océane im Falle eines Mädchens«, hat Ella gesagt.
Manuel werde vermutlich auch dabei sein, sie werde ihn fragen, hat Anette laut überlegt.
Ella breitet die Computerausdrucke auf dem Tisch aus.
Manuel und Anette, die beiden hat sie schon eine Ewigkeit nicht mehr gesehen.
»Bei dir merke ich nichts davon, dass du mich liebst.« Anette.
»Dabei schenke ich dir oft Blumen.« Manuel.
»Aber du sagst es nie.« Anette.
Ella schaut sich den Computerausdruck des Flusses an. Sie wird sich an diesem Bild orientieren. Die mit Ölkreide bemalten Enten will sie imprägnieren, die Farbe bleibt tadellos. Ella wird noch ein paar Enten falten müssen, für das Ausprobieren hat sie einiges an Material verbraucht.
Ella schneidet das Foto des Flusses aus. Sie nimmt die untere rechte Ecke und zieht sie schräg hoch, bis die beiden Kanten bündig sind. Mit dem Daumennagel streicht sie die Faltung glatt. Ella schneidet den überschüssigen Teil weg.
Sie schlägt das Fotopapier wieder auf. Das Falten geht wie von alleine, nur der Kopf gelingt nicht mehr auf Anhieb. Ella hat die Spitze nach oben umgeschlagen, anstatt gestülpt. Als sie am Schwanz denselben Fehler macht, fällt es ihr auf. Die nächsten Faltungen gehen wieder wie von selbst.

Bernard, Renée Eve, Maria Sofia, Fabio ...
Sie mag sich nicht mehr hineinziehen lassen in diese Gedankenwelt.
Am Vorabend hat Ella Mara angerufen und gefragt, ob sie sich zu ihr und Anette dazusetzen wolle, Manuel komme vermutlich auch, am Freitag über den Mittag beim Italiener. Mara hat spontan zugesagt.
Sie wolle ein Geschenk kaufen für Riccardos viertes Kind, ein Mädchen, Jessica, hat Ella gesagt.
»Das vierte Kind, oha!«, hat Mara gesagt. Sie gratuliere ihm, Ella solle das auf die Karte schreiben.
Ella schaut sich die Fotoente an, tadellos ist die.
Auch die Innenseiten des Kopfes und des Schwanzes zeigen die Fotografie, selbst die eingeklappte Schwanzspitze.
Ella fährt mit der Pinzette über den feinen weissen Strich auf der Innenseite des Schnabels. Dort ist sie beim Falten nicht präzise gewesen. Abgesehen von diesem Detail ist die Fotoente perfekt, besser als die mit Ölkreide bemalte.
Je länger die Fotoente vor Ella auf dem Tisch steht, umso mehr ist sie von ihr überzeugt.
»Wir müssen los«, ruft Ella.
Sie wird eine neue Wohnung suchen und sich um einen Platz in einer Tagesschule kümmern oder einer Kita. Wenn sie sich in Zukunft einen langen Weg sparen könnte, wäre ihr das recht. Milo hüpft durch den Gang und wirft die Jacke in die Luft.
Ella schliesst die Wohnungstür hinter ihnen, Milo hat schon den Leuchtknopf gedrückt. Als sich die Lifttür öffnet, zieht die Frau den Dalmatiner näher zu sich. Milo hat Freude an dem weissen Hund mit den schwarzen Flecken, aber ein wenig unheimlich ist Milo der grosse Vierbeiner doch. Er drückt sich an Ella. Sie schielt neben sich zu Boden, jeder Zehennagel ist mit einer anderen Farbe lackiert.

Das Restaurant ist bis zum letzten Platz besetzt. Auch Sebastian hat Zeit gefunden. »Ich muss ja sowieso etwas essen«, hat er zu Mara gesagt.

Ella surrt schon wieder der Kopf.

»Ihr Künstler seid ein komisches Volk«, sagt Sebastian, »da hört man ein Jahr lang nichts von dir. Und plötzlich tauchst du auf wie ein Naturwunder.«

»Lass sie in Ruhe«, sagt Anette, Milo rutscht auf ihren Schoss.

»Der Junge ist gut erzogen«, sagt sie, »macht die ganze Zeit über keinen Mucks.«

»Ein Kugelschreiber und Milo ist beschäftigt«, sagt Mara.

»Wenn er so hübsche Winterstiefel bekommt«, sagt Ella. Sie zieht aus dem Plastiksack einen braunen Lederstiefel heraus. »Mit Lammfell«, sagt sie. Mara nimmt den Stiefel in die Hand.

Milo zeichnet auf das Papiertischtuch, auch bei Manuel hat er etwas hingekritzelt, ein Ufo. Neben Sebastians Weinglas steht eine Zahlenkolonne. Als Sebastian vom Rauchen zurückgekommen ist, hat die Serviertochter einkassiert.

Ella schaut wieder zum runden Tisch neben der Tür, der Mann ist in Begleitung einer Frau. Er lächelt Ella zu, und sie schaut sofort weg. (Oder ist das der Journalist, mit dem ich mich während eines Interviews so ausgelassen unterhalten habe?)

Anette tunkt das Cantuccino in ihren Kaffee.

»Und was hast du für Riccardos Kind gekauft?«, fragt sie.

Milo ist mit seiner Zeichnung fertig. »Ah, ein Hirsch«, sagt Anette.

»Nein, ein Elch«, sagt Milo. »Hoppla«, sagt Anette, »der weiss aber Bescheid.«

»Das habe ich in dem kleinen Laden neben dem Rathaus gekauft«, sagt Ella. »Alles junge Labels mit kleinen Auflagen.«

Ella schüttelt die Hose aus dem Papiersack. Sie zeigt auf den kleinen Bären in der Hosentasche. »Dass die sich so einen Standort leisten können«, sagt Anette. »Das Haus wird bald abgerissen«, sagt Sebastian.

»Was du wieder alles weisst«, sagt Mara.

Ella klopft eine Zigarette aus dem Paket. »Ich verabschiede mich kurz«, sagt sie.

Sie drückt sich an der Serviertochter vorbei. Ella bleibt hinter zwei Gästen stehen und wirft einen Blick zu dem Bild an der Wand, am Rahmen klebt ein Spaghetti. Sie steckt sich die Zigarette in den Mund und geht nach draussen.

Ella lehnt am Strassenschild und schaut den Passanten zu. Sie hört, wie hinter ihr die Tür geht.
»Und, wieder etwas in der Pipeline?«, fragt der Mann und zündet sich einen Zigarillo an.

Als Ella das Fahrrad die Rampe hinaufstösst, zieht Milo an ihrem Ärmel. Einen Moment schiesst Ärger in ihr empor. »Lass das«, sagt sie. Milo klopft auf ihren Oberschenkel. »Hör endlich auf, ich mag das nicht!«

Milo zieht wieder an ihrem Ärmel. Ella klappt mit dem Fuss den Fahrradständer nach unten. »Du bist vielleicht eine Nervensäge. Was ist denn los?«, fragt sie.

»Dort ist der Junge«, sagt Milo und zeigt zum Klettergerüst. »Wer?«, fragt Ella.

»Das ist der Junge, der geweint hat«, wiederholt Milo. »Keine Ahnung, von was du sprichst«, sagt Ella. »Der Junge, der im Figurentheater vor dem Bösewicht Angst bekommen hat«, sagt Milo. »Du hast vielleicht ein Gedächtnis«, sagt Ella. Sie kann sich an die goldene Kugel erinnern und an den Samtrasen, auch die schmalen Lippen der Prinzessin sind Ella noch deutlich vor Augen. Den Jungen aber sieht sie zum ersten Mal. »Bist du sicher, dass er das gewesen ist?«, fragt sie.

»Ja, sicher«, sagt Milo.

»Und du hast auch Angst gehabt?«, fragt sie.

»Nein, ich nicht«, sagt Milo.

»Vor was fürchtest du dich denn?«, fragt Ella.

»Vor Hexen und Gespenstern«, sagt Milo.

Zwischen den Zweigen hält sich eine Amsel versteckt, Ella hat den gelben Schnabel gesehen, kurz darauf den Kopf. Ein anderer Zweig wippt auf und ab. Ein Eichhörnchen?

Oder der Eichelhäher?

Diesen hat sie schon länger nicht mehr gesehen. Dafür zeigt sich gerade ein anderer, einer von der Grösse eines Spatzes. Ein Grünfink?

Gleich mehrere Zweige kommen in Bewegung, hinter dem Nadeldickicht muss es vor lauter Vögeln wimmeln.

Der ältere Gärtner lacht. »Da haben wir den Beweis.« Er zeigt zu den roten Samen zwischen den Eibennadeln. »Und sie sind mehrstämmig«, sagt er.

»In der Nähe von Klöstern gibt es noch heute prachtvolle Bestände«, sagt der Gärtnerlehrling. »Falls Sie einmal vorbeifahren, der Paterzeller Eibenwald in der Nähe des Klosters Wessobrunn.«

»Was die heute alles lernen müssen«, sagt der ältere Gärtner, »halbe Akademiker sind das, aber wie man eine Hecke schneidet, wissen sie nicht.«

Ella sitzt vor dem Laptop und schaut die Fotos durch.
Die alte Frau ist Gold wert. Milo sei immer willkommen, hat Frau Lehner gesagt, so ein braver Junge. Sogar zum Mittagessen hat Milo bleiben dürfen.
»Nur nach dem Essen, da mache ich gerne ein Schläfchen«, hat Frau Lehner gesagt.
»Bis dann bin ich längst zurück«, hat Ella geantwortet. Ella hat den Sonnentag nutzen wollen.
Bis zum Hafen ist sie hinaufspaziert, Ella ist mehrmals stehen geblieben und hat fotografiert. Tiefblau ist das Wasser in der Flussmitte gewesen, und gefunkelt hat es. Ella hat bereits nach einem geeigneten Platz Ausschau gehalten. Beim Bootshafen ganz aussen auf dem Steg ist sie gelegen und hat hinuntergeschaut.
Ella entscheidet sich für die Fotos, die den Fluss etwa dreissig Meter vom Ufer entfernt zeigen.
Sie wählt das Format siebzehn mal dreizehn. Sobald Ella vom Einkaufen zurück ist, wird sie die Fotos ausdrucken.
Milo springt zu ihr an den Tisch.
»Gehen wir jetzt?«, fragt er.
Milo trägt die neuen Winterstiefel. Ella muss lachen. »Für die ist es definitiv noch nicht kalt genug«, sagt sie. »Zieh besser deine Stiefeletten an.«
»Nein!«, sagt Milo. Er setzt sich demonstrativ auf den Boden.
(Mitten in der Nacht stand ich auf und stellte meine neuen Hasenpelzstiefel neben das Bett. Für den Marsch bis zur Futterstelle hatte die Grossmutter meine Füsse mit Rosmarinöl eingerieben. Sobald wir aus dem Wald kamen, wurde es bitterkalt. Wie Klumpen fühlten sich meine Füsse an. Mein Vater nahm mich auf seine Schultern. Aber dort blies der Wind noch stärker. Ich drückte die Wollhandschuhe auf mein Gesicht, der Schnee brannte. Ich weinte.
»Con quel suo piagnisteo fa scappare tutti i caprioli«, sagte Lorenzo.
Der Vater stellte mich wieder auf den Boden. Er ging in die Hocke und wurde kleiner als ich.
»Puoi scegliere, piedi freddi oppure orecchie fredde«, sagte Papà. An seinem Schnauz hingen kleine Eisstücke. Du kannst wählen, kalte Füsse oder kalte Ohren.)

»Puoi scegliere, piedi freddi oppure orecchie fredde.« Vater. Ella lässt kaltes Wasser in ihre Hände laufen. Wie aufgedunsen ihr Gesicht wieder ist. Besser, sie stellt sich gleich unter die Dusche. Noch bevor sie für den Jungen das Frühstück machen wird.

Milo poltert gegen die Tür.

»Gib mir fünf Minuten Zeit«, ruft sie. Ella steigt in die Duschkabine. Sie dreht den Wasserhahn voll auf.

Ob sie ihre neuen Winterstiefel mit dem rosaroten Hasenpelz damals schon hatte?

Sie wird Lorenzo oder Fabio fragen, sobald sie einen der beiden einmal am Telefon hat. Ella trocknet ihr Haar. Sie bindet sich das Frottiertuch zu einem Turban um.

»Schon bin ich da«, sagt sie, als sie durch den Flur geht. Sie knöpft den Bademantel zu.

In der Küche setzt sie für Milo die Milch auf, Ella bleibt neben der Pfanne stehen. Sobald etwas Dampf aufsteigt, rührt sie das Kakaopulver ein. »Kannst du den Tisch decken?«, fragt sie.

»Stopp«, ruft Ella, sie zieht die Pfanne auf die kalte Kochplatte, »das räume ich lieber selber weg.«

Zwölf mal zwölf Zentimeter, Ella hat sich umentschieden. Von den fünfunddreissig Computerausdrucken hat sie in der Nacht, als sie nicht hat schlafen können, die siebzig Fotoquadrate ausgeschnitten. Sie hat sich einen heissen Tee gemacht und ist daraufhin wieder ins Bett geschlüpft.

Milo springt los, er stellt die Musik leiser.

»Du hast vielleicht gute Ohren«, sagt Ella.

Milo streckt ihr das Telefon hin.

»Das ist ja ein Ding, dass du anrufst, an dich habe ich vorhin gerade gedacht«, sagt sie.

»Morgen bin ich an einem Kongress in der Stadt, dann komme ich kurz bei dir vorbei«, sagt Fabio.

Er werde den Mädchen gerne ausrichten, dass sie sich gefreut habe. Von Sofia und Anna sind Karten gekommen, je in einem eigenen Kuvert mit Marke. Darauf lege Zilly wert, dass sich jedes Kind selber bedanke.

Ella giesst den heissen Kakao in die Tasse. Nur ein paar Minuten hat das Telefonat gedauert. Milo wolle sein Frühstück, hat sie gesagt und doch noch die Frage eingeschoben.

Sie sei gut, hat Fabio gesagt, als ob sie nur einmal zur Futterstelle gegangen seien. Und an ihre Hasenpelzstiefel erinnere er sich nicht.

»Könnte ich mich an alle deine Kleidungsstücke erinnern, ich wäre ein Genie.«

Ella hat es gerade noch geschafft, die fünfundzwanzig Fotoenten in die leere Schuhschachtel zu räumen und diese mit den restlichen Fotos unter ihr Bett zu schieben. Und schon hat es geklingelt.
Sobald der Besuch weg ist, wird sie ihre Arbeit fortsetzen, fünfundvierzig Enten hat Ella noch zu falten.
Fabio hat eine Frau dabei, nicht seine Frau, eine andere. Er bringe eine Kollegin mit, hat er Ella per SMS mitgeteilt.
Fabio und die Frau wollen eine Besichtigung der Siedlung, vom Balkon aus. Alle Schiebefenster stehen offen. »Ich kann da nicht hinunterschauen«, sagt Fabios Begleiterin. Die Frau sollte einmal bei der Familie Ling auf dem Balkon stehen, im siebzehnten Stockwerk.
Fabio beugt sich über den breiten Pflanzentrog. Ein stattlicher Mann ist er, gut sieht er aus in seinem Anzug.
Fabio fragt nach einer Führung durch die Wohnung. »Nett ist es hier«, sagt die Frau und tritt hinter Fabio in die Küche, der Schlauch zwischen Wohnzimmer und Flur. Fabio klopft auf den schmalen Schrank. Ella macht eine einladende Geste.
Unter einem langgezogenen Pfiff zieht Fabio den Geschirrtuchtrockner heraus.
Auch das Badezimmer mit den zwei Lavabos und den weissen Fliesen ist neu. Fabio sieht sich alles genau an.
»So schlecht ist die Wohnung gar nicht. Nur wenn man auf der Schnellstrasse zur Siedlung fährt, wirkt die Überbauung bedrohlich«, sagt er.
»Stimmt«, sagt die Frau.
Milo geht voraus. »Und hier wohne ich«, sagt er.
Fabio schaut zu den Zeichnungen. Oder den Styroporplatten?
»Die Betonwände sind kalt«, sagt Ella.
Sie gehen durch die Verbindungstür in Ellas Zimmer, das Bett steht in der Mitte des Raums, Ella zieht den Blick auf kahle Wände vor. In der neuen Wohnung wird sie wieder ein paar Bilder aufhängen.
»Ich staune«, sagt Fabio. Er zeigt auf das einzelne Holzgestell, an der einen Seite hängen zwei Hosen. »Und wo hast du alle deine Kleider verstaut?«, fragt er.
»Ich habe geräumt«, sagt Ella. »Ich kann ja sowieso immer nur einen Lumpen auf einmal tragen.«
Fabios Geschäftskollegin lacht. »Ich dürfe nicht erschrecken, hat Fabio zu mir gesagt. Wie in einem Modegeschäft sehe es bei seiner Schwester aus. In der ganzen Wohnung lägen Kleider und Schuhe herum.«
»Tja, da siehst du«, sagt Ella zu der Frau. (Ob ich Fabios Geschäftskollegin duzen kann?, mit Inka hat sie sich vorgestellt.)

»Nein, ich bin nicht Ärztin, ich bin Biologin«, sagt Inka. »Fabio und ich arbeiten in derselben Klinik.«
Ella hat für Inka ein Stück Schokoladenkuchen in Alufolie gewickelt. Marmorkuchen, Linzer Torte und Apfelwähe sind im Einkaufszentrum zur Auswahl gestanden, Milo hat aussuchen dürfen. »Warum machst du nicht einen Schokoladenkuchen?«, hat er gefragt. Sie stellt ein Stück für Milo zur Seite, den restlichen Kuchen bringt Fabio der Familie mit.
»Mit was seid ihr hier?«, fragt Ella.
»Du wirst es nicht glauben, mit dem alten Lancia«, sagt Fabio. »Zur Abwechslung ist einmal der andere in Reparatur. Der Oldtimer war mein Verlobungsgeschenk an Zilly, das war noch zu unserer Studentenzeit«, sagt Fabio.
»Diese Geschichte kenne ich«, sagt Ella.
»Ja, du schon, aber Inka nicht.«
Fabio wendet sich an Inka. »Meine Frau ist in den Kleinwagen vernarrt. Sie packt alle drei Kinder in den Lancia und lässt den Kombi in der Garage stehen. Was der schon in Reparatur gewesen ist, in der alten Kiste steckt ein Vermögen.«
Inka lacht Ella zu.
»Meine Frau hat einen eigenen Kopf, da lasse ich sie besser machen und habe dafür meine Ruhe.«
»Und du bist Künstlerin?«, nimmt Inka das Gespräch mit Ella wieder auf.
»Meine letzte grosse Arbeit war eine grafische Arbeit«, sagt Ella. »Ich bin auch Grafikerin.«
»Und zuvor hast du eine Kunstschule absolviert«, sagt Inka. »Ich habe während der Autofahrt ein wenig gegoogelt.«
Ella hat bereits wieder genug von diesem Besuch, sie schaut zu Fabio. Er hebt die Schultern an und verzieht seinen Mund.
»Absolviert stimmt nicht ganz«, sagt Ella.
»So habe ich das gelesen«, sagt Inka.
»Mein Galerist meinte bei meiner ersten Ausstellung, ein abgebrochenes Kunststudium mache sich nicht gut«, sagt Ella.
»Was kann ich euch sonst noch auf den Weg mitgeben?«, fragt sie.
»Wir sind wunschlos glücklich«, sagt Inka.
(Wir?) Ella schaut zu ihrem Bruder. Überhaupt sitzen die beiden auffallend dicht beieinander, einer der beiden könnte doch mit seinem Stuhl etwas zur Seite rücken. Die Nähe scheint den beiden nichts auszumachen.
(Steckt hinter Fabio ein Betrüger?)

»Bevor wir losfahren, mache ich mich noch frisch«, sagt Inka. Sie entschuldigt sich und steht auf.

Ella wartet, bis sie den Schlüssel im Schloss hört. Sie beugt sich über den Tisch.

»Ist da eigentlich etwas?«, flüstert Ella.

»Wie?«, fragt Fabio.

»Zwischen dir und Inka, meine ich.«

Fabio lacht laut heraus. Dann wird er sofort ernst.

»Dass du überhaupt auf so einen Gedanken kommst. Pass bloss auf, was du sagst. Zilly macht mir sonst die Hölle heiss.«

Sie legt das Blech auf den Balkonboden. So etwas nennt man Glück. Ella ist gerade von der Post gekommen, mit einem kleinen Paket in der Hand, als sie das Lochblech entdeckt hat. An der Wand hat es gelehnt, neben der Einfahrt zur Tiefgarage. Neunundvierzig Fotoenten hat sie bereits gefaltet. (An zwei Seilen werde ich das Blech herunterlassen.)
»Dann gib schon her«, sagt Ella.
Milo streckt ihr die Mandarine hin. Das nächste Mal wird sie wieder einen Sack Äpfel kaufen, Ella schält die Mandarine.
Milo springt zurück in sein Zimmer. Ella wirft einen Blick über die Fotoserie. Fünf mal vier Ausdrucke hat sie noch zu falten und eine einzelne Fotografie. Milo sitzt wohl an seinem kleinen Tisch und malt. Ein wenig ist es wie früher. Ella zieht das Blatt zu sich, nur weiss sie nicht mehr, wie sie es hinlegen muss. Ella nimmt die Ente mit dem nach vorn gestreckten Kopf, die hat sie zuletzt gefaltet, daran erinnert sie sich. Sie schlägt das Papier auf und schaut nach, wie sie angefangen hat. Ella dreht das Quadrat um neunzig Grad.
Eine halbe Stunde, maximal, hat sie ihre Ruhe. Dann kommt Milo, er fragt nach neuem Papier, er fragt nach farbigem Papier, oder sein Spitzer funktioniert nicht mehr. Milo will etwas zu trinken, er hat Hunger, dauernd fällt dem Jungen etwas ein.
Die Millimeterfaltungen am Schnabel werden wieder zur Herausforderung.
»Kann ich Luc anrufen?«, fragt Milo, er streckt den Kopf auf den Balkon.
(Niemals könnte ich ernsthaft zu Hause arbeiten.)
Sie geht wieder hinein, die Anzeige der Telefonstation leuchtet. Ella drückt die Taste. »In einer umgebauten Fabrik wird es in Bälde ein paar Ateliers zu mieten geben (Sebastians Stimme), das wäre vielleicht etwas für dich. Ich gebe dir die Nummer durch.« Ella drückt die Taste neben der Leuchtanzeige. Sie stellt Lorenzos Telefonnummer ein.
Auf dem Weg zurück zu den Enten nimmt sie das Geschenkpaket vom Küchenstuhl. Im Hintergrund hört sie Milos Stimme.
Die Mutter hat sich offenbar wieder beruhigt. Auch die beigelegte Karte ist ausgewählt, ein Frauenporträt der Berthe Morisot. Mutters Buchstaben sind schwungvoll und gross.
Mohair, seta.
Wie im Laden gekauft, so exakt hat sie die schokoladenbraunen Handschuhe gestrickt. (Grazie mille.)

»Mit der Zeit kommen sie alle wieder.« Mara.

»Es sind die wenigsten, die diesen Schritt machen können.« Frau Dr. Bühlach.

Ella nimmt den obersten Ausdruck der letzten vier. Sie schaut hinüber zur Staumauer, ein paar Lichter brennen, selbst mitten in der Nacht ist irgendwo irgendwer wach.

Bald ist sie am Ziel, wäre dies eine grosse künstlerische Arbeit, würde jetzt Nervosität aufkommen.

»Du hast es eigentlich schon geschafft, und doch sind die letzten Seiten die härtesten.« Sebastian.

Ella achtet darauf, dass es nicht den feinsten weissen Strich auf der Innenseite des Schnabels geben wird. Die erste Faltung ist die entscheidende. Sie öffnet das Dreieck wieder zu einem Quadrat. Ella nimmt den unteren Spitz und zieht ihn schräg zur waagrechten Mittellinie hoch. Sie hält den Blattrand auf der Linie fest, während sie mit dem Daumennagel die Faltung glatt streicht. Sie wiederholt dasselbe, nur spiegelverkehrt. Ella schaut auf das Bild zwischen ihren Fingern (für ein Wolkenmeer könnte man den Flussausschnitt halten).

Sie horcht auf.

Ella wendet sich wieder ihrer Arbeit zu. Den Kopf faltet sie zuletzt, das hat sie sich so angewöhnt. Sie stülpt die rechte Spitze nach oben (das Wasser fliesst in alle Richtungen, wie das Farbenmuster wechselt).

So umständlich hat sie gefaltet, ganz zu Beginn, fünfunddreissigmal Faltung für Faltung. Sie schaut zu den weissen Enten auf dem Fenstersims. Hat Milo gerufen?

Auf Zehenspitzen schleicht sie durchs Wohnzimmer zum Sofa. Der Junge hat ein friedliches Gesicht. Er muss im Schlaf gesprochen haben. Unbedingt hat sich Milo noch die Jim-Knopf-CD anhören wollen. Ella ist neben ihrem Sohn auf dem Sofa gesessen, bis Milo die Augen zugefallen sind.

Mit dem Faltobjekt in der Hand geht sie wieder zurück auf den Balkon. Sie nimmt die Pinzette und greift den Spitz, sie stülpt ihn nach innen, dann nach aussen. Mit den Kanten umschliesst sie den Schnabel. Um die Tragflächen wird sie sich später kümmern. Ella stellt die Ente auf den Tisch, sie hat einen langen Hals, als würde sie gleich losschnattern und mit den Flügeln schlagen.

Sebastians Erstausbildung war die zum Hochbauzeichner gewesen, daraufhin war die Grafikausbildung gefolgt. Erst mit zweiunddreissig Jahren hatte er das Studium der Kunstgeschichte begonnen. Sebastian liess den Korken knallen. Auf dem Holzstuhl in einer Weinflasche flackerte eine Kerze, daneben stand seine Dissertation in Buchform. »Du sammelst Ausbildungen wie andere Rahmdeckeli.« Ella.
(Ohne mir etwas zu überlegen, sagte ich das, anstatt ihm zu gratulieren.)
»Bist du gerade vor Freude in Ohnmacht gefallen?«, fragt Sebastian.
»Das ist genau so, wie ich mir ein Atelier wünsche«, sagt Ella. »Stellwände, womöglich noch ohne abschliessbare Türen« (damit jeder in mein Atelier spazieren kann, wie es ihm gefällt.)
»In der Mitte wird es einen Gemeinschaftsraum mit Kochnische geben«, sagt Sebastian.
»Nein danke, das ist nichts für mich«, sagt Ella. »Ich habe lieber einen einzelnen Raum für mich, in aller Ruhe.«
»Früher hast du doch ein wenig Trubel geschätzt«, sagt Sebastian.
»Ja, die Zeiten ändern sich«, sagt Ella.
»Wird dir nicht die Decke auf den Kopf fallen, wenn du den ganzen Tag irgendwo alleine hocken wirst?«, fragt Sebastian.
»Das ist der Vorteil der Stadt«, sagt Ella. »Wenn mir nach Leuten ist, gehe ich hinaus und setze mich in ein Café.«
»Am Samstag bin ich im Kunsthaus an der Finissage, und anschliessend gehe ich an das Fest, bist du dabei?«, fragt Sebastian.
»Gut, dass du mich daran erinnerst«, sagt Ella. »Am nächsten Samstag haben wir schon etwas vor.«
Ella ist vor der geschlossenen Balkontür stehen geblieben. Das Kuhfell liegt zusammengelegt und mit Plastik abgedeckt vor der Abstellkammer. Die Zeitungen liegen auf dem Tisch. Sobald sie das Telefonat beendet hat, will sie die Zeitungsblätter auf dem Balkonboden ausbreiten.
»Ich sollte noch eine E-Mail schreiben«, sagt Ella.
»Und ich muss aufhören, jetzt stehe ich an der Kasse«, sagt Sebastian.
»Ja, zum Einkaufen muss ich auch noch«, sagt Ella. »Ciao.«
»Ciao, ciao«, sagt Sebastian.
Ella setzt sich an den Laptop. Es dauert nicht lange, bis sie Lukas' E-Mail gefunden hat, Ellas Posteingang ist so gut wie leer. Sie klickt auf Antworten.

Lieber Lukas und liebe Lise
Wir bringen Antipasti mit.
Liebe Grüsse,
Ella und Milo

Mit etwas Abstand ist es ein Wasserspiel. Eine muntere Gesellschaft ist das, einige Enten strecken die Hälse, andere schwimmen gemütlich vor sich hin.
Milo springt durchs Wohnzimmer, die Küche und den Flur, immer im Kreis. Der Katamaran fliegt durch die Luft.
Ella kniet neben dem Blech, sie gibt jeder Fotoente einen sanften Stoss. Alle Schiebefenster stehen offen.
Am Radio hat sie sich die Wetterprognose angehört, gegen Abend soll es Regen geben. Ella wird ein Schönwetterfenster abwarten. Sie nimmt die Sprühdose vom Fenstersims. Ella imprägniert alle Fotoenten, die Tragflächen lässt sie nicht aus.
Sie geht geschwind ins Wohnzimmer und schliesst die Balkontür hinter sich. Milo sitzt am Tisch und malt.
Sie hätte das Teeset besser gleich gekauft. Etwas fürs Buffet sollen die Gäste mitbringen. Aber wer geht an ein Hochzeitsfest ohne ein Geschenk? Der Laden mit den jungen Labels ist ein Geheimtipp, eine Kleinigkeit findet sich dort immer. Auch einen Onlineshop haben sie, Ella schaut sich das Angebot durch. Sie bleibt bei dem Teeset. Ob sie sich registrieren lassen soll? (Lieber nicht.)
Ella füllt das Formular aus.
Bitte per Kurier liefern.
Danke.
E. Lotti
»Ich habe Hunger«, sagt Milo.
Ella wirft einen Blick in den Backofen, noch ein paar Minuten und sie kann die Lasagne herausnehmen.
Als Ella im Einkaufszentrum die Karotten auf die Waage gelegt und sich nach der Nummer umgedreht hat, da sind plötzlich Frau Bär und Frau Kaufmann vor ihr gestanden.
»Wir dachten schon, Sie wären getürmt, und dabei hatten wir uns so auf die Kaffee-Einladung gefreut«, hat Frau Bär gesagt. »Sie macht nur Spass«, hat Frau Kaufmann gesagt. »Wir haben von Frau Lehner gehört, dass sie einen jungen Bäckergehilfen hat, auf Spitzbuben ist er spezialisiert.«
Nur für ein Stündlein, hat Ella ihnen gesagt.
»Am Nachmittag kommen Frau Bär, Frau Kaufmann und Frau Lehner zu Besuch«, sagt Ella.
»Juhe!«, schreit Milo.

Milo führt Frau Lehner hinaus auf den Balkon. Am Wäscheseil hängt seine Zeichnung.
»Ein Haus mit Fenstern und Tür und einem Kamin«, sagt Frau Lehner.
»Und mit rosarotem Rauch«, sagt die alte Frau überrascht.
»Erdbeerrauch«, sagt Milo.
»Potz Blitz«, sagt Frau Lehner.
Die Enten hat Ella in Sicherheit gebracht, alleine das Blech liegt noch auf dem Balkonboden.
Frau Bär steht im Wohnzimmer vor der Musikanlage. »Die haben wir hochgebuckelt, das ist vielleicht ein Abenteuer gewesen, weisst du noch?«, sagt sie zu Frau Kaufmann.
»Da kommst du gleich wieder ins Schwitzen, gell du«, sagt Frau Lehner und zwinkert Frau Bär zu.
Die kleine, etwas untersetzte Frau hat ein paar Schweissperlen auf der Stirn.
»Hier drinnen ist auch eine Hitze«, sagt Frau Bär.
Milo hat die Balkontür hinter Frau Lehner geschlossen. »Ich lüfte von der anderen Seite«, sagt Ella. »Über den Mittag habe ich auf dem Balkon imprägniert.«
Auch Milo hat seinen Katamaran aufs Blech gestellt.
Das Telefon klingelt, der Junge rennt davon, Coco bellt und springt ihm hinterher.
»Lorenzo«, ruft Milo. Er hüpft auf einem Bein in die Küche.
Ella klemmt sich das Telefon zwischen Schulter und Kinn, während sie den Kaffee aufsetzt.
»Das letzte Mal, als wir hier gewesen sind, hat schon das Telefon geklingelt«, sagt Frau Bär.
»Bei den jungen Leuten, da ist noch etwas los«, sagt Frau Lehner.
Ella stellt die Kaffeetassen auf den Tisch. »Entschuldigen Sie, das ist mein ältester Bruder gewesen, der hat nie viel Zeit. Aber alle paar Wochen ruft er an und will wissen, wie es der Schwester geht.«
»Das ist aber nett von ihm«, sagt Frau Kaufmann, die ruhigste der drei alten Frauen.
»Was kochst du heute Abend?«, fragt Frau Bär.
»Gefüllte Tomaten«, sagt Frau Lehner.
»Was ich morgen essen werde, weiss ich schon«, sagt Frau Bär.
»Und das wäre?«, fragt Frau Lehner.
»Mein Lieblingsessen«, sagt Frau Bär. »Schon als Kind war das mein Lieblingsessen. Das ist bis heute so geblieben. Das esse ich immer an meinem Geburtstag«, sagt Frau Bär.

»Und was ist das?«, fragt Frau Lehner.
»Hörnli mit Bratwurst«, sagt Frau Bär.
»Also das würde ich mir zuletzt wünschen«, sagt Frau Lehner.
»Ja da siehst du, wir sind nicht gleich«, sagt Frau Bär.

Lukas und Lise haben Glück. Das Wetter wird besser, sogar ein paar Grad wärmer soll es werden. Nachdem Frau Lehner, Frau Bär und Frau Kaufmann gestern gegangen sind, hat sich Ella ausgiebig ausgeruht. Die Antipasti lassen sich auch noch später zubereiten, hat sie sich gesagt. Sie reisst ein Stück Haushaltspapier von der Rolle, Ella tupft die Sardellenfilets trocken, die Weissbrotscheiben hat sie bereits geröstet. Mit dem scharfen Küchenmesser schneidet sie die Sardellenfilets klein. Kein einziges Glas mit schwarzen entkernten Oliven hat sie im Einkaufszentrum gefunden, den halben Morgen hat Ella Oliven ausgemacht. Sie schiebt die kleingeschnittenen Sardellenfilets zu den anderen Zutaten in die Schüssel.
Ella zieht den Pürierstab unter dem Messbecher hervor. Die Paste wird sie vor Ort auf das geröstete Brot streichen.
»Bist du so weit?«, ruft sie.
»Ja, gleich«, sagt Milo.
Ella streckt den Kopf ins Kinderzimmer.
Milo sitzt noch immer an seinem kleinen Tisch. Er hält die Zeichnung in die Luft.
»Da hast du dir aber Mühe gegeben«, sagt Ella. Milo lächelt.
Bis vor die Haustür hat der Taxichauffeur das Paket geliefert.
Ella wickelt das letzte Stück aus dem Seidenpapier, sie dreht den Tonkrug in den Händen.
»Tipptopp«, sagt sie. Ella packt den Tonkrug wieder ein.
Am Tischbein lehnt der Papiersack mit den Geschenkrollen. »Ich will die«, sagt Milo und zieht die Rolle mit den Sportautos heraus.
»Und ich nehme«, Ella überlegt, »die!«
Sie legt das lachsfarbene Papier auf den Tisch.
»Gib mir deinen Zeichenblock«, sagt sie.
Als Ella den Karton wegreisst, runzelt Milo die Stirn.
Ella legt Milos Zeichnung auf die Unterlage. Sein Geschenk aber will er selber einpacken. Nur das Papier zuschneiden darf sie für ihn.
»Und für welchen Bändel entscheidest du dich?, mach vorwärts«, sagt sie. Milo wählt den blauen.
Zweimal zieht er den Bändel über das Scherenblatt.
Schliesslich gibt er ihr doch die Schere und den Bändel.
»Willst du die Kringel selber aufkleben?«, fragt Ella. Natürlich will Milo das. Was für eine Frage!

Lukas öffnet die Hecktür des Kastenwagens. Ella entdeckt zwischen den vielen Geschenken das lachsfarbene, es befindet sich auf einem Sixpack Bier. Lukas wirft Lise die Jacke zu. Sie trägt das grüne Sommerkleid mit dem feuerspeienden Drachen auf dem Rücken. Die Feuerzunge verschwindet. Lise tänzelt von einem Fuss auf den anderen und bläst sich in die Hände.

Ella steht am Büffet, fünf Crostini sind auf der Platte übrig geblieben.

Lukas stellt sich wieder hinter den Grill. »Einen Pouletschenkel bitte«, sagt Ella.

Sie streckt den Arm nach hinten und bremst Milo aus. »Willst du auch etwas essen?«, fragt sie.

»Nein«, sagt Milo und rennt dem Jungen hinterher.

»Das ist das Grösste für ihn«, sagt Ella, »wenn ein älterer Junge mit ihm spielt.«

»Der Sohn von Hannes und Paula, das sind Freunde von mir«, sagt Lukas.

»Ein hilfsbereiter Junge«, sagt Ella. »Er hat mir beim Zubereiten der Crostini geholfen.«

»Ja, so ist er«, sagt Lukas.

»Raphael mit ph, hat er sich bei mir vorgestellt.« Ella lacht.

»Das sieht ihm ähnlich«, sagt Lukas und dreht die Pouletschenkel auf die Rückseite. »Die brauchen noch ein paar Minuten.«

»Ich gehe kurz hinüber zu Georg, das ist vielleicht eine Überraschung«, sagt Ella.

»Hast du auch Mathematik studiert?«, fragt Lukas.

»Nein«, lacht Ella. »Seine Tochter ist meine Freundin.«

»Ingrid?«, fragt Lukas.

»Nein, Mara«, sagt Ella.

»Ich komme auf einen Sprung mit«, sagt Lukas. Ella freut sich, sie unterhält sich gerne mit dem jungen Mann. Er hat so ein offenes und fröhliches Gesicht.

»Das Hochzeitsessen mit der Familie haben wir am Abend der Trauung gehabt. Zum Glück ist nur die Kamera ins Wasser gefallen«, sagt Lukas.

»Georg war ein super Professor, schade für die Studenten. Aber die Pension sei ihm gegönnt.«

»Mara und Ingrid waren immer unzufrieden mit ihrem Vater, der sich mehr für seine Studenten interessierte als für seine Kinder«, sagt Ella.

»Ja, ich weiss«, sagt Lukas.

»Du siehst prima aus in deinem Nadelstreifenanzug«, sagt Maras Vater und klopft Lukas auf die Schulter.

»Na schau mal an«, ruft Georg aus, »so klein ist die Welt.« Er drückt Ella die Hand. »Und wen von den beiden kennst du?«
»Wir kennen uns eigentlich nicht«, sagt Ella.
»Sie ist die Frau, die uns mit ihrer Kamera unten am Fluss gerettet hat«, sagt Lukas. »Das Foto auf der Einladungskarte ist von ihr.«
»Da bist du gleich auf die Richtige gestossen«, sagt Georg.
(Du idealisierst meinen Vater. Mara.)
»Dabei war er so ein talentierter Mathematikstudent«, sagt Georg und klopft Lukas wieder auf die Schulter. »Und ausgerechnet so einer bricht sein Studium ab und wird Fotograf.«
»Das war die beste Entscheidung meines Lebens«, sagt Lukas.
»Und Lise«, sagt die Frau, die die ganze Zeit schweigend bei ihnen gestanden ist.
»Sie sind Professor?«, fragt sie.
»Ach«, sagt Georg. »Ich bin einfach ein Mensch.«

Ella und Milo schauen in das dunkle Gewölbe, kalte Luft dringt heraus. Vor ihnen stürzt das Wasser aus dem Kanal in das Auffangbecken. Zwei Enten paddeln gegen die Strömung.
»Willst du einen Apfel?«, fragt Ella.
»Nein, lieber das Brot«, antwortet Milo.
»Du siehst auch alles«, sagt Ella. Sie zieht die Papiertüte aus ihrer bauchigen Umhängetasche.
Milo wirft ein paar Brocken Brot ins Wasser. Die beiden Enten geben ihr Vorhaben auf und schwimmen dem Futter hinterher. Milo springt auf die andere Seite der Brücke, er klettert das Geländer hoch. Ella hält ihn um die Beine fest. Unter ihnen tauchen die Enten auf und treiben mit den Schaumkronen in den Fluss.
Ella hat das Blech wieder unter den Arm geklemmt. Milo springt davon. Über ihr ist ein blauer Himmel, keine einzige Wolke ist zu sehen, Ella geht dem Jungen hinterher.
»Hier ist eine gute Stelle«, ruft sie und steigt die paar Stufen hinunter.
Milo rutscht auf dem Hosenboden die Böschung herunter. Er trägt die gelben Gummistiefel. Gut gehen kann er in denen nicht, dafür holt er sich keine nassen Füsse. Milo setzt den Katamaran aufs Wasser und zieht ihn sogleich wieder heraus.
»Lass ihn los«, sagt Ella.
Milo schüttelt den Kopf.
»Vielleicht etwas weiter oben«, sagt Ella und wirft das Kerngehäuse des Apfels in den Fluss. Milo ist die Böschung wieder hochgeklettert. Er sammelt Blätter.
Ella lehnt an einem Pfosten, sie schliesst die Augen und geniesst die Wärme auf ihrem Gesicht. Hinter ihr springt jemand die Treppe hinunter, Ella blinzelt. Milo breitet auf dem Boden die Blätter aus. Ein Blatt ist grösser als seine Hand.
»Gehen wir weiter?«, fragt Ella.
Sie rennen dem Ufer entlang. Milo bleibt mehrmals stehen und steckt sich einen Stein in die Hosentasche.
»Warte hier, bis ich wieder zurück bin«, sagt Ella. »Muss ich eine Linie in den Kies ziehen?«
Ein Stein macht zwei Sprünge auf dem Fluss.

»Mit dir hätte ich zuletzt gerechnet«, sagt Ella und schaut auf seine Joggingschuhe.
»Ich habe den Grill ins Vereinslokal zurückgebracht«, sagt Lukas.
»Und nun joggst du eine Runde, und das nach deiner gestrigen Hochzeitsparty, du bist vielleicht ein seltsamer Vogel«, sagt Ella.
»Ich renne bis zum Hafenrestaurant, mal schauen, was es dort zu picken gibt«, lacht Lukas.
»Ist das Restaurant nicht geschlossen?«, fragt Ella.
»Es hat einen neuen Wirt, seit letzter Woche ist die Kneipe wieder geöffnet. Italienische Küche«, sagt Lukas. »Lise und ich gehen heute Abend dort essen.«
»Pizza«, sagt Milo.
»Spaghetti, Maccheroni, Tagliatelle, Fettuccine, tutto fatto in casa.«
»Ah, so ist das«, sagt Lukas.
»Ja, so ist das«, sagt Ella.
Unter ihnen fällt aus einem Rohr Wasser senkrecht auf einen Stein und spritzt in alle Richtungen davon.
Ella hat das Blech und die Papiertragetasche wieder auf den Boden gestellt.
»Wollt ihr uns Gesellschaft leisten?«, fragt Lukas.
»Nein, heute gönnen wir uns einen ruhigen Abend«, sagt Ella.
»Hast du gestern einen neuen Freund gefunden?«, fragt Lukas und wendet sich dem Jungen zu.
»Ja, ich habe Raphael gefunden«, sagt Milo.
»Wo ist Lise?«, fragt Ella.
»Sie schläft ihren Rausch aus«, sagt Lukas. »So oder so, meine Angetraute ist eine Langschläferin.« Ella muss lachen.
Während Lukas spricht, schaut sie immer wieder auf seinen Mund, auf das kleine Muttermal dicht darüber.
(Was für ein sympathisches Gesicht.)
Sie wartet, bis Lukas ausser Sichtweite ist, dann schiebt Ella das rotweisse Absperrband beiseite. Sie klettert mit der bauchigen Umhängetasche, dem Blech und der Papiertragetasche die Eisensprossen hoch.
Während sie auf den Steg hinausgeht, hält sie sich am Geländer fest, ein paar Bodenbretter fehlen (die Bootsplätze sind verwaist). Ella setzt sich am Ende des Stegs hin. Sie holt die beiden Seile aus ihrer Umhängetasche. Ella stösst das eine Seil auf der Seite des Blechs durch das oberste Loch. Sie schaut auf und streckt sich, ihr Blick schweift über eine verrostete Eisenkette. Ella zieht das Seil durch das unterste Loch und knotet

es fest. Auf den Knien rutscht sie zur anderen Seite, dort befestigt sie das zweite Seil. Sie nimmt die erste Fotoente aus der Papiertragetasche, vorsichtig klappt Ella die Tragflächen nach unten (das Wasser glitzert). Nacheinander setzt sie die siebzig Fotoenten aufs Blech. Sie dreht sich zu Milo um, er sitzt am Ufer und baut mit Steinen einen Turm. Ella schiebt das Blech bis zum äussersten Brett. Die Seile ruckeln durch ihre Hände, ein Pneu hängt in der Luft, das Blech schaukelt über dem Wasser. Jetzt setzt es auf, die Enten kommen in Bewegung und treiben davon ...

... fünf Jahre später

Ella schaut zu Lukas und Lise, sie stehen hinter dem Tresen und unterhalten sich. Lise wirft Ella einen Blick zu, sie hält das leere Glas in die Höhe und bewegt ihre Lippen.
Das hat sich Ella so angewöhnt, die Mittagspause bei Lise beginnt mit einem Orangensaft oder mit zweien.
Während sich Lise der Orangenpresse zuwendet, dreht Lukas die Musik lauter. Ein älterer Herr blickt von seiner Zeitung auf. Die Musik wird wieder leiser.
Heute hilft Lukas im Café mit. »Den ganzen Tag«, hat er vorhin zu Ella gesagt. Lukas stellt den Orangensaft auf den Tisch und setzt sich zu ihr hin.
»Und, wie läuft's? Bist du schon aufgeregt?«, fragt er.
»Du bist gut«, sagt Ella, »im Moment habe ich anderes zu tun.«
»Hast du den Vertrag?«, fragt Lukas.
»Ja«, sagt Ella, »auf vier Jahre.«
»Dieses dauernde Umziehen«, sagt Lukas, »ich bin gerne bei dir im Atelier. Aber der neue Raum ist auch gut, grösser auf jeden Fall.«
Vergangene Woche gingen Lukas und Lise mit Ella mit, auch Boris und Mara waren bei der Besichtigung dabei, es hatte sich so ergeben.
»Hundertzwanzig Quadratmeter, hohe Räume, Tageslicht und das mitten in der Stadt. Was will ich mehr?«, sagt Ella.
»Und zu einem erschwinglichen Preis«, sagt Lukas.
»Ja, ich habe Glück gehabt«, sagt Ella.
»Ella Lotti, logisch bekommst du den Raum«, sagt Lukas.
Ella beobachtet Lise, wie sie die Menütafel mit Kreide beschriftet.
Calzone gibt es, gefüllt mit Mangold, Ricotta und Mozzarella.
»Das ist etwas für mich«, sagt Ella.
Nach dem Mittagessen hat sie eine Besprechung mit dem Galeristen, bereits zum dritten Mal kommt er in ihr Atelier. Am Vorabend hat sie mit Boris die Bilder im Architekturmodell aufgehängt. Für Ella ist die Diskussion mit dem Galeristen wichtig, er muss hinter ihrer Arbeit stehen, letztendlich sitzt er in der Galerie und verkauft. Die Carte blanche ist nichts für Ella.
Lise hat die Menütafel wieder abgehängt. Sie hat mit einem Tuch über Ricotta gewischt und Quark hingeschrieben. Hinter dem Quark sind weisse Schlieren zurückgeblieben, auch die obere Zeile hat es erwischt. Lise kommt mit einem Schwamm zurück. Sie putzt die Tafel sauber.

Ella schwärmt vom Pilzragout, das gab es vor ein paar Tagen. »Mir gegenüber sitzt ein glücklicher Mann«, sagt sie zu Lukas, »du bist mit einer Frau verheiratet, die so gut kochen kann.«
»Und nie zu Hause ist«, sagt Lukas.
Lise steht hinter ihm, sie beugt sich herunter, schlingt die Arme um seine Schultern und drückt ihm einen Kuss auf die Wange.
»Gestern Abend hat sie sämtliche Kleinläden nach Ricotta abgesucht, entweder er ist ausverkauft gewesen oder sie führen keinen im Sortiment. Das war immer ihr Traum, ein eigenes Café«, sagt Lukas.
»Lange hat sie für ihren Traum nicht arbeiten müssen«, sagt Ella.
»Und was wünschst du dir, im Hinblick auf deine Ausstellung?«, fragt Lukas.
Ella überlegt, und das, obwohl ihr diese Frage so oft gestellt wird. »Ich wünsche mir, dass die Ausstellung Reaktionen auslöst, dass bei den Betrachtern die Türen aufgehen. Das Schlimmste ist das neutrale Schweigen.«
Lise steht am Nebentisch und kassiert bei dem älteren Herrn ein. Lukas ist wieder aufgestanden, er räumt den Tisch ab.
»Ich bin nudelfertig, an einem Samstag ist hier die Hölle los«, sagt er leise, als er mit einem feuchten Lappen über den Tisch fährt.
Allmählich verschwinden die dunklen Streifen, Ella schaut ihnen zu.
Im Café ist fast jeder Stuhl besetzt, nur draussen an den Bistrotischen hat es noch freie Plätze.
»Besser, ich hole mir das Mineralwasser selber«, sagt Ella und geht hinter Lukas her. Er öffnet den Kühlschrank.
»Ich will auch eins«, ruft ihr Lise zu.
Ella nimmt die beiden Flaschen und die Gläser vom Servierbrett, nur die Zitronenstücke hat sie in der Tat vergessen.
Lise lässt sich auf die Sitzbank fallen. Sie lehnt sich mit dem Oberkörper an die Scheibe.
Lukas steht bei ihnen am Tisch und giesst das Mineralwasser ein.
»Aber so ein ganz kleines bisschen bist du doch aufgeregt, oder etwa nicht?«, fragt er.
»Nein«, sagt Ella. »Dafür ist es noch zu früh.«
In sechs Wochen wird der Galerist aus Krakau eintreffen. Ella wird ihn durch ihre Ausstellung führen.
»Namedropping«, sagt Ella zu Lise. »Und dabei weiss ich nicht einmal, wer das war.«
»Das war in Hamburg«, erklärt Lukas seiner Frau. »Irgendjemand sprach am Abendessen nach einer Vernissage von Ellas Arbeiten, und das in

einer Art und Weise, dass sich ein Galerist daraufhin Ellas Website ansah.«
»Und plötzlich kommt eine E-Mail aus Krakau, aus heiterem Himmel«, sagt Ella.
»Ich drücke dir beide Daumen«, sagt Lise.
»Danke dir«, sagt Ella.
»Du bist heute früh dran«, sagt Lise und zieht den Timer aus der Schürzentasche.
»Mara, ihr Vater und Milo kommen noch. Mara ist mit dem Auto unterwegs, sie holt Georg ab und auf dem Rückweg sammelt sie noch Milo ein, er hat bei seinem Vater übernachtet. Heute Morgen bin ich um halb sechs Uhr aufgestanden.
Das Mittagessen habe ich mir verdient«, sagt Ella und schmunzelt. »Wäre super, wenn das klappen würde mit Krakau.«
»Das wäre ein grosser Sprung für dich«, sagt Lise.
»Ich bin bereit für eine neue Herausforderung«, sagt Ella.
Sie schaltet das Handy ein, Milo erscheint. Ella zeigt Lise ein paar Bilder des Architekturmodells.
»Sogar die Wände hast du gestrichen«, sagt Lise.
»Auslaufend gestrichen«, sagt Ella. Sie schiebt mit dem Finger die Bilder zur Seite, bis das Foto mit der Säule kommt, »damit die etwas verschwindet.«
Lise macht ein langes Gesicht. »Dass du auf eine Säule reagierst.«
»Jede Ausstellung ist ein Dialog mit dem Raum«, sagt Ella.
»Wie meinst du das?«, fragt Lise.
»Der Raum wählt die Bilder aus meinem Fundus aus, die fehlenden Teile stelle ich dann noch her, da reagiere ich spezifisch auf diese Situation«, sagt Ella.
Lise wirft Lukas die Kreide zu. Die beiden funktionieren ohne Worte. Lukas dreht sich um und schreibt die Menükarte neu.
»Welcher Massstab ist das?«, fragt Lise.
»Eins zu zwanzig«, sagt Ella.
»Baust du für jede Ausstellung ein Architekturmodell? Was für ein Riesenaufwand«, sagt Lise.
»Ist es nicht«, sagt Ella.
Früher baute sie die Architekturmodelle selber. In der Zwischenzeit hat sie diese Arbeit an Boris abgetreten, für die Praktikantin in seinem Architekturbüro ist das ein Klacks.
Lise ist wieder in der Küche verschwunden.
»Nein, ich bezahle das, mir ist es angenehmer so«, insistierte Ella. Boris verstand das nicht.

Lukas steht hinter dem Tresen und löffelt Milchschaum in eine Kaffeetasse.
Als er an Ella vorbeigeht, hat er gerötete Wangen.
Seit zwei Tagen ist Lise ohne eine Angestellte, sie hätte wenigstens bis zum Monatsende weiterarbeiten können. Ella staunt, dass sich Meike nicht an ihren Arbeitsvertrag hält. »Die kommt am nächsten Morgen nicht mehr, habe ich zu Lise gesagt und mit ihr eine Wette abgeschlossen«, sagt Lukas zu einem jüngeren Mann mit Bart und gedehnten Ohrlöchern. Ella fixiert den Tunnel. Sobald der Mann den Kopf bewegt, glitzern die grünen Kristalle. »So oder so, diese Frau ist eine Nervensäge gewesen. Was die immer alles gefragt hat, jeden Handschlag hast du ihr erklären müssen.«
»Einmal ist gut«, sagt Lise, die zu ihnen getreten ist.
Sie wischt sich die Hände an der Schürze trocken. »Jede freie Minute ist sie hinter dem Tresen gestanden und hat an ihrem Handy herumgedrückt. Ich hätte ja nichts gesagt, wenn sie zwischendurch einmal aufgeblickt und zu den Gästen geschaut hätte.«
Lise zieht den Haargummi von ihrem Handgelenk.
Zum Glück war Ella nicht dabei, Wutausbrüche sind ihr zuwider. Meike und Lise haben sich in der Küche angeschrien, das war am Donnerstagmorgen früh, das Café war noch fast leer.
»Es ist immer dasselbe, ihr Schweizer habt ein Problem mit uns Ausländern, hat Meike getobt,« sagt Lise.
Sie schiebt mit den Fingern ihr Haar nach hinten und zieht den Rossschwanz durch den Haargummi. »Mit der Frau ist nicht mehr zu reden gewesen«, sagt Lise.
Lukas nimmt die Zeitung vom Heizkörper und rollt sie um den Zeitungsstock.
Ella sieht durch die grosse Scheibe Milo, hinter ihm gehen Mara und ihr Vater. Es sieht aus, als hätten sie Probleme. Georg schüttelt dauernd den Kopf.
Das Gespräch mit der deutschen Journalistin war ein Highlight, sie war jung, intelligent und frech. Sie fragte nach dem Sinn und Zweck der Kunst. Was soll das Ganze? Was bewirkt die Kunst? Kunst allgemein. Wieso gibt es Kunst? Braucht es das wirklich?
Nicht, dass diese Interviewfragen neu für Ella gewesen wären. Aber die Fragen entwickelten sich zu einer angeregten Diskussion (und mit einem Mal fragte ich die Frau, wie sie zu diesem Europa stehe.)
Ella wendet sich an Lise. »Wir stehen schon länger in einem Austausch. Hoffentlich klappt es mit Krakau. Die Luftveränderung täte mir gut.«

»Ja, das wäre schön, wenn man immer die Wahrheit sagen könnte«, raunt Georg, der als Erster ins Café tritt. Milo winkt Ella durch die Scheibe zu, er steht bei Lukas. Neben ihnen am Bistrotisch sitzt die Frau, die Ella schon ein paarmal im Café gesehen hat, und sie ist wieder alleine. Sie schneidet die Calzone in der Mitte durch.
Mara rollt hinter dem Rücken ihres Vaters die Augen.
»Du hast ein neues Atelier, habe ich gehört«, sagt Georg. »Ich gratuliere.« Er drückt Ella beide Hände. »Meine Tochter ist ein Dickschädel«, flüstert er.
»Selber Dickschädel«, sagt Mara. »Du meinst wohl, ich höre schlecht, nur weil du nicht mehr alles so ganz richtig verstehst.«
»So, hört auf«, sagt Ella.
Sie zieht Mara zu sich herunter. »Setz dich endlich hin.« Mara steht wieder auf. Sie hilft ihrem Vater aus der Jacke.
»Wenigstens ist sie gut erzogen«, sagt er.
»Er besteht auf das letzte Wort, das ist ihm wichtig«, sagt sie.
Was die beiden immer miteinander haben. So unmöglich ist Georg nicht.
Die Frau draussen am Bistrotisch trägt neu ihre schwarzen Haare sehr kurz, die Fransen hat sie sich wieder blau gefärbt. Milo redet mit der Frau. Sie bläst an das Calzonestück. Sie nickt und schiebt die Gabel in den Mund.
»Ich glaube, ich muss einmal zum Rechten schauen«, sagt Ella.
Beim Vorbeigehen hängt sie die Zeitschrift an die Wand, mit Lesen ist es jetzt ohnehin vorbei.
Ella bleibt auf der Stufe stehen. Die Frau sticht mit der Gabel in den Pizzateig. »Und das ist spannend?«, fragt sie.
»Sie dürfen nicht denken, das ist langweilig«, sagt Milo, »das darf nicht in Ihren Kopf kommen.«
»Zwei Stunden einfach nur dasitzen und warten. Das kann ich mir nicht vorstellen«, sagt die Frau.
»Ich bin mir sicher, wenn Sie den ersten Fisch gefangen haben, dann können auch Sie nicht mehr aufhören mit Fischen«, sagt Milo.
Die Frau lacht Ella zu.
»Gerade als ich etwas habe trinken wollen, ist meine Angel in Bewegung gekommen. Mein Vater hat mir zugerufen, schnell Milo. Mir ist vor Aufregung fast der Becher aus der Hand gefallen.« Milo demonstriert das der Frau vor.
»Und du bist dir sicher, dass das Karpfen sind?«, fragt die Frau und führt das Glas zu ihrem Mund.

»Ganz sicher«, sagt Milo.
»Willst du eine ganze Calzone?«, fragt Ella. »Oder hat es bei euch Karpfen zum Frühstück gegeben?«
Milo wirft der Frau einen Blick zu und zieht eine Grimasse. »Meine Mutter ist ein Witzbold«, sagt er.
Ella dreht sich um und geht wieder hinein.
»Milo erzählt von seinem Hobby«, sagt sie und schiebt den Stuhl zurück.
»Fisch ist wohl sein Lieblingsgericht«, sagt Mara.
»Nein, sie essen die Fische nicht«, erklärt Ella Mara und Georg. »Sie sitzen stundenlang am Ufer, und wenn sie endlich einen an der Angel haben, freuen sie sich und lassen ihn wieder frei.«
»Das sind mir noch zwei Gesellen«, sagt Georg.
»Die fischen in einem Tümpel«, sagt Ella, »die Wasserqualität ist nicht gut.«
Lukas steht mit dem Notizblock in der Hand hinter Mara. »Und was darf es heute sein?«, fragt er und grinst.
»Für jeden eine Calzone«, sagt Ella, »und einen Eistee für Milo.«
Lise kommt mit vier Tellern an ihnen vorbei, zwei jongliert sie auf ihren Handballen.
Sie stösst mit dem Fuss die Tür auf. Ella beobachtet Lise durch die grosse Fensterscheibe, wie sie die Teller auf den Bistrotisch stellt. Die Wolldecken liegen zusammengelegt auf dem Stuhl. Lise bleibt bei zwei älteren Gästen stehen und wechselt mit ihnen ein paar Worte. Ella hat das Paar auch schon gesehen, die beiden machen fröhliche Gesichter. Die Sonne über den Mittag wärmt die Gemüter, nur wenn Wolken aufziehen, wird es mit einem Schlag bitterkalt. Ein Mann mit einem vierjährigen Kind sitzt bei ihnen am Tisch.
»Die Frau hat Nerven wie Drahtseile«, sagt Lukas. »Ab nächsten Montag hat sie wieder eine Angestellte, und ich werde entlassen.«
»Das geht aber zügig«, sagt Ella.
»Lise ist geschäftstüchtig, sie ist die perfekte Managerin. Keine Ahnung, woher sie das hat. Das pure Gegenteil von mir«, sagt Lukas.
»Und dabei war er so ein talentierter Mathematikstudent«, sagt Georg.
»Er ist ein guter Fotograf«, sagt Ella. »Aber er hat keine Ambitionen, auch die braucht es.«
»Du meinst, auch diese Menschen braucht es?«, fragt Lukas.
»Nein, ich meine die Ambitionen«, sagt Ella.
»Immer muss sie sticheln«, sagt Lukas. »Ich sage mir, mache ich nichts, mache ich auch nichts falsch.«

Alle am Tisch lachen, nur Georg nicht. Er schüttelt den Kopf.
»Ich verstehe das nicht. So ein begabter Mensch. Das verursacht mir einen tiefen Schmerz.« Er reibt sich mit der Hand über die linke Brust.
»Diese Schallplatte kenne ich«, sagt Mara. Ella verpasst ihrer Freundin unter dem Tisch einen leichten Tritt. Lass ihn doch, will sie damit sagen. Mara kann den alten Herrn nicht ändern.
Theaterregisseurin ist für Georg kein Beruf, zumal Mara in der freien Szene arbeitet. In seinen Augen hat die Tochter versagt.
Ella hat das Kinn auf die Hand gestützt und schaut hinaus. Die Frau mit den schwarzen Haaren und den blauen Fransen lehnt im Stuhl, sie hat die Augen geschlossen und nippt an ihrem Glas. Nur ein einziges Mal hat Ella die Frau in männlicher Begleitung gesehen, sie hat sehr leise gesprochen, sodass Ella nichts verstanden hat. Am Tisch daneben ist das Kind auf den Schoss des Mannes geklettert. Die alte Frau hält ihm die volle Gabel hin. Das Kind vergräbt das Gesicht in der Achselhöhle seines Vaters (vermutlich sein Vater). Auf dem Teller, vor dem leeren Stuhl, liegen noch immer die mundgerechten Calzonestücke. Das Kind isst wie ein Spatz.
Milo klopft Ella an den Oberarm. »Ich komme mit meiner alten Geschichte. Und warum nicht?«, murmelt er.
»Das habe ich dir schon ein paarmal erklärt«, sagt Ella, »streng dich an, und versuch dich zu erinnern.«
Milo macht ein griesgrämiges Gesicht.
»Was hat er?«, fragt Mara.
»Jedes Mal, wenn er bei Bernard gewesen ist, kommt eine üble Geschichte«, sagt Ella. »Ich kann sie nicht mehr hören.«
»Davon weiss ich nichts, und wie geht die?«, fragt Mara.
»Die geht sehr einfach«, sagt Milo. »Ich will ein Trampolin, und meine Mutter sagt: Nein!«
Mara verkneift sich einen Lacher.
»Bei Bernards Nachbarn steht so ein Gerät im Garten. Es sieht ganz so aus, als wäre eine Kindheit ohne ein Trampolin nicht mehr möglich«, sagt Ella, »und jeder will das grösste haben.« Mara müsste einmal durch das Einfamilienhausquartier spazieren.
»Ich bin froh, dass wir in der Altstadt wohnen«, sagt Ella.
»Auf dem Dach der Bäckerei hätte es Platz«, sagt Milo.
»Was denkst du, wie lange das dauern würde, bis der Erste bei uns klingelt?«, sagt Ella.
Milo verschränkt die Arme und macht auf stur. Ella zuckt die Schultern, »tut mir leid.«

»Was magst du eigentlich am Fischen?«, fragt Georg.
»Weiss nicht«, sagt Milo.
»Und du sitzt wirklich stundenlang am Ufer und schaust aufs Wasser?«, fragt Georg.
»Ja«, brummt Milo.
Georg reibt sich das Kinn. »Das ist interessant. Was sieht ein Junge, der so lange aufs Wasser schaut?«
Die Rechnung von Lise ist aufgegangen. Von Anfang an hat sie gesagt, dass es in ihrem Café nur ein Menü geben wird, ein Tagesmenü wie in vielen Restaurants Frankreichs. Dass man bei Lise gut essen kann, hat sich schnell herumgesprochen.
»Bevor die Calzone kommt, rauche ich noch eine Zigarette, wie steht's mit dir?«, fragt Georg und dreht sich Ella zu.
»Ich rauche nicht mehr«, sagt sie.
»Du hast mit Rauchen aufgehört? Das glaube ich nicht«, sagt Georg.
»Ich auch nicht. Als Nächstes werde ich Vegetarierin«, sagt Ella und lacht. »Ich überlege mir das ernsthaft.«
»Oder Veganerin«, sagt Mara.
»Frauen«, sagt Georg und winkt ab. Er stösst mit seiner Schulter Milo an. »Lass uns draussen weiterreden.«
Lukas kommt mit zwei Tellern aus der Küche. Er steuert auf ihren Tisch zu, stellt den Tee vor Mara hin und geht mit den Calzoni weiter in Richtung Tür. Lise nimmt ihm die Teller ab.
Georg und Milo drücken sich an den beiden vorbei.
Der Mann (der Vater?) kommt mit dem Kind herein. Hinter der Vitrine des Kühlfachs befinden sich die hausgemachten Desserts, Schokoladenmousse und Zitronencake.
»Hat Bernard je etwas zugegeben?«, fragt Mara. »Oder war das nur ein Hirngespinst?«
»Er sagte dauernd, ich würde mir alles nur einbilden. Bernard und ich sprechen nicht mehr darüber«, sagt Ella. »Es ist Vergangenheit.«
»Und was ist mit dieser Frau aus Lyon?«, fragt Mara.
»Bernard kannte sie schon vor unserer Heirat, aber es funktionierte bei den beiden nicht so, wie sie es gerne gehabt hätten«, sagt Ella. »Milo und ich waren kaum ausgezogen, da tauchte diese Frau aus Lyon wieder auf.«
Ella weiss es von Roswitha, Bernards Nachbarin.
»Vielleicht hatten die beiden die ganze Zeit während eurer Ehe ein Verhältnis«, sagt Mara.
Ella überlegt. »Davon habe ich nichts gemerkt«, sagt Ella. »Ich glaube nicht.«

Sie hält inne.
»Aber möglich wäre es schon.«
»Frag ihn doch«, schlägt Mara vor.
»Ich würde kaum eine ehrliche Antwort erhalten«, sagt Ella. »Und wenn doch, würde ich es nicht merken.«
»Auf jeden Fall hat sich die Frau in ein warmes Bett gelegt«, sagt Ella.
»Du meinst, Bernard hat nur die Hand ausgestreckt und blind gewählt«, sagt Mara und lässt einen Zuckerwürfel in den Tee fallen. »Weisst du noch, das hast du bei deinem Bruder Lorenzo und Regina gesagt. Immerhin, die beiden sind noch ein Paar.«
»So ist es«, sagt Ella.
Aber wie das Bernard jedes Mal betonen muss: Wir sind sehr glücklich. Jedes Mal sagt er mir das, vielleicht stimmt es.
Seid ihr glücklich, du und Boris?, fragte mich Bernard kürzlich.
Glücklich, – was hätte ich darauf antworten sollen?
Ja. Immer wieder einmal glücklich. Diese kleinen Momente im Alltag, zwischendurch, immer wieder.

Die Autorin dankt:
Der Schweizer Kulturstiftung Pro Helvetia für die grosszügige Unterstützung dieser Arbeit
sowie der UBS Kulturstiftung für den Beitrag

Ein spezieller Dank geht an:
Ulrich Janetzki, der als Erster Interesse an dieser Arbeit gezeigt hat;
Ricco Bilger, der seit Jahr und Tag unverdrossen seinen Weg geht und sich für diese Arbeit einsetzt;
Christian Doering für die wertvollen Anregungen;
Dario Benassa für die stimmige Buchgestaltung;
Margherita Carbonaro für die Übersetzung der Sätze ins Italienische

Ein weiterer Dank geht an:
Kathi Sch., Philip S., Rachel M., Thomas N., Alfons M., Bostjan H., Francoise M., Barbara Sch., Simone W., Herbert St., Lisbeth St. Rok H., Irmgard M., Lea H., Ludmilla P., Gabrielle R., Roger H., Hans St., Zoe R., Jeannette R., Julia R., Jan B., Yolande S., Andy Sch., Muriel C., Claudio M., Simone D., Zhe X., Regula W.

Die Zitate der Libretti wurden entnommen aus:
Giuseppe Verdi, »La Traviata«, Reclam, 1995;
Giacomo Puccini, »Madama Butterfly«, Reclam, 2006;
Libretto, Langspielplatte »Madama Butterfly«, Maria Callas, Herbert von Karajan, 1987, EMI Records Ltd.

Die Auszüge der Gedichte stammen aus:
Rainer Maria Rilke, »Ich fürchte mich so vor der Menschen Wort«;
Alfred Wolfenstein, »Tiger«

Foto: Christian Schnur

Jacqueline Moser wurde 1965 in Basel geboren. Als junge Erwachsene reiste sie längere Zeit durch Westafrika und Asien. Ihre Vorfahren lebten über Generationen in einer Schweizer Kolonie, in einem Dorf in Bessarabien (das zu Südrussland, später zu Rumänien und der UdSSR gehörte und heute in der Ukraine liegt), bis die Familie in den 40er Jahren nach langjährigen Umwegen zurück in die Schweiz floh. Jacqueline Moser lebt und schreibt heute in Basel.

2008 erschien ihr erstes Buch *Lose Tage* im Weissbooks Verlag

1. Auflage 2017

www.bilgerverlag.ch

Lektorat: Christian Döring

Buch-, Satz- und Umschlaggestaltung: Dario Benassa, purpur, Zürich

Druck: Finidr s.r.o.

ISBN 978-3-03762-059-5

9 783037 620595